U0510694

First published in English by Palgrave Macmillan, a division of Macmillan Publishers Limited under the title Green Writing by James C. McKusick. This edition has been translated and published under licence from Palgrave Macmillan. The author has asserted his right to be identified as the author of this Work.

生 态 文 学 批 评 译 丛

李贵苍 蒋林 主编

绿色写作:
英美浪漫主义文学生态思想研究

Green Writing:
Romanticism and Ecology

[美]詹姆斯·麦克库希克(James C. McKusick) 著

李贵苍 闫姗 译

中国社会科学出版社

图字：01 - 2016 - 1270 号
图书在版编目（CIP）数据

绿色写作：英美浪漫主义文学生态思想研究／（美）詹姆斯·
麦克库希克著；李贵苍，闫姗译 . —北京：中国社会科学
出版社，2019. 12
（生态文学批评译丛）
书名原文：Green Writing：Romanticism and Ecology
ISBN 978 - 7 - 5203 - 4814 - 0

Ⅰ.①绿…　Ⅱ.①詹…②李…③闫…　Ⅲ.①浪漫主义—文学
研究—英国②浪漫主义—文学研究—美国　Ⅳ.①I561.06②I712.06

中国版本图书馆 CIP 数据核字（2019）第 262355 号

出 版 人	赵剑英
选题策划	赵剑英
责任编辑	史慕鸿
责任校对	周　昊
责任印制	戴　宽

出　　版	中国社会科学出版社
社　　址	北京鼓楼西大街甲 158 号
邮　　编	100720
网　　址	http：//www. csspw. cn
发 行 部	010 - 84083685
门 市 部	010 - 84029450
经　　销	新华书店及其他书店

印　　刷	北京明恒达印务有限公司
装　　订	廊坊市广阳区广增装订厂
版　　次	2019 年 12 月第 1 版
印　　次	2019 年 12 月第 1 次印刷

开　　本	710×1000　1/16
印　　张	20
插　　页	2
字　　数	260 千字
定　　价	88. 00 元

凡购买中国社会科学出版社图书，如有质量问题请与本社营销中心联系调换
电话：010 - 84083683
版权所有　侵权必究

走向生态文学批评(总序)

生态文学批评的兴起与发展符合西方文学批评发展的逻辑和轨迹。纵观西方文学批评的历史发展，一条清晰的脉络便呈现眼前，即文学作品的意义要么被认为是由作者所表达，要么被认为存在于作品本身，要么被认为是由读者所建构。围绕作者—作品—读者这三个基本要素建构意义的西方批评史，演变出了各种理论和流派。概而言之，对应以上三个基本要素的主要学说，就是"模仿说"、"文学本体论"（Literary Ontology）和"读者反应批评"。历史地看，三大学说的交替发展亦可以认为是文学批评不断语境化的过程。具体而言，模仿说是以现实世界为语境，文学本体论是以文本为语境，读者反应批评则是以读者为语境建构文学作品的意义。

20 世纪 60 年代中期，以姚斯（Hans Robert Jauss）和伊瑟尔（Wolfgang Iser）为代表的德国康斯坦茨学派，既不研究作品与现实的关系，也不研究作者的表现力问题，更不研究文本的语言、结构和叙事手法，而是将读者作为语境，研究读者的反应和接受，并由此开创了接受美学，这标志着后现代主义文学批评对过往批评的反驳和颠覆性转型。这是因为以读者为语境的接受美学首先不承认文本的自足性存在。相反，该理论认为文本是开放的、未定的，是等待读者凭自己的感觉和知觉经验完善的多层图式结构。换句话说，文学作品不是由作者独自创作完成的，而是由读者与作者共同创造而成的,从而赋予文本以动态的本质。其次,强调读者的能动作用、创造性的阅读过程以及接受的主体地位,必然认为阅读即批评而批评即解释,这无异于说,阅读是一种建构意义的行为。文本的开放性和藉由读者建构意义,赋予了文本意义的开放性、多重性、复杂性和多样性,而使得文本意义失去了其唯一性。

那么,读者何以能够建构意义呢? 按照姚斯的理解,那是因为读者有"期待视域"(the horizon of expectation),即读者在阅读文本之前所形成的艺术经验、审美心理、文学素养等因素构成的审美期待或者先在的心理结构,读者的视野决定了读者对作品的基本态度、意义生成的视角和评价标准。显然,读者的期待视野不可能一致,其对待文本的态度和评价标准会因人而异,故,生成的意义也会超出任何个人的建构。可以说,读者作为语境因其视角的变化而将"意义"主观化了,这也符合接受美学所倡导的阅读"具体化",即主观化的主张。从哲学本源上讲,接受美学受现象学美学影响,在主观化和客观化之间几乎画上了等号。

需要指出的是,普遍意义上的读者是不存在的。任何读者都是生活在一定社会条件下的读者,都有各自形成的文学观念、审美观念、社会意识以及对社会问题的根本看法和主张,这必然导致读者的阅读视野的构成要素互不相同。读者阅读视野的不同必然导致读者作为语境的个体差异。比如说,一个唯美主义者、一个坚信人类大同的读者、一个坚信性别平等的读者、一个坚信种族平等的读者、一个坚信生命面前人人平等的读者、一个坚信人是自然的一部分的读者、一个人道主义者、一个多元文化主义者、一个文化沙文主义者、一个坚信强权就是正义的读者、一个因人类为了自身发展而对环境破坏感到痛心疾首的读者等,均可能以自己愿意相信的观念、事实、话语、热点问题等为语境,解读并建构作品的意义。

　　接受美学的最大功绩在于打破了传统的文本观念。换句话说，接受美学赋予文本开放性的同时，带来了读者围绕语境建构意义或者解释文本的无限自由。最近的半个多世纪里，西方文学批评界流派众多、学说纷纭，令人眼花缭乱，这不能不归结于读者反应批评兴起后带来的变化。变化的动因无疑是读者的语境化解读促成了读者解释视角万马奔腾的壮丽和纷繁，这壮丽和纷繁还体现于批评方法、理论视角、问题意识等方面的多样性。譬如说，我们可以依据新历史主义、女性主义、叙事学、性别研究、修辞研究、后殖民主义、文化批评、马克思主义文艺理论、话语分析等理论，研究文本对性别、种族、主体、他者、身体、权力等问题的书写和呈现方式。当以上问题的讨论发展到一定时期时，其他重要的社会或者全球问题必然进入批评家的视野，比如说，空间、环境和自然。

　　环境和自然作为批评语境既是文学批评语境化历史发展的必然，也是自读者反应批评赋予文本开放性不断"具体化解读"文本的必然，同时也是人类重新思考自身与自然的关系的必然。环境和自然作为文学批评的语境，如同性别、阶级和种族作为语境一样，有着自己关注的重点，会随着探索的不断深入，形成迥然不同的流派，如女性主义批评在几十年的发展中形成了上百个流派一样。一如女性主义批评没有统一普遍接受的定义一样，生态文学批评由于其开放性的本质，虽然有几十年的发展历史，也无定论。

　　尽管如此，各国学者还是能够从最宽泛的角度，大致接受生态批评的早期倡导者之一彻瑞尔·格劳特菲尔蒂（Cheryll Glotfelty）在《生态批评读本》中的定义，即，生态文学批评"研究文学与自然环境之间的关系"，其核心就是"以地球为本研究文学"（xviii）。这无异于公开挑战以人为本的人本主义批评传统。不仅如此，"以地球为本"的生态批评对后结构主义等后现代理论也提出了严厉批判，因为，用帕特里夏·沃（Patricia Waugh）

在《践行后现代主义》一书中的话说,后现代理论"指向的是不负责任的相对主义"和"自我条件反射的自恋癖"　(53)。"自恋"指的是对文本和结构的一味热衷。

同为生态批评的早期倡导者之一的帕特里克·墨菲（Patrick Murphy），在其生态批评专著《文学、自然和他者》中精辟地指出:"多元人本主义已经完成了自己的使命。原来在文化的某些方面可能鼓励个性成长和学术多元化的努力,现在则滋生了一种放任的态度:这种态度使得人们不愿做价值判断或者干脆采取意义'不确定'的立场,常常导致对文化价值的争论浅尝辄止"(3)。墨菲虽然没有勾画出多元人本主义在美国完成了其使命后文艺理论可能发展的前景,也没有从理论上探讨学者们采取"不确定"立场的思想根源,而是对学术界面对重大社会问题时回避做出文化价值判断的相对论态度提出批评,他于是呼吁学术界寻找新的"问题"并对之进行探讨。这一呼吁同时也期待学术界要承担起新的"使命",以保持批评对原则和正义的坚持。其专著的书名表明他找到的新的"问题"就是重新认识并确立人与自然和生态的关系。确切地说,他找到的研究问题就是文学与自然和环境的关系问题。对于一个文学评论家而言,人与自然的关系几乎就是文学与自然的关系,也可以说就是文学与自然的长期对话关系。从理论角度思考,生态批评的兴起可以说是英美学术界在寻求理论突破时的必然。

如果说,文学的创作和消费是一种精神和文化活动和过程,必然反映着作者和读者特定的社会文化心理和文化心态,那么,在人类住居环境日益恶化的当代,文学作品和文学批评必然反映着作者和读者的生态观念,同时也影响着社会思潮的发展。作家和批评家以直接或间接的方式折射并回应社会思潮发展脉动的结果,就是欧美包括日本文学界对环境问题的热切关注。可以毫不夸张地说,生态文学批评的兴起和发展在欧美和亚洲一些国家,有着深厚的社会基础。在最近几十年间,环境保护意识在英美不断增强，并不断向社会各阶层扩展。用特里·吉福德（Terry Gifford）在《绿色声音》中的话说："1988 年春季，撒切尔夫人走向了绿色，1991 年夏天，国防部走向了绿色。到 1992 年，连女王也走向了绿色。"（2）于是，在一定的社会共识的基础上，经过一段时间的社会运动和政府的政策推动，英美学术界终于找回了"自然"这一古老而又新鲜的主题，从一个新的视角发展多元人本主义，并结合当代社会和经济发展的现实，开创了生态批评这个全新的批评流派。我们因此也可以说，生态批评是后人本主义思潮发展的必然，也是后现代主义寻求突破的必然。今天，它的队伍不断壮大，其发展高歌猛进，引起了不同学科的重视。生态美学、生态社会学、生态哲学、生态文化学等等概念的探讨和争论持续而激烈。这种现象的出现，用生态哲学家麦茜特的话说，是因为"生态学已经成为一门颠覆性的科学"。就文学批评而言，凯特·里格比做了这样的判断："生态批评目前正在改变文学研究的实践。"（阎嘉《文学理论精粹读本》，194）

英美的生态批评滥觞于 20 世纪的 70 年代，但其具有学科意义的发展却是在 1992 年美国成立"文学与环境研究会"之后。如今有 1300 多名美国国内外学者入会，其中英国、日本、韩国、印度和中国台湾均成立了分会。次年，该协会开始发行自己的刊物《文学与环境跨学科研究》（ISLE：Interdisciplinary Studies in Literature and Environment）。生态文学批评经过 20 年的快速发展，如今已经成为一门显学，国外出版的专著达几十种，研究范围涵盖了几乎所有文类和重要作家的作品，其中包括莎士比亚的戏剧等。

我国社会的环保意识有所增强，但全民的"绿色意识形态"并未形成，因为阳光一旦照射大地和城市，阴霾天气似乎就是往昔和未来的事情了，呼吸清新空气的需求很快让位于生计大事了。其中一个根本的原因就是环境教育严重滞后：人与环境和自然关系的课程尚未被纳入普通的大学教育之中。

　　事实上,我国的环境恶化程度到了令人痛心疾首的程度。2013 年 3 月 26 国家统计局发布了《第一次全国水利普查公报》,一组数字令人触目惊心:中国目前有 100 平方公里以上的河流 2.27 万条,20 年前是 5 万多条,这表明在短短的 20 年间,我国在地图上消失了 2.8 万条河流,其流域面积相当于整个密西西比河的流域面积。官方的权威解释是过去测绘技术不高,导致河流数字估算不准确,而直接原因是干旱和气候变暖等。一句话,全是人力不可企及的技术和自然因素造成的。但是,我们以为,人的因素可能才是主要的。

　　随着经济全球化的节奏不断加快和各个国家经济发展的需要,人类对自然的征服和改造还将持续下去,这必然会带来环境文学创作呈增长的趋势,这不仅有利于文学创作的道义追求,也能深化我国生态文学批评的发展。更重要的是,繁荣的文学创作必将唤醒人们的环境意识和生态意识,甚至会促使我们思考在经济全球化时代一个重要的命题:我们不仅要问人类需要怎样在地球上生活,而且要问人类应该如何与地球生活在一起。这也是我们决定翻译生态文学批评丛书的初衷,希望引起作家、批评家和社会大众重视环境问题,审视我们的环境道德观念,进而破除以人为本的批评局限,以期树立以地球为本的负责任的新的世界观,并以此重新解读文学文本的意义。

　　世纪之交之时,我在美国读博士,导师是现任中佛罗里达大学英语系主任帕特里克·墨菲教授,他是美国"文学与环境研究会"发起人之一,后兼任过《文学与环境跨学科研究》刊物的主编。他曾暗示我写生态文学批评方面的博士论文,但由于我当时思考的主要问题是文学中华裔的文化认同问题,没有接受他的建议,一直没有为他主编和撰写的关于生态文学批评方面的著作有过丝毫贡献。2009 年,他应邀到上海外国语大学讲学,并来我校做了生态文学批评方面的讲座。我们讨论了翻译一套生态文学批评方面的丛书事宜,他热情很高,回国后很快寄来十多本专著和论文集，并委托他的日本朋友挑选了两本日语专著。书籍收到后，适逢中国社会科学出版社的赵剑英社长来我校讲学，我们谈起这套丛书，赵先生认同我们的想法，并表示愿意购买版权并委托我们翻译。在此，我们表示由衷的感谢。浙江师范大学外国语学院和国际学院的师生承担了 5 本书的翻译任务，另一本由大连海洋大学的教师翻译，其中甘苦一言难尽，对他们的努力是需要特别感谢的。我校社科处、外国语学院、国际学院和人文学院，对这套书的出版给予大力支持，在此一并致以衷心的谢忱。

浙江师范大学

李贵苍

2013 年 5 月 8 日

序　言

　　蒙大拿的冬季寒冷而多雪。有一天，我独自爬山，在雪地上看到了清晰的脚印。仔细地查看一番后，我判断那些深长的爪痕必定是灰熊留下的。它也正在我前方的某个地方顺坡而上，然后再默默地穿过一片挂满黑色松果的树林。我跟随足迹前行，心里想着会不会看到它，我们又会以怎样的方式相遇，它会不会突然从这片白雪皑皑的树林里冒出头来。那只灰熊正沿着幽暗的小道不断攀爬，那条小道也只有它与偶尔出现在林间的小鹿熟悉。现在，我也知道这条小道的存在了。看着这些新鲜的熊脚印，我突然想起有个朋友曾跟我说过，他在一个大白天，就在这附近碰见过一只灰熊。那里原本是人和动物不会同时出现的地方。熊看到他时感到非常惊讶，盯着他，嘴里发出低沉的吼声，接着，它两条后腿直立起来，咆哮着表明自己的身份和必胜的决心。凭着全然本能的反应，我的那位朋友站在原地，嘴里发出奇怪的叫声，连他自己都不知道自己竟然能发出那样非人的声音。可见，当灾难降临的瞬间，人类的潜能是能够应"景"而现的。

　　然而，我这一次并没有看到熊。它静悄悄融入了那片枝蔓缠绕的树林，行进中透露出野生动物特有的优雅。或许，那天没看到熊的经历要比遇上它，更让我印象深刻。20 年过去了，我依旧追随着它在雪地上的足迹，想着它何时会突然出现在我眼前，想着那些模糊的脚印会预示着些什么。雪地上的熊爪痕迹、折断的荆棘、破碎的树皮、散发着强烈气味的朽木、发出噼里啪啦声响的灌木丛，等等，这些既是我们与其他物种寻求各自的猎物与配偶的标志，也是预示凶猛天敌潜伏在周边的征兆。我们人类并不是能够感知其他生物存在的唯一物种。事实上，人和许多动物都有感知以上信息含义的本能。据说，熊的视觉很差，但嗅觉敏锐，能够用"嗅"感知周围的环境。如果熊有一套哲学体系，其精神概念极有可能是基于嗅觉之上的，那么，它会说："我嗅，故我在。"

20 年后，雪地上那一长串灰熊爪痕带给我的感受依然强烈，好像那只熊此刻正伴我前行。在我的土著文化里，如果我们有了一个动物相伴，这意味着我们正从童年时期过渡到了完全发育的成年时期。如今，我对此有了更加深切的体会。我依旧追寻着那只熊的脚步，那强有力的爪印是它在林间出没时醒目且独一的标志。雪轻柔地落在树林的地面上，存留在树枝上，迟迟不化。熊继续走在我的前面，就像所有动物一样，循着自己熟悉的路径前行。遗憾的是，我们人类还尚未发现自己熟悉的路径。

平装版序言

　　近年来，英美文学界涌现出一种新的研究方法，它从根本上改变了以往文学批评的研究问题。这个新的方法就是生态文学批评。自20世纪90年代，工业化国家越来越关注生态与环境问题，生态文学批评应运而生，旋即成为一门显学。生态批评学家开始思考，在这个环境危机日益恶化的时代，文学批评的目的何在？文学的目的和意义何在？文学评论家乔纳森·贝特（Jonathan Bate）在其影响深远的著作《大地之歌》（*The Song of the Earth*）中，提出过一个发人深省的问题："什么是诗人？"① 换句话说，诗歌是现实生活的真实呈现，抑或只是生活的装饰品？诗歌是否应该触及社会与政治问题？还是说它只是一种给予人快乐的消遣方式？

　　以上问题都包含在诗学研究领域之内。亚里士多德（Aristotle）在其《诗学》（*Poetics*）一书中提出了他的诗学构想。之后，贺拉斯（Horace）在他的《诗艺》（*Ars Poetica*）中进一步拓展了诗学的概念。他关于诗歌的经典名言是"寓教于乐"。② 在全球环境不断恶化的时代，生态批评成为一门新兴学科，它的出现要求人们重新认识诗歌的本质（"教"）。在当代环境危机四伏这个历史性时刻，生态文学批评不再是文学批评的一个边缘流

---

① 乔纳森·贝特：《大地之歌》，哈佛大学出版社2000年版，第243页。
② 贺拉斯：《诗艺》，第343行。

派,因为自然不再仅仅是"人类戏剧"被动的背景或场景。19世纪英美文学经常探讨的永恒问题之一就是人与自然世界的关系,研究这一时期的文学理所当然地会成为生态文学批评关注的重点。①

正如乔纳森·贝特指出的那样:"我们对于现在和即将到来的一系列灾难都太熟悉了。"② 因此,所有受过教育的人都会(或应该)意识到,在地球历史上,由于人类对环境造成了无数前所未有的伤害,地球的生态系统已经濒临崩溃。贝特简要描述了地球遭受的严峻威胁:

> 燃烧石化燃料所产生的二氧化碳妨碍太阳热量散发,导致地球温度上升;冰川和冻土融化,导致海平面上升;降雨模式变化,导致风暴愈演愈烈。与此同时,海洋被过度捕捞,土地沙漠化呈蔓延趋势,森林覆盖率不断下降,淡水资源愈发稀缺,地球上生物多样性不断减少。③

所有文化人都知道(或者应该知道)上述事实。读者想必也知道 1997 年生效的《京都议定书》(Kyoto Protocol)。它规定所有发达国家都应大幅减少温室气体排放。尽管各国皆受该国际协议的制约,但严峻的环境问题并没有因此得到有效解决。美国、中国、俄罗斯与印度,这四大二氧化碳排放国,不仅自身大量排放二氧化碳,还使他国为保护环境所做的努力付诸东流。④时至今日,尽管各国大力发展环保技术,但全球的温室气体排放

---

① 若想了解更多,请参阅劳伦斯·布尔(Lawrence Buell)《环境文学批评的前景:环境危机和文学想象》(*The Future of Environmental Criticism:Environmental Crisis and Literary Imagination*,牛津:布莱克威尔出版社 2005 年版)。

② 乔纳特·贝特:《大地之歌》,第 24 页。

③ 同上。

④ 数据来源:联合国统计署,2006 年数据。

量仍呈上升趋势。

面对如此紧迫的环境问题，国际社会为什么不能制订一个行之有效的解决方案呢？这或许是因为现代工业文明存在深层的结构性问题，抑或是我们需要彻底改变人类意识，而非仅仅依靠高超的技术手段来解决环境问题。若真如此，诗歌研究则有助于解决一系列全球性的环境问题，因为，正如贝特所言："文学的要务便是作用于人的意识。"① 换句话说，文学研究能够促使我们重新思考自己最基本的伦理观念。生态文学批评旨在探讨：文学是如何呈现人们对地球环境根深蒂固的实用主义和工具理性意识的？文学能否改变弥漫在西方文化中长达几个世纪的这种意识？

作为一门新兴学科，尽管生态文学批评还未能给文学阐释提供一种单一的主导性批评范式，但以生态批评视角研究英美文学，却为我们带来了丰硕的成果，其方法论也具有启迪意义。其中一种方法就是研究文学生产的"栖息地"，结合特殊地貌来探讨诗歌的本源。1985 年，大卫·麦克拉肯（David McCracken）首次在《华兹华斯与大湖区》（*Wordsworth and the Lake District*）一书中，卓有成效地使用了这种方法。他将华兹华斯的诗置于大湖区的具体地理语境下，配以详尽的地图与步行指南，全面且详尽地研究了华兹华斯的诗歌与当地山峦、湖泊以及河流等特有意象的关系及意义。② 毫无疑问，这样的方法能帮助我们更好地研究那些深受特定地区影响的作家，比如约翰·克莱尔（John Clare）、约翰·缪尔（John Muir）和玛丽·奥斯汀（Mary Austin）等。事实上，对于这些地域特征鲜明的作家而言，基础性的研究尚待完成。

劳伦斯·布尔（Lawrence Buell）在《环境想象》（*The Environmental Imagination*）一书中，不仅为上述研究方法提供了重要

---

① 乔纳特·贝特：《大地之歌》，第 23 页。

② 大卫·麦克拉肯：《华兹华斯与大湖区》，牛津大学出版社 1985 年版。

的理论依据，而且还提出了判断"环境文本"的四个标准。首先，布尔认为不论是一首诗还是一个故事，作为一个环境文本，其中呈现的"非人类环境不仅仅是框架，更是人类历史与自然历史紧密相连的在场"。① 这样的环境文本通常来源于一些作家的真实生活经历，他们常年居住在某个特定地方，心灵和精神均深深根植于故土之中。正如布里奇特·基根（Bridget Keegan）在其重要著作《英国工人阶级的自然诗歌：1730—1837》（*British Labouring-Class Nature Poetry，1730 – 1837*）中指出的那样，扎根故土的诗人通常都是工人阶级出身。②

　　以生态视角研究英美文学的另一重要领域，涉及思想史研究。近期的生态批评着重梳理浪漫主义自然观的历史，并不遗余力地研究浪漫主义作家，以及美国超验主义作家对人们宏观理解大自然所作的贡献。唐纳德·沃斯特（Donald Worster）的《自然的经济体系：生态思想史》（*Nature's Economy：A History of Ecological Ideas*），将现代生态科学理念的源头追溯到 18 世纪，是生态思想史方面最为重要的著作之一。在那个时期，人们认为自然界是一个能够自我调节的和谐体系，并将其称为"自然的经济体系"。迈克斯·奥尔施莱格（Max Oelschlaeger）在其汪洋恣肆的思想史著作《荒野的概念：从史前到生态学时代》（*The Idea of Wilderness：From Prehistory to the Age of Ecology*）中，回顾了"荒野自然"概念的发展历程，并特别提到了威廉·华兹华斯（William Wordsworth）、塞缪尔·泰勒·柯勒律治（Samuel Taylor Coleridge）、亨利·戴卫·梭罗（Henry David Thoreau）和约翰·缪尔。随后，凯特·里格比（Kate Rigby）在她《神圣的

---

① 劳伦斯·布尔（Lawrence Buell）：《环境想象：梭罗，自然写作和美国文化的形成》（*The Environmental Imagination：Thoreau，Nature Writing，and the Formation of American Culture*），哈佛大学出版社 1996 年版，第 7 页。

② 布里奇特·基根：《英国工人阶级的自然诗歌，1730—1837》，纽约：帕尔格雷夫－麦克米伦出版社 2008 年版。

地貌：欧洲浪漫主义文学中的地方诗学》（*Topographies of the Sacred：The Poetics of Place in European Romanticism*）中，精辟地分析了英国和欧洲浪漫主义作家的生态思想。她认为："浪漫主义至今仍受到人们青睐，仍给人以灵感，因为它抵制将自然与科学、物质与精神、理性与想象、技艺与诗艺等等相割裂的做法。割裂是工业化时代的趋势与特点，它造成了一系列灾难性后果。"① 与此同时，里格比认为，华兹华斯、克莱尔（Clare）和雪莱（Percy Bysshe Shelley）是最具"生态中心主义思想"的三位诗人。②

　　以生态视角研究英美文学的第三种方法，可以说是基于"存在主义"思想的，因为它试图从诗歌的想象经验出发，进而阐释环境意识的演变历史。乔纳森·贝特的《大地之歌》便是运用该种方法最具影响力和开创性的著作。翁诺·欧勒曼斯（Onno Oerlemans）的《浪漫主义和自然的物质性》（*Romanticism and the Materiality of Nature*），是运用这一方法的最新例子。书中，欧勒曼斯力图将浪漫主义诗歌，置于物质世界冷峻、客观的现实之中，并将浪漫主义诗人，特别是华兹华斯与雪莱，置于他们那个时代的知识背景之下，研究其诗歌创作中具体、客观而又不可再简化的素材，如"岩石，石块和树木"。③ 尽管"存在主义"方法与上文描述的地貌研究方法密切相关，但二者又截然不同，因为前者并未试图制作地图和步行指南：欧勒曼斯的研究关心的是，自然景物如何经由诗歌意识，转化为经久不衰的文学作品。

　　上述三种方法为生态文学批评领域研究英美文学，做出了重

---

　　① 凯特·里格比：《神圣的地貌：欧洲浪漫主义文学中的地方诗学》，弗吉尼亚大学出版社2004年版，第261页。

　　② 同上书，第239页。

　　③ 翁诺·欧勒曼斯：《浪漫主义和自然的物质性》，多伦多大学出版社2002年版，第40页。其中引用威廉·华兹华斯"沉睡封闭了我的灵魂"的第9行。

要贡献。再者,三种方法相辅相成,并不排斥。生态文学批评理论发展迅猛,这在很大程度上得益于批评家受到 19 世纪英美作家的鼓舞,从他们的作品中获得研究灵感。同理,批评界以"环境文本"为标准,重塑了英美文学的正典。"绿色"研究方法不仅关注新作品和新作家,也为研究经典作品提供了一个崭新的视角。

致　　谢

　　在此特别感谢玛丽琳·高尔（Marilyn Gaull）。她自始至终对本书充满信心，并在我写作和修订期间提供了宝贵意见。乔纳森·贝特不仅提供了研究灵感，而且始终热情鼓励我完成书稿。卡尔·克鲁伯（Karl Kroeber）及时的建议和富有建设性的批评，使我受益良多。罗伯特·艾斯克（Robert Essick）使我找到了重新解读威廉·布莱克诗的方法。莫顿·帕莱（Morton Paley）使我更好地理解了布莱克的启示录思想。艾瑞克·罗宾逊（Erick Robinson）提供了大量的关于约翰·克莱尔的研究资料和技术史资料。罗纳德·林博（Ronald Limbaugh）分享了他的观点，使我能更好地理解约翰·缪尔的作品。尤金·帕克（Eugene Parker）使我加深了对环境科学的理解。布里奇特·基根是我长期的合作者。就本书而言，她思想深刻，观察精到，热情友好，并且与我讨论了书中牵涉到的所有学术问题。

　　亨廷顿图书馆（The Huntington Library）善本和手稿室收藏有玛丽·奥斯汀的作品，为我在该馆的研究提供了充裕的经费支持。太平洋大学（University of the Pacific）的霍尔特·阿瑟顿图书馆（Holt-Atherton Library）为我提供方便，使我能够查阅约翰·缪尔的作品。特别感谢不列颠图书馆（British Library）为我开放它的善本和手稿室。加州大学伯克利分校的班克罗夫特图书馆（Bancroft Library）也慷慨地向我开放。新墨西哥州圣达菲市的杰拉德·彼得斯艺术馆（The Gerald Peters Gallery）允许我遍访玛丽·奥斯汀家园的每个角落。

感谢全国人文基金会（National Endowment for the Humanities）、梅隆基金会（Mellon Foundation）以及马里兰大学的慷慨资助，使我得以完成本书的初稿。本书中的部分章节曾以论文形式发表于《浪漫主义研究》（*Studies in Romanticism*）、《华兹华斯学术界》（*The Wordsworth Circle*）、《济慈－雪莱研究》（*Keats-Shelley Journal*）和《多伦多大学季刊》（*University of Toronto Quarterly*）。感谢这些刊物的编辑允许我重新使用那些论文。

在个人层面，首先要感谢科克·麦克库希克（Kirk McKusick）和艾瑞克·阿尔曼（Eric Allman）。他们在伯克利的房子为我考查整个西部提供了住所。我的父亲布莱恩·麦克库希克（Blaine McKusick）在我还高不及草的时候，就帮我建立起与自然的纽带。特别要感谢的人是我的妻子佩奇·麦克库希克（Paige McKusick）。她无微不至的关照，我永感于心。

平装版致谢

感谢我在蒙大拿大学的同事加里·霍克（Gary Hawk）、加里·科尔（Garry Kerr）、唐娜·门德尔松（Donna Mendelson）、罗伯特·派克（Robert Pack）、妮基·菲尔（Nicky Phear）、史蒂夫·朗宁（Steve Running）、罗布·萨拉丁（Rob Saldin）、丹·斯宾塞（Dan Spencer）、贝瑟尼·斯旺森（Bethany Swanson）以及帕特·威廉姆斯（Pat Williams）。他们的建议和鼓励令人难忘。教务长罗伊斯·恩格斯通（Royce Engstrom）给予我充足的研究时间。感谢本书的日语译者川津雅江（Masae Kawatsu）、小口一郎（Ichiro Koguchi）和直原典子（Noriko Naohara）。感谢"狼堡"（Wolfkeep）动物保护组织主任卡尔·博科（Carl Bock）提供的专业帮助。他的热情好客，令人难忘。

目　　录

绪　论

　　写下上面两个字的时候，我从书房的窗户向外瞭望，看见空地之外，长满枝节的树木上挂满了一层冰。树木之外，州际高速公路上各色车辆飞速行驶在上周残留的雪上，泥水四溅。我居住的城市是巴尔的摩。和许多读者一样，我人生的大部分时间是在城市和郊区度过的。20 世纪 50 年代中期，我成长于中亚特兰大地区，十分熟悉大烟囱工业的嘈杂和刺鼻的气味。夏日午后，雾霾笼罩下的城市景象至今仍历历在目。坑洼不平的街道上，随处可见一摊摊油污，因光的折射，周边泛起各种色彩，如同倒落在地面上的迷你"彩虹"。小时候，接触大自然的短暂活动，不论远近，比如从每天经过的人行道旁采摘栗子，或是到布兰迪微因河边高过人的草丛里玩耍，抑或是在当地所谓"欢乐谷"的公园里，静静地观赏松鼠和蓝冠鸦，痴痴地聆听它们的喧闹之声，都令 5 岁的我"心往神驰"。少年时期游历辽阔西部的经历至今记忆犹新，那种深入骨髓的感官体验无以言表。

　　久居现代都市的人们对荒野有迥然不同的体悟。英国浪漫主义诗人都生活在工业化时代。对布莱克、柯勒律治以及济慈而言，田野和森林的绿色世界遥远、神秘、富有魔力，与他们久居其中的伦敦迥然不同。他们对伦敦的感受就是重重的烟雾、拥挤的街道和轰鸣的机器声。显然，城乡生活的不同自人类文明肇始便已形成，只是工业革命之后，城乡差别的二元对立有了不同的内涵：新的交通工具拉近了城乡的距离。乘坐驿马车、蒸汽船，或者火车,已使 19 世纪的作家能够较为轻松地在城乡间快速穿行,不用承受太多的舟车劳顿。如今,我们乘飞机能够快速飞越美国广袤的西部和仍然令人生畏的西部沙漠,又是 19 世纪中叶乘坐马车西进加州和俄勒冈地区的拓疆者们不可想象的事了。

忘记旧世界的机会

梭罗在他著名的散文《步行》("Walking")中,将他从东部走向西部的旅途比作是从城市走向乡野:"我向东时步履维艰,向西时却步履轻盈……让我随性择居吧。这边是城市,那边是荒野,我离城市越来越远,一步步隐于荒野。假如这并非当下的主流倾向,我所讲的便不值一提。我必须举步走向俄勒冈,而非欧罗巴。"(668)①

认为西部是自由之地便是所谓的"主流倾向"。可以说,"荒野"是整个美国文学中最具力量的原型之一。在梭罗想象的美国地理中,"荒野"是城乡的分水岭。他在无限讴歌美国西部之时,公开拒绝一切与东部有关的品质:城镇化、发达的贸易体系,以及从旧世界继承而来的堕落的生活方式。更有甚者,他呼吁人们为纵情荒野、追求自由,干脆忘却故土。他写道:"我走向东方是为了追溯历史,学习文学艺术,追踪民族的历史脚步,然而,走向西部却是怀着冒险精神,迈向未来。大西洋就是忘忧河。跨越大西洋就是遗忘旧世界以及它的种种弊端的良机。"(668)

遗忘旧世界城市文明是美国超验主义时期绝大多数作家的愿望和心声。如果"遗忘"是一种姿态,它便揭示了美国历史文化中,西进冲动的根本动机:西部就是一块可以重新书写民族命

---

① 见亨利·S. 坎比(Henry S. Canby)主编《梭罗全集》(*The Works of Thoreau*),波士顿:霍顿·米夫林出版公司 1937 年版。

运的白板。英国作家劳伦斯（Lawrence）在他极具开创性的《美国经典文学研究》（*Studies in Classical American Literature*）一书中认为，对美国民族而言，最具象征意味的行动就是杀死"父亲欧洲"（Father Europe），其次是顶礼膜拜荒野。对待"荒野"的根本情愫之一就是遗忘（旧世界）。

　　问题是，我们能遗忘什么呢？或者说，能抹杀掉什么呢？到了21世纪，我们对荒野这个原型有了新的认识，不再认为它是旷野、处女地或者无限的"静空"。荒野原来含着"有"，只是我们的文化"教养"蒙蔽了我们的双眼，使我们视而不见。当然，在我们的内心深处，我们都知道"荒野"里有什么。事实上，在整个西进运动期间，生态体系被绘制，独有的植物区系被开垦，动物和土著人民被猎杀，原始文化被根除，自然水系被改道。原来，生态体系是被诅咒的对象，自然环境是推土机横行的场所，被挖得千孔百疮，最终惨遭破坏。这些，我们都知道。问题是我们好奇的认知器官钝化了，对此视而不见。"荒野"是一个被严重扭曲的概念。梭罗的"荒野"观就是让人们尽情地遗忘。

　　我们在西进运动中还遗忘了什么呢？梭罗将大西洋称作"忘忧河"，要人们忘记美国文化在旧世界里的源头，或者要人们在创建新世界时压制寻根溯源的冲动。梭罗的《步行》就是只他一人参与的"环法赛"，是他于整个新英格兰地区系列讲座中的名篇，尘封箱底，直到1862年才见刊。毫无疑问，《步行》就是梭罗意欲摆脱英国文学传统的"独立宣言"。他写道：

　　　　从吟游诗人到浪漫主义时期的湖畔诗人，包括乔叟、斯宾塞、弥尔顿和莎士比亚，并未呼出一丝新鲜的气息。换言之，他们的作品并未有一丝荒野的味道，文质彬彬，是受过教化的文学，与希腊和罗马文学一脉相承。他们的作品中即使有荒野，也只是森林，即使有狂野的人，也只是个罗宾汉而已。他们的作品里有对自然铺天盖地的爱，却不见自然的踪影。他们记载的历史中有野生动物灭绝的事实，却没有关于狂野的人何时消亡的只言片语。(676)

蔑视英国文学是超验主义作家的典型态度。爱默生在《美国学者》（"The American Scholar"）和《论自助》（"Self-Reliance"）中表达了同样的态度。公然拒绝英国文化在美国并不意外。托马斯·潘恩（Thomas Paine）在他的《常识》（*Common Sense*）中，以政治术语表达了类似的态度。在美国政府制定的《独立宣言》中，英国国王乔治还被谴责为邪恶和腐败的国王。

拒绝英国文化并不仅仅体现在美国拍打胸脯的粗鲁举动和呼吁革命的地缘政治话语中。梭罗拒绝英国文学，尤其是湖畔诗人的作品，因为那些诗作过于"温文尔雅"（tame and civilized）。一如狼、野猪和欧洲野牛从英国的原始森林中消失一样，英国的狂人也消失殆尽了。因此，研读英国诗歌与学习拉丁语、希腊语没什么区别。这两种语言正是梭罗在哈佛大学学过的。在他看来，这两种语言与自己在森林中的生活毫不相关。在梭罗的想象中，狂野的美国文学不应该带有旧世界任何堕落的影响和因素。爱默生在他的《诗人》（"The Poet"）一文中，同样呼唤独立的美国文学，于是，我们便有了只会发出"粗俗噪音"的惠特曼。爱默生起初对惠特曼赞许有加，但后来也加入了批评者的行列。

不过，梭罗在《步行》中呼吁的荒野文学却有名无实。他不无遗憾地写道："我仍未看到能将渴慕荒野之情尽释的诗。"（677）显而易见，他设想在美国的土地上，将来会孕育出自己的神话，就如同古希腊神话"诞生于土壤还未耗尽，人类想象力还未枯竭时的旧世界"（677）。梭罗希望在未来的某个时刻，"世界诗人都能从美国神话中获得灵感"（677）。由此而言，空洞的"荒野"文学概念只能是呼吁人们遗忘传统的徒劳口号，因为"荒野"实际上指的是将先前的书面文学一笔勾销（口头神话除外）。梭罗嘲讽的近期目标就是英国浪漫主义时期湖畔派诗人的作品。殊不知，华兹华斯和柯勒律治在今天看来，依旧是公认的英国浪漫主义文学的奠基人。

梭罗贬低英国作家的言论中带有明显的嘲讽意味，因为在同篇散文里，为了支持自己的观点，他还以欣赏的语气引用他们的言论。他引用乔叟来支持自己关于朝拜的观点，引用弥尔顿的《黎西达斯》（Lycidas）来支持自己的西进主张。他还饶有趣味地引用了有关华兹华斯的轶事："当一位游客要华兹华斯的女仆领自己去看看她主人的书房时，女仆回答说，'这儿是他的图书馆，但书房在户外'。"（663）梭罗这番引用，为的是呼吁人们放弃刻板的书本学习，去户外沉思漫步，而这正是源自华兹华斯的主张。熟悉华兹华斯诗歌的读者想必知道，梭罗《步行》一文的主要观点，恰从华兹华斯的《劝导与回答》（"Expostulation and Reply"）和《掀翻课桌》（"The Tables Turned"）两诗得来，因为两者都表达了厌恶枯燥、无多关联的书本学习和向往漫游自然界的思想。梭罗的"西进"象征无疑取自华兹华斯的《西行》（"Stepping Westward"）。当然，他做了发挥。《西行》描述的是诗人与妹妹多萝西的一次荒野散步经历。那里是苏格兰高地"最寂寞的地方之一"。① 联想到梭罗对荒野的偏爱，《西行》让人想起西行就是一种"荒野的命运"：

> "什么？你要西行？"——"是的。"
> 那会是一种荒野的命运，

---

① 梭罗十分熟悉《西行》并在他的《日记》中引用。詹姆斯·麦金托什（James McIntosh）曾记录说："梭罗十分欣赏华兹华斯几首包含启示录意味的诗作，如《不朽颂》（'Ode on Intimations of Immortality'）、《西行》和《彼得·贝尔》（'Peter Bell'）。"见《作为浪漫的自然学家的梭罗：他变化的自然观》（Thoreau as a Romantic Naturalist: His Shifting Stance toward Nature），康奈尔大学出版社1974年版，第66页。

如果我们这样漫游，
远离家园，在这个陌生的地方，
成为被偶然性作弄的对象；
但谁会裹足不前，屈服于恐惧，
没有家园，没有庇护又何妨？
美好的天空总是在远方。①

　　此后的两节，"西行"的象征进一步扩展到"穿过茫茫无边的前方/走向世界"（25—26 行）。投身未知的茫茫荒野，不免使人浮想联翩，萌生人生思考，而这些正是华兹华斯诗作彪炳史册的鲜明特征。

　　问题是，梭罗在同一篇散文中不断引用华兹华斯的作品，却又极力否定湖畔诗人的影响。他这是怎样的动机呢？梭罗是自我嘲讽，还是自我分裂了？或许只有借助新弗洛伊德心理批评，才能解释这种怪异的现象。关于作家所受的影响，哈罗德·布鲁姆（Harold Bloom）曾用"影响的焦虑"概括过。② 简言之，"影响的焦虑"指的是任何作家只有象征性地杀死对他/她有影响的前辈作家后，才能为自己的创作开拓出一片专属空间。然而，这种俄狄浦斯式的内心纠结却与梭罗《步行》中流露出的那种闲适风趣的语气相悖。事实上，梭罗一边拒绝英国文学，一边又引用英国作家和古希腊、罗马文学。唯一可能的解释是，这种矛盾的做法恰恰代表了美国对欧洲荣耀时刻，怀有的粗鲁态度和不敬之心。马克·吐温的《傻子出国记》对此也有所体现。这与梭罗

---

　　① 《西行》第 1—8 行。见厄内斯特·德·塞林科特（Ernest De Selincourt）和海伦·达比希尔（Helen Dabishire）主编《华兹华斯诗全集》（*The Poetical Works of William Wordsworth*）1 至 5 卷，牛津：克拉伦登出版社 1940—1949 年版。此后引用华兹华斯诗作均出自本全集，且只标注诗行。
　　② 见哈罗德·布鲁姆的《影响的焦虑：一种诗歌理论》（*The Anxiety of Influence：A Theory of Poetry*），牛津大学出版社 1973 年版。

模仿富兰克林与詹姆斯·奥杜邦（James Audubon）的做法并无二致，他戴一顶浣熊帽，穿一件带流苏的皮衣，将自己打扮成高贵的野蛮人（Noble Savage），出现在诧异的盎格鲁－欧洲观众面前，只是一种哗众取宠的姿态而已，除了获得一丁点儿戏剧效果之外，并无深意。

果真如此吗？我们能想象得出，这是梭罗既拒绝又欣赏英国浪漫主义作家的真实意图吗？如果我们从政治、心理学和戏剧领域做出解释还不能令人满意，那么，是否还有其他可行的解释方法呢？对于像梭罗这样赋予居住地极大意义的作家，详细考查他的"精神地理学"（mental geography）或许就是一条蹊径。梭罗与很多美国作家一样，东方与西方在他们的精神地图上，是用完全对立的范畴体现的：城市与乡村，驯服与狂野，屈从与自由，文明与蛮荒，等等。这些表面上的二元对立项，从本质上讲，是极其不稳定的。由于存在先天的本体论缺陷，对立项中的任意一项都会变成另一项的一部分，因为对立项中的任何一项都是对另一项的否定或者缺席。换句话说，任一项都不是本质的、独立的存在。可以说，梭罗调侃式的讽喻源于伟大美国神话背后非此即彼的逻辑悖论：美国北方的自由制对应的必然是南方的奴隶制；开垦荒野必然要对原住民肆意妄杀。所谓的荒野精神就是毁灭与滥杀无辜。

遗忘浪漫主义源头：更多的例子

人们也许会争辩说，梭罗的《步行》仅仅是自己有意遗忘英国浪漫主义传统的孤立例子，因为绝大多数美国自然作家不仅深受这个传统的影响，而且也乐于公开承认所受到的影响。表面上看，所有美国的自然作家，尤其是超验主义作家，都受到过英国浪漫主义的影响，因为，正是他们将英国浪漫主义从湖畔移植到美国的瓦尔登湖区，又从那里扩散到美国西部的大漠地区。果真如此，我就没有必要在此浪费笔墨了。

殊不知，任何熟识的事情，只要经过一番认真研究，新的信息都可能出现，这就像艾伦·坡（Allen Poe）的短篇故事《失窃的信》（"The Purloined Letter"）一样。梭罗显然不是唯一一位既熟识英国浪漫主义诗人的作品，又不愿意承认受其影响的美国自然作家。还是用一个当代例子说明问题吧。威廉·克罗农（William Cronon）在他题为《"荒野"难题》（"The Trouble with Wilderness"）的论文中，详细考查了"荒野"概念的嬗演历史①。克罗农是现代环境思想史领域的著名专家，深知英国浪漫主义诗歌在确立人们当代自然观和自然意识上的历史意义。他研究埃德蒙·伯克（Edmund Burke）、康德和威廉·吉尔平（William Gilpin）的崇高观对浪漫主义崇高观的影响，并认为华兹华斯长诗《序曲》（Prelude）的"辛普朗山口"（Simplon Pass）一节，就充分体现了英国浪漫主义的崇高观。克罗农还认为首批建设的国家公园无一不体现着英国浪漫主义的崇高观。他的观点令人信服：

> 神性存在于山顶上，存在于峡谷里，存在于瀑布中，存在于电闪雷鸣的瞬间，更存在于彩虹和落日余晖中。只要想想首批国家公园的所在地，就立刻明白那些公园具备上述全部或者部分自然条件。不论是黄石公园、约塞米蒂国家公园、雷尼尔国家公园还是辛恩国家公园，概莫能外。不能体现浪漫主义崇高观的地方是不值得受到国家保护的。(73)

克罗农继续描述文化建构美国荒野的其他要素：卢梭（Rous-

①　见威廉·克罗农（William Cronon）的论文《"荒野"难题：要么就回到迷失的自然》（"The Trouble with Wilderness；or，Getting Back to the Wrong Nature"）。收录于克罗农编《非同寻常的阵地：创造自然》（Uncommon Ground：Toward Reinventing Nature），纽约：诺顿出版公司1995年版，第69—90页。

seau）的原始主义和美国边疆精神中包含粗蛮的个人主义。由于包含这些神秘元素，美国的荒野概念，在克罗农看来，指的是一个幻想或者虚构的地方，其中的任何不和谐因素，不论是印第安人、大型动物，还是森林业和农业的任何蛛丝马迹，都要被强行根除：

> 根除印第安人的目的是要创造一个毫无人类活动的荒野，要干净得像人类历史上从未有过人文痕迹一样。这恰恰说明美国的荒野概念是被建构而成的。回到我一开始就提出的论点，那就是，荒野这个概念没有任何自然的要素，只是我们文化认可的建构，或者只是历史的产物，但这一历史却是我们始终要加以否定的。（79）

克罗农的论证有力，扣人心弦，尤其是他认为美国的荒野概念"来自历史却将那段历史连根拔除"的观点（79），更是令人钦佩。荒野必然与某一个地方相连。美国建构荒野概念的地方，就是印第安人居住数千年的地方，但那些地方需要被刻意遗忘。对此，克罗农呼吁人们恢复历史意识，承担起对那些被驱离家园印第安人的历史责任。任何有良知的人都会支持他的呼吁。

奇怪的是，克罗农在发现其他自然作家缺乏历史意识的同时，自己却掉进了历史意识淡薄的陷阱之中。在该论文结尾处，他竟然呼吁人们抛弃"浪漫主义遗产"，因为浪漫主义的荒野观认为荒野就是广袤、遥远并崇高的地方。克罗农于是建议人们树立一种"大荒野"（Big Wilderness）意识，怀着同样的心情欣赏人文景观和日常经验："如果我们欣赏的'荒野'指的是那些遥不可及的地球角落，或者是我们从未涉足的原始地带，那么，我们的'荒野'概念将陷于困境。这种想法只会将我们引入歧途。与从未经砍伐的老林一树相比，庭院一树同样令人啧啧称奇，同样令人肃然起敬。"（88）

克罗农的论述既有力又不乏说服力,但他却错了,因为他让人们遗忘的是英国"浪漫主义遗产"。事实上,"庭院一树"是英国浪漫主义诗歌中的常见主题。"美"不仅体现于雄伟和崇高的事物中,也同样体现于寻常事物之中。柯勒律治在他的《这个椴树亭,我的囚室》("This Lime-Tree Bower My Prison")① 里所要表达的正是与此类似的观点。该诗创作于 1797 年,比克罗农的论文早了 200 年。他在诗中还表达了自己(因为"萨拉不小心把煮好的牛奶洒到我的脚上了"),只好静待家中的无奈选择,以及与朋友一道攀爬雄伟的匡托克山的向往之情:

> 现在,我的朋友们出现在
> 广袤无垠的天堂之下——再一次欣赏
> 群峰夹裹的田野、草地和大海。
> 海面上行驶着一艘船
> 船帆照亮昏暗岛屿之间
> 那平滑的蓝色海面!(20—26 行)

尽管诗中的自然景观并不全是杳无人迹的荒野,但却充分反映了诗人浪漫主义的崇高观——神性普照万物,自然浑然天成:

> 因此,我的朋友
> 心旷神怡,站在山顶,像我昔日一样,
> 浮想联翩,注目凝视
> 无边的美景,直到景物幻化出
> 人形和斑斓的色彩,

---

① 见《柯勒律治诗全集》(*The Complete Poetical Works of Samuel Taylor Coleridge*),厄内斯特·柯勒律治(Ernest Coleridge)编,牛津:克拉伦登(Clarendon)出版社 1912 年版,第 1 卷,第 178—181 页。此后引用柯勒律治之诗均引用自本集,且只标注诗行。

> 像遮蔽神灵的面纱，也让
>
> 神灵感知到他的存在。（37—43 行）

至此，柯勒律治的这首诗与 18 世纪后期典型的自然诗并无二致，尤其是在要唤起读者对于崇高的审美体验上，并未翻出多少新意。然而，几行之后，柯勒律治开始关注眼前景色，描写花园的椴树亭，自此新意顿出。在前面的诗节中，他想到朋友们登高望远，尽情览胜，自己却被囚困在小亭子中，郁闷不堪。然而：

> 身处亭子中，
>
> 在这小小的椴树亭里，我也看到了
>
> 令我心神安闲的一切。阳光照射
>
> 树叶透亮，悬挂周边。我看见一片
>
> 宽阔透亮的叶子，投下一片影子，
>
> 洒下一缕斑斓的阳光！（45—51 行）

柯勒律治没有固守浪漫主义的崇高观，而是在邻居椴树亭子的有限四周，发现了造化的神奇瞬间，即：从寻常事物中发现了"美"，而非从自然的雄浑中发现"崇高美"。树叶随夏日的微风摇曳，无意间在地上造出一片斑斓的光影。这令他感到无比神奇。接着，柯勒律治坚信，"自然"无处不在：

> 至此，我才知道
>
> 大自然从未抛弃内心澄明的智者。
>
> 立锥之地不显小，只要是自然所赐，
>
> 再没有荒芜之地，只要
>
> 用爱心去"看"，
>
> 自然之美随处可见。（59—64 行）

在柯勒律治看来,不必将对"自然"的感知囿于荒野之地,因为花园里最不起眼的一个角落,只要"用爱心去看",也能拨动我们的心弦,令我们感叹大自然的神奇。克罗农在前文认为当代环保主义最看重的应该是自然赋予人的"新奇"感,柯勒律治的这首诗就有异曲同工之妙。

尽管克罗农可能对此不屑一顾,但他一定知道英国浪漫主义诗人在这些微不足道的身边情景中发现"美"的诗歌主张。华兹华斯和柯勒律治倡导诗人使用日常语言写出真实感受。在《抒情歌谣集》(*Lyrical Ballads*)(1798),特别是在华兹华斯那些使用日常语言——"普通人每天使用的语言"——描写平凡生活细节的诗中,他使用淳朴清新的语言和亲切新颖的意象,表达真实深刻的情感,以及身边景物中令他诧异而又惬意的"美"。杰弗里·哈特曼(Geoffrey Hartman)在他令人推崇备至的《平而奇:华兹华斯研究》(*The Unremarkable Wordsworth*)专著中,详细分析隐藏在日常生活经历表面之下令人惊异的惬意瞬间。任何喜好诗歌的读者,都不可能忽视华兹华斯所谓的"时间点",即:自然界的"神奇"突然进入诗人意识深处时的瞬间。柯勒律治的"会话诗"(Conversation Poems)共有8首,每一首都描写了一个日常生活经历中令人惊奇的"瞬间"。其中,《夜莺》("The Nightingale")一诗,描绘在幽暗的林中小径上,诗人体会到了"黯淡的星光给人的欣慰"(11行)。在这样微妙的自然现象中体验到"美",而不是在"狂飙"(Sturm und Drang)时期表征浪漫主义的崇高审美体验,正是华兹华斯和柯勒律治诗歌的鲜明特点。

克罗农争辩道:"我们应该张开双臂欢迎经过文化建构的自然景观,这包括城市、郊区、田园和荒野,因为它们都是'自然'的一部分。"(107)既然如此,我们不禁要问,他为什么还要人们断然拒绝英国"浪漫主义的遗产"呢?他的论点不正是这个遗产的有机组成部分吗?也许,克罗农不屑"浪漫主义遗产",只不过是耍了一个花招:或许只有毁掉"浪漫主义"这个稻草人，他才能在满目疮痍的后工业景观中，为当下这个世俗的后浪漫生活方式，拓展出些许空间。即便如此，我还是怀疑他呼吁遗忘浪漫主义遗产背后有更深层的动机：用他自己的话说，那就是"远离历史正是荒野概念的核心"（96）。显然，为了推行所谓的更成熟和更"现代"的自然观念，以及新的关于人们生活、工作和休闲之地的关系，在抹黑浪漫主义遗产，甚至妖魔化该遗产的潮流中，克罗农不是第一个，更不会是最后一个。

　　不论其真实动机是什么，这种滑稽的论调清晰地表明：我们丢弃了自己的思想和文化传统。毫不夸张地说，浪漫主义传统的自然观远比一般的思想史，更能揭示丰富的内涵。如果说，美国的环保主义运动总伴有危机，好比座座大坝皆有隐患，根本的原因是这些所谓的"明白人"世界观出了问题，导致了思想贫乏。当代美国的自然作家不必了解思想史，因为他们需要知道的一切，都能在爱默生、梭罗和缪尔的"伟大"作品中找到答案。站立在供奉着这几位绿色圣贤的万神殿中，怎会有必要追溯美国环保主义的浪漫主义思想源头呢？

　　华兹华斯描写灵魂从柏拉图式的先在（preexistence）王国，诞生于实在的物质世界之时，写下了这么一句话："它的诞生就是一次睡眠和一次遗忘。"① 遗忘是人类不敢面对恐怖真相时付出的代价。这只能说明我们还很脆弱。但是，在这个毫无心智的机器时代的轮番劫掠下，无知的代价却是谁也付不起的。只有熟识历史，我们才有可能认识自己，也只有具有丰富的历史知识，我们才能学会如何经受住未来的考验。

生态文学批评方法

　　本书在英国浪漫主义诗人那里追溯到生态思想的源头，并认

---

① 见华兹华斯《不朽颂》（"Ode：Intimations of Immortality"），第58行。

为他们从整体上认知自然的范式,为美国的环保主义奠定了生态批评思想、概念和意识形态基础。柯勒律治、华兹华斯、布莱克、克莱尔和玛丽·雪莱(Mary Shelley)的作品为现代环保主义奠定了思想和核心价值观。爱默生、梭罗、缪尔和玛丽·奥斯汀均公开承认受到他们至关重要的影响。为了追溯跨大西洋的绿色写作传统,本书将采用跨学科研究方法,其中包括科学史、环境史和一般的文学研究方法,分析浪漫主义诗人在创造一个全新的感知自然界的范式方面的作用,以及他们的范式在后来的科学史和文化史上开枝散叶的情况。在新世纪的曙光照亮大地的时刻,我们清楚地知道,星球间生态系统的健康状况与人类的生存与消亡密不可分。

　　生态文学批评作为一种崭新的批评方法,兴起于20世纪末期,旨在探讨文学作品与环境之间的关系。威廉·鲁克特(William Rueckert)在他具有开创意义的论文《文学与生态学:生态批评尝试》("Literature and Ecology:An Experiment in Ecocriticism")(1978)中,首次使用"生态批评"这个术语。① 公众不断增强的环保意识推动了生态批评方法的不断发展与完善。蕾切尔·卡森(Rachel Carson)1962年出版了《寂静的春天》(*Silent Spring*)。她在这部小说中,以令人毛骨悚然的科学细节,描述空气和饮用水中致命的化学污染状况,促进了美国现代环保运动的形成与发展。她1955年出版的畅销书《大海的边缘》(*The Edge of the Sea*)是一部非虚构作品。其中,她饱蘸笔墨,以极

----

　　① 威廉·鲁克特(William Rueckert)的论文《文学与生态学:生态批评尝试》("Literature and Ecology:An Experiment in Ecocriticism")收录于1978年《爱荷华评论》(*Iowa Review*)9月刊,第71—86页,重印于《生态批评读者:文学生态学中的地标》(*The Ecocriticism Reader:Landmarks inLiterary Ecology*)一书,谢丽尔·格罗特菲尔蒂(Cheryll Glotflety)与哈罗德·费洛姆(Harlod Fromm)主编,佐治亚大学出版社1996年版,第105—123页。《生态批评读者》第 xvii—xx 页详细叙述了术语"生态批评"("Ecocriticism")的相关历史。

其动人的笔调，描写海岸动物栖息地不断恶化的景象，使读者萌发了深深的生态危机意识。再之前，奥尔多·利奥波德（Aldo Leopold）于 1949 年发表了他影响深远的散文《像山一样思考》（"Thinking Like a Mountain"）。这篇宣传环保意识的文章是对一头狼的惨死表示哀悼的祭文，博得了读者极大的同情，不仅在读者心中埋下了生态危机意识的种子，还唤起了读者对环境恶化的愤慨之情，以及强烈的"土地伦理"意识，使读者意识到，若再不设立保护区，美洲大陆上的最后一头狼将被猎杀殆尽。在整个 20 世纪，环境文学不仅唤醒了公众的环保意识，而且助推政府制定相关法律，这在此前都是不可想象的事情。标志性的环保法案包括 1966 年的《濒危物种法案》（*Endangered Species Act*）、1970 年的《清洁空气法案》（*Clean Air Act*）和 1972 年的《清洁饮用水法案》（*Clean Water Act*）。这些法案得以制定和通过，与卡森和利奥波德等一批作家的持续呼吁不无关系。最近几十年，环保运动业已成为美国政治生活中的一支有生力量。

任何运动开始时都是通过对现代消费文化的严厉批判而确立的。然而，一旦成为主流，便锐气顿失，甚至会与原来反对的力量同流，被逐步同化。如今，打着"绿色"和"环境友好"旗号的各种商业推销模式，就是一种怪异现象，因为它们对环保运动毫无助益。毋庸置疑的是任何政治运动都有自己的目标，不可能像原始的道德观念一样纯洁，但把当代环保主义思想神秘化，甚至认为是只要将那些"绿色"圣徒的生平了解透彻，就已足够，这无疑是大错特错的。将源头神秘化的做法是危险的，因为它无异于否认或遗忘历史。任何个人的生平轶事都不会比准确地追溯某一思想的历史渊源更为有效。

自爱默生和梭罗时代起，美国的自然文学就自诩是无根无源，自我生发的。这种想法不仅弥漫于普罗大众内心，而且常常见诸学术研究。在大学里，英国文学系和美国文学系作为不同的学科，门户森严，疆界分明，并不鼓励对英美自然作家的相互影响进行研究。也许，人们都觉得美国的超验主义受英国浪漫主义诗人的影响，但却并未深入研究这种影响的范围以及结果。爱默生的"独立"神话至今响彻美国学术界，严重妨碍了人们追溯现代环保运动源头的努力。

问题或许恰恰出在"影响"这个术语上。过去的文学批评方法注重追溯思想借鉴和发展，强调一个观点的"源头"与当下文本之间线性的因果关系。虽然这种传统的研究方法揭示了某一观点在发展过程中的各种变体和形态，却存在限制作家自主创新之嫌，并且忽视作家群体间对话和交流过程中，思想碰撞带来的影响。对于立志要推动某个文学运动的作家群而言，他们的交流更频繁，也更难确定相互影响的因果关系。到 20 世纪中期，这种守旧的批评方法日渐式微，最终被"新批评"取代。

"新批评"强调文学作品的自主性，认为文学作品是艺术品，十分推崇作家的创造性，赞赏作品中自然呈现的新颖别致的文字游戏、栩栩如生的意象，以及复杂睿智的比喻。但是，一味强调独特性和个人特色，必然导致忽视作家个人经历、文学传承和社会语境对作品产生的影响。于是，每天呼吸空气、有血有肉的作家完全"化"到了自己的作品之中了，现于作品的文字之中。"新批评"还认为，作品或者一首诗就是它本身的语境。"新批评"坚信的有机形式论，实际上是瑞恰兹（I. A. Richards）在《实用批评》（*Practical Criticism*）一书中使用的，但他借用的是柯勒律治的术语。所谓的有机形式论实际描述的是一部文学作品独特的存在方式，或者说关注的是作品的本体论。然而，"新批评"理论却将有机形式极度简单化了。这在美国消费主义鼎沸的 20 世纪 40 和 50 年代，是无法让人想象的。那时，美国的中产阶级有史以来首次能够购买各类家电产品，彰显着其战后的富裕程度。人们争相购买洗衣机、烘干机、收音机、电视机、吉普车和雷鸟牌摩托车。在这样疯狂的商品拜金主义时期，文学作品被认为是一个"有机的形式"，如同任何一个有机体一样，不论它是温室里的花朵，还是户外粗壮的橡树，都不必过分追究其根源。代表文学作品的"诗"在新批评那里，就是一个自足的客体，与其社会、历史和地理语境没有丝毫关系。但是，没有人愿意去思考一首诗如何写成了那样，又为何写成了那样。在迪士尼乐园风靡的时代，文学作品成了主题公园的内容，原本真实的生活经历以逼真戏仿的方式，呈现在了人们眼前。

　　20 世纪 60 和 70 年代，美国大学界兴起一波"结构主义"浪潮。如果说新批评派无视所有可以确定"文本"意义的外在因素，那么"结构主义"浪潮则终结了前者这种鸵鸟式的批评方法。一时间，"文本"取代了"作品"（诗），成为文学批评研究的对象。罗兰·巴特（Roland Barthes）更走极端，做出了振聋发聩的"作者已死"的判断。他的说法既是个人的激愤之言，又是知识分子狂欢精神的率性流露，更是面对君临一切的"语言"（langue）结构，希望人们加以理解的愿望表达，因为语言无处不在，规定了任何个人言语（parole）使用的可能性。[①]重视语言结构无疑是纠正"新批评"过度强调文学文本独特性的有效方法，因为"结构主义"认为所有文本都是其语言和文化赋予的某种文字表现。然而，"结构主义"却囿于笛卡尔的二元论哲学思想，强调人的思维存在各种二元对立结构。索绪尔（Saussure）首先提出语言存在于个人之外的观点，这意味着语言是抽象的，没有血色的，如同柏拉图那毫无内涵的"理念"一样抽象。20 世纪 70 年代，"后结构主义"粉墨登场，尽管它最终剥夺了语言唯我独尊的地位，却将困惑的读者投进德里达（Derrida）《论文字学》（Of Grammatology）的迷宫，使之在先前哲学体系的废墟中，茫然地寻找出路。当"解构主义"席卷学

---

　　① 罗兰·巴特：《作者之死》（"The Death of the Author"），见斯蒂芬·希斯（Stephen Heath）选编并翻译的《意象、音乐和文本》（Image, Music, Text），伦敦：丰塔纳（Fontana）出版社 1977 年版。

界后，再没有人知道还有何文本具备确定的意义了。读者被丢弃在了漫漫长夜，彼时"所有的猫都是黑色的了。"

20 世纪 80 年代，"新历史主义"的出现恰逢其时，不仅挽救了读者，而且又一次强调文学作品的社会和政治次文本（subtexts）的重要性，呼吁人们关注出版过程中各个具体的经济环节对文本意义的影响。强调文学作品是具体时代的产物，并有着自己具体的物质存在形式，不仅有助于唤起人们研究文学的热情，而且赋予了文学理论这一学科的存在意义，就如现在的人们能以文学批评之名探讨种族、阶级和性别的含义。但令人不解的是，"新历史主义"的绝大多数研究却完全无视最根本的物质条件，即作为语境的环境。殊不知，任何文学作品的产生都离不开环境这个语境，因为它不仅为作家构思意象时，提供从感知到认知过程的"原材料"，而且提供作家完成作品所需的纸张、笔墨，包装的布料与皮革。这些材料都在"那里"，即超越了社会之外的"自然"那里。这里，我们暂不必拘泥于对"自然"的定义。

20 世纪 90 年代，"生态批评"迅速兴起。但遗憾的是，"新历史主义"却视"生态批评"为竞争对手。其实，这两种批评方法都对克利福德·格尔茨（Clifford Geertz）所说的"深度描写"（thick description）感兴趣。所谓的"深度描写"，就是阐释文学生产的"全部物质语境"。但"新历史主义"和"生态批评"之间的争论喋喋不休，大多都过于简单化，甚至夹杂着人身攻击，令人不齿。两者争论的焦点在于："自然"是客观存在，还是社会和政治的历史建构。艾伦·刘（Alan Liu）甚至断言："自然是不存在的，除非认为它存在于特殊形式的政府行为的定义之中。"① 与之针锋相对的是卡尔·克鲁伯（Karl Kroeber）的观点。他认为英国浪漫主义诗歌"是最早预示当代生态

----

① 见艾伦·刘（Alan Liu）《华兹华斯：历史意识》（*Wordsworth：The Sense of History*），斯坦福大学出版社 1989 年版，第 104 页。

概念的文学作品"，并极力为基于残酷的马尔萨斯资源竞争观点之上的激进唯物主义生态批评辩护。① 我认为，刘和克鲁伯的观点都是极其有害且过于简单化的，因为他们都希望将争论的对手逼到写着"自然"和"文化"的墙角。然而，"自然"和"文化"却是两个膨胀到了无所不包的概念，于是，就有了"所有事物都是 X"的结论。塞缪尔·约翰逊踢出那一脚之时，就有力地证明了自然的客观存在。约翰逊反驳乔治·伯克莱（George Berkeley）主观唯心主义哲学时，在石头上踢了一脚，说："先生，我就是这样批驳他的！"

　　"新历史主义"自我作践，已经到了无药可救的地步。我唯一能做的就是，提出一种避免陷于粗鄙物质主义陷阱的生态批评。"自然"不仅意味着寒冷的气候和坚硬的物体，同理，"文学"也不仅意味着纯粹、孤立的自然界的意象。作为走出物质主义简单化思维模式的第一步，我推荐人们仔细阅读大卫·亚伯拉罕（David Abram）的《感官的魅力》（The Spell of the Sensuous），因为他在这本著作中提出了许多关于思维、语言和自然之间相互关联的重要观点。② 虽然他没有对浪漫主义文学思潮做过多分析，但整本书观点犀利，令人难以释手，对研究浪漫主义文学大有助益。他认为在感官信息和概念转换的过程中，语言起着至关重要的中介作用。他描述了语言，尤其是未经雕琢的言语（如华兹华斯在湖畔地区碰到的那些牧人间的日常用语）与经验瞬间的关系，以及我们与自然接触的点点滴滴。显然，这样的描述并不是完全客观的。在亚伯拉罕看来，我们字母表顺序般的直

---

① 见卡尔·克鲁伯（Karl Kroeber）《生态文学批评：浪漫想象与思维生态学》（Ecological Literary Criticism: Romantic Imagining and the Biology of Mind），哥伦比亚大学出版社 1994 年版。第 2 页。

② 大卫·亚伯拉罕（David Abram）：《感官的魅力：超越人类世界的感知和语言》（The Spell of the Sensuous: Perception and Language in a More-Than Human World），纽约：凡他奇书局（Vantage Books）1996 年版。

线思维主要是受希伯来一神论、神助的和线性思维的历史观影响，以及希腊理性主义自然观的影响。[①] 根据这种观点，任何书面文本都事实上参与了一个毁灭性审视、消费自然的过程，最终的结果是自然被文化所背叛。概而言之，我们又陷入狂野、偶然的"自然"与冰冷、理性的"文化"的二元对立论中了。

但是，这个二元对立论是不成立的。我设想了几种可能的原因，但似乎每一种都有一定的说服力。首先，"自然"这个概念十分宽泛，既包含"实实在在的自然"，也包含"文化建构的自然"。卡尔·克鲁伯认为人的意识来自自然过程，大卫·亚伯拉罕结合他对语言的研究，深化了克鲁伯的观点，但即使我们接受他们的观点，进而探索或描述意识从直接的感官信息中形成的过程，都将面临一个根本无法克服的困难，因为人总是通过看不见的文化/政治这个过滤网，每天都在做所谓的宏观分析。

其次，认为"自然"和"文化"对立的观点其实是基于一个不严谨的假设之上的：人类行为的社会生产方式完全不同于"低等动物"学习猎食、隐藏、玩耍和打斗的途径。然而，动物行为学为我们提供了难以计数的实例，说明动物学习行为的方式与人类的典型方式并无根本差异。例如，有人曾把鲸鱼的声音制作成了乐曲，结果常常引来其他鲸鱼争相模仿。当然，鲸鱼乐曲也像在"美国流行榜前40首"电台播放的其他歌曲一样，流行一时，不久便销声匿迹了。

最后，我认为"实实在在的自然"与"文化建构的自然"的二元对立论是个伪命题，因为这是一个非此即彼的选择，如同"自然"与"教化"的争论一样，一旦抽象地使用，不仅毫无意义，而且愚蠢至极。显而易见，我们关于自然的感知和概念确实是经过我们的感知或者认知器官过滤、分类和建构的。康德对此

---

① 见亚伯拉罕的《泛灵论与字母表》（"Animism and the Alphebet"），《感官的魅力：超越人类世界的感知和语言》，第93—135页。

有过精彩论述。他认为人类的理解力都受到一系列先在范畴的限制，同样，马克思及其追随者更是从历史和社会决定因素的角度，提出了相同的观点。还有，萨丕尔和沃尔夫（Sapir and Whorf）从语言相关性角度，提出了相似主张。大卫·亚伯拉罕也讨论过语言相关性的问题。即便是最超凡脱俗的哲学家，也需要物质的存在，他们思考抽象问题时，也会中断思考，停下来吃饭、睡觉、生育等等。

换言之，知识和文化的再生产依赖于，或者说是受制于基本无关认知和文化的物质结构。在生活与环境状况日益恶化（甚至危机四伏）的今天，我们的理解力理应超过康德，理应认识到自身的存在与赖以生存的生态能源、物质循环息息相关。从物质主义的角度看，自然就是我们的生存之地。若从生物学的视角看，生命正是以 DNA 的形式，通过信息再生产和交换进化而来的。对于人以及一些能够交换象征意义的物种来说，信息再生产和交换是其语言和文化的一部分。一句话，从进化论的角度思考，在物质基质与信息的认知内容之间，并不存在一条严格的分界线。

正因为如此，我认为重要的浪漫主义诗人和作家的生态理想主义，不仅与当代的主要生态观一致，而且还是当代生态观的先兆。M. H. 艾布拉姆斯（M. H. Abrams）称赞柯勒律治是一位"宇宙生态学家"，旨在表明柯勒律治寻求一个无所不包、活力四射、变动不居的生态"理念"，这不正是当代的生态思想吗？①我还要强调，在互联网时代，我们更清楚，通过信息和思想交换，文化也是时时变化的，所以，我们不必再设想有一个凶残、贪婪、张着血盆大口、张牙舞爪（red in tooth and claw）、达尔文笔下的"自然"。那样的"自然"与在人类语言和文化中的"自

———

① 艾布拉姆斯（M. H. Abrams）：《微风习习：英国浪漫主义论文集》（*The Correspondent Breeze: Essays on British Romanticism*），纽约：诺顿出版公司1984年版，第216—222页。

然"迥然不同,也与我们意识中那清纯干净的自然界毫无相似之处。实际上,不仅实为赤裸类人猿的人类这种动物,还有其他动物,尤其是捕食者和被食者,也都已进化出完整的符号交流能力。①

艾伦·刘断言"自然是不存在的",这个臭名昭著的说法事实上可以提供反证:那就是,不论是一个生命体,还是一部文学作品,一个有机体有时就存在于我们感知的物体之中。对于生态文学批评家而言,关于有机体和生态系统的概念就不仅仅是启发性的,而且必须与就在那里的事物相呼应,否则就不能自诩为使用工具的高智能物种中的一员。我认为,任何形式的社会或者文化决定论,都必然会极力否定生态系统这个概念的现实性。对生态文学批评家而言,建立在文化决定论上的分析倾向性太过明显,对真正的讨论没有多少助益。即使文化史专家也无法解释文化的起源。同理,诸如环境恶化会威胁人类的生存,进而终结人类历史的说法,文化史专家也无多辩解。

基于以上原因,适逢人类活动对自然环境影响日益加剧的时代,生态批评为文学批评提供了最为有效也密切相关的方法。现代科学又为文学评论家提供的最有意义和最有效的工具,那就是它所提出的"生态系统"这一概念。显然,该概念的诞生,得益于近年来的环境研究工作。过去,科学界认为自然有自我修复和再平衡的功能,而今天,人们认为"生态系统"是个既无序又不稳定的结构系统。同理,对于研究文学思潮的学者而言,无序和不稳定同样适合描述文学思潮发展过程中的各种关系。据此,我提出浪漫主义文学也是一个"文学生态系统"的观点,因为这里有一个激情四射的群体,其中有竞争,有合作,有信息

---

① 更多关于捕食/被捕食关系符号交流的讨论,请见约翰·柯莱特(John Coletta)的《书写云雀:约翰·克莱尔的自然符号性》("Writing Larks: John Clare's Semiosis of Nature"),载于《华兹华斯学术界》(*Wordsworth Circle*)1997年夏季刊,第192—200页。

和观点的交流与争鸣。用一个比喻的说法，其中有捕食者和猎物，有宿主，也有寄生虫。这个群体共处于一个知识环境的乱流之中。即使有人认为我的观点只是一个类比，这也未尝不可。但在过去的几千年间，就人类而言，文化进化的速度远远超过我们的生物进化速度：我们在思想和概念方面变化的速度令我们的DNA 变化速度相形见绌。正是从这个意义上讲，我们研究文学生态系统的活力，就需要对传统的"思想史"（history of ideas）治学方法作一番新的思考。

能否从生态批评的视角，真实描述浪漫主义这一知识运动初期无序的混蒙状态，可谓见仁见智，但其视角和方法却真真切切地为研究文学史，提供了无可比拟的可行性。这便意味着我们必须拓展，甚至替换过去那种"源头与影响"的线性分析方法，而把研究作家群体中的观点交流，作为一个重要方面。我们应当认为这是一个充满活力的群体，始终处于变动之中，常常是今是而昨非的群体，一个有时候甚至到了完全混乱不堪地步的群体。尽管"生态系统"这个概念可以涵盖整个星球，但还是需要对这个群体划定一个范围。虽然以美学标准加以划分，存在武断之嫌，但划分一个"语言群体"确有行文方便之处。再者，纵观整个 19 世纪，大西洋两岸的英语作家们已然形成了一个不断扩大的群体。最后，现代工业化的民族国家也为跨境人员的交流和文本传播提供了方便。① 本书将主要关注跨大西洋的英美"绿色作家"（Green Writers）群体。他们曾在漫长的浪漫主义时期活跃于英美文坛。该时期起始于工业革命初，结束于 19 世纪末。

---

① 整个 19 世纪，英美两国的著作版权互认互通政策切实促进了思想的自由交流，大西洋这边一有书籍出版，基本都能免版税地在对岸发行。因此，人们可以很容易地购买英国著作众多的美国平价版本。这也使得诸如华盛顿·欧文、拉尔夫·爱默生等美国作家能够阅读到大量的英国著作。

生态意识的起源

如果我坚持说在漫长的浪漫主义时期，英美作家为环境思想的发展做出了重要贡献，便可能受到研究之前历史的学者的嘲讽。他们会指出，浪漫主义作家有关自然的所有思想，都能够轻易地在先前作品中找到。当然，他们的说法也不无道理。但事实上，自人类开始都市生活时起，环境意识便在古中东地区各民族的典籍中，有不同程度的显现。就该层面而言，认为英国浪漫主义作家是现代生态思想的独特源头，显然失之谨慎。即使是英国浪漫主义作家自己也清楚地知道，他们所发扬的是自古就有的一种文学传统。田园观念才是他们最具贡献的所在，但实际上，田园观念自古希腊、古典时期的作家，到 18 世纪后期的感伤主义作家都有涉及。①

尽管如此，我仍然坚持这一历史决定论的观点，坚持认为浪漫主义作家在许多方面有自身理解世界的独到之处。其独到之处就是他们的生态意识和生态观，因为在整个西方的学术传统中，他们第一次揭示了现代生态世界观的基本含义和本质要素。如果我们将浪漫主义诗人的生态观，置于西方环境写作的传统中加以考察，便会发现其思想的原创性。尽管著名的文学批评家克鲁伯认为，浪漫主义诗人只不过是"原初的生态"思想家②，但我认为他们就是西方文学传统中思想最成熟的生态作家。当然，这样说还需要我在文学史中，对先前的作家的生态思想作一点梳理。

环境写作，历史悠久，具有原型特点的"乐园"意象就是其源头之一。该意象在正典中常常表现为伊甸乐园。在古典田园

---

① 关于这一话题，请见洛尔·梅次杰（Lore Metzger）的《一脚迈进伊甸园：浪漫主义诗歌中的田园诗模式》（*One Foot in the Eden：Modes of Pastoral in Romantic Poetry*），北卡罗来纳大学出版社 1986 年版。

② 见克鲁伯《生态文学批评》第 5、156 页，以及注释第 9 条。

诗歌中，"乐园"意象被表现为一个令人身心愉悦的地方（*locus amoenus*），亦即一个尘世的乐园。[①] 古地中海地区曾大量引进灌溉技术而毁坏森林，但在天堂般的沃野变为不毛之地的沙漠之前，上述原型意象无疑象征着人们对于农耕时期土地肥沃、食物充裕的文化记忆。[②] 忒俄克里托斯（Theocritus）和维吉尔（Virgil）的牧歌，充分反映了诗人就社会和技术因素导致城市生活不良后果的担忧。他们觉得建立具有帝国意味的城邦制是种自取灭亡的行为。维吉尔写牧歌主要是出于对屋大维（Gaius Julius Caesar Octavius）专制统治的不满。由于田园诗反映了诗人对牧人淳朴生活的向往，以及对城市生活带来的压力与任性消费行为的不满，因而成为反映环境意识经久不衰的文学体裁。纵观西方不光彩的殖民扩张和技术发展时期，田园文学亦庄亦谐，始终眷顾着人们归隐田园和投身山林等绿色世界的愿望，并倡导一种回归故土、可持续的、无甚科技含量的农耕生活方式。雷蒙德·威廉姆斯（Raymond Williams）在《乡村与城市》（*The Country and the City*）中，分析了古典主义时期的田园诗和菲利普·锡德尼（Philip Sidney）、埃德蒙·斯宾塞（Edmund Spencer）、克里斯托

---

① 克拉伦斯·格拉肯（Clarence J. Glacken）在《罗德岛海岸的踪迹：从古代到 18 世纪末西方思想史中的自然和文化》（*Traces on Rhodian Shore: Nature and Culture in Western Thought from Ancient Times to the End of the Eighteenth Century*）中，十分详尽地梳理了西方环境思想的历史。加州大学出版社 1967 年版。还可参见皮特·马歇尔（Peter Marshall）的《自然之网：生态思想史》（*Nature's Web: An Exploration of Ecological Thinking*）。该书由英国的西蒙和舒斯特（Simon and Schuster）出版社 1992 年出版。

② 关于地中海地区毁坏森立的毁灭性后果，参见克莱夫·庞廷（Clive Pointing）所著的《世界绿色史：环境与伟大文明的衰落》（*A Green History of the World: The Environment and Collapse of the Great Civilizations*），纽约：圣马丁（St. Martin）出版社 1991 年版，第 68—78 页。约翰·罗伯特·麦克尼尔（John Robert McNeill）在《地中海世界的山脉：一部环境史》（*The Mountains of the Mediterranean World: An Environmental History*）中详细考查了该地区的环境变迁。该书由剑桥大学出版社于 1992 年出版。

弗·马洛（Christopher Marlowe）、罗伯特·赫里克（Robert Her-
rick），以及安德鲁·马维尔（Andrew Marvell）等诗人成熟的田
园诗作，揭示了他们田园理想的物质基础。威廉姆斯认为，田园
作品存在彰显黄金时代理想之需，淡化田野劳作艰苦之实。不
过，剔除由于主流意识形态导致的瑕疵，乡村生活总能给人们提
供亲切的景象。① 在 18 世纪，英国人便开始营造"英国式花
园"，其特点是优美但不追求几何图形式的整齐划一。这样的花
园就如同自然景观一样：美却没有斧凿之痕。与此同时，人们坚
信英国的自然景色优美，只要精心照管，是有可能回归到上古伊
甸园那般的纯真状态。

花园的原型意象在更深层的心理和历史层面上，与阴性原则
（feminine principle）有关，即与相信生育力和充裕的心理有关。
旧石器时代的生育图像和古代父权制之前的地母盖亚（Gaia）形
象，体现的都是对花园的原型意象的崇拜。② 伟大的女神形象在
许多古老文化中皆有存在，如埃及文化中的彩虹女神爱丽丝（I-
ris）、苏美尔文化中的泉水女神南舍（Nanshe）、巴比伦文化中
主司爱情、生育和战争的女神伊什塔尔（Ishtar），以及凯尔特文
化中主司生育、变形和诗歌的女神凯丽德温（Cerridwen）等等。
希腊神话中的女神形象更加丰富多彩，比如说，谷物女神德墨特
尔（Demeter）、天后赫拉（Hera）、智慧女神雅典娜（Athena）

---

① 雷蒙德·威廉姆斯（Raymond Williams）在《乡村与城市》（*The Country and
the City*）揭去了田园理想神秘的面纱。该书由英国 Chatto & Windus 出版社 1973 年出
版。关于意识形态决定田园体裁的观点，参见安娜贝尔·帕特森（Annabel Patterson）
的《田园理想与意识形态：从维吉尔到瓦莱里》（*Pastoral and Ideology：Virgil to
Valéry*），加州大学出版社 1987 年版。

② 研究文艺复兴和后工业化时代将自然比作女性的著作有卡洛琳·墨钦特
（Carolyn Merchant）的《自然之死：女性、生态与科学革命：科学革命的女性主义评
估》（*The Death of Nature：Women，Ecology，and the Scientific Revolution：A Feminist
Reappraisal of the Scientific Revolution*），旧金山：哈珀－罗（Harper & Row）出版社
1980 年版。

以及爱神阿芙洛狄忒（Aphrodite）。她们不仅生殖力旺盛，而且
也有着惊人的破坏力。这种女性力量的二重性在罗马酒神的狂欢
宴会和希腊依洛西斯的神秘仪式上都有体现。基督教传统虽然存
在所谓的父权倾向和唯理性的弊端，但也通过塑造不同的夏娃形
象，同样反映了相似的女性力量的二重性。夏娃确立了亚当的身
世命运，圣母马利亚以凡人的肉体孕育了耶稣。基督教坚信人是
自然的保护者，这样的教义被斥为掠夺自然的借口。其实，这样
的教义在圣方济各（St. Francis of Assis）看来，并不准确。他那
令人称颂的《颂太阳兄弟》（"Canticles to Brother Sun"）（大约
1225 年），就是早期向往人类与自然力量完全和谐相处的力作。
"地球母亲象征自然的全部力量，她不仅催生出多彩多姿的鲜
花、供人们享用不尽的水果，还养育并看护着我们。"① 诗的最
后一节写的是"死亡姐姐"，关注的是自然的破坏力。圣方济各
安贫乐"教"，与麻风病人、强盗、乞丐和撒拉逊人等社会边缘
群体长期生活工作在一起。② 他呼吁和平，热爱动物，理所当然
地成为现代环保主义者的榜样。这说明生态意识必须体现于个体
的社会责任感和社会公益活动之中。③

　　与文学和宗教界的自然书写传统并行不悖的是考察自然史的
科普散文传统。当然，科普传统与其他两类迥然不同。亚里士多
德开启了书写各种动物散文的先河，普林尼（Pliny）继承传统，
在大约公元 77 年，撰写了卷帙浩繁的《自然史》（*Historia Natu-*

---

　　① 《颂太阳兄弟》（"Canticles to Brother Sun"）由劳伦斯·卡宁汉（Lawrence
S. Cunningham）翻译成英文，由美国特韦恩（Twayne）出版社 1976 年出版。
　　② 撒拉逊人（Saracens），在中世纪指穆斯林。——译者注
　　③ 罗马教皇保罗二世（Pope John Paul II）1979 年认定圣方济各为生态保护神，
参见《宗教百科全书》（*Encyclopedia of Religion*）。尼克斯·卡赞扎基斯（Nikos Kaza-
ntzakis）在他的小说《圣方济各》（*St. Francis*）中，以热情活泼的语调，再现了圣方
济各一生中的主要事件，发人深省。林恩·怀特（Lynn White）1967 年在《科学》
（*Science*）杂志第 155 期上发表《生态危机的历史根源》（"The Historical Roots of Our
Ecological Crisis"）一文，论证了圣方济各是现代环保思想的鼻祖。第 1203—1207 页。

ralis)。受之影响,此后人们写下的"草木"之书与动物寓言故事不胜枚举。文艺复兴时期,直接观察以获取知识的理念再度受到人们推崇。弗朗西斯·培根(Francis Bacon)呼吁科学家探索自然,而非埋首书本。他的倡议受到重视,于是,英国政府于1665年成立了著名的"皇家学会"(Transactions of Royal Society)。该学会的座右铭就是"词语中空无一物"(Nothing in Words)。不久,约翰·雷(John Ray)在他的专著《上帝的智慧》(*The Wisdom of God Manifested in the Works of the Creation*)中,呼吁人们不要拘泥于人类中心视角,而要以科学的方法研究自然。雷的观点启迪了现代生态思想,即自然万物都参与宇宙的计划,如同钟表的每个零件,各司其职。至于宇宙这个"钟表"的制作者就是上帝。而英国科学家威廉·德汉(William Derham)于1713年在其《物理 – 神学》(*Physico-Theology*,*or*,*A Demonstration of the Being and Attributes of God from His Works of Creation*)一书中,进一步发挥了雷的观点,呼吁人们从自然的整体设计角度研究自然史,并将研究聚焦到有机物如何适应环境的层面。① 到了18世纪,从整体上研究自然现象的物理 – 神学方法不再流行,取而代之的是强调以分类学研究自然史的理性分析方法。卡尔·林奈(Carolus Linnaeus)1735年出版《自然系统》(*Systema Naturae*),描述并分类了已知物种。他提议使用拉丁文来命名所有动植物。自此,几乎所有科学家都抛弃了白话文,改用这种准确却毫无生机的拉丁术语了。②

① 参见理查德·梅贝(Richard Mabey)的《吉尔伯特·怀特:赛尔彭自然史作者传》(*Gilbert White*:*A Biography of the Author of The Natural History of Selborne*),伦敦:世纪哈钦森(Century Hutchinson)出版社1986年版,第11—12页。
② 托马斯·里昂(Thomas Lyon)1989年出版《无与伦比的土地:美国的自然写作》(*This Incomperable Lande*:*A Book of American Nature Writing*),认为以较为科学的方法研究自然现象渐渐被人们接受,最终孕育了早期的自然写作。他认为浪漫主义时期的超验主义与分类学、进化论以及共生等科学概念,最终都统一在了生态思想上。波士顿:霍顿·米夫林出版公司1989年版,第20页。

　　文艺复兴时期兴起了经验科学。发现新大陆和无穷尽的荒野是其标志性成就。对此，哥伦布（Christopher Columbus）之后的欧洲探险家笔下，都有栩栩如生的描述。就英语作品而言，托马斯·哈利奥特（Thomas Hariot）1588 年的《弗吉尼亚新发现陆地的真实报告》（*A Brief and True Report of the Newfound Land of Virginia*），开创了自然史写作探索性体裁的先河。哈利奥特无限热情地称赞新世界物产丰富，并描述了几种植物。理查德·哈克路特（Richard Hakluyt）于 1589—1600 年出版《航海记》（*Voyages*），其中收录了哈利奥特的《报告》和其他作家类似的作品。《航海记》是伊丽莎白时代游记作品的汇编。它卷帙浩繁，收录的关于奇花异草及其生长地的描述难以计数。在整个 18 世纪，关于新世界探险的作品令人应接不暇，充满悬念。威廉·巴特拉姆（William Bartram）在其《南北卡罗来纳游记》（*Travel through North and South Carolina*）中，仍然采用先前的写作手法，描述涉险遭遇印第安人和鳄鱼的情节紧张而又刺激。当然，语气平缓的作品也有，例如克雷夫科尔（Crevecoeur）1782 年的《一个美国农民的信件》（*Letters from an American Farmer*）。与此同时，"库克船长"（Captain Cook）在环绕地球的科考航行中，在鲜为人知的太平洋岛屿上，以及一望无际的澳大利亚荒野里收集动植物标本。约瑟夫·班克斯（Joseph Banks）曾是"库克船长"首次科考航行团队的队长，后为"皇家学会"主席，在普及自然史知识方面功不可没。他鼓励年轻的自然学者积极科考，还成立了"皇家植物园"（Kew Gardens）。① 植物园面向公众开放，展示历次航海收集而来的奇花异草。植物园实际是宣传植物知识的

---

　　① 关于"库克船长"的航海经历以及 18 世纪自然考察职业化的研究，请参考理查德·格罗夫（Richard Grove）的《绿色帝国主义：1600—1860 年殖民扩张、热带伊甸园海岛以及环保主义的源头》（*Green Imperialism: Colonial Expansion, Tropical Island Edens, and the Origins of Environmentalism, 1600 – 1860*），剑桥大学出版社 1994 年版，第 311—325 页。

露天实验室。上述的英国自然学家均使用流行的命名方法，分类描述他们的发现，用词准确，但语句暮气沉沉，其间还夹杂着动植物的拉丁名称。

同时期的田园诗充盈着科学描述细节的经验主义精神，不仅丰富了古典主义和文艺复兴时期田园诗的表现手法，而且注重以精确细节呈现英国的乡村样貌。安布鲁斯·菲利普斯（Ambrose Philips）1709 年出版了《田园诗》（*Pastorals*）。诗集中包含许多关于英国乡村的细节描述，却被讽为"乏味无聊"之作，诗人也受到亚历山大·蒲柏（Alexander Pope）的辛辣讽刺。须知，蒲柏当年虽也出版了同名诗集，却是以严谨的古典主义创作原则写就田园诗的。然而，最值得一提的，还是詹姆斯·汤姆逊（James Thomson），因为他的《四季》（*Seasons*）开创了另一种表现自然现象的先河。与前人不同的是，汤姆逊并未囿于抽象呈现田野风光的窠臼，而是分类描述各物种，具有严格的真实性。他的诗歌世界里涵盖有害的动植物、寄生虫、捕食者、危险的沼泽、阴郁的山峰以及令人恐惧的暴风雨。他将传统的田园诗写作手法、科学描述和崇高美学观融为一体，形成了 18 世纪经久不衰的独特风格，不仅受到"感觉派"（Sensibility）诗人威廉·柯林斯（William Collins）、托马斯·格雷（Thomas Gray）和威廉·柯柏（William Cowper）的争相模仿，还受到早期浪漫主义诗人的热烈追捧。诗人约翰·克莱尔 13 岁买的第一本诗集，就是汤姆逊的《四季》。该诗集不仅影响了克莱尔的诗风，而且影响了他表现英国乡村景色的方式。

汤姆逊所开创的"感觉派"，虽经 18 世纪后期诗人的发展，但毕竟缺乏对自然世界的生态主义理解，因而未能受到当今批评界的重视。这一流派的诗歌，本质流露的是一种游客意识，即，将自然景观分为不同等级，偏好自然界雄伟壮观的一面，抒发诗人（诗中人物）的戏剧化情绪，以及对奇异自然现象的内心感受。换言之，诗人似乎是匆匆过客，急于寻找前方更为神奇的景观。或者说，诗人似乎并非本地人，对当地环境知之甚少，对当地居民的生活也漠不关心。即使是最"扎根"本地的柯柏，也沿袭汤姆逊的诗风，不从细节上表现自然，而是工于表达自己的戏剧化情绪。当然，柯伯是最关注动物权益的诗人，留下了许多精彩的诗句。关注动物权益的呼声在18世纪逐渐获得普遍响应，它挑战了笛卡尔关于动物没有情感、自然资源无穷无尽，可以任人攫取的观点。在《任务》（The Task）中，柯伯争辩说，所有生命天生具备自身价值，并非专供人类利用，从而满足人类愿望的："所有的生命——包括最卑贱的生命——／都有自由的生存和享受生命的权利，／正如上帝最初自由地赋予它们形体一样。"① 柯柏一如既往地关爱动物，尤其对弱小、无助的动物充满柔情，甚至对昆虫和蜗牛也是如此。与柯柏同代的诗人中，塞缪尔·约翰逊（Samuel Johnson）、劳伦斯·斯特恩（Lawrence Sterne）、克里斯托弗·斯马特（Christopher Smart）以及布莱克，不仅都对动物表达过关爱之情，而且也愈加认可"自然的经济体系"法则，即，世间万物——不仅仅是人类，皆有自身存在的价值。② 尊重自然世界的自主性、呼吁人类维护自然界的整体统一等观点，是"感觉派"留下的重要遗产。

乔治·克雷布（George Crabbe）在他题为《村子》（The Vil-

---

① 参见布莱恩·斯皮勒（Brian Spiller）编《柯柏：诗与散文》（Cowper: Poetry and Prose）第6卷，第530页，伦敦：鲁伯特·哈特－戴维斯（Rupert Hart-Davis）出版社1968年版。关于动物权益历史方面，参见罗德里克·那什（Roderick Frazer Nash）的《自然的权益：环境伦理史》（The Rights of Nature: A History of Environmental Ethics），威斯康星大学出版社1989年版。

② 参见柯柏《任务》，《柯柏：诗与散文》第6卷，第530页。"自然的经济体系"这一术语在18世纪十分流行，主要是指所有生物间的相互依存关系。关于这一概念的早期发展，参见唐纳德·沃斯特（Donald Worster）的《自然的经济体系：生态学溯源》（Nature's Economy: The Roots of Ecology），旧金山：由西艾拉书社（Sierra Club Books）1977年版。还可参见罗伯特·麦金托什（Robert McIntosh）的《生态学背景：观念与理论》（The Background of Ecology: Concept and Theory），剑桥大学1935年版。

lage）的诗集中，承认农耕条件艰苦，田间劳作辛苦，进一步凸显现实主义色彩。他一反往昔田园诗歌着意赞美永恒、理想化自然的传统，在诗中同情贫苦农民并揭露掠夺性农耕破坏环境的弊端。克雷布笔下的自然风景是不同阶层冲突和技术变化带来的结果，因此，可以说他不仅将田园风景重新历史化了，而且影响了约翰·克莱尔后来的诗风，因为后者笔下贫瘠的土地和穷困潦倒的人民，背后都有着深刻的具体历史原因。克莱尔崇拜克雷布。他在早期诗歌生涯中常常模仿克雷布的诗歌。尽管如此，他始终认为克雷布是乡村生活的旁观者，是一个巡回流动的"牧师诗人"，缺乏当地人生活的亲身经历，不属于劳动阶层的一员，故而，其诗中自始至终带有一种盛气凌人的语气。这无疑妨碍了克雷布对社会问题和环境问题持一种批评的态度：

> 去年冬天，我得到了一本克雷布的《传说》（Tales）……期望能不经意看到他真诚的批评，然而，诗集中却充满了该死的温情，就是牧师诗人惯用那种"装"……他教区的穷人在他住所温暖的火炉边低头不语，他怎会知道他们的困苦……如果我有一个我想折磨致死的敌人，我才不希望把他绞死呢！我最大的愿望就是把那个魔鬼在牧师的住所关上几个星期，让他听一个老牧师和他的妻子，对他喋喋不休地讲授穷人的欲望及其邪恶本性。①

尽管克雷布对穷人表达了真诚的同情，但由于采用了一种漠然的道德说教式语气，所以克莱尔才会觉得前者既无法深切了解脚下的土地，也无法真正了解民众的疾苦，因此也就无法寻得为民纾

---

① 见马克·斯托里（Mark Storey）编《约翰·克莱尔书信集》（The Letters of John Clare），牛津：克拉伦登出版社 1985 年版，第 137—138 页。此后的引文注释为《书信集》。

困的办法。正如所有的政治都是地方政治一样，所有的生态问题
都是本地的问题。一个真正的生态作家必须扎根田野，本能地关
注故土和那里居民的细微变化。

华兹华斯素来被认为是帮助人们形成生态意识的旗帜性诗
人。他长期居住在大湖区，自 1793 年出版《见闻集》(*Descrip-
tive Sketches*) 和《傍晚散步》(*An Evening Walk*) 起，就流露出
对当地风土人情的本能了解。他改变了"感觉派"诗风。这种
诗风能让诗人对自然现象的回应更具深情，也更具想象力。尽管
他的这些早期诗歌，在描述大湖区美丽别致的景色，以及阿尔卑
斯山的雄伟壮丽时，确有詹姆斯·汤姆逊的遗风，但诗中的细节
描写也说明诗人对笔下景观达到了十分熟悉的程度。华兹华斯的
《抒情歌谣集》(*Lyrical Ballads*) 影响深远。然而，华兹华斯的
崇高观算不上他在这本诗集中的最伟大的贡献，倒是那些与周边
环境和谐相处的普通民众，他们的日常生活才是诗人通过描绘所
做的最大创建。他的《迈克尔》("Michael") 真实再现了英国
大湖区偏远地方牧人们，艰难维持俭朴自足生活方式的境况，平
添了田园诗的历史—现实主义维度。诗中的牧人们几经努力，还
是无法抵御城市商业文化的冲击，最终仍然逃脱不了悲惨的命
运。华兹华斯同情当地普通民众的经济命运，也为此做出了无限
努力。他还试图消除提案所涉肯德尔—温德米尔铁路 (Kendal
and Windermere Railway) 对环境的影响。这些都说明：华兹华
斯在开创一个环境保护运动的时代。①

在其最具代表性的诗歌当中，华兹华斯试图将客观描述自然
环境与探索内心意识两相结合。他在戏剧化表现自己内心反应的
方面，有时甚至超过了汤姆逊。比如在《丁登寺》("Tintern

---

① 尽管华兹华斯极力抵制现代工业社会对大湖区的渗透，他却可能由于出版自
己的诗作以及《英格兰北部湖景》(*A Description of the Scenery of the Lakes in the North
of England*) 一书，反而将大湖区变成了热门旅游景点，这实在有违他的初衷。该书
自 1810 年出版后一直重印。

Abby"）和《序曲》（*The Prelude*）中，叙事情节与诗人的思想变化同步推进，因为情节总是开始于面对眼前自然景物所产生的喜悦之情，接着是内心感受，随后经由奇妙的想象力的作用，感知中的景物被再度感受，甚至被再度融合。就本质而言，这是浪漫主义赞美个性意识的典型做法。济慈（Keats）将之称为"华兹华斯式或者个人化的崇高观"。① 不可否认，这种崇高观与直接描述自然景观的诗风并不一致，而且有妨碍呈现细节的嫌疑。殊不知，细节才是经验的基础。比如说，多萝西·华兹华斯（Dorothy Wordsworth）在她的《格拉斯米尔日记》（*The Grasmere Journals*）中，曾记载了她与哥哥的一次散步经历。他们看到湖边开着一簇簇水仙花，旁边长着一些"绞杀植物"（stranglers）。然而，华兹华斯对这次"发现"做了修改："绞杀植物"被隐去了；长着那些植物的"青苔石"也不见了；甚至当时作为陪伴的妹妹也被略去了；剩下的只有抽象的"金色水仙花"作为诗人想象力的象征，重新建构了那次经历。② 显然，在华兹华斯的诗中，想象力本质上与呈现观察动植物过程的细节描写是矛盾的，正因如此，与其说他的诗是对自然世界的科学描述，倒不如说是借诗抒发他对往昔经历的感慨。

　　吉尔伯特·怀特是汤姆逊的另一个崇拜者。此人觉得完全可以将"感觉"与对自然世界精确的科学描述巧妙地结合在一起，于是就有了他的《自然史与古老的赛尔彭》（*The Natural History and Antiquities of Selborne*）。这是一部关于生态意识的足以彪炳史

---

　　① 济慈在 1818 年 10 月 27 日写给理查德·沃德豪斯（Richard Woodhouse）的信中使用了这个说法。乔纳森·贝特在《浪漫主义生态观：华兹华斯与环境传统》（*Romantic Ecology：Wordsworth and the Environmental Tradition*）中，以同情的语气分析了华兹华斯的生态意识。该书由劳特利奇（Routledge）出版社 1991 年出版。
　　② 多萝西·华兹华斯在她 1802 年 4 月 15 日的日记中提到此事。华兹华斯 1804 年写的《独自漫游如流云》（"*I wandered lonely as a cloud*"）一诗，素材正是取自妹妹日记中的记载。

册的著作。该书写作风格时而汪洋恣肆，时而散漫闲适，其间缀
以奇闻轶事和大量的非正式书信，几乎无所不包，目的是要囊括
塞尔彭整个"教区的历史"，其结果是该作不仅对目标地区的动
植物做了完整的分类描述，而且对每一物种的生长地、分布状
况、习性、行为、季节变化影响和迁徙状况等等，都做了详细记
载。怀特偏好在描述中夹杂奇闻轶事，经常使用白话和方言代替
正式的拉丁文名称，这事实上开创了一种引人入胜的自然写作新
文风。

　　怀特在书中首次提出了许多现代生态思想的基本观点。在整
部《自然史与古老的赛尔彭》中，他强调的都是尊重当地"自
然的经济体系"。他不厌其烦地描述教区内动植物之间的互动关
系，注重细节真实。他认为，昆虫和爬行动物在食物链循环中也
起着至关重要的作用：

　　　　即使最不起眼的昆虫和爬行动物在自然的经济体系中，
　　也有着不为人知的重要性。它们微小，不容易引起人们的重
　　视，但数量巨大，繁殖力极强，因而作用巨大。比如说，微
　　小又极其丑陋的蚯蚓在食物链中似乎作用不大，但一旦消
　　失，将会造成可悲的裂痕。①

关注"极其丑陋"的蚯蚓，反映了怀特对待自然的态度，标志
着他朝生态社区（biological community）的思想迈出了重要的一
步。生态社区思想认为所有有机物都发挥着不可替代的用。晚年
的怀特不断反思人类干预自然的做法，感叹自己喜爱的树木一根
根倒在伐木工的斧头之下，并反对将"荒芜"之地变为农田。

　　不可否认，怀特对所有生命的爱怜之情与他的基督教信仰不

---

① 吉尔伯特·怀特（Gilbert White）：《赛尔彭自然史》（*The Natural History of Selborne*），保罗·福斯特（Paul Forster）编，牛津大学出版社1993年版，第182页。

无关系。基督教教义认为，地球是为了服务于人类才被创造出来的。这与怀特的哲学观念一致。他会以动植物对人类生存的贡献为原则，来评价它们的作用。比如说，燕子：

> 合群，无害，没有攻击性。它们不仅有趣而且有用。它们从不糟践我们院子里的水果，却给人以乐趣。唯一的麻烦是有一种燕子总在我们的房子上筑巢。它们迁徙，欢唱，动作敏捷，这都令人感到欣慰。它们帮我们清理房子通风口的螨虫和其他虫子……想想在这个国家夏日的傍晚，斜阳夕照，空中有成群结对的昆虫飞来飞去，想想都感到可怕！如果没有燕子的介入，我们的空中将挤满飞虫，这会令人窒息。(134)

工业革命时期，经济活动的特点就是对土地的无情掠夺和滥用。怀特可能不会原谅这种行为，但在他的眼里，景色迷人的乡村同样是获取科学知识的资源和陶冶人们性情的地方。他不反对为获取科研标本的杀戮，也不会反对在林中砍伐树木来开辟一条小径，或者在自然景观中人为地造些"观景台"，因为以 18 世纪的标准来衡量，以上行为无疑都是温和的。他的态度反映了他的世界观，但他的世界观由于历史原因，又与现代环保主义者存在相当大的差距。现代环保人士能够明确区分自然存在的荒野和为了人类生存而必须开垦的土地。毫无疑问，怀特对自然界的喜爱，从更深的伦理层面和情感层面分析，还是人类中心主义的。

话虽如此，怀特仍然迥异于 18 世纪的那些自然史学者。他无限关注有机物在栖息地的所有细节，相比之下，那些学者只管收集、分类标本，目标单一。[1] 从该层面上讲，怀特比他们更具

---

[1] 威廉·J. 基思（William J. Keith）在《乡村传统：英国乡村非虚构散文作家研究》（*The Rural Tradition：A Study of the Non-fiction Prose Writers of the English Country-side*）第 39—59 页，研究过吉尔伯特·怀特为自然史写作发展所做的贡献。多伦多大学出版社 1974 年版。

人文气质。此外，尽管怀特在政治上属于保守党，但他同情本教区的穷苦民众，甚至还替民众伸张正义，反对圈地运动。① 他对鸟类和其他动物栖息地的巨大兴趣，他活泼潇洒的文风、诙谐的奇闻轶事，他用白话代替拉丁文名称的大胆尝试等等，对后来的约翰·克莱尔而言，都是至关重要的，因为后者一直在尝试以更富诗意的方式，表达自己对大自然的情感和观点。克莱尔拥有怀特两个版本的《赛尔彭自然史》。正是通过阅读这部著作，克莱尔掌握了表达方式和描写技巧，也使得自己一举成为英语世界真正的生态作家之一。② 克莱尔通过自学成为诗人，其作品是诗人和自然作家所取得的巨大成就。对此，我会在第三章作详细分析。

浪漫主义生态观

　　本书旨在研究英国浪漫主义诗人的生态意识，以及美国浪漫主义传统中，自然作家对这种意识的继承和发展。具体而言，我将着重研究英国诗人柯勒律治、华兹华斯、克莱尔、布莱克和玛丽·雪莱（Mary Shelley），因为他们在人与自然的关系方面，提出了非常新颖而激进的观点。我将分析他们对美国后继环境作家的巨大影响和意义。美国的环境作家发展了英国浪漫主义诗人的生态观。他们不仅逐步形成了对生态过程更为精细的理解，还在此基础上，呼吁保护荒野地区。他们生态思想的核心观点包括物种与栖息地存在适应过程、物种之间具有相互依存关系，以及人

---

　　① 见理查德·梅贝《吉尔伯特·怀特：赛尔彭自然史作者传》，第213—214页。

　　② 克莱尔拥有怀特两种版本的《赛尔彭自然史》（*Natural History of Selborne*），见玛格丽特·格兰奇（Margaret Grainger）主编《约翰·克莱尔的自然史散文写作》（*The Natural History Prose Writing of John Clare*），牛津大学出版社1983年版，第360、362、363页。

类干预活动会造成自然体系难以承受的灾难性后果。这些观点正是由英国浪漫主义诗人最先表露,并被 19 世纪后期的美国自然作家们不断发展深化而来的。可见,在英国浪漫主义诗人的基本生态观,与美国超验主义作家激进的生态观之间,存在着一种直接关系。

在英美浪漫主义诗人和作家中,柯勒律治在强化人们完整的生态意识方面厥功至伟。他是英国浪漫主义诗人中第一位以优美诗歌表达整体生态观的诗人。他还在后来的散文写作中,尤其是他 1825 年的《沉思之助》(*Aids to Reflection*)中,认为自然界存在一个整体的循环过程。该观点有力推动了美国超验主义的发展。在《沉思之助》中,作者还表达了一种层次分明的生态哲学观念。不可否认,柯勒律治的超验主义自然观,无疑会受到倡导科学生态观学者的严厉批判,因为这些学者都是唯物主义和新马尔萨斯主义观的拥护者。比如,卡尔·克鲁伯在其开创性的《生态文学批评:浪漫想象与思维生态学》中,反驳了柯勒律治和雪莱自然观中的理想主义成分。他谴责柯勒律治有自恋般的超验思想,并认为雪莱"陷入了柏拉图式的理想主义"泥潭不能自拔。① 然而,恰恰是这两位诗人的超验主义观点吸引了爱默生、梭罗和缪尔(John Muir)等后起的美国自然作家,还对加里·斯奈德(Gary Snyder)和巴里·洛佩斯(Barry Lopez)等具有远大理想的当代生态作家,产生了重大影响。正因如此,本书的第一章就从分析柯勒律治开始,研究英国浪漫主义时期生态意识的萌芽过程。

虽然许多学者不愿意将华兹华斯和柯勒律治归到"自然诗人"之列,但浪漫主义诗人却普遍认为,大自然不仅是两位诗人想象力的源泉,而且是其思想观点的源泉,对二人有着至关重要的作用。需要指出的是,华兹华斯和柯勒律治并非到处寻找繁

---

① 见卡尔·克鲁伯《生态文学批评:浪漫想象与思维生态学》,第 75、8 页。

华盛景的旅行诗人，而是长期居住大湖区的居民。于是，在他们的诗中，人物采用大湖区民众的口吻，讲述的是普通人居住在当地的个人历史。毋庸置疑，这种视角反映了二人所持的生态观。在他们的诗中，"地球"（Earth）就是万物的栖息地。他们的这一思想一以贯之。在英语中，"生态"一词最早出现于1873年，来源于希腊语单词ο'ίκοs（oikos）。希腊语单词ο'ίκοs本义是房屋或栖息地。现代生态科学认为，从整体上看，地球就是一所房子，就是相互依存的生态社区栖息地。① 他们的诗歌，表达的正是这样的现代生态观。

　　约翰·克莱尔表达的生态观更加动人心魄。他是一个穷困的农民，住在离伦敦80英里外的一个叫赫尔普斯顿（Helpston）的村子，没有上过几年学，却从小痴迷当地动植物，善于观察它们的生存状况。由于经济"发展"对他的村子造成极大的破坏：森林被毁，湿地消失，河流干涸，大片农田被圈，克莱尔对此深恶痛绝。在他眼里，自然界就是一个有着自己内在价值的王国，有着与人类迥然不同的目的，因此，他不遗余力地呼吁保护荒野和荒地。克莱尔用一种全新的文学语言，准确细致地描述了当地的动植物，以及它们的生存环境。他将其称之为"绿色"语言。克莱尔的"绿色"语言根植于他所在地区的方言，其特点是词义鲜活，词汇、语法和拼写迥异于标准英语。我将在第三章详细分析克莱尔的生态观，并着重分析他的"绿色"语言观。

　　一方面，浪漫主义生态观认为：自然世界作为充满活力的栖息地，不仅可持续发展，而且是各种有机物可以和谐共处的地方。另一方面，浪漫主义诗人也发现：由于环境破坏日益严重，可能会对人类生存构成灾难性威胁，因此自然界同时也是一个满

---

①　牛津英语词典（1989）认为生态学一词最早出现于1873年。Ökologie（生态学）一词最早出现于德语，大概是在1866年。在里德尔（Lidell）和司各特（Scott）编撰的《希腊－英语词典》（Greek-English Lexicon）中，"ο'ίκοs"的释义是"房屋……或者栖息地"。

目疮痍的世界。尽管长期以来,人们认为启示录主题是浪漫主义自然观的有机构成部分,但好几代文学批评家都忽视了其中深刻的环境含义。我将在本书重新审视主要浪漫主义作家的启示录叙事诗,比如布莱克的《经验之歌》(*Songs of Experience*) 和《耶路撒冷》(*Jerusalem*),分析他何以持续不断地严厉批判构成经济生产物质条件的原因,即,那些构成英国商业帝国以煤炭作为燃料的工业基础。布莱克斥之为"黑暗的撒旦式工厂"。当然,布莱克一方面在寻求一种乌托邦的方式来替代毁灭性技术,另一方面也预言地球上所有的生命形式,包括地球本身,都将毁灭于启示录式的大火之中。这种全球毁灭的观点常常被视作仅仅是诗人奇异的虚构而已,但在全球变暖和环境灾难日益严重的今天,他的预言会越来越受到重视。布莱克抗议工业革命与我们抗议生态危机有着异曲同工之妙。

玛丽·雪莱的小说,尤其她的《最后的一个人》(*The Last Man*),是浪漫主义作家十分关切毁灭地球承载力将会带来何种后果的有力证明。在《最后的一个人》中,她勾勒了一幅启示录式的未来世界景象:在男性征服世界的傲慢和欲望之下,战争连绵不断,神秘瘟疫爆发,人类最终被毁灭。小说的叙事者莱昂内尔·弗尼(Lionel Verney),于 2100 年成为人类唯一的幸存者,出现在已是废墟的罗马。由于小说表达的是对原初和终极的思考,因而属于启示录主题。玛丽·雪莱在小说中还表达了强烈的性别意识。她在书写地球毁灭的同时,还不忘批判父权制在其中起到的负面作用。用她的话来说,父权制孕育并滋养了潜在的破坏力,因此,我们甚至可以说,玛丽具有女性主义意识。这种意识还在《弗兰肯斯坦:现代普罗米修斯的故事》(*Franken-stein*; or, *The Modern Prometheus*) 一书中有所凸显。小说中的科学家弗兰肯斯坦,不经意制造的"新物种",实际是个嗜血成性、不受人控制的怪物。这不正预示着我们,今天的基因工程可能会导致的噩梦吗?

英国浪漫主义作家在感知和情感方面，都十分关注当地以及全球的生态问题。这也带来了他们在文学语言方面的重要变化，因此，以生态视角研究这些作家，主要目的就是希望阐释他们在语言方面的革新。也许，这还能丰富现有研究，或者起点儿陌生化的作用。从生态视角解读这些作家，有助于我们充分理解他们关于诗歌形式的概念及其具体创作，而换作其他批评视角，则无法实现这些目的。比如，18 世纪后期，科学界充分了解了个体有机物及其栖息地间的相互增效作用，这就为我提供了一个研究浪漫主义诗歌及其美学观念的新视角。我将在第一章《柯勒律治与自然的经济体系》中分析《老水手之歌》（"The Rime of the Ancient Mariner"），并认为该诗就是一个关于生态退化的寓言。在此后的几章，我都将从环境视角讨论亘古的文学问题。

超验主义运动时期的美国作家深受华兹华斯和柯勒律治的影响。柯勒律治的许多美国崇拜者，对他的有机形式哲学耳熟能详，并十分推崇他通过感知寻常食物获得知识的至理名言。爱默生对柯勒律治顶礼膜拜，并于 1832 年专程去其名为"高门"（Highgate）的自建屋舍登门拜访。他在《论自然》（Nature）的第四章中丰富了柯勒律治的感知理论。例如，爱默生坚信词语与自然物体之间存在一种具有象征意味的关系。尽管梭罗并未承认柯勒律治对自己的影响——他甚至在 1854 年版的《瓦尔登湖》扉页上，还嘲讽写下《忧郁颂》（"Ode to Dejection"）的柯勒律治是一个堕落作家，但他将瓦尔登湖呈现为一个有机体的做法，却恰恰反映的是英国浪漫主义诗人的自然观。其次，梭罗在《瓦尔登湖》中多次使用"伊奥利亚风弦琴"（Aeolian harp）这一英国浪漫主义意象，以此表达参与自然界有机体变化过程的意愿。

乔治·马什（George Marsh）是首位具有科学生态观的美国作家。他在专著《人与自然》（Man and Nature）中，揭示现代科技对美国大陆造成的灾难，并建议采用切实可行的措施，来恢复地球的有机过程。他的侄儿詹姆斯·马什是柯勒律治《沉思之助》和《朋友》(The Friend)的编辑。他为两本书所写的前言文采飞扬,对超验主义作家产生过巨大的影响。当然,影响可能来自他对柯勒律治宏观生态哲学的充分肯定。仔细阅读这两篇前言,我相信詹姆斯·马什可能意识到了柯勒律治有机形式论中生态观的价值,因为这与他认为自然界就是一个相互依存的生物社区的观点一拍即合。

在美国环境作家的"万神殿"中,没有哪位作家能比约翰·缪尔更为醒目。缪尔是最早在加利福尼亚内华达塞拉山脉(Sierra Nevada)探险的作家之一。他饱蘸笔墨,极力讴歌那些山脉的壮美,为我们留下来许多脍炙人口的作品。他身体力行,是为子孙万代倡导保护荒野运动的创始人。人们有时认为缪尔是一个后期超验主义者,学界对他与爱默生以及梭罗的交往也做过充分研究,但是,他终生阅读英国浪漫主义作品这一事实,却未能引起环保运动者的足够重视。缪尔并不仅仅是一个传播浪漫主义观点的作家,他还是一位成年后精研英国浪漫主义诗人的作家。在缪尔的书房仔细翻阅他读过的作品,我发现他对柯勒律治和雪莱的诗作,还做过认真的注释。

本书的最后一章分析玛丽·奥斯汀(Mary Austin)的作品。奥斯汀是一位环境作家。她 1903 年出版的《少雨之地》(The Land of Little Rain),是部反映加利福尼亚沙漠地区生活的作品。对于沙漠地区生活的艰难之美,她予以无可匹敌的倾情书写。缪尔讴歌荒野时感情饱满,奥斯汀却以一种平缓的语调,描述沙漠生灵在食物匮乏条件下的艰辛生活。她笔下的派尤特族(Paiute)和肖松尼族(Shoshone)印第安人十分敏感,性格鲜明。透过这些人物,她发出了自己的声音:大自然不再具有传统田园作品中那种温良的庇护属性。和缪尔一样,她也批判人类对自然的干预。坚持生态平衡观点的奥斯汀,对早期的土地开发严重破坏加州环境的做法持批判态度。作为一名身处 20 世纪却仍然坚持超验主义自然观的作家，奥斯汀完全接受浪漫主义的自然写作传统。她在沙漠地区的生活原本就十分艰苦，雪上加霜的是她与盛气凌人的丈夫始终关系不和，这些又反过来使其在浪漫主义美学的基础上，形成了自己的生态女性主义自然观。她也因此成为当代环境作家的典范。

环境文学领域发展迅速，学者辈出。我对上述绿色作家的分析，深受他们的影响。在此后的各章节中，我仔细标注所有引用文献，以示对学者们的尊重。正是在他们观点的基础上，我才形成了自己的观点。本书与本领域的其他著作相比，存在两方面的明显差异：（1）对英国浪漫主义作品的分析更注重其历史语境；（2）分析了跨大西洋英美思想传统的关联性。沃斯特的《自然的经济体系：生态思想史》、罗伯特·麦金托什的《生态学背景：观念与理论》，以及彼得·鲍勒（Peter Bowler）的《诺顿环境科学史》（*The Norton History of Environmental Sciences*），虽被视为本领域标准的生态史著作，但它们不仅大有忽视或轻视浪漫主义诗人的贡献之嫌，而且过分强调林奈、吉尔伯特·怀特、查理·达尔文（Charles Darwin），及其信徒的散文体自然史写作成就。许多思想史学者常常忽视浪漫主义诗人坚持自然界是一个相互依共存系统的思想，以及他们为保护野生动物和自然景观的艰辛努力等等。奥尔施莱格的《荒野的概念：从史前到生态学时代》和劳伦斯·布尔的《环境主义想象》，是两本从文学视角研究环境思想发展的专著。虽然布尔的专著主要在于分析梭罗的作品，但他的写作纵横捭阖，贯通了整个美国环境思想史。在我看来，这本专著体现了生态文学批评学科迄今为止的最高成就。就历史跨度和厚度而言，奥尔施莱格和布尔的著作是难得的精品。但很遗憾，英国浪漫主义诗人在其中却显得无足轻重。近几年还有两本著作关注浪漫主义作家在环境思想史中的贡献：乔纳森·贝特的《浪漫主义生态观：华兹华斯与环境传统》（*Romantic Ecology：Wordsworth and the Environmental Tradition*）和卡尔·克鲁伯的《生态文学批评：浪漫想象与思维生态学》。但这两部著作仅仅是做了本领域基础性的宏观研究，还缺乏完整的分析。再者，它们完全没有涉及英美浪漫主义作家之间的关系。

英美浪漫主义时期的思想发展是这一阶段生态思想萌发的基础。本书旨在更加全面地阐释这一关系，并通过着眼数位美国自然作家对浪漫主义生态思想的继承和发扬，分析生态思想的发展历史。

第一章　柯勒律治与自然的经济体系

本章旨在研究柯勒律治的生态思想在其整个思想发展过程中的意义，并分析他的生态思维方式何以能够帮助我们更全面地理解他的诗作。柯勒律治对自己生活的地方怀有一片情深，对当地的环境有着非同寻常的感知，这为他带来了诗歌语言等多方面的变化，因此，从生态视角阐释这些重要变化，不仅可行，而且还可能会起到意想不到的效果。另外，从生态视角解读他的诗作，不仅有助于我们更好地理解他关于诗歌形式的观念，也有助于我们更好地理解他的诗作，而这些都是以往其他批评视角所无法做到的。具体而言，到 18 世纪后期，人们已经充分理解了有机物与栖息地共生互利的科学观点。这一观点为我分析柯勒律治诗歌思想中有机物的作用，提供了一个全新的方法。

自然的经济体系

塞缪尔·泰勒·柯勒律治 1772 年出生在德文郡（Devon-shire）一个叫作奥特里·圣玛丽的村子，是父母最小的孩子，也是他们的第十个孩子。他的父亲 1781 年去世，导致 9 岁的柯勒律治的生活一下子陷入了困境。他被送到伦敦基督医院的慈善学校。这所学校小有名气，但对柯勒律治这个敏感的孤儿而言，学校却是个冷漠无情的地方。教师们不久就注意到柯勒律治智力超群，并将他转到被称作"希腊班"（Grecians）的重点班，培养他将来上大学。他的数学老师是威廉·威尔士（William Wales），曾经是库克船长第二次航海时的随船天文学家。这位老师常常给学生讲述自己在南极航海途中的所见所闻，令学生们心潮澎湃，比如，他讲过遇上冰山、信天翁和光怪陆离的天象等等。柯勒律治1791—1794年就读于剑桥大学，很快成了有名的神童，却不料自动退学，放弃了学位。他与罗伯特·骚塞（Robert Southey）设计了一个称之为"大同世界"（Pantisocracy）的乌托邦蓝图，希望在美国宾夕法尼亚州的萨斯奎汉纳（Susquehanna）河岸，创建一个理想的农耕社区。当然，他们的计划未能实现。按照计划，只有已婚夫妇才有资格住进那个"大同世界"。柯勒律治很快就与骚塞未婚妻的妹妹萨拉·弗里克（Sarah Fricker）订婚，并于1795年完婚。他们婚后搬到了布里斯托尔西南50英里的下斯托维（Nether Stowey）村。

　　柯勒律治在下斯托维村居住期间，度过了他一生最幸福的时光。这也是他创作最旺盛的时期。1797年7月，华兹华斯与妹妹多萝西搬到艾尔福克斯顿（Alfoxden），离柯勒律治夫妇居住的地方仅3英里。两位诗人开始密切合作。柯勒律治与华兹华斯兄妹一起度过了许多时光，甚至即便遇到恶劣天气，也要去华兹华斯那里讨论他们的写作计划。1798年9月，他俩的合作结晶之一《抒情歌谣集》出版了。这本抒情诗集开创了英国诗歌史上的新风，也开启了英国的浪漫主义运动。其中，最具创新意义的地方是他们不仅恢复了歌谣体，引日常语言入诗，而且广泛使用直接观察到的自然意象。他们在合作撰写诗集时拥有共同的自然观：自然界就是一个充满活力的生态体系。他们都积极投身保护原野和自然景观的活动。

　　1800年，《抒情歌谣集》再版，华兹华斯重新写了一个"序言"，以此为他们用"下层社会的纯朴"语言写诗作辩护："因为在那种条件下，人们的情感与美丽在永恒的自然形态才能完美地融合在一起"。他倡导使用朴素的日常用语，正是基于人类情感能够沁入不同自然形态（forms of nature）的理念。他的"融合"比喻，具有生态意义的本质，因为所有语言，亦即人的所有意识，都会受到"不同自然形态"的影响。自然世界就是一个家园，就是语言、情感和思想的诞生之地。尽管柯勒律治并不完全认同华兹华斯的语言理论，但他接受华兹华斯的观点：语言形式必定与当地一系列特殊条件相关。这也成为他"会话体"诗中诗歌形式的大前提。显然，他从早年非正规的散文中发展了类似观点。在柯勒律治 1799 年的笔记中，有他从德国回国后的一段话。他再次坚信，大湖区的命名实践、当地人的政治独立意识，以及当地人和当地自然环境，三者密切相关："在北边，每一条溪流，每一座山，甚至每一片土地都有自己的名字。这证明他们具有更大的独立意识，也说明这是一个根据自然法则制定自己法律、有自己生活习惯的社会。"[1] 与华兹华斯一样，柯勒律治对地名情有独钟。从大湖区外出回来，他常常记下地名，形成许多地名单。[2] 在他看来，地名充分反映了当地人与当地地形特点之间错综复杂的关系。语言是土地和居住者之间长期对话的结果，地名就是最好的例证。

柯勒律治在其 1817 年的《文学传记》（Biographia Literaria）中，从有机论的角度探讨语言本质。有机论是一个美学理论，与 18 世纪科学界关于有机体的概念有关。不同于华兹华斯，柯勒律治对他那个时代的科学争论十分感兴趣，比如，他会阅读伊拉兹马斯·达尔文（Erasmus Darwin）1791 年的哲理诗《植物园》（The Botanic Garden），以及他的医学著作《有机物的法则》（Zoonomia；or，the Laws of Organic Life）。因为阅读了这类书籍，

---

① 《塞缪尔·柯勒律治笔记》（The Notebook of Samuel Taylor Coleridge），凯瑟琳·科伯恩（Kathleen Coburn）编，普林斯顿大学出版社 1957 版，第 1 卷，第 579 页。此后均注为《笔记》。

② 同上书，第 1 卷，第 1207 页。

柯勒律治谙熟同代人的有机物概念，并认为有机物就是一个自主的、可循环的并能自我调节的生命体。[①] 大自然是一个有机体的比喻最早出现在他 1795 年的《风弦琴》（"The Eolian Harp"）中，并为"风弦琴"的泛神论思想提供了概念基础：

> 假如生机勃勃的自然万物，
> 皆是拥有生命的一架架有机风弦琴，
> 当博大而富于创造的智性清风拂过，
> 琴弦便会振颤，乐音便会飘入才思，
> 顷刻间，各自之灵便成了万物之神。（44—48 行）

"有机"一词在诗中具有科学般的精确意义。这节诗断言所有生命体，不论被赋予什么形态，都具有天然的自我调节能力。柯勒律治的重心并不是有机生命体的自主性，而是受到刺激后的自动反应，拥有"智慧之风"。尽管这节诗表面上关注的是感知能力的生命体，但也与写诗过程以及诗歌艺术本体论相关。如果诗歌是有机体，那么，它就不该被赋予严格的形式结构，而应该与周边环境和谐相处。这里的"周边环境"是一个比喻，指的是文学，或者话语语境。柯勒律治认为诗歌是存在于本土的有机体。他被《抒情歌谣集》收录的诗歌，就是这种观念的诗意呈现。柯勒律治的这种观念代表了 18 世纪关于诗歌形式本质的最高成就。在探讨这一观念的美学含义之前，我们首先需要追溯它的科学源头。

　　18 世纪，随着对小到个体有机物，大到全球性有机物封闭系统的研究越来越深入，对其中变化的理解越来越科学，人们关

---

① 若欲进一步了解伊拉兹马斯·达尔文与柯勒律治交往的故实，请参见德斯蒙德·金 - 海勒（Desmond King-Hele）的《伊拉兹马斯·达尔文与浪漫主义诗人》（*Erasmus Darwin and the Romantic Poets*），纽约：圣马丁出版社 1986 年版。

于自然界整体功能的认知逐步形成。生物学在研究动物如何分配、调节自身体能方面功不可没。解剖学家威廉·哈维（William Harvey）1682年发现心脏有泵一样的功能，保障血液在一个封闭的系统内循环。[①] 这一偶然发现不仅极大地推动了18世纪生理学的发展，而且因为它本身就是有机体即一个循环过程的例证，所以也为人们认识其他系统起到了重要作用。

包括人类在内的所有高级有机生命体，只有依赖身体各个部分不断提供养分才能维持生命。荷兰解剖学家安东·范·列文虎克（Anton Van Leeuwenhoek）在微观层面继续研究血液的循环过程。他是第一位发现红血球的人，也是第一位研究毛细血管功能的人。列文虎克最为人称道的功绩在于他发现了只有在显微镜下才能看见的有机体——微生物。它们无处不在，甚至大量存在于雨水中。无疑，发现微生物存在的事实，超越了人类的常规感知能力，就如"库克"船长第一次航海时，发现海水中有发光的"微生物"，给海洋蒙上了一层怪异的色彩。《老水手之歌》中的熠熠之光正是受到这一启发的结果。

在更大的科学范围里，瑞典植物学家林奈（Linnaeus，1707—1773）受水的液态、固态和气态循环过程的启发，认为整个地球就是一个相互作用的循环过程。[②] 林奈的追随者艾萨克·比伯格（Isaac Biberg）在其影响深远的论文《自然的经济体系》中，描述了水文循环是怎样将水分布于全球各地，进而保障地球生物的用水需求。他还在论文描述了捕食者和猎物在食物链等级中相互依存的关系。正是得益于这种关系，诸多物种的

---

①　见威廉·哈维（William Harvey）1628年于伦敦出版的《动物心脏与血液运动解剖论》（*An Anatomical Disquisition on the Motion of the Hear and Blood in Animals*）。

②　英国天文学家埃德蒙·哈雷（Edmund Halley, 1656? —1743）在三篇简要的论文中，描述了他的水文循环研究结果。这三篇论文收录于他17世纪90年代出版的《哲学事务》（*Philosophical Transactions*）一书。他认为地中海表面水的蒸发量远远大于河流的补充量。详见《科学家传记词典》哈雷条，第6卷，第67页。

数量才能维持平衡。比伯格的论文充分反映了 18 世纪盛行的关于自然界的科学观念，即，自然界是一个自我调节的和谐系统："自然的经济体系这一概念指的是造物主创造了为共同目的、互利互惠的世间万物。"① 也就是说，所有物体皆存在于一个互惠互利的关系之中，并且组成了一个复杂的循环过程，即"自然的经济体系"。可见，上述概念与我们的现代全球生态体系概念十分相似。

1772 年，化学家约瑟夫·普里斯特利（Joseph Priestley）在宣布他偶然发现的光合作用时，同样使用了循环理论。他认为植物呼吸是在利用光能，清除被动物和人破坏的空气，所以是一个"恢复"过程。② 基于这一假说，英国"皇家学会"会长约翰·普林格爵士（Sir John Pringle）探讨了全球性问题。他在 1774 年提出，遥远地区和人烟稀少地区的植被对净化城市污染空气至关重要。在普林格看来，纯净的空气和受污染的空气在气流的作用下不断循环，与水文循环同理。③ 伊拉兹马斯·达尔文在《植物园》的第一部分《植物的经济体系》（"The Economy of Vegetation"）中，进一步强调绿色植物通过光合作用产生氧气和糖的作用。他还提出了一种进化理论：个体间的竞争有益于物种的进化。这一理论对其孙子查理·达尔文（Charles Darwin）产生过重要影响。

从林奈到伊拉兹马斯·达尔文，科学家们都在用经济比喻，指涉自然界的循环过程，并认为自然资源由此得到了有效分配与

---

① 见《自然的经济体系》（"The Oeconomy of Nature"），原文为拉丁文，由本杰明·斯蒂林弗利特（Benjamin Stillingfleet）翻译，收录于《自然史、畜牧业和物理学论文集》（*Miscellaneous Tracts on Natural History，Husbandry，and Physick*），伦敦，1759 年。引文出自 1762 年版第 39 页。

② 见约瑟夫·普里斯特利（Joseph Priestley）的《关于不同种类空气的观察报告》（Observation on Different Kinds of Air）一文，载于《皇家学会哲学学报》（*Philosophical Transactions of the Royal Society*）1772 年第 62 期，第 147—264 页。

③ 见约翰·普林格尔（John Pringle）的《论不同种类的空气》（"A Discourse on Different Kinds of Air"）发表于《皇家学会年报》，1774 年。

消耗。亚当·斯密（Adam Smith）的《国富论》描述物品在自由市场经济体制中流通的情形，与之有异曲同工之妙。在 18 世纪的科学界看来，"自然的经济体系"如同资本主义的经济体制一样，有一只"看不见的手"在调节个体行为，进而使整体经济产生最优化的结果。这些科学家并不认为人类干预自然界是什么大的问题，因为人类在当地的活动，即使有破坏性，也是有意改善自然景观和自然资源的努力。

如此看来，在理解人类侵害自然体系可能造成严重后果的方面，18 世纪的整体科学观显然是有局限的。另外，科学界，尤其是在生物学界，在理解宏观世界和微观世界方面，更是产生了巨大分歧。尽管人们对有机生命体内部规律和陆地环境宏大的循环过程，有了越来越深刻的了解，但很少看到有人试图将这两种研究方法结合在一起，进而探讨具体动植物在某一地区的互动关系。在分类学领域，人们对物种的鉴定、分类和描述日益增多，但却很少有人描述每一物种的存在范围和栖息地情况，也没有多少人将某一物种作为自然界"生物社区"的一员，进而观察其行为和生命周期。殊不知，如前文所述，吉尔伯特·怀特在《自然史与古老的赛尔彭》中，曾尝试仔细观察、详细描述单个有机生命体，及其在全球的"自然经济体系"中所起的纽带作用。毫无疑问，这种方法在生态思想发展史上，具有里程碑式的意义。[①] 怀特对有机生命体与栖息地进行仔细描述，显然与 18 世纪流行的收集标本并分类的方法，完全不同。[②]

---

① 吉尔伯特·怀特（Gierbert White）：《南安普敦村里的自然史与古老的赛尔彭》（*The Natural History and Antiquities of Selborne, In the Country of Southampton*），伦敦：T. 本斯利出版社 1789 年版，斯科拉出版社 1970 年重印版。

② 柯勒律治十分崇拜怀特。他阅读《赛尔彭自然史》时曾经做过非常详细的注释，并推崇使用当地方言命名当地的植物，而不是用拉丁文命名。见《笔记》第 1 卷，第 1610 页。他还认同怀特从整体上认识自然界的观点。他使用"自然的经济体系"这个说法就是证明。

　　生物因适应生存环境而进化。所有生命形式都相互依存,
人类干预自然体系可能会导致致命的后果等等,生态思想史
上诸如此类的基本观点均见诸 18 世纪的科学写作中。正如伊
恩·怀利（Ian Wylie）在他 1989 年的专著《青年柯勒律治
与自然哲学家》中指出的那样,柯勒律治对当时的科学研究
文章谙熟于胸,并认真思考人们在化学和生物学领域的发现
将意味着什么。正如约翰·洛斯（John Lowes）所言,柯勒律治
尤其痴迷自然的循环过程,而且打算将此作为他创作赞美诗的基
本出发点。①

　　对柯勒律治而言,这一科学观点还具有社会和政治含义。他
计划在萨斯奎汉纳河岸实现"大同世界"蓝图,显然是一种要
将"自然的经济体系"理论付诸实践的壮举。柯勒律治坚信自
然世界是个农耕生态社会,并由此发展了他激进的民主政治理
念。他的"大同世界"理念则是建立一个"对所有人都平等的
政府",并在经济上"平均个人财产"。柯勒律治坚信,只要遵
循"自然的经济体系"的规律,就能确保以上两大理念的实
施。② 对于"自然的经济体系",他并不像亚当·斯密后来推测
的那样完全放任自由,而是认为,自然界就是不断走向有条件的
平等。只有条件平等,每一种有机生命体才能发展出自己的独特

----

　　① 见约翰·洛斯的《通往世外桃源之路:想象力研究》（*The Road to Xanadu:
A Study of the Ways of Imagination*）,波士顿:霍顿·米夫林出版公司 1930 年版,第
69—72、83—84 和 174 页。洛斯十分详尽地分析了柯勒律治的思想发展过程,因此
他的专著还可以命名为"生态思想研究"。怀利在《青年柯勒律治与自然哲学家》
中研究了达尔文对柯勒律治的计划中的赞美诗的影响,见英国克拉伦登（Clarendon）
出版社 1989 年版,第 73 页。

　　② 见罗伯特·骚塞（Robert Southey）1794 年 9 月的书信,《罗伯特·骚塞的生
活与书信》（*Life and Correspondence of Robert Southey*）第 1 卷,第 221 页。柯勒律治在
1794 年 7 月 6 日写给骚塞的信中首次使用了单词"Pantisocracy"和"aspheterized",
见 E. L. 格里格斯（E. L. Griggs）主编《塞缪尔·泰勒·柯勒律治书信集》（*Collected
Letters of Samuel Taylor Coleridge*）,牛津大学出版社 1956—1971 年版,第 1 卷,第 84
页。

潜力。他的《致驴子》（"To a Young Ass"）就充分表达了这种平等观念。他在诗中称驴子为"兄弟"，让人联想起他的"大同世界"，就是一个"细小的峡谷/平和而平等"，那里的动物与人类和谐相处。于是，他将政治、经济原则与一种理想主义（抑或是天真）的生态信念相结合，呼吁将自然界恢复到伊甸园的原初状态，让所有生命体都能和平共处。柯勒律治这种激进的"亚当主义"（Adamicism），容易让人联想起布莱克那不切实际的政治主张。尽管柯勒律治后来抛弃了自己年轻时的激进主义，政治上日渐保守，具有伯克式（Burkean）政治主张的特点，但他仍坚持认为社会组织是个有机形态，因为他认为知识阶层的个体成员，与已经确立的政教机构之间是一种自我调节的关系。这些观点在他的《论政教宪法》（*On the Constitution of Church and State*）多有表述。尽管柯勒律治的政治观点摇摆不定，有时甚至会前后矛盾，但纵观其整个知识生涯，他始终坚持认为人类社会是一个有机的体系。

一个最浪漫的山谷

柯勒律治在《笔记》中，详细记载了他在大湖区观察到的动植物情况。这反映了他的整体生态观思想，即当地的动植物是一个有机的社区。1802 年 8 月期间，他多次远足大湖区，记录下多种植物共存的情况："双瓣花与野百里香散漫地长在田间，与之伴生的还有蕨类、灯芯草。"（《笔记》第 1 卷，第 1216 行）与吉尔伯特·怀特一样，柯勒律治抛弃了林奈的拉丁文植物名称，而改用当地通行的英语名称，因为他觉得，植物名称既与当地的历史密切相关，又与个人的认同情感相关。在 1803 年的笔记中，他写到自己构思了"一首我青年时期最高尚的诗，不，也许是我一生中最高尚的诗"，其中"一节是关于植物和花草的，它倾注了我的全部情感，但美中不足的是，需要使用拉丁文

学名"(《笔记》第 1 卷，1610 行)。他接着写道:"然而，那些
植物一直影响着我。"自那时起，他一直努力描述植物，它们的
栖息地，以及与之相关的其他物种。1800 年 12 月，萨拉·哈钦
森 (Sara Hutchinson) 将来自威廉·韦瑟灵 (William Withering)
《英国植物分类》(*Arrangement of British Plants*) 附录里的几页英
文植物名称，誊抄在《笔记》里。她还根据自己所了解的当地
植物知识，补充了一些植物名称:

> 高地地榆、颉草、天鹅绒叶、维纳斯的梳子、维纳斯的
> 镜子、青春草、马鞭草、连理草、野葡萄藤、紫罗兰、沼泽
> 植物、毒蛇草、少女闺房 [（葡萄叶铁线莲），与行者乐、
> 大攀援、一年生缎花和女萎等同名]。①

这一串丰富多彩的本土英文名称表明，柯勒律治认为词汇必
须扎根一方水土一方人的共同经验之中。萨拉为"少女闺
房"所增加的其他别名表明，她对当地的植物名称熟稔且自
信。显然，柯勒律治认为他们的植物名单，是自己文学作品
潜在的语言资源。柯勒律治1802 年 8 月多次游历大湖区，表
明他将当地的房屋、路径和日常活动视作了大湖区景色的一
部分。它们不仅反映了特定的历史变迁过程，而且反映了不
断自我调节和适应的过程，因此，他才会觉得被群山环绕的
"阿尔法－柯克 (Ulpha Kirk) 是一个最浪漫的地方。那里的
山并不高，但造型却极其狂野。眼前只见柯克山谷 '站立'

---

① 见《笔记》第 1 卷，第 863 页。韦瑟灵将柳叶蒲公英称作鼠耳草，萨拉·哈
钦森将之改为勿忘我。凯瑟琳·科伯恩在对这段的注释中指出，柯勒律治后来在他
的诗《信物》("The Keepsake") 中使用了"勿忘我"这个词。《牛津英语词典》
(OED) 指出，这是这个单词的最早书面使用记录 (其实 16 世纪就有记载)。可以推
测，这个单词肯定是当时的口头语。用科伯恩的话说:"令人欣慰的是，柯勒律治与
萨拉之间可能使用过这个术语，并使之再次进入文化界。"

在粗糙的山峰底端，山路缓缓'爬升'而上。山谷远处的田野很高却平坦，背后又是一群群山峰"（《笔记》第 1 卷，第1225 行）。显然，人类活动被有意抹去了。他在记述中使用了一般现在时，用拟人化的手法表明自然物的永恒性，如山谷"站立"，山路"爬升"等等。在后面的记叙中，他大量使用及物动词，如"从那个房子后面，一条溪流几乎笔直'奔'向喷泉尽处，一条小路随山势蜿蜒而上"（《笔记》第 1 卷，第 1227 行）。艾斯科山谷（Eskdale）牧人简陋的房屋由于与所在地形融为一片，显得十分别致："山峰错落，山下树木旺盛，那里的房屋隐匿在大树之下或者之中。我不知道哪里还会有更美的房屋"（《笔记》第 1 卷，第 1222 行）。所有与人有关的都是有机的，因为它们是自主的，同时又是自足的。更主要的是，它们还是自然景观中的有机组成部分。

柯勒律治的有机形式美学理论，尽管受到德国美学思想的影响，但也与他早期的自然观密切相关，可以说是他早期思想发展的逻辑必然。他认为自然万物既是一个整体又相互依存。从生态学的角度衡量，有机形式的概念必然要考虑动植物的生活环境因素。同理，一个审美对象的内部形式，不论它是一部精心打造的杰作，还是一件自我消耗的艺术作品，与其语言和文化环境的关系，都远远胜过审美对象本身，因为语言和环境不仅是审美对象的外部因素，而且是审美对象的滋养者。柯勒律治笔记所载无数次大湖区之行，表明他在有机形式论的思考过程中，越来越关注艺术品如何才能与其自然环境水乳交融的问题。

柯勒律治对大湖区的自然和社会生态十分痴迷，与此相映成趣的是，他对当地充满活力又不断变化的语言也越来越关注。前文已经讲到，他对当地以方言命名地名和动植物的现象感兴趣。作为一个矢志不渝的文人，柯勒律治素来对语言演变和新词产生的过程抱有浓厚兴趣。不仅如此，他还在自己的诗作和散文中大量使用自创的新词。① 在早年的笔记中，他常常在描述自然景观时自创新词。这恰恰说明，他认为语言形式的变化是人与居住地之间长期对话的结果。柯勒律治的散文，时而活泼诙谐，时而严肃深邃，但都遍布新颖词汇，在所有浪漫主义作家中独树一帜。他创造了许多以-age 结尾的词，以此表示一种集体状态，这说明他在将许多自然事物划归到一个复杂类别。在他的笔记里，他为树、山峰和云等词，都加上名词性后缀-age，变成了 treeage，hillage 和 cloudage。上述情况在他记述游历大湖区景色的部分尤为突出。他还根据大瀑布（cataracts）自创了 kittenracts 一词［cataract 的前三个字母（cat）意为猫，他将 cat 换为了 kitten（小猫），合成 kittenract（小瀑布）——译者注］。他还在微风（breeze）和波浪（wave）后加上后缀-let，表示更小的意思。他自造了"水幕"（waterslide）和"叠面"（inter-slope）两个单词，希望能更准确地描述不同瀑布的样态。他还创造了 twistures，专门指长在石缝中弯曲的树木。他的笔下有"隐退的"山脉、"膨胀的"悬崖、"结痂的"湖泊、"粗糙的"石头以及"搔痕累累的"峰面，它们要么表示大自然的活力，要么表示大自然的病态。Lacustrial 一词指当地地貌中湖泊永恒存在的事实。greenery（绿）一词最早出现于他的《忽必烈汗》（"Kubla Khan"）一诗中，在《笔记》中使用过三次，记述他在德国的游历，每次都表示森林中那种令人欣喜又感到神奇的清新澄明。他所造的 rockery（石头）一词，方法与 green 一词加后缀-ery 一样，指的是错落

---

① 柯勒律治公自创了 700 个单词。详见本人的《活的单词：塞缪尔·泰勒·柯勒律治与〈牛津英语词典〉的诞生》（"Living Words：Samuel Taylor Coleridge and the Genesis of the OED"）论文，载于《现代语文学》（*Modern Philology*）1992 年总第 90 期，第 1—45 页。本书讨论的新词并未包括在上述论文中。

有致的一堆石头。①

柯勒律治曾打算写一组赞美诗，希望能穷尽自然的魅力，因此大胆自创了 tremendities（魅力）这个单词。② 该词和上述自创词汇共同表明，柯勒律治在着力表达他不断发展的认知，即：与其说自然界是一套客观存在，而毋宁说是一个秩序井然的集合。正因为如此，他才坚持不懈地寻求能够表现这种观念的词汇。将自然界看作一个整体，或者一个有机社区，无疑是一种新的观念，这需要新的语言来表现自然物体之间具有的有机关系。从整体上看，他新造的词汇可谓一种特殊的"生态方言"（ecolect），为的是描述"家园"意识：即，地球正是所有生命体的居住地。③ 须知，浪漫主义时期其他作家笔下的"辞藻"，与主流文

----

① 柯勒律治早期版本的《笔记》出现过以下单词，但未被《牛津英语词典》收录：breezelet（1：1449），hillage（1：1433），interslope（1：1449），kitten-act（1：412），offrunning（1：798），treeage（1：789），twisture（1：1495），lacustrial（1：1495）。注：lacustral 一词是随着 1843 年版首条引用被收录进《牛津英语词典》的。对于某些其他词汇，柯勒律治的使用要远远早于《牛津英语词典》的相关引用，例如：柯勒律治 1848 年首次摘录 blugy（1：798），1843 年首次摘录 rockery（1：495，1：855），1869 年首次摘录 waterslide（1：804），以及 1810 年经由引文首次摘录 wavelet.（1：1489）。至于 cloudage 一词，《牛津英语词典》最早是通过 1818 年版有关柯勒律治的一条引文收录该词的。但据弗雷德·沙普罗（Fred Shapiro）的《柯勒律治在〈笔记〉中的新词使用》（"Neologism in Coleridge's *Notebooks*"）（*N&Q* 1985 年第 32 期，第 346—347 页引述），在此之前，柯勒律治已在《笔记》中使用该词。Greenery 一词是由一段来自《忽必烈汗》的引文而被首次收录进《牛津英语词典》的，但在柯勒律治 1799 年 5 月版的《笔记》中，该词出现过三处（1：410，411，417）。scabby、scarified 和 scorious 三个单词并不是柯勒律治的自创。它们是医学名词，但柯勒律治却用作比喻，以便更准确描述他看到的自然状况。

② 见《笔记》第 1 卷，第 174 页。《牛津英语词典》并未收录这个单词。乔舒亚·纽曼（Joshua Neumann）在其论文《柯勒律治与英语》中，认为这个单词是柯勒律治自创。1948 年《美国现代语言学协会会刊》（*PMLA*）第 63 期，第 642—661 页。

③ ecolect 一词最早由休·赛克斯·戴维斯（Hugh Sykes Davies）创造，见他的《华兹华斯与词汇的价值》，剑桥大学出版社 1986 年版，第 274—275 页。戴维斯从 oikos 这个词自创了 ecolect，意指特殊的"房屋"或者族人。我在更宽泛的意义上使用这个单词，并认为它是指特定地区的人的栖息地的一种语言。

化的词汇基本无异。柯勒律治却与众不同,他创造了自己的生态方言,不仅是为了反映当地的环境条件,也是为了表达他对自然界独树一帜的感知和回应。

古舟之影

如果说《抒情歌谣集》是在更宽广的话语语境中,关注诗歌诞生的"情境"(situation),那么,柯勒律治被收录其中的几首精心之作,则充分彰显了他整体自然观,以及保护自然的主张。《老水手之歌》是典型的古歌谣体叙事诗,作为1798年版《抒情歌谣集》中的第一首诗,起着开宗明义的作用。就该层面而言,它直接点出诗集冷峻严肃又不容抗拒的主题。当然,诗集中的其他诗歌也以不同方式表达了类似主题。如此看来,《老水手之歌》可被视为一首反映生态退化的寓言诗。诗中的老水手是一个"到南极附近探察"的平凡者。他发现那里原是一片不毛之地,几乎没有生命的迹象: "熟识的人影兽形,了无踪迹——/唯有冰天,一望无际。"① "熟识"(ken)一词揭示了老水手的困惑,实际源于西方认知方式出现的危机。正是这种危机妨碍他认识南极洲深藏不露的生物。不得不说,这是认识论,或深层浪漫主义(deep Romantic)的缺陷,因为老水手是以笛卡尔二元论者的形象,开启自己航海之行的:面对周围广袤世界里的生命,他麻木不仁,仅仅是个无动于衷的观察者,更不用说参与其中了。

信天翁似乎是南极荒野上从认识论迷雾中现身的使者。在水手们无意识的确认行为中,他们称那只信天翁是"基督的信

① 见《老水手之歌》第二部分第55—56行。本书中所引用本诗均出自1798年版《抒情歌谣集》,此后的引文仅以诗行标注。1798年版《老水手之歌》收录于《柯勒律治诗全集》第2卷。

徒"，与自己一样，同属人类：

> 终于横空飞来一只信天翁，
> 穿过浓浓的迷雾；
> 它仿佛是基督的信徒，
> 我们以神的名义向它欢呼。（61—64 行）

信天翁从亘古的寒冰世界来到人类世界，横跨的是自然和人类文明的界限，暗示了解决老水手本体论孤独的办法。信天翁陪伴着孤独的水手们，引导他们穿过重重冰山，每天回来获取"食物或者嬉戏玩耍"（71 行）。1798 年版中具体写道："水手们喂它虫子饼干"（65 行）。这个不起眼的细节恰恰说明人与动物之间有一种共轭的交流关系：水手们为信天翁提供给养，信天翁陪伴他们，引导他们并与他们嬉戏。显然，那些虫子饼干并不仅仅是虫子：它们在生命体系中扮演着至关重要的角色，因为在我们眼里丑陋甚至有毒的东西，从非人类的视角来看，却可能是美味佳肴。①

老水手用"十字弓"射杀了那只信天翁（79 行）。"十字弓"既象征着欧洲科技所具有的无情毁灭性，同时也不无讽刺地让人想起基督教牺牲与赎罪的意象。如果那只信天翁是来自南极王国这一未被污染世界的特使，那么，老水手的杀戮行为就是对那个王国所有生命的无端屠戮。最终，南极通过它的"极地灵魂"（Polar Spirit），对老水手进行了无情报复：让他目睹同伴的死亡，以及周遭世界的瓦解。似乎毁灭一只鸟，便彻底破坏了整个自然的经济体系：

---

① 柯勒律治在《这个椴树棚，我的囚室》中，描述听到乌鸦令人恐怖的声音时，表达了类似的观点："任何声音都是生命的序曲。"见《柯勒律治诗全集》第 1 卷，第 181 页。

> 大海从深处开始腐臭，
> 天呐！何以变得如此！
> 黏糊糊的怪物长着腿脚，
> 在黏糊糊的海面肆意爬行。（119—122 行）

　　这些长着腿脚、黏糊糊的怪物不曾出现在任何自然史教材中，意味着人类的毁灭性行为导致了自然的死亡，无疑具有深沉的天启意义。考查具体的历史事件，老水手的航海可与库克船长的第二次航海两相对照。正是由于那次航海，库克船长绘制了南极地区的地图，也使人们了解到当地存在的动物难以计数。他的叙述开启了一个大量屠杀海狮、鲸鱼、鸟类和其他海洋生物的时代。[1]

　　当老水手所乘之船"驶向太平洋热带地区"时，船体四周聚集了无数的动物。[2] 在热带海域航行的木船总会在船底等部位附着爬行动物、海草和以船影为庇护成群结队的鱼。船似乎成了一个漂动的小小岛礁，附着船身的动植物，于船上人员而言，既是威胁，也是机会。柯勒律治很可能阅读过各种热带航海故事，知道肮脏污秽的船底，以及快速腐烂的船体，都可能导致船毁人亡。当然，他也可能知道，围绕着航船的大量海洋生物，又令无数英国的航海探险者着迷。约翰·洛斯从库克船长所记叙的第三次航海经历中，引用了下文："二号早上，海面平静，但海面上却浮起一层黏糊糊的东西。有些小动物在周边游动……当它们悠闲地游动时，背部、两肋和肚皮会散发出耀眼的光芒，如同晶莹的珠宝在闪烁……它们肯定是……也许是航船夜行时常常显现在周围的某种发光生物。"[3] 令库克这位科学考察者感到惊奇的是，

----

　　[1]　关于二者的比较，详见伯纳德·史密斯（Bernard Smith）的《柯勒律治的〈老水手之歌〉与库克的第二次航海》。该文刊于《华宝和考陶尔德学院学报》（*Journal of the Warburg and Courtauld Institutes*）1956 年，第 19 期，第 117—154 页。

　　[2]　见柯勒律治在《老水手之歌》诗节旁的评论。

　　[3]　约翰·洛斯：《通往世外桃源之路：想象力研究》，第 42 页。

他在船周围看到的黏糊糊的生物竟然熠熠发光，与柯勒律治诗中的水蛇有异曲同工之妙：它们都是船所处海域生态系统的积极参与者。水蛇之所以有令人作呕的一面，实际是老水手的感知缺陷所致，而非水蛇本身的原因。不久，老水手便祈愿水蛇到来，以使自己再次看到它们在"船的阴影"，那个为无数的海生物提供短暂栖息地的地方游弋：

> 在船的阴影里，
> 各色蛇在游弋；
> 海蓝、墨绿、深黑色，
> 或蜷曲或游动，
> 闪着金色的道道光芒。（269—273 行）

正如伊恩·怀利指出的那样，这些水蛇留下的道道光芒，与伊拉兹马斯·达尔文在《植物的经济体系》（"The Economy of Vegetation"）中所描写的光痕（tracks of light）十分相像。达尔文的那些光痕预示着"黏鱼的腐化"。[①] 老水手在那些黏糊糊的海洋生物身上发现了"美"，意味着他发现所有生命体，即使是微生物，也在自然界扮演着至关重要的角色。

老水手为水蛇祈祷的行为表明他已经摆脱了与自然疏离的状态，而"信天翁像铅块一样掉入水中"（283 行），即是从文明世界复返狂野的大海。老水手终于学到了信天翁所要教给他的东西：他必须毫无功利地对"人、鸟和野兽"（646 行）报以同情心，跨越自身与自然界的界限。柯勒律治的《老水手之歌》包含了当代环保思想中的许多基本观点。罗曼德·科尔斯（Ro-

---

① 见伊拉兹马斯·达尔文的《植物的经济体系》（"The Economy of Vegeta-tion"），该文刊于《植物园：一首诗，上下篇》（*The Botanic Garden：A Poem, in Two Parts*），伦敦：约瑟夫·约翰逊出版社 1791 年版，第 1 卷。另，怀利在《青年柯勒律治与自然哲学家》引用了上文，第 154 页。

mand Coles）在他的论文《生态交错带与环境伦理：阿登诺与洛佩斯》（"Ecotones and Environmental Ethics：Adorno and Lopez"）中，分析了这类交错带（ecotone）的伦理意义：

> 自然生态学家知道，交错带——互相交错的界限——是最肥沃的。这些"特殊的汇合点"具有巨大的进化潜力。如果将该知识与"交错带"（ecotone）、oikos（住宅）、tonus（张力）的词源学知识结合，我们的脑海便会浮现出一个丰饶居所的图景，无论它是源自不同人群、不同生物，还是不同景观的交错带边际。"变得富足有何意义？"在《北极梦》（Arctic Dreams）的前言里，巴里·洛佩斯（Barry Lopez）如是问道。依我之见，他是想通过展示北极交错带令人炫目的生态"财富"，来回答自己的问题。然而，该书之中最为深刻的"交错带"（他亦心知肚明），存在于自我与世界的他者性、洛佩斯与北极光、生物和人类的对话边际。①

《老水手之歌》还涉及跨越不同生物王国界限的伦理意义。在该诗的第一节中，信天翁从南极那个非人类的冰封世界——那里"碧绿如同翡翠"（52 行），来到了水手中间。换句话说，它跨越到了人的世界。在全诗的高潮段落，"船的阴影"（269 行）形成一个十分丰富的热带交错带，各色水蛇在那里游弋，连老水手都不得不为了生存而祝福它们。诗的结尾处，老水手漂过港口

---

① 见罗曼德·科尔斯的论文《生态交错带与环境伦理：阿登诺与洛佩斯》（"Ecotones and Environmental Ethics：Adorno and Lopez"）。该文收录于珍妮·班尼特（Jane Bennett）和威廉·查卢普卡（William Chaloupka）主编《在事物的本质中：语言、政治与环境》（In the Nature of Things：Language, Politics, and the Environment），明尼苏达大学 1993 年版，第 243 页。巴里·洛佩斯《北极梦：在北方景观中的想象与欲望》（Arctic Dreams：Imagination and Desire in a Northern Landscape），纽约：矮脚鸡出版社 1986 年版。

酒吧，在隐士的帮助下重新登岸，终于从大海回到了陆地。隐士也可以说居住在另一个交错带——"森林/顺坡向下通往海岸"（547—548 行）。以上所有的交错地带都在该诗中意味着离开和到达，同时也是柯勒律治思考绿色世界与人类文明破坏性趋势最深刻之处。受到老水手的传奇故事教化的婚礼宾客意识到：蓄意猎杀任何野生动物会带来不可预测的严重后果，进而变成了一个"更忧郁，但却更智慧的人"。柯勒律治在诗中直言其目的就是"为所有生物辩护，不论大小"（648 行）。他的环境保护宣言无疑是其生态愿景的一部分。

柯勒律治在《老水手之歌》所使用的语言，充分反映了他精心建构一个新生态交错带的匠心。正如洛斯在《通往世外桃源之路》（*The Road to Xanadu*）指出的那样，1798 年版的《老水手之歌》并非照搬托马斯·帕西（Thomas Percy）《古英语诗集》的歌谣体，也非照搬托马斯·查特顿（Thomas Chatterton）以"罗利"（Rowley）为诗歌人物所作的歌谣体。根据洛斯的说法，柯勒律治在诗中明显综合了三种古英语的用法：第一是采用了歌谣体中常用的词汇，如 phere、eldritch、beforne、I ween、sterte、een、countree、withouten、cauld 等；第二是采用乔叟和斯宾塞的常用词汇，如 ne、uprise、I wist、yspread、yeven、n'old、eftsones、lavrock、jargoning、ministralsy 等；第三是采用航海术语，如 swound、weft、cliffs、biscuit-worms、fire-flags 等等。以上三类词汇在 1800 年版的《老水手之歌》中被大量删除。这或许是因为他接受了 1799 年 10 月《英国批评家》（*British Critic*）一位书评家的评论所致。那位书评家批评柯勒律治使用了意义不明的古词，并以 swound 和 weft 为例。柯勒律治在新版本中删除了 weft 这个航海术语，以及前面列举的大部分词汇。无论是他改用当时的流行词汇，还是于 1817 年《预言家的叶子》（*Sibylline Leaves*）中再度加那些边角文饰，都一再引起学界的激烈争论，可谓见仁见智，不一而足。洛斯认为修订版《老水手之歌》较之前的有很大的提高,许多学者也接受洛斯的判断。不可否认,1817 年版由于少了冷僻词,确实降低了阅读难度,文体也较之前版本有了更大的一致性。但是,获取上述改善的代价便是原版多重意义的统一性遭到了破坏。殊不知,多重意义的统一性才是诗人的目标之一:他试图重整古英语遗留的词汇,使之成为一种新的话语方式,进而强化词汇的质感和表现力。

在我看来,1798 年版《老水手之歌》的词汇丰富性更好地表现了该诗的生态主题。柯勒律治选用古词,以及中古拼写,既不是随波逐流之举,也没有附庸风雅之嫌。事实上,他无意用一首诗,展示英语词汇在某一时、某一地的特点。相反,他使用的词汇超越了不同的时代和社会阶层。显然,他之所以精心营造词汇来源的丰富性,是为了给老水手找到一种合适的话语方式,以便凸显其多语混用的现象和语言的历时性特点。受益于诗中现代词语和古语并置的做法,老水手被巧妙地塑造成了一个漂泊者形象:他穿梭于不同的地理空间,跨越不同的历史时段,进而将自己的对话置于现代性和浪漫主义"企慕情景"(sehnsucht)的交错地带。另外,从语言上讲,柯勒律治选用古词与该诗的环境主题十分契合。如果我们将英语词汇看成一个封闭的体系,那么,一个古词的消失必然会对语言的完整性产生不可预见的后果,就如同老水手杀死一只信天翁招致了灾难性后果一样。柯勒律治曾写道,"词汇如同人们灵魂的排水口和器官",所以,他鼓励作家充分利用"我们母语所继承的全部财富"。① 从有机语言观的视角来看,柯勒律治在《老水手之歌》中再度使用大量的古词,

---

① 　见塞缪尔·T. 柯勒律治的《逻辑》(*Logic*),J. R. de J. 杰克逊(J. R. de J. Jackson)主编,普林斯顿大学出版社 1981 年版,第 126 页,以及《文学传记》(*Biographia Literaria*),詹姆斯·恩格尔(James Engell)与 W. 杰克逊·贝特(W. Jackson Bate)主编,普林斯顿大学出版社 1983 年版,第一卷,第 86 注释。"排水道"(offlet)是柯勒律治的自创词,它在《逻辑》(约 1819—1828)中的用法要早于《牛津英语词典》1838 年的收录。

目的就是为了丰富当时的诗歌语汇。

让我用一个具体例子来更好地说明以上观点。柯勒律治在诗中使用的术语"Lavrock"（348 行）来源于中古英语"laveroc"一词，后演变为"lark"（云雀）。"Lavrock"与后来在《抒情歌谣集》使用中的"夜莺"一词一样，不仅是最合韵的单词，还是个"有极强音乐性"的单词。柯勒律治通过乔叟的《玫瑰传奇》（*The Romaunt of the Rose*）知悉"云雀"一词：

> 威猛精壮的汉子看见
> 结队的龟与成群的云雀，
> 吟诵属于自己的歌谣，
> 一如天使的心曲曼妙，
> 播洒圣爱，饱含福音。
> 他们以悦耳的语言欢唱。①

当然，柯勒律治也使用"jargoning"来描述云雀的声音：

> 有时候鸟鸣划破长空，
> 那原来是云雀的歌声；
> 有时成群结队的小鸟，
> 布满海面和广袤苍穹，
> 在悦耳的鸟语中飞行。
> （《老水手之歌》，347—351 行）

他用了古语"Lavrock"（云雀）和"jargoning"这两个单词。"云雀"突然进入到"大海"和"空中"构成的交错地带，使得老水手道德拯救意识中平添了几分悦耳的声音。如果将云雀悦

---

① 见约翰·洛斯的《通往世外桃源之路：想象力研究》，第 306 页。

耳的叫声看作一个比喻,那么,它与后面诗节中人类乐器的声音、天使的声音以及一条小溪的低吟浅唱交汇在了一起。于是,有生命的和无生命的物体,交相辉映,共同具有了某种语言表现力。引入云雀的鸣叫声暗示着柯勒律治具有激进的环境思想:有机生命体拥有自己的语言,且有自己独特的"风弦琴"。"Lavrock"字词含有"rock"(石头)的词位,也许是诗人在暗示老水手将会回到陆地,"教堂……耸立在岩石之上"(503—504 行)。当柯勒律治在 1800 年版中用"lark"代替"Lavrock"时,古词中那种高贵的"石头"的含义顿失,也失去了人们对乔叟诗歌联想的可能性,还导致该诗丧失了其语汇丰富性。据此,1800 年版《老水手之歌》屈从于评论家的观点,替换了"weft"和"Lavrock"这两个所谓的"雕琢"之词,严重影响了该诗的整体质量。删除"Lavrock"一词后,直接与该词对应的"jargoning"(鸣叫声)失去指涉。根据《美国传统词典》(*American Heritage Dictionary*)的解释,"jargoning""可能是个象声词"。果真如此,那"jargoning"就是一个我们在语言交错带听不懂的声音,构成了一个多音组合的"jargon"(行话),预示着"Lavrock"的歌声穿越了人类和非人类的语言界限。如果说"Lavrock"的歌声在老水手听来是悦耳的"语言",那么,"Lavrock"就是该诗特有的"行话",甚至也可以说是人与自然界接触过程中产生的一个"生态词汇"(ecolect)。

在华兹华斯和柯勒律治共同创作的《抒情歌谣集》中,两位诗人对自然界的感知是相同的:自然界是一个充满活力的生态系统。此外,他们矢志不渝,怀着极大的热情,呼吁保护自然和自然景观。他们将 1798 年版《抒情诗歌谣集》视作能为集子中各类诗作提供滋养环境的场所。所收录柯勒律治的作品在集子中的贡献在于他的语言观,即语言是有生命的,是一个完整的有机系统,诗人可以通过创造新词或者翻新古词义丰富该系统。显然,他这种整体的语言观得益于 18 世纪生物学对有机体的研究成果。自然的经济体系强调自然的循环过程，柯勒律治将这一概念移植到了他的语言观中。对他而言，语言的历史发展受制于语言与环境的关系。他的有机审美原则说明诗歌的意义实际上决定着一首诗的语言形式（意义的栖息地）。《老水手之歌》就是实践他诗歌语言有机观的典范：他精心选择使用古词，无疑有助于保留英语因为社会、地理和历史发展而形成的词汇丰富性。威廉·冯·洪堡（Wilhelm von Humboldt）著名的《语言变异与人类发展》（*On Linguistic Variation and Human Development*），是生态语言学领域具有开创性的经典。与洪堡相似，柯勒律治同样不认为语言是一个完成了的产品（*ergon*），相反，它是一种行为（*energeia*）。柯勒律治诗情逸飞，创作激情高涨，旨在创造出一种能够表达人类在自然的经济体系中所处位置的生态语言。

第二章　格拉斯米尔：华兹华斯的家

　　威廉·华兹华斯的名字与英国的大湖区永远密不可分。那里是他度过童年和少年时代的地方，也是他 1799 年回归之后永久居住的地方。自从与妹妹多萝西在格拉斯米尔一间村舍——鸽子屋（Dove Cottage）住下之后，华兹华斯便将大湖区当成了自己的家。那里的山水激发了他的诗情，唤起了他对童年的记忆和想象，激发他创作了大量诗歌。华兹华斯的诗就是关于"地方"的诗，不仅深深扎根于具体的地理场所意识之中，而且将那些童年记忆中的地方，赋以独特意义。①

　　华兹华斯久负盛名的作品《序曲》（*Prelude*），是详细呈现作者思想、精神成长史的自传诗。其中有关诗人在大湖区童年时代的描写，直接影响了众多现代读者对其大湖区情结的理解。实际上，诗人一生都在守护这部诗作的手稿，只有小范围的亲朋知道此事，直到 1850 年，《序曲》才付梓出版。对同时代的人而言，华兹华斯是随着出版诗集的不断正典化而逐步为人知晓的。1793 年出版的相对晦涩的《傍晚散步》（*An Evening Walk*）和《见闻集》（*Descriptive Sketches*）便是肇始之作。随着 1798 年《抒情歌谣集》（1800 年和 1802 年出版修订版）、1814 年《远行》（*The Excursion*）和 1815 年《诗全集》（*Collected Poems*）的

---

　　① 详见大卫·麦克拉肯（David McCracken）的《华兹华斯与大湖区：诗作与地方指南》（*Wordsworth and the Lake District：A Guide to the Poems and Their Places*），牛津大学出版社 1985 年版。

陆续出版，华兹华斯最终确立了自己作为诗人的国际名望。整个19 世纪，欧美大陆对华兹华斯这位最著名的"湖畔诗人"，无人不知。自《大湖区指南》（*Guide to the Lakes*），这本诗人生前最为知名，刊印最为频繁的作品出版，华兹华斯的名字便与大湖区永远紧密地联结在了一起。

最近几十年，人们解读华兹华斯的诗作时总是将它们与具体的地方相联系，甚至开始质疑他作为自然诗人是否实至名归。自新批评至后结构主义时期，每一代批评家都在他们新的理论框架下，找到了解读华兹华斯诗歌的新方法。尽管批评界持续阐释华兹华斯诗作的努力，有助于我们更好地理解他作为诗人和个体的人的复杂性，但不可否认，如此的阐释却让我们看不到隐藏在他明白晓畅的诗作背后的激进思想。本章将在详细分析他基于大湖区生活经历而写的诗作的基础上，重新审视华兹华斯研究领域里的一些根本性问题。

诗的地位

华兹华斯 1770 年 4 月 7 日生于坎伯兰郡（Cumberland）的科克茅斯镇（Cockermouth）。从他的《序曲》中得知，他最早的童年记忆，就是家乡德文特（Derwent）河"从赤杨的阴影下和岩石中……哗哗流淌/穿过了我的梦"（第 1 卷，272—274行）。这是一种与声音有关的记忆，可视作大地对一个幼儿的呼唤，其声音直达诗人梦境，使其自小即是周遭世界的一分子，而非一个漠不关心的旁观者。诗中有关 5 岁时在德文特河洗澡，以及在河岸玩耍的细节，实际表达的是诗人想要完全融入周边世界的愿望（第 1 卷，291—298 行）。诗中河水潺潺，像是他的"玩伴"，既带着一丝神秘色彩，又令他感到温馨惬意。

当然，在华兹华斯的童年经历中，大自然并不总是令他感到优美恬静。《序曲》曾数度描绘了大自然阴森可怖的场景，其中最诡异的当属"偷船"事件。在诗节的最后,刹那间,"一座黑压压的山峰,横亘眼前,/似乎隐藏着巨大的力量"(第 1 卷,378—379 行)。那座突然兀立的山峰犹如鬼怪,令他惊恐万状。诗作有关湖中死尸的描述同样令人恐惧。一具腐烂的男尸突然浮现水面,"面目全非,像个幽灵/是赤裸裸的恐怖"(第 5 卷,450—451 行)。表面祥和的景观突然加进死亡的素材,宁静的自然倏然间注入恐惧和神秘的因素,这些都是华兹华斯回忆童年经历诗歌当中最常见的主题。华兹华斯从小丧失父母,这种经历一定对他的自然观产生了影响:自然无常,充满恐惧且不可预测。他母亲去世时,他才 8 岁。他随后与兄弟姐妹被不同的亲戚领养。母亲的突然离去,迫使他中断了与他喜爱的妹妹多萝西的关系。1783 年,他的父亲去世,华兹华斯当时才 13 岁。难怪在他的自传体诗中,跃然纸面的是一种挥之不去的迷失感和居无定所的漂泊感。他无拘无束的孩提时代的欢乐时刻和在自然界的纵情欢娱,常常会夹杂着阴郁的时刻,语气也会变得压抑。他有时候甚至会对死亡抱有一种病态的向往之情。

　　华兹华斯 1843 年对伊莎贝拉·芬威克(Isabella Fenwick)口述时,回忆了他童年时代对大自然的感知。他回忆到他对"死亡"的向往,但却固执地拒绝接受他作为人也会死的命运。他口述时的语气十分坦诚,无拘无束:

> 　　我小的时候最不能接受的念头就是死神终有一天会降临到我身上……不能接受并不是因为觉得自己有超强的生命力,而是觉得有不屈不挠的精神力量支撑着我。过去,我脑子里经常萦绕着艾诺克和以利亚的故事,时间久了,我几乎相信,不管他人将如何终了,我大概都会像他们一样,以另外一种状态进入天堂。(《诗全集》第 4 卷,463)

孩提时代否定死亡的存在,与后来希望自己能以一种精神力量进入天堂，都与他小时候浸入德文特河的经历形成强烈的反差。华兹华斯接着讲述了他小的时候，曾经幻想整个世界会消失于他那"理想主义的深渊"：

> 小时候的我无法想象眼前事物还有什么外在的存在形式，一如我现在的感觉。我总是与眼前的一切事物交流，因为觉得彼此拥有相同的非物质本质，所以不以外物视之。不记得有多少次在上学的路上，我摸着一堵墙，或者攀住一棵树，以便自己从理想主义的深渊回到现实。这过程令那时的我害怕。（《诗全集》第4卷，463）

眼前的景物瞬息万变，给华兹华斯的"非物质性"感觉带来困惑，他只有通过触摸石头墙或者粗糙的树皮，才能回到现实世界中。他害怕陷入理想主义的深渊，实际上与乔治·贝克莱（George Berkeley，1685—1753）的理想主义哲学探讨的纯粹主观性问题有关。如果客观事物仅仅存在于感知之中，那么，我们是怎样知道我们感知之外的事物的呢？贝克莱的回答是，上帝能看见一切，因而能保证万物的存在。但是，年轻的华兹华斯并不认同这个解释。那个时候，华兹华斯还是个少年，生活在世俗社会，虽然休谟（Hume）的怀疑主义哲学还未粉墨登场，但人们开始怀疑贝克莱的哲学思想。只有直接触摸或者听到自然界的声音，才能将少年华兹华斯唤回到他生活在由万物构成的物质世界的现实。

华兹华斯成年后，虽然陷入"理想主义深渊"的担心不再对他的个人认同构成威胁，但他却被"屈服于相反的特质"所困扰。具体而言，就是被物质世界的不可避免的存在所困扰，担心自己不再会有"少年时期在万物中感受到的那种梦幻般的栩栩如生的感觉，那种光彩夺目感觉"（《诗全集》第4卷，第463页）。华兹华斯回想起他童年时，在"微风中／和听到河水的咆哮声"的兴奋之情（《序曲》第 12 卷，95—96 行），但同时也诅咒"这双肉眼"是"所有感官中最专横的一个"（《序曲》第 12 卷，128—129 行）。柯勒律治在《文学传记》第 1 卷中也曾使用"眼睛的专制性"（despotism of the eye）这个术语，指的是一味强调主观经验感受现实的教育所带来的后果，与笛卡尔的思想—肉体二元论不无相似之处。在华兹华斯看来，过分依赖视觉信息，忽视声音和触觉的作用，会不可避免地让思想屈服于外在事物冰冷的物质性。迷失于这种物质性的视觉中就是他少年时期那种梦幻般的感知特点。

华兹华斯的早期诗作，尤其是《见闻集》，由于过分注重直接呈现经验，导致主客观严重分离，诗作魅力受到削弱。在这些早期的抒情诗中，诗人华兹华斯仅仅是个旁观者，没有做到情景交融或寓情于景。随着他诗性声音的日渐成熟，原来游客式的写作立场逐渐消失，代之而起的是诗人倾情于笔下的场景与事件，为诗歌赢得了戏剧性效果。在《抒情歌谣集》中，华兹华斯更是将情景交融的手法发挥到了极致，使读者感到身临其境。如果"自然诗"是指那些准确而细腻地描写自然物体的诗，那么，华兹华斯在《抒情歌谣集》中的许多诗作还算不上"自然诗"，因为他最好的诗作既没有准确的客观描述，也缺乏细节。相反，通过诗人的观察，他的诗呈现了一个活力四射、意象栩栩如生的自然界。一句话，他的那些优秀诗作不是冷漠观察者的客观描述，而是诗人经验的诗意呈现。①

最有说服力的例子就是他的《劝导与回答》（"Expostulation and Reply"）。这首诗收录于《抒情歌谣集》，是华兹华斯最有名

---

① 关于该话题，参见杰弗瑞·哈特曼（Geoffrey Hartman）的《未经雕琢的想象：解读华兹华斯、霍普金斯、里尔克和瓦莱里》（*The Unmediated Vision：An Interpretation of Wordsworth，Hopkins，Rilke，and Valery*）。该书由耶鲁大学出版社 1954 年出版。哈特曼早年以现象学视角解读作品的方法，尤其是他关于感知认识论的理论，与生态主义文学批评密切相关。

的诗作之一。然而，就因为人们对该诗耳熟能详，所以容易忽视诗歌为突破流行文化的正统性而表现出的激进性。在该诗的第一节，校长马修以质问的口吻谴责一个学生：

> "威廉，为什么在古老的青石上，
> 呆坐了大半天？
> 威廉，为什么独自坐在这里，
> 在白日梦里消磨时光？"（1—4 行）①

尽管这是两个修辞问句，意在谴责浪费光阴的懒惰学生，本不需要回答，但"威廉"却给出了他的回答，似乎暗示校长的问题是必须严肃回答的。奇妙的是，他答而非答，又回答了一切。他的回答不是要与校长争论"已故"作家之作的相对价值，也不是要强调"观看大地母亲"同样是获取知识的途径。如果他真的选择上面的任何一种回答，都说明他承认两种回答背后的世界观有其合理性，即，书籍是知识的宝库，而眼睛是感知的主要感官：

> "人长着眼睛，就不得不看，
> 长着耳朵，就不得不听；
> 只要活着，肉体就能感知，
> 不管是有意还是无意。"（17—20 行）

不论从哪个方面衡量，这节诗都与上下诗节没有联系，突兀地宣称人的感官不受意识的干扰，直接影响人们的感知。这样的直白宣告当然不是经验现实的展示，因为器官感知的能力并不像

---

① 所有自《抒情歌谣集》的引文皆出自首版（伦敦 1789 年版），后续引用仅以标题和行数标注。

"科学"断言的那样准确。如果科学是人类知识的积累,存在于书籍之中,那么,抛弃书本学习可能意味着否认世俗人本主义作为探索知识的有效途径之一。自文艺复兴时期兴起人本主义思潮起,钻研书本知识——人们狂热地将印刷品当成获取知识的途径、热衷于文本分析、眉批等等,妨碍了人们从其他途径获取知识的努力。殊不知,在人本主义之前,人们正是通过其他途径获取历史知识和经验知识。人本主义妨碍人们对自身的认识,使得人们忘记自己是现实生活的积极参与者,忘记自己不仅仅是个认识主体,而且还是一个每天都需要吃饭、呼吸、睡觉和梦想的"动物"。"威廉"在下面这节诗中暗示了还有其他途径:

> "我坚信还有其他力量,
> 同样能作用于我们的心灵,
> 我们只有明智地被动接受,
> 才能用以滋养我们的心灵。"(21—24 行)

不论我们的意志如何,那些能够作用于我们心灵的"力量"到底是什么呢?诗中并未指明。诗人有意不明确指出那些"力量"是什么,给读者留下思索的空间。难道他指的是看不见的存在物,即康德称之为"物自体"(Ding an sich)的神秘存在,才是人们感觉的源泉?或者华兹华斯另有所指,暗指柯勒律治《老水手之歌》世界里那种具有异教色彩的自然神灵(nature-spirits)。这节含意不明的诗,也许是华兹华斯借此批判获取知识的确定途径,这包括被认为囊括天堂到尘世一切知识的书本知识。诗中,"威廉"晦暗不明的意识状态深不可测,也许运用科学的理性方法也无法解释清楚。那些"力量"神秘而又怪异,也许只有"明智地被动接受",人们才能够间接接近那些"力量"。

"威廉"继续向校长解释何为"明智地被动接受":

"处身于世界万物之中，
它们时刻都在讲述，
并不是什么也不会发生，
而是我们必须时时追求？"（25—28 行）

针对这个修辞性提问，其回答远非绝大多数读者所理解得那样浅显。它回应并且委婉讽刺了校长的新教工作伦理，因为他惯于鼓励学生去主动"追求"知识。"威廉"却在质疑主动"追求"知识是否就是最佳的途径。尤其是当我们置身时刻都在"言说"的世界万物之中，纯粹从书本中获取知识的途径就更值得怀疑。如果万物无时无刻都在对我们讲述着什么，我们则大可不必主动寻找。当然，上面问句的语气并不是十分肯定，这意味着"威廉"尽管没有指明其他的经验途径，但却值得尝试。可见，这节诗歌思考的是人与周围事物交流的可能性，而不是在为理性探讨的结果做对策。

该诗的最后一节进一步深化了人与自然交流的主题，提醒校长和读者，进行这种交流的最佳时机就是"独处"：

"因此，请不要问我
为什么呆坐在这古老的青石上，
似乎在与自然对话，
在白日梦里消磨时光。"（29—32 行）

没有他人在场，才是一个人能够与自然"对话"的前提，而这显然只有当我们接受了该诗深刻的反人本主义内涵之时才能成立。对于那位白日做梦的学生而言，那块"古老的青石"要比满腹经纶又能言善辩的校长，更适合做他的陪伴。该诗的语气并不带有对人类的仇视。相反，诗中还将校长"马修"称为"我的朋友"。不可否认,该诗提出了一个严肃的问题,并对理性、科学和人本主义的认知方式提出了批评。和莎士比亚笔下亚敦森林的那些雅士一样,"威廉"谴责学问来自读书的偏见,因为他发现"流淌的溪水就是书籍,石头中包含着祷文"。

由于论辩双方皆能各抒己见,《劝导与回答》可谓一首成功之作。校长在诗中因职责所在,督促学习,比较严厉,学生则拒当书虫,据理以争,甚至还有点固执己见。该诗让双方阐释各自观点,再让读者见出彼此局限。在《抒情歌谣集》里,紧随其后的一首诗是《掀翻课桌》。该诗的主题是前诗的延续与深化,但形式更为激进。它主要探讨了人能否与自然"对话"的问题,并对寻常的求知方式提出质疑。

《掀翻课桌》的第一诗节就是说给一个固执的书呆子"朋友"的。也许,他就是《劝导与回答》中的校长马修。诗中最引人注意的对话者,无疑是被拟人化了的太阳。太阳将"第一缕晚霞洒向"周围的田野和"湿地的红雀"。红雀优美的歌声饱含智慧,听它们欢唱,远胜于苦读书本。落日余晖瞬息万变,令诗人体会到总有些东西不似牛顿式科学定义的那样冰冷、艰涩。湿地的鸟鸣值得倾听,这比啃书本更有教益。针对死读书,该诗倒数第二节做了最为鲜明的批评:

> 自然谱写下绝妙华章,
> 理智却横加阻挡;
> 污秽了万物的完美形象,
> 因为剖析无异于谋杀。(25—28 行)

该诗的最后一节更是抛弃了科学和艺术,呼吁人们以不同的方式去看,去获取知识:

> 受够了科学和艺术的束缚,

合上那干瘪的书页；
来吧，带上一颗赤诚的心
去观察，去领略。（29—32 行）

"干瘪的书页"与"翠绿宽阔的田野"里茂盛的树叶形成鲜明对照，用"心去观察"的怪异比喻也说明，该诗在认识论方面所做的探讨，远超人们的惯常想象。作为一个激进的生态意识宣言，这首诗不无说教的成分，某些具体主张甚至还带有教条僵化的味道。但诗中傲慢的语气和用词恰恰说明，诗人宁可牺牲诗歌风格，也要表达关怀人类远景的决心。就此而言，它无疑掀翻了西方科学传统的"课桌"，呼吁人们置身大自然，进而聆听并领略大自然。由于诗人华兹华斯必须将非人类的各种声音纳入对话之中，这难免会影响他的认同、自信和遣词造句，致使诗的目标和诗人的目标不得不处于一种紧张的对话关系之中。依据时评，《抒情歌谣集》在诸多方面皆不符合既定的诗歌审美，也挑战了无数常理规范。

离开与回归

《抒情歌谣集》中的许多诗歌都隐含着离开和回归的叙事结构。该结构由诗集的第一首诗歌《老水手之歌》确立。老水手离开故土，航海远行，历经各种磨难，终归故乡。远行一圈之后，他已经脱胎换骨，是个完全不同的人了。这种叙事结构可以追溯到古希腊史诗《奥德赛》，华兹华斯在诗歌《女流浪者》（"The Female Vagrant"）中也采用了这一结构。女流浪者原本在家乡的茅屋过着自己幸福的生活，不料世事难测，自己被"扔到"了外面的世界，后来竟登上英国死亡军舰，漂泊到了美国，最后又抛家弃子，精神崩溃地回到了英国。另一首诗《傻男孩》（"The Idiot Boy"）略显轻松。它讲述的是贝蒂·弗伊（Betty

Foy）派儿子约翰尼（Johnny）夜里骑马为邻居苏珊·盖尔（Su-san Gale）请医生的故事。约翰尼不仅没能请到医生，还把自己迷失在了森林里。多亏老马识途，将他安全带回家中，但迷失的经历已彻底改变了约翰尼。对整个村子而言，他的改变都是有益的：苏珊·盖尔奇迹般地恢复了健康；整个村子都像是经历了一次情感宣泄；弗伊发现自己原来如此疼爱儿子；约翰尼带回了关于月下森林的美好记忆，而且森林就在大家熟识的村子的不远处。

　　在上述三首诗中，"家"与"离家在外"形成鲜明对照。离家在外可能邂逅怡人之地，但更多的是荒凉、遥远和令人生畏的地方。在《老水手之歌》中，主人公的家乡安全、温馨，有教堂和灯塔，还有欢乐的婚宴。相反，出海在外，他所遭遇的尽是难以绕过的冰山、发光的水蛇，以及"死神"与"行尸走肉"（Life-in-Death）掷骰子决定谁该占有老水手灵魂的游戏。对于当初抛诸身后的一切，只有在离家之后，老水手才意识到其中的价值。同样，在《女流浪者》中，主人公离家之后经历过重重磨难，回忆起自己在德文特河边茅屋中度过的快乐童年，其用词充满理想化色彩：

> 怎能忘却昔日的繁华胜景？
> 悠闲的花园里长满薄荷、百里香；
> 玫瑰和百合在安息日尽情绽放；
> 安息日报时的钟声令人欣喜；
> 剪羊毛季节的嬉戏玩耍；
> 深草丛中藏着一窝鸡蛋；
> 五月收集滴露的樱草；
> 我去河边呼唤我的天鹅，
> 它们朝我奔来，洒下一溜雪白的自豪。（19—27 行）

这一串深情的回忆，有味，有声，有色，皆是"家园"留给她的印象。引人注目的是，回忆中并无任何不和谐的细节，如此便不会使人生出客观经验描述之感。"家园"的概念在诗中由乡愁演绎，古老的诗体赋予这首诗一种遥远、非真实的，甚至神秘的色彩。这首诗写于 1793 年，是华兹华斯早期发表的为数不多的诗作之一，尚缺少意象的精确性，与《抒情歌谣集》中的其他诗相比，用词也不够纯朴。诗句中的倒序正是柯勒律治在《一沓十四行诗》（*Sheet of Sonnets*）的《前言》中所谴责的僵硬的"高跷句"。实际上，在他们一起创作《抒情歌谣集》期间，华兹华斯确实向柯勒律治学习如何避免一般十四行诗诗人的败笔，即，如何杜绝使用"倒序句子、怪异的词语以及那些佶屈聱牙的斯宾塞词汇"。[1]

现在让我们详细分析《女流浪者》中的"家园"概念，因为它代表了华兹华斯对乡村生活的基本态度与信仰。在上述引用的诗节里，叙述者描绘了许多她在花园里所种的植物，其中包括食用豆类、香草和装饰用的花卉。多种家养和野生动物围绕在她身旁：嬉戏欢跳的绵羊为当地市场提供羊毛；放养的鸡为她提供蛋类营养；野生的天鹅与她相伴。后面的诗节叙述了小狗陪伴她去市场、在家里父亲照管蜜蜂，还有"那只养了多年的红胸脯"（鸡）啄着她的窗扉，算是和她打招呼。她的父亲去一旁湖里捕鱼，从而保障二人的生存之需。华兹华斯在《抒情歌谣集》第 72 页的"注释"中写道：英国北部的一些湖租给了不同的渔民，他们分片经营，在两岸立两块石头，之间是一条水面上"想象的分界线"。湖里的鱼是当地村子的共同所有，不同的渔民在"想象的分界线"内捕鱼。诗中描述了不同的生存方式：院子里

---

[1]　柯勒律治在《一沓十四行诗》的《前言》中呼吁创建一种合乎自然的诗风："那些最优美的十四行诗，在表达道德情怀、情感或者情绪时，都让人能联想起自然景色……它们营造出一个诗情与物质世界甜蜜和谐的整体。"（《柯勒律治诗全集》第 2 卷，第 1139 页）他呼吁的新的诗风也可以说就是"绿色写作"的风格。

有蔬菜园，除了养殖家禽和羊以外，还可以养蜂或以捕鱼为生。父女两人不仅能够自给自足，而且还有剩余产品拿到市场上出售。

诗中描绘的农耕生活是一种可持续的生存方式。事实上，自中世纪起，英国的生产方式就是农耕式的：人们种植各种农作物，以土地轮耕为主，捕鱼和养殖为辅，并依据季节的变化，在村子的公共田野采摘坚果、野果和砍柴。① 显然，这种生存方式，在干旱、虫灾泛滥或者歉收的年份，绝非闲适自如、理想的田园生活。生活现实的残酷与《女流浪者》的田园描写并不完全吻合。正如前文所述，华兹华斯的诗意呈现，赋予了农耕生活一种田园理想。当然，这一理想是建立在多种农产品生产的基础之上的，尽管复杂，但与现代农业相比，却是可持续的，因为典型的现代农业就是年复一年地耕种单一作物，一旦歉收，将无其他作物可供替代。作为一种生存方式，多种经营显然比单一耕作更具有可持续性。另外，对于具体农户而言，多种经营也是一种更有趣味的生活方式。不论诗中的生活方式对于现代读者是否真实，但就总体而言，它无疑是华兹华斯自儿童时代起，就在德文特河岸看到的乡村生活。在《采坚果》（"Nutting"）中，华兹华斯描述了他在林中偷采坚果时既兴奋又内疚的心情。在《序曲》中，他描述了自己爬到崖顶掏鸟蛋的经历。这些都说明，华兹华斯对当时的乡村生活稔熟于心（见第 1 卷，327—339 行）。

18 世纪，传统的自耕农业方式逐渐被资本密集型的生产方式取代，乡村的公地原本是村民放牧和采集野果和柴火的地方，

---

① 见肯尼斯·麦克莱恩（Kenneth Maclean）的《农耕时代：解读华兹华斯》（*Agrarian Age: A Background for Wordsworth*）。麦克莱恩以华兹华斯时代的农耕实践为语境，讨论他的诗作，体现了不凡的见解。他在书中还披露了华兹华斯反对格拉斯米尔地区"圈地运动"的信息。据一位知情者说："正是因为有华兹华斯，格拉斯米尔的公地才没有被圈走。你现在就是走到格拉斯米尔的天上，腿也不会碰到篱笆上。这一切都是因为他的缘故。"（第 21 页）该书由耶鲁大学出版社 1950 年出版。

在圈地运动期间，却不断被私人圈走。到18世纪90年代，尤其是在拿破仑战争前夕，农产品价格不断上涨，引发人们大量生产市场急需的农产品，导致圈地运动加剧。在《女流浪者》中，华兹华斯描述了外地的富裕地主大肆购进公地的圈地行为。他将周围的土地和财产抢购一空，迫使诗中女主人公和父亲离开世代承袭的土地。这位财富的攫取者"在树林中建立起一座高墙大院"（39行），封了通往树林的路径，这意味着他同时剥夺了他人到湖中捕鱼的权利。最终，他成功地将父女二人驱逐出了茅舍，使之走上了背井离乡的道路。这位外乡地主"在不属于自己的土地上穿行／没有……快乐"（41—42行），从不尊重村民在湖泊捕鱼、林中打柴和使用公地的权利。由于使用公地的权利为当地约定俗成，并无相关法律，因此，父女二人遭到富有邻居驱逐，也无法律可以庇护，只得背井离乡，外出谋生，最后客死他乡。①

　　《女流浪者》是《抒情歌谣集》中最具明显政治倾向的诗作。它不仅强烈谴责富裕地主阶层的种种行径，而且批判英国的军事冒险主义。华兹华斯在诗中对无家可归的流浪者给予了极大同情。学界一般认为，他的这些政治观点与法国革命时期的意识形态和人权主张一脉相承。其实，我们也可以认为，这些观点是其一生所持政治信仰的具体彰显。即使是在抛弃了年轻时那种狂热的革命情怀之后，华兹华斯的基本观点并未发生根本变化。尽管后来转为保守，但他反对军事—工业一体化的立场，却从未动摇过。当工业化进程破坏了英国乡村的传统生活方式时，华兹华

---

　　①　《抒情歌谣集》中的《布莱克大娘和哈里·吉尔》（"Goody Blake and Harry Jill"）一诗，写的同样是穷人被圈地后失去生存之道的故事。这首叙事诗是华兹华斯基于真实故事而写成的：布莱克大娘在富裕的地主家的地边上捡柴火，被地主吉尔抓住。吉尔威胁要报复她，认为她擅自进入私人领地。其情形与《女流浪者》中的一样。圈地运动后，村民在公地上的传统权利被剥夺（吉尔的地边标志着私人领地的界线）。

斯更是矢志不渝地坚持自己的反对立场。稍后,我们会在本章看
到他是怎样持续地反对"开发"和"改善"乡村景色的努力,
因为他始终拥护可持续的农耕方式,呼吁保护传统的乡村建筑,
反对开发大湖区和整个英国的风景区和荒野。从这个意义上说,
华兹华斯远远超越了他的时代。他十分激进地呼吁保留传统的乡
村生活方式,替穷人和无家可归者伸张正义,呼吁保护处于人类
文明边缘的所有野生动物。他对以上问题的持续关注也正是现代
环保运动关注的基本问题。

　　对于上述问题,《傻男孩》("The Idiot Boy")一诗做了探
讨。诗中的主人公约翰尼和柯勒律治笔下的老水手一样,也曾是
一个文明和荒野界线的跨越者,最后回归文明社会讲述自己的故
事。但与老水手不同的是,约翰尼基本没有交流能力,所讲述的
黑森林见闻也仅仅是他感官经验的一鳞半爪:

　　　　"那里的公鸡呜呜—呜呜叫,
　　　　太阳亮光光的,但太冷了。"
　　　　约翰尼兴高采烈地回答说,
　　　　那就是他故事的全部。(460—463 行)

　　实际上,约翰尼此处所谓的鸡鸣是猫头鹰的叫声,太阳的光
亮是月光。由于猫头鹰和月亮完全不在他惯常的经验范围之内,
他只能用温顺的家禽和寻常的阳光来象征性地加以替代。但恰恰
是因为这个将未知同化为已知的过程,为我们揭示了夜晚的
"他者",那些令人生畏的野生动物。月光照亮的森林的确是日
常经验之外的灰色王国。尽管约翰尼无法完整描述自己的野外经
历,但凭借自身感官,还是大致说出了那个陌生王国。他借用听
觉、触觉和视觉告诉我们,那是个神秘可怕的地方。该诗第一节
就提到了猫头鹰的叫声,再次提及必然会使读者觉得,那叫声带
有某种特殊含义。尽管它意味着什么尚未可知,但却时刻提醒我

们：在人类的语言、感知和文明之外，还有另一个世界存在。

约翰尼终归回到了村庄，这一事实为全村村民起到了"宣泄"的作用：他的邻居苏珊·盖尔奇迹般地恢复了健康。当然，她也许只是有点心理毛病：仅仅需要有人重视她而已。当苏珊得知贝蒂·弗伊竟然冒险让自己唯一的儿子为她叫大夫治病时，她深受感动，自己的病竟然痊愈了。贝蒂想着天黑派自己的傻儿子叫大夫，可能会真的要了儿子的命。她十分挂念儿子，这时她才意识到她竟然那么爱她的傻儿子。因此，当她看到约翰尼安全回来时，她不仅感到兴奋莫名，对驮儿子回来的马匹也是充满感激之情。约翰尼虽然对身边发生的一幕幕戏剧性变化不明就里，但还是像柯勒律治笔下的老水手一样，体验到一种"强烈的表达愿望"，尽己所能，对他的听众讲述了他在月下森林不可思议的怪异经历。应该说，他的记忆是充满画面感的。约翰尼的荒野经历改变了整个村庄：病人痊愈了，消除了人们之间的冷漠之情，整个村庄互相帮衬，成为一个互相关照的群体。

接触大自然会改变人们的意识，这是《丁登寺》（"Tintern Abbey"）的主题。丁登寺是《抒情歌谣集》中的最后一首诗。诗中，华兹华斯讲述了他 1798 年时隔 5 年后再次回到瓦伊河（Wye River）畔的所见所思。瓦伊河流经英格兰西南部，那里并不是一片荒野。到 18 世纪 90 年代，那里已经成了小规模企业的聚集地，皮革、烧炭和炼铁厂随处可见，周围的河流污染严重。华兹华斯在诗中写道："滚滚浓烟，/静静地从树梢，升腾"（18—19 行），就是当地烧炭厂为铸铁厂生产木炭的写照。尽管就一家烧炭厂而言，它消耗的林木可能无足轻重，但积少成多便不可同日而语。在整个 18 世纪，烧炭业消耗掉了当地的所有林木。华兹华斯肯定注意到了工业对当地环境的影响，但他并未受眼前这些令人不快的景象的干扰，而是将注意力集中于仍然保留有荒野意味的景观上，目的是呈现人的生活环境中那种"遗世独立的荒野意味"（6 行）：

> 这一天终于到来。我再一次仰卧
> 在枫树的浓荫下，眺望
> 一座座农舍和一处处果园，
> 季节尚早，挂满绿色的果实，
> 隐匿在灌木丛中，
> 那一树树的绿色，
> 在碧绿的荒野中格外夺目。(9—15 行)①

以上诗行描述的瓦伊河岸富饶、碧绿、野性十足，尽管那里人口众多，农业和养殖业发达。当然，那里依然保留着荒野的特质，但已不再是一片纯粹的荒野。

《丁登寺》强调人类与荒野自然和谐相处的意义。他在下面这几行诗中呈现的是树篱处于半荒野的状态：

> 又一次依稀看见
> 不再算得上篱笆的一排排树篱，
> 成了欢快地疯长的树木。一片片田园诗般的农场
> 直将绿色送到家门前……（15—18 行）

那些树篱原本是为了阻隔家畜而建的篱笆，如今却在疯长，充满野性，与周围的林地混合，成了动植物的栖息地，与昔日林地的原貌无异。树篱与林地长在了一起，恢复了英格兰西南部原有的生态系统。华兹华斯笔下"田园诗般的农场"实际上成了周围生态系统的一部分。

与《抒情歌谣集》中的其他诗一样，《丁登寺》的主题也是

---

① 最后三行的原文与流行版本不同。此处的原文是：Among the woods and copses lost themselves, /Nor, with their green and simple hue, disturb/The wild green landscape. 此处将"disturb"译为"格外夺目"。——译者注

"离开"与"回归"。华兹华斯回到 5 年前来过的地方，看到昔日的景象并无太大变化，感到欣喜，看到在人类活动如此密集的地方仍然保留了大自然的优美，感到无比亲切。故地重游，景物如初，他得以审视自己对大自然态度的变化。华兹华斯描述自己 5 年前看到眼前景物时，自己像一只野生动物一样在山林中乱窜：

> ……当时的我像一头小鹿
> 在山间穿来穿去，在河边徜徉，
> 沿溪流走动，追随自然的引导：
> 从一处腾跃到另一处，像是逃避恐惧，
> 而不是追寻心中的美景。（68—73 行）

起初，对于这片荒野，诗人又爱又惧。各种情感交织激荡，即便是他这样的诗人，也很难在成年后找到合适的词语去描述当时的真实情感。诗人接着描述昔日那种"令人销魂的狂喜"（86 行）消失后的"丰富回报"（89 行），因为随着年龄渐长，他"体验到某种崇高感/铺天盖地，无处不在"（96—97 行）。华兹华斯所体验到的，也许就是《劝导与回答》中那种神奇的自然力量。然而，曾经难以言状的内心体验日渐远去，令诗人略感遗憾。他在该诗的最后一部分，转向一直静静地站在身旁的妹妹，发现"痴迷的眼神/就在你未驯服的眼睛里"（119—120 行），并劝诫她保持对神奇自然的内心感受。在这一部分，"未驯服"一词共出现过三次，都与他的妹妹有关，如妹妹看到自然时那种"未驯服的眼神"和流露出的那种"未驯服的狂喜"之情。尽管诗人不再能够体验那种无法遏制的"狂喜"，但仍十分欣赏人们投身自然时的真情流露。

从生态批评的视角权衡，《丁登寺》在言说人与自然界保持恰当关系方面，提出了几个值得思考的问题。诗歌开头描述的是人与自然和谐相处的情景：当地的农舍"推门见绿"，村民们为了保持古老的生态系统，任由自己的树篱疯长。考虑到不远处林立的木炭炉，村民们这种环境友好的农耕方式还能保持多久呢？实际上，能否保护荒野的自然状态也是这首诗所涉及的根本问题之一。华兹华斯回忆童年，并将自己描述为一个野孩子似的人物，行走于山野。诗中，他还劝导妹妹要保持内心的"狂野"。当然，我们也可以质疑，任何人是否都能对自然永远保持这样的"狂野"之情？他的妹妹多萝西是否会像她的哥哥一样屈从人生经历，让"狂喜之情趋于平缓/沉淀为静静的惬意"（139—140行）？纵观《抒情歌谣集》，任何正常个体要终生保持对自然的狂喜之情都是十分艰难的：唯有傻男孩在同名诗的最后一节，仍然保持对荒野自然的欣赏之情。《抒情歌谣集》的语气是哀伤的，许多诗中的人物最后都萎靡不振，或者受生活所迫，失去了原有的热情。

华兹华斯在《抒情诗歌谣》的最大贡献就是要尝试写出一种新的诗歌，因此，其中的诗作提出更多没有答案的问题也是情理之中。但需要指出的是，他在其中的诗对催生英美文坛的环境意识起到了重要作用。诗中关于可持续发展的问题，至今仍然是学界热烈讨论的话题。实际上，参与这种讨论的许多学者应该认真读读华兹华斯的诗作，以获得灵感，因为他有许多观点是关于人们"狂野内心"与我们作为一个社会对待自然的关系的。由于大湖区引入工业和现代生活方式，人们的财富观念日益变化，华兹华斯始终牵挂着大湖区的未来，尤其关注大湖区的环境状况。他后期的写作表明他越来越理解人们与居住地之间那种复杂的生态关系。

大湖区的人文生态学

华兹华斯对自然的兴趣，主要体现在对人居住之地的自然环境感兴趣。与柯勒律治、雪莱不同，他对荒无人烟或者怪异的荒野之地基本上没有兴趣：他的想象力从未扩展到南部海洋的陌生海域，或者勃朗峰（Mount Blanc）上的寂静冰川。尽管多次游历人烟罕至的阿尔卑斯山，可以写下无数诗篇，但他所创作的基本都是关于家园的诗歌。尽管偶尔也会写些关于其他地域的诗作，但大湖区始终是他出版的诗作中最为钟情的"地方"。大湖区也是他散文作品《大湖区指南》的主题。他对大湖区的满含深情并不仅仅因为那是他的故乡，更多的是因为他关注那里的可持续发展问题。纵观整个欧洲，大湖区自中世纪起，就是一个自给自足，与当地环境和谐相处，可持续发展的典范。就当地动植物分布以及地貌而言，大湖区仍然保留着原始的风貌。当地居民也学会了如何与华兹华斯诗中多次出现的野生动物们和平共处。在他的诗中，我们读到了诗人对野天鹅、红雀、画眉和知更鸟的情感。我们也看到猫头鹰对傻男孩生命的重要意义。或许，我们还应该提及《山楂树》（"The Thorn"）一诗。居于诗歌情节中心的是当地一株布满苔藓、疙疙瘩瘩的山楂树。实际上，在华兹华斯的诗作中，这样的非人类物种一直占据着重要地位，而非仅仅是些装点或文饰。在《大湖区指南》中，他曾对当地几种野生动物的消失或灭绝喟叹道："这里曾是凯尔特部落的居住之地。他们或是被吸引，或是被驱赶，最终与狼、野猪、野牛、红鹿和马鹿（leigh）定居此地。马鹿体型巨大，如今早已灭绝。"（52）[1] 在他看来，这种野性、凶猛、自由觅食的大型动物，其消失一定会使我们在大自然中的经历黯然失色。

如果"人文生态学"指的是研究人类社区与居住地之间那种错综复杂的关系的话，那么，华兹华斯完全可以称得上是

---

[1]　见华兹华斯《大湖区指南》，塞林科特编，牛津大学出版社1906年版，第52页。本书在此后的引文将注释为《指南》。他在《大顿河》（*The River Duddon*）的第2首十四行诗中还提到马鹿灭绝的事实。

"人文生态学"的创始人之一。《家在格拉斯米尔》（"Home at Grasmere"）这首诗充分体现了华兹华斯的人文生态学观念。该诗创作于 1800 年至 1806 年，直到 1888 年才予发表，是一首长篇叙事诗。诗作提及诗人与妹妹 1799 年 12 月底到达格拉斯米尔，计划安顿在"鸽子屋"，并将之作为永久居所。这首诗中的格拉斯米尔是个令人感到欣喜的地方，与周围的自然浑然一体，兄妹二人在那里居住期间，感情甚好，与村邻关系融洽，并与家养和野生动物和谐相处。尽管格拉斯米尔并不处于荒野之中，但那里居民所怀有的荒野情怀却不鲜见。华兹华斯和多罗茜也将《丁登寺》里有关他们内心的那份狂野情怀带进了村里。卡尔·克鲁伯在 1974 年具有开创性意义的《家在格拉斯米尔》论文中甚至断言，华兹华斯像一头狼一样感知周边的自然风光，像一只猛兽那样睁大了饥饿的眼睛，与带着贪婪占有眼神的土地开发商截然不同。① 显而易见，华兹华斯与我们住在城市郊外的邻居不同，他对自然的反应没有一丝一毫的占有欲，也没有一丝要开发利用的意思，甚至没有审美愉悦的意思。相反，他的反应就是那种人类原初的系列本能反应，包括饥饿、恐惧、性欲和不可遏制的好奇心，总想知道山那边还有什么。纵观 18 世纪传统的抒情诗，他状物抒情的动机完全不合那个时代的习惯。毋庸置疑，《家在格拉斯米尔》显然不是一首传统意义上的抒情诗。

　　华兹华斯首先在诗中回忆他童年时第一次看到格拉斯米尔河谷的情景。他登上周围的山上顶后，突然间看到整个自然界都在流动：

　　　　……谁能够看见

---

　　① 见卡尔·克鲁伯的《〈家在格拉斯米尔〉：生态神圣性》（" 'Home at Grasmere'：Ecological Holiness"），《美国现代语言学协会会刊》（*PMLA*）1974 年，第 89 期，第 134 页。

而不会感觉到一切都在动吗？他想起

云朵随风飘散；和风轻抚，

将欢乐送到河面。还有那

平原上的青草和玉米，

随风起舞，

似波浪翻滚，永不停歇，

不尽的欢乐在眼前流动。(24—31 行)①

　　显然，运用动态的意象描述眼前的情景并不是当时的流行技巧，但与精确的视角描述相比，这些具有动感的意象更能给读者以身临其境之感，同时也表明少年华兹华斯对整个河谷中涌动的某种东西感到痴迷，这个东西大概就是德国文学中所说的时代精神（Gestalt）。空中弥漫着这种精神，随云彩飘动，少年华兹华斯深受感动，犹如困兽出笼，顺山顶奔突而下。

　　成年华兹华斯和妹妹多萝西再次来到格拉斯米尔的时候是冬季。周边的自然风光在以各种不同的声音向他们诉说：

……我们一路前行，但见

光秃秃的树木，冰封的溪流，

好像在质问："来自何处？意欲何往？"

"又会是谁呢？"阵雪似乎在说，

"野外的流浪者，试图穿越我黑暗的地域？"

阳光说："快乐！"(165—170 行)

两个流浪者从冰封之地获得了不同的信息。起初的信息冷冰冰的，似乎要拒绝他们，但随着春天的到来，温暖的阳光却在欢迎他们。阵雪称他们为"野外的流浪者"恰恰证明了他们内心的

---

① 《家在格拉斯米尔》，见《华兹华斯诗全集》第 5 卷，第 313—338 页。

"野性"。他们起初被质疑，最后被接受为大自然的居民。

　　作为一名人文生态学家，华兹华斯尤其关注格拉斯米尔村民与周边环境的关系。他发现大湖区有一批小地主，将祖传的农田继承下来作为独立不动产，因而没有缠身的债务："他，一个幸福的人！是土地的主人，/继续在祖先走过的山间行走"（382—383 行）。大湖区山岳连绵，这在华兹华斯看来，尽管阻绝了格拉斯米尔与外界的联系，但也自中世纪起就保护当地免受封建领主的侵蚀。他还发现，大湖区流行自给自足的伦理，以此对抗城市生活的失范状态，目的是强化村民的合作与团结意识："这里就是个社会/一个真正的社区，一个地道的框架/让众多融合为一的团体"（614—616 行）。华兹华斯还发现如此形成的联结，尽管基于人们之间的宗亲关系，但同样可以扩展到人与动物的关系之上："一个家庭……包含人与动物"（619—622 行）。他描述了该共同体中卑微但有重要作用的牲畜：一匹驮着瘫子的小灰马和一头驮着瘸子的驴（502—509 行）。他在诗中还赞美与人和谐相处的整个"野生动物"群：黑鸟、画眉、猫头鹰和鹰（515—550 行）。所有格拉斯米尔的村民都将每日能见到的动物，当成自己的家庭成员，仿佛彼此之间也存在亲缘关系。

　　问题是，人类社会与其自然环境建立起的这种关系是牢不可破的吗？是可持续的吗？尽管华兹华斯描述格拉斯米尔的社会架构时持有赞赏的语气，但也有理由表示担忧。他注意到"一对/雪白的天鹅"在格拉斯米尔湖度过两个月后，莫名其妙地消失了（238—239 行）。诗中没有解释它们消失的原因，但担心"当地人将死亡的枪管瞄准了它们"（266 行），并射杀了无辜和值得信赖的天鹅。它们不明原因的死亡令华兹华斯十分伤心，不仅因为它们的无辜与信任，而且也因为就像老水手杀死信天翁一样，杀死动物无异于对自然犯下罪过。如果在格拉斯米尔这样理想的地方，人都可以背叛喜爱他们的动物，那么，人与自然和谐相处的希望还将存于何处呢？华兹华斯赞美那两只天鹅是人类"专

一的朋友/忠实的伴侣"（261—262 行），当虑及其命运时，诗人
是极度悲观的。要想修复人类社区与当地野生动物居民的关系，
唯有：

> ……无处不在的大爱，
> 不仅爱动物，而且爱
> 它们周围的一切，还有
> 这片乐土上的万物！（286—289 行）

在华兹华斯看来，这样的大爱必须突破爱某一具体动物的局限，
拓展到热爱当地整个生态系统里的一切生物。这种立足于泛爱基
础上的环境伦理，在华兹华斯的写作中无处不在。

华兹华斯在《大湖区指南》中又提出了几个关键概念，进
一步丰富了他的人文生态学思想。直至今天，大湖区的人还经常
阅读这本"指南"。他推崇大湖区的传统房屋，因为它们与环境
融为了一体：

> 这些简陋的房屋就是妙手天成的代名词。具体而言，它
> 们就是自然而然"长"出来的，似乎是从岩石中凭本能而
> 生出来的，而不是人为修建的。这些房屋没有任何花里胡哨
> 之处，保留了野性以及特有的自然美。（62）

相反，他厌恶富裕的地主们修建的那些花哨媚俗的房屋，因
为那些房子与周围的环境极不协调。同理，他也憎恨为当地引入
外来奇异的植物的做法，呼吁人们精心照管当地的植物。在
《大湖区指南》的结尾处，华兹华斯甚至建议将整个地区当作
"全民资产"对待："本作者的愿望就是本岛上的所有品味高洁
的人士，以及所有到访过（经常是多次到访）的人士，能与我
一起证明这个地区有资格成为全民资产，使之成为所有愿意欣赏

大自然的人的首选之地,让人们陶醉其间。"(92)

显然,华兹华斯在这里最先提出了类似"国家公园"的现代概念。设立这类公园就是肯定公园对全民族的独特价值,并让全民永久欣赏。幸运的是,他超越时代的建议最终使得大湖区成为英国的"国家公园",并对美国的国家公园体系提供了有益的借鉴作用。

在《大湖区指南》中,我们看到富裕的地主阶层不断对这个地区侵入,最终造成普通农民生计艰难,甚至陷入经济困境,使得原本生机勃勃的乡村变成了一排排时髦却单调无趣的度假别墅。华兹华斯对此持强烈的谴责之情。不仅如此,他还谴责引进工业机器,因为机器剥夺了人们纺织羊毛的机会,进一步削弱了当地的经济活力。1844 年,有人提议要修建一条横穿大湖区的新铁路,华兹华斯感到极其愤慨。他在收录于该书的十四行诗《肯德尔—温德米尔铁路》("Sonnet on the Projected Kendal and Windermere Railway")中表达了他的愤怒之情:

> 难道说英国的每一寸土地都要遭受
> 如此蹂躏吗?年轻时就有的养老计划,
> 经过中年的奋斗岁月仍然完好。
> 到如今,昔日的希望之花就要凋谢。
> 人们该怎样容忍这样的灾难发生!
> 人们该为这样残忍的变化感到悲哀!
> 该嘲讽这种虚伪的功利主义诱惑,
> 阻止它在父辈的农田上蔓延。
> 挫败眼前的威胁,恢复天赐的奥瑞思特
> 和游客们眼神中的各种景色。
> 请为和平祈愿,为优美浪漫的自然界申辩!
> 风呀,难道人心已死?呼啸吧!
> 激流呀,用你永不停歇的喉咙,

抗议这罪孽吧！（《指南》，146）

华兹华斯后来还写了两封抗议修建铁路的信件，并都发表在当时的报纸上。他反对的根本原因是预计若此将会出现"铁路人潮"，即由于铁路的关系，大量游客涌入该地。设立终点站会使人们"举办不计其数的摔跤、赛马和帆船比赛，这必然导致酒店林立，啤酒店满街都是"的可怕景象（155）。原来淳朴的乡村生活将被破坏，因为"与本地区无关的有钱陌生人将穿梭于此地修建的豪华别墅与他们的外地居所"之间（162），"在功利主义幌子的蒙蔽下，贪婪之心必为之暴涨，赌博之风必为之盛行"（162）。更重要的是，大湖区特有的神圣性（intrinsic sacred character）将遭到亵渎："我们对祖先敬仰的神圣性（比如佛内斯寺）必须坚持。大自然的庙宇——鬼斧神工的美景，更是由不得一丝亵渎。当地峡谷蜿蜒，几乎每一段都曾经激发了诗人的想象，使之诗情勃发，正如70年前诗人格雷（Gray）感受到的那样……如果格雷仍然健在，面对铁路过处满目疮痍的大地，凌乱的道口，机器的轰鸣、浓烟，还有那蜂拥而至又恨不得立刻'飞'走的观光客，想必是欲哭无泪了"（162）。

对于华兹华斯呼吁保留大湖区的观点，乔纳森·贝特曾经为之辩护，但遭到保罗·弗莱（Paul Fry）的猛烈抨击。弗莱认为贝特这样的态度"令人反感"，让人觉得"势利、傲慢和排他"（549），与皮划艇精英们一样自以为是，但其实却是"表面优雅的粗人"，因为他们宁可心满意足地待在遥远的海岸，也不愿与我们这样粗糙、质朴的芸芸众生为伍。[1] 弗莱坚持认为"红色"批评"仍然必须占有一席之地，因为这有助于驱除绿色批评的

---

[1]　见保罗·弗莱（Paul H. Fry）的《直将绿色送到家门前？自然的华兹华斯》（"Green to the Very Door? The Natural Wordsworth"），《浪漫主义研究》（*Studies in Romanticism*）1996年，第35期，第535—551页。

神秘性"（549）。弗莱批评贝特反对大众旅游的立场（也是在批评华兹华斯）："让'自然'拒他人于千里之外，只准某些人居住其间，只会让其他所有人困于环境恶化的泥潭之中。"（550）在弗莱看来，任何保护偏远地区和风景之地的主张都暗含了阶级势利和精英主义，都必须予以揭露。

毋庸置疑，对华兹华斯作"红色"批评也不无道理。他反对修建铁路的"檄文"，将工薪阶层描述为一个无知、粗野的群体，其品味之低俗，似乎到了不可救药的地步，这实在是令人遗憾的事实。不过，华兹华斯呼吁保护大湖区的偏远风貌绝非仅仅为了富裕阶层，也不是决意要将穷苦大众排斥在外。他承认："实际上，他们谴责我反对在当地修建铁路的言行，剥夺了穷人享受快乐的机会。"①

大湖区对任何意欲来访的人都是开放的，不论他们是步行还是借助马车都可到达。公众道路对所有人都是开放和畅通的，无论他来自哪个社会阶层。在华兹华斯看来，修建铁路会将大湖区与城市的商业网络联结起来，因而会不可逆转地抹杀掉大湖区的特点。今天，整个世界都被飞机的金属机翼和互联网的光纤连接在了一起，华兹华斯倡导回到大湖区退休养老的想法显得不合时宜。另外，不论荒野有多偏远，地形有多复杂，今天的各式交通工具都能达到，对自然的无情入侵和破坏也无以复加。相比之下，修建一条铁路对环境的破坏要减轻许多，甚至是温和的。

此外，华兹华斯抵制修建铁路，并没有要将工薪阶层阻隔在大湖区之外的意思。他认为都市"工匠"缺乏审美品位的说辞，或许会让当代读者面有难色，但他真诚关切那些曾与之并肩生活的农村穷人是否幸福安宁，多少调和了这令人难堪的阶级偏见。事实上，华兹华斯最欲谴责的是那些漠不关心当地社区的远郊的

---

① 见玛丽·摩尔曼（Mary Moorman）的《华兹华斯传》（*William Wordsworth*:*A Biography*），牛津大学出版社1965年版，第2卷，第563页注释。

"新贵"们。在持续抵制投机性商业开发的过程当中，华兹华斯比当下的环保人士，更加敏锐地觉察到了其中暗含的社会阶层问题。在有关的生态问题方面，相比如今的环保话语，华兹华斯的理解更深刻，更精妙。他洞悉无节制的阡陌交通、娱乐设施和城市扩张，终将毁掉乡村美景，每位居民都将是受害者，不论贫富，无一幸免。

第三章　约翰·克莱尔的生态观

　　约翰·克莱尔（1793—1864）在首部诗集的标题页上，将自己描述为一个"北安普顿郡农民"（Northampton Peasant），直白地表明了他的地方认同。实际上，他认同的东米德兰地区日益成为一个关于生态观念冲突的地区：呼吁议会通过圈地法案的人士与坚持古老、可持续发展农业的人士之间的斗争，虽然力量悬殊，但从未停歇。19 世纪初期赞成圈地运动的说法，与当代打着"发展进步"旗号破坏环境的邪恶说辞，并无二致。人们认为，圈起公地和"荒地"有助于土地所有者将原来分散的地块合并，因而能调动土地所有者的积极性，进而能有效地在所圈之地上提高农业生产率。圈地派认为所有者会在沼泽和湿地修建排水渠道，河流会被改道，森林和灌木丛林会被清理，因而，原有的可持续的农耕方式会被资本主义农业所取代。但是，人们忽视了神秘的法律和政治圈地运动过程中的受害者：穷人传统的放牧权利以及因为农耕方式改变后对环境的破坏作用。议会在通过圈地运动法律之前，与各类土地所有者达成法律共识，几乎没有人关心过穷人的命运，更没有人关心过大地母亲的命运。①

---

　　① E. P. 汤普森（E. P. Thompson），在他的《英国工人阶级的形成》（*The Making of the English Working Class*）一书中，讨论了圈地运动造成的社会和经济冲击。该书由美国纽约万神殿书局（Pantheon Books）1963 年出版。汤普森断言："圈地运动设计巧妙，是对一个阶层的人们赤裸裸的剥夺。表面上看，一切都是在法律的名义下实施，但该法律是由土地所有者和律师构成的议会通过的。"（第 218 页）欲了

随着 1820 年诗集《乡景乡情》（*Poems Descriptive of Rural Life and Scenery*）出版，克莱尔正式进入了一个"话语雷区"（discursive minefield）。他毫不掩饰地谴责"改变"当地环境的任何企图和努力。面对逐渐消失的公地、沼泽和"荒地"，他以挽歌式的哀伤语气表达自己的心情。那里古老的生活方式年复一年，随季节变化，甚至随每日的天气而调整。[1] 如今，这一切都成过眼云烟，克莱尔对此痛心疾首。他借当地农民、牧人、樵夫之眼，描写当地风貌，有时甚至凭借丰富的想象力，"深入"本土动物、植物，抑或是水道的"意识"，进而描写它们眼中的当地景色。克莱尔先后于 1821 年出版《乡村吟游者》（*The Village Minstrel*），1827 年出版《牧人的日历》（*The Shepherd's Calendar*），1835 年出版《乡村缪斯》（*The Rural Muse*）。这三本诗集集中表达了诗人的环保主张。当然，他的生态思想还散见于无数未发表的诗稿、书信和日记之中。克莱尔用全部作品，为我们呈现了一部关于当地动植物的百科全书，以此表达自己关于万物相互依存的观点，以及对自然环境受到破坏的愤慨之情。克莱尔在表

（接上页）解当时人们的看法，参见亚瑟·杨（Arthur Young）的《圈地运动概览》（*General Report on Enclosures*），该书由英国麦克米伦出版社 1808 年出版。尽管亚瑟·杨是一位议会圈地运动法案的坚定支持者，但他也承认有许多穷人因此失去了使用公共草地的权利，导致无法获得取暖做饭的柴火（第 12—20 页）。杨还对"漠视穷人的财产和生活习惯"的态度表达了愤慨之情（第 155 页）。

[1] 克莱尔的诗集《乡景乡情》（*Poems Descriptive of Rural Life and Scenery*）于 1820 年出版。欲详细了解克莱尔对于圈地运动的看法，参见约翰·巴雷尔（John Barrell）的《1730—1840 年的景观观念与地域意识：约翰·克莱尔诗歌研究》（*The Idea of Landscape and the Sense of Place 1730 – 1840：An Approach to the Poetry of John Clare*），该书由剑桥大学出版社 1972 年出版，第 98—120 页。另可参见乔安·克莱尔的《约翰·克莱尔与事理的边界》（*John Clare and the Bounds of Circumstance*），该书由加拿大麦吉尔–女王大学出版社 1972 年出版，第 36—55 页。还可参见罗伯特·沃克（Robert Walker）的《圈地运动：克莱尔一首诗的生态意义》（"Enclosures：The Ecological Significance of a Poem by John Clare"），《地球母亲：土壤协会会刊》（*Mother Earth*，*Journal of the Soil Association*）1964 年，第 13 期，第 231—237 页。

达自己的生态观念时，其思想的深度和视野的广度，整个西方的
"自然写作"概莫能出其右。纵观英语文学历史，克莱尔的独到
贡献在于，他将自己对自然现象的情感与鲜明的环境意识，巧妙
地结合在了一起。就此判断他为首位"深度"生态作家并不
为过。

　　学界从多个视角，详细分析了克莱尔诗歌创作的社会和政治
语境。约翰·巴雷尔（John Barrell）以确凿的历史细节为证据，
仔细分析"圈地法案"（Enclosure Acts）对克莱尔故乡的冲击，
并以创伤性过程为语境，分析克莱尔的早期诗歌。乔安·克莱尔
（Johanne Clare）纵横捭阖，以同情的笔调，研究克莱尔对当时
社会问题的看法，并详细阐述了克莱尔描述大自然的诗作与其不
断增长的政治热情之间的关系。雷蒙德·威廉姆斯（Raymond
Williams）在最新的克莱尔作品集中，语出惊人，断言克莱尔才
是英国工人阶级的真正代言人。① 即便如此，克莱尔真正激进、
独特的生态意识，还有待于人们做进一步研究。当然，克莱尔作
为一位"农民诗人"在学界已广为人知，其名声主要得益于人
们对他处境的同情，而不是建立在对他作品严肃的学术研究之
上。准确地讲，克莱尔的诗歌完全不合当时的潮流，因而没有得
到出版界的完全认可，也没有得到当时学术界的认可，这也使得
时至今日，学术界仍未认真研究过他的那些非正统思想观点。杰
弗里·萨默菲尔德（Geoffrey Summerfield）的观点具有相当的代
表性。他认为："学术界倾向于将克莱尔抛弃在沟渠和篱笆边
上，却在更著名的诗人身上发现了他的巨大影响。这些诗人包
括：爱德华·托马斯（Edward Thomas）、罗伯特·格雷夫斯
（Robert Graves）、埃德蒙·布伦登（Edmund Blunden）、詹姆

---

　　① 见梅丽恩和雷蒙德·威廉姆斯（Merryn and Raymond Williams）的《约翰·
克莱尔：作品选》（John Clare: Selected Poetry and Prose），伦敦：迈修恩（Methuen）
出版社 1986 年版，第 1—20 页。

斯·李维斯（James Reeves）、迪兰·托马斯（Dylan Thomas）、约翰·休伊特（John Hewitt）、西奥多·罗特克（Theodore Roethke）、查尔斯·考斯利（Charles Causeley）、约翰·福尔斯（John Fowles）、泰德·休斯（Ted Hughes）和谢默斯·希尼（Seamus Heaney）。以上诗人不论是作为读者，还是诗人，都深受克莱尔的影响。"① 因此，克莱尔就是名副其实的"诗人的诗人"。随着牛津大学出版权威的克莱尔诗集，他的知名度会更高，也必然会引起学术界的关注。欲要真正理解他的生态思想，我们需要先评估其诗歌题材的广度和别出心裁的写作技巧。他的诗歌是英语文学中最早表现生态意识的作品，具有不可替代的历史意义，同时也为环境保护话语提供了强有力的创作示范。

栖居地

　　克莱尔对其终生居住的乡村和当地民众抱有深厚的情感。这份浓浓的情感是他诗歌创作的源泉和基石。他居住的村子叫赫尔普斯顿（Helpston），但他在村名后加了字母 e，拼为 Helpstone。或许，他是有意要突出后面五个字母（stone）构成的"石头"的意思，意为该村子就是他坚如磐石的地理和心理认同之地。其诗集《乡景乡情》中的第一首就是《赫尔普斯顿》。该诗奠定了诗集中后续诗作的参照框架，也昭示了诗人一心扎根当地环境的情感意识。尽管所谓的经济"发展"毁坏了森林和湿地，导致河流消失，公地被圈走等等，但他依然保持对昔日村庄的完美记忆，并以十分亲切的细节将原始的乡村美景呈现在读者面前。他高度理想化他的童年时代，但却不是沿用华兹华斯之后在英国大肆流行的矫揉造作的老套写法，相反，他以欢快的笔调理想化他

---

　　① 见杰弗里·萨默菲尔德编《约翰·克莱尔：诗选》（*John Clare*: *Selected Poetry*），伦敦：企鹅出版社 1990 年版，第 22 页。

的童年经历，强化他对故乡的感知。也正是这种理想化的手法才使得他对故乡纯朴深厚的爱能够跃然纸上。如果说克莱尔和布莱克一样，必须在书写童年的"天真"和冰冷、算计和苦不堪言的成年经历之间做出选择，那么，他选择的是书写童真以对抗机构化的残忍和压迫。

在《赫尔普斯顿》这首诗中，他想起了"黄金岁月里那幸福的伊甸园"。这里的"黄金岁月"指的是他的童年。诗中的他与当地的植物、动物、昆虫和河流密不可分。在他的一首早期诗中，克莱尔描写了"消失的绿色"：

> 昔日的灌木和树木密不透风，
> 已经干涸的小溪，曾潺潺流淌，
> 在卵石间泛起串串迷人的涟漪。
> 我常常在岸上的橡树间玩耍，
> 清浅的溪流在岸下尽情欢唱，
> 沿河岸追寻住在迷宫的甲壳虫，
> 它们油亮的衣服熠熠发光。①

小溪"已经干涸"，克莱尔的记忆被眼前景象所冲击。昔日的小溪如今是一片死静和满目苍凉，但是，克莱尔并不为之困扰，而是用记忆中的细节赋予景色以生机。"潺潺流淌"的小溪泛起"迷人的涟漪"，拟人化手法用得自然恰当，让人脑海为之浮现出一张"微笑的脸庞"（"dimpling sweet"）。② 甲壳虫穿着"油亮的衣服"并不显得怪异，因为在孩子眼里，万物都有生命和意识，并且都在意识作用下活动。甲壳虫像是克莱尔的玩伴，在

---

① 见艾瑞克·罗宾逊（Eric Robinson）和大卫·鲍威尔（David Powell）编《约翰·克莱尔的早期诗作》（*The Early Poems of John Clare*），牛津：克拉伦登出版社1989年版，第1卷，第159页。此后从该书的引文将注为《早期诗作》某卷某页。

② 英语单词 dimple，既指涟漪，又指酒窝。——译者注

阳光下嬉戏打闹，身边的小溪在旁观。这就是岸边危险小径上随意走动的克莱尔，透过孩子般的眼光看到的景色。

克莱尔有关当地环境的经验，只有长期居住在那里的人才能真正体会到。他以儿童的眼光观察当地的景色，给人以鲜活、清新、栩栩如生之感。更可贵的是，他描写成年经历的诗中还保持着这种童趣和儿童视角。纵观其写作生涯，克莱尔一直千方百计地想要突出作品的"本土性"（locality），却又担心"语"不达意。在他题为《乡村吟游者》的长篇自传体诗中，诗人就表达了这种不安。他担心自己的描述不尽如人意："我不喜欢这首诗的原因是，它并没有把一个喜欢玩押韵文字的农民的真实情感表现出来，也就是说，它的本土性不够强。"[1] 显然，克莱尔并不是说他描写的细节不够真实，即诗歌缺乏地方特色（local color），而是觉得没有从中充分表达出自己对故乡的那份深沉的爱，即没有表现出自己对当地环境那种"根"的感觉。克莱尔关注的"本土性"并不是要对当地动植物的种类做一一列举，而是要着眼各种生物、生命与其生长之地间的关系。人是这种关系中的一部分，同时又是一个观察者。克莱尔生态观的广度和独创性，来自他对当地环境的忠诚，因为那里是他的故土"native place"，又因为他这个"喜欢玩押韵文字的农民"，对所有生命体的相互关系有着最深切的了解。就该层面而言，他与华兹华斯不同：华兹华斯对自然的热爱略显笼统抽象，克莱尔则投身于北安普顿郡的茂密森林、田野和沼泽，成为自然界因时更替的一部分。

克莱尔通过诗作，将当地野生动植物的全貌，细致准确地呈现于读者眼前，因此被称为"英语诗人中最好的自然学家"。[2]

---

[1] 见罗宾逊和鲍威尔编《克莱尔自画像》（*John Clare By Himself*），曼彻斯特：卡卡内特（Carcanet）出版社 1996 年版，第 113—114 页。

[2] 见艾瑞克·罗宾逊和杰弗里·萨默菲尔德编，约翰·克莱尔著《牧人的日历》，牛津大学出版社 1964 年版，第 viii 页。梅丽恩和雷蒙德·威廉姆斯在他们编的《约翰·克莱尔：作品选》中引用，第 209、213 页。

由于童年时就对鸟类和其他动物感兴趣,成年后的他有关动植物的知识已相当深厚。他对自然史界用拉丁文的分类传统了无兴趣,一是因为他不懂拉丁语,二是他从父母、朋友和其他一起干活的伙伴那里,学到了关于当地动植物的英语单词。这些单词不仅足够他使用,而且用起来得心应手,且不显得食古不化。① 与同时代许多自然学家不同,他憎恨收集标本的惯常做法,赞赏直接观察法。他甚至常常观察飞翔中的鸟和蝴蝶。与吉尔伯特·怀特(Gilbert White)一样,他观察各物种的生长地、分布情况、行为、季节变化或者迁徙情况,并详细记录在日记或写入信件里,寄给他的出版人詹姆斯·赫西(James Hessey),作为计划中《赫尔普斯顿自然史》的材料。他的那些材料直到 1951 年才被整理出版,书名为《约翰·克莱尔的散文集》(*The Prose of John Clare*)。玛格丽特·格兰杰(Margaret Grainger)重新编辑,于 1983 年出版,书名为《约翰·克莱尔自然史散文集》(*The Natural History Prose Writing of John Clare*)(以下简称《自然史散文集》)。格兰杰编的这本集子,对我们进一步理解克莱尔,这位自然界的观察者,作用匪浅。

克莱尔时代,人们的自然观大多是功利主义的。他一反常态,与众人的自然观全然不同。不可否认,克莱尔同样欣赏大地母亲的"美",但他不认为世界万物是为了实现人的目的而存在的。他抵制因经济目的开发利用自然的主张,甚至反对人们将自然当作审美对象的做法,因为在他看来,自然并非"资源"和

---

① 历史印证了克莱尔弃用林奈分类法的做法是大势所趋,17 世纪二三十年代人们开始全面弃用林奈或萨克索尔分类系统,转而采用以约翰·雷(John Ray)倡导的一种更为"自然"的分类系统,尽管依旧保留了既定的拉丁文命名法。有关克莱尔较之林奈更偏好雷氏分类法的信息请见他的《自然史散文集》xliii,编辑注释说克莱尔在自然史方面的兴趣是受约瑟夫·亨德森(Joseph Henderson)——当地一位业余博物学者,精通林奈命名法——影响。克莱尔弃用林奈式纲目只是一种个人选择,而不是因为对此一窍不通。

"景色"构成。他认为自己就是周围生命世界中的一分子，一个每天做着自己事情的哺乳动物而已。因此，他不采用描述人间胜景的那种传统手法，诗作也很少呈现"美景"。相反，他给出大量的特写细节而非一个全景视角。[1] 和吉尔伯特·怀特一样，克莱尔倾向用一种随兴、轶趣的方式呈现细节，削弱人们对于叙事发展的期待，抹去编年与因果关系，进而以共时性时刻反映日常的农耕活动与季节变化下的生物存在。克莱尔常常将早晨或夜晚、炎夏或寒冬设定成他诗歌的背景，却极少写出有关钟表时间或日历日期的精确数据。[2] 他所呈现的，都是常常发生，或者习惯性发生的事件。有"我喜欢"这样的句子出现在某些诗作当中，表明克莱尔喜欢的对象，或喜欢做的事情，也是时有发生的。西方主流认知素有强调编年纪事和因果关系的传统，他的诗突出"习惯性"，必然与主流传统相抵牾，所以只能脱略主流批评的术语范畴，归为强调随自然节奏变化的另类传统。

克莱尔全身心投入大自然，尊重当地自然环境的自主性，将其经历诉诸笔端，全然不顾自然万物的历史变化和文学传统。恰恰因为这些，克莱尔才得以真实呈现他关于自然万物相互依存的观点。这种观点在整个英语世界独一无二，并且是其生态思想的核心。在克莱尔的眼中，自然界就是一幅万物共生的画面。这种生态观在他的诗作《品味的影子》（"Shadows of Taste"）中有充分体现。该诗也可看作诗人重新理解当地环境的宣言：他谴责"科学者"狂热收集标本的行为，因为它导致的是残忍的杀戮，

---

[1]　蒂莫西·布朗洛（Timmothy Brownlow）曾在他于牛津大学出版社1983年出版的《约翰·克莱尔与如画风景》（*John Clare and Picturesque Landscape*）中，研究过克莱尔对"风景如画式"写作传统所采取的复杂回应。它尤其体现在该书第41—66页关于克莱尔对自然史写作所作的讨论，这一现时语境之中。

[2]　《书信》（*Letters*）曾记载：约翰·泰勒在1823年8月1日写给克莱尔的信中，向克莱尔推荐了一种非常严苛的《牧人的日历》的月度工作计划表。在这部诗集的其他篇什里，诗人没有再度证实他曾有过一份如此明确的时间表。

而不是增长见识:"他不动声色地杀死蝴蝶/又掐死甲壳虫,借口却是让我们变得更聪明。"① 这类"科学者"因为自身偏狭的分类观,无法意识到当地生态系统中,所有物种存在相互依存的关系。而要充分理解这种关系,只有在未被破坏的自然环境里,观察活生生的动植物,才能够实现。

这是个绿色的世界,如《自然的伊甸园、森林、田野和荒地》("Natures wild Eden wood & field & heath")所呈现的那样,只有当观察者尊重万物及其栖息地和谐一体之时,方可亲临。②因为这样的观察者,例如克莱尔,往往能够获得一种整体视角:

> 他爱花并不是因为花香
> 爱蝴蝶并不是因为它们漂亮的翅膀
> 爱鸟并不是因为它们悦耳的叫声
> 他爱荒野和草地
> 因为那里是花的家园
> 因为那里的蝴蝶自由飞翔。

(《中期诗作》第 3 卷,308)

依照这种核心生态观,自然界里单个生命体的经济价值或审美品格并不被十分看重。它们的价值更就在于作为群体中的一员,参与整个生物界,彼此构成一个"社区",即多个物种共同生活的"居住地"。他在下面这首诗中描述的正是一个生物社区的情形:一棵只剩下半截的橡树却支撑着一群动植物:

---

① 见艾瑞克·罗宾逊、大卫·鲍威尔和道森(P. M. S. Dawson)编《约翰·克莱尔的中期诗作》(John Clare: Poems of the Middle Period),英国克拉伦登出版社1996—1998 年版,第 3 卷,第 173 页。此后从该书的引文将注为《中期诗作》某卷某页。

② 原文中仅有题目的第一个字母大写。——译者注

每一处荒凉的地方都是他的所爱，

每一处被遗弃的地方他都欣赏。

但见长满节结的橡树，受上天惩罚，

被雷电劈断，只剩下半截树桩，

被干枯的藤条缠绕，像得了痉挛。

鸟儿以此为家，已住了半年，

树桩还是其他动物的家园。

毁掉它们的家，它们将不再出现，

只会在我们的梦境，像个干瘪的概念。

失去家园便失去温暖和幸福，

像是自己的影子，

垂头丧气地在异乡漂泊。

（《中期诗作》第 3 卷，308—309）

　　按常理，这段橡树桩子虽谈不上漂亮，却是许多动植物的家园。我们的诗人不惜笔墨加以描绘，皆因它就是绿色世界这一原型的缩微版。克莱尔将这段树桩看作鸟和其他动植物的家，不仅很有见地，而且有助于我们理解他的生态观。生态一词源于希腊语οἶκος，意为家园或者居住地。在克莱尔看来，一个生命体只有拥有适宜的家园，处于和其他动植物共生的关系中，才能体现出其意义和价值。任何生命体，一旦被驱离家园，就会被人遗忘，变成一个"干瘪的概念"，或者"自己的影子"，失去美感和意义。他作为一个"农民诗人"的责任，就是见证生物社区的脆弱性，就是要表明万物的生存依赖一个完整生态系统的存在。在整个英语世界，还不曾有人表达过如此深刻的万物共生观点。

　　克莱尔的生态观在许多诗和散文中都有充分体现，他关于当地物种相互依存又相互影响的广博知识也散见其间。比如，在《夏天的早晨》（"Summer Morning"）一诗中，他反对将麻雀归于害鸟的流行说法,认为它们主食虫子,从长远看,是有利于农业生产的《早期诗作》(第1卷,10)。他见过鹟鹨捕食蠓虫,因而认为人们不该歧视它们。① 在其他诗中,克莱尔就对捕食者与被食者的关系,表达了自己深刻的理解。虽然对数量稀少的被食者表示出某种同情,但还不至于感伤,因为他知道捕食者在自然生态系统中,对维持动物种群数量有着至关重要的作用。在一封自然史信件中,他描述了一只甲壳虫"肢解了蛾子的尸体,叫来其他同伴共同分享,一边三只甲壳虫"。克莱尔的语气淡然超脱,只是在客观地描述细节,并猜想"昆虫也有语言,能将自己的想法互相传递"。② 这与19世纪普遍以感伤拟人手法描述捕食行为的做法大不相同。同样,在下面这首诗中,克莱尔描述捕食者伏击猎物的语气也无比超然:

> 猫蹲守在仓库墙上的洞口,
> 等候从里面爬出的老鼠。
> 老鼠常常在早上爬出来,
> 到屋檐下喝水。
> 知更鸟转动敏锐的眼睛,
> 注视着蜘蛛网上的动静,
> 一只苍蝇落入蛛网,
> 挣扎着想要脱身,
> 终归成为知更鸟的美食。

> (《牧人的日历:九月》,《中期诗作》第1卷,
> 131—132)

以上描述的实际上是一条复杂的食物链关系:知更鸟伏击昆

---

① 见《二月—— 一场融雪》,《中期诗作》第1卷,第30页。
② 见《自然史散文集》(*Natural History Prose Writings*),第70—71页。

虫，却有可能被猫吃掉。显然，克莱尔同情那只苍蝇，但他的重点是反映在捕食者和猎物之间的生态平衡。《雌狐》（"The Vixen"）一诗反映的还是生态平衡问题。诗中，几只小狐狸爬出洞穴，看见"几只黑鸟捕捉白蝴蝶/却受到狐狸的冲击和捕捉"。[①]诗中，克莱尔并没有对狐狸和黑鸟的捕猎行为提出异议，而是认为那是它们的本能使然，积极扮演着它们在自然秩序中的角色。

　　然而，克莱尔面对人类捕杀动物的行径时则持有完全不同的态度。在《夏日傍晚》（"Summer Evening"），他厉声谴责捕杀麻雀并毁坏麻雀"家园"的行径：

> 天生淘气的一群男孩，
> 匆忙架起梯子，鬼鬼祟祟，
> 蹑手蹑脚地向上攀爬，
> 捕捉窝内的麻雀。
> 全部杀死，享受着杀戮的快感，
> 狂喜不已，竟将梯子撞翻。
>
> 　　　　　（《早期诗作》第 1 卷，9）

　　在其他作品中，克莱尔还述及男孩们的残忍行为：他们用石子砸鸟，捅马蜂窝，提着棍子追松鼠等。[②] 如果说男孩子的暴力在所难免，成人的暴力行为则令他无比愤慨。成人像对待"叛徒"一样，把抓到的鼹鼠挂在树枝上。[③] 当他看到青蛙、老鼠、兔子和黄鹂，一见有人接近便仓皇逃窜时，他写道："自命不凡

---

　　① 见《雌狐》（"The Vixen"）一诗，载于艾瑞克·罗宾逊和大卫·鲍威尔主编《约翰·克莱尔》（John Clare），牛津大学出版社 1984 年版，第 249 页。此后从该书的引文将注为《约翰·克莱尔》某页。
　　② 见《与牧人和牧童共度周日》（"A Sunday with Shepherds and Herdboys"），《中期诗作》第 2 卷，第 18 页。
　　③ 见《往事》（"Remembrances"），《中期诗作》第 4 卷，第 133 页。

的人类仍然是万物的敌人"。① 在他的名作《獾》中，诗人以同情的语气描述了一帮村民折磨一只獾的情形，流露出对后者命运的担忧:

> 它被重重地摔下，遭受男人和男孩轮番踢打，
> 它动了动，龇了龇牙，又使得人群疯狂，
> 他们踢打，撕裂，用棍棒击打，
> 直至它四肢松软，在嚎叫中死去。
>
> （《约翰·克莱尔》，247）

克莱尔基本上是以獾的视角叙述此事，十分动情地将之描绘成为人类暴行的无助牺牲者。该诗揭示了克莱尔环保主张的一个重要策略，即:他并不是要作空洞的道德说教，而是要为人类暴力下的弱小受害者发出呼声，并且谴责人们肆意破坏环境的行为。

克莱尔这些有力且动人的诗作，使其保护当地环境的生态观得到了进一步加强。他并不是出于经济实用，或是审美趣味的考量才大声疾呼，而是出于尊重地球及其万物，进而为之仗义执言，并将固有价值还诸所有构成当地生态系统的动物与植物。他殚精竭虑地力劝人们开放被圈土地，发展可持续农业，保护荒地、森林、沼泽和湿地。他认为任何动物、昆虫、花草和树木都有生存和繁殖的权利。圈地运动，不仅使个别人大肆聚敛不义之财，而且破坏环境，他因此感到圈地必然导致砍伐古树，毁坏湿地和广阔的荒地，必然导致公地被私人占有，其结果是到处都是圈起的篱笆和"私宅莫入"的牌子。圈地甚至会将铁路修到当地。这些在他看来，都是对环境的破坏。② 作为一名环保人士，

---

① 见《夏日傍晚》，《中期诗作》第 4 卷，第 147 页。

② "不义之财"出现在《赫尔普斯顿》，《早期诗作》第 1 卷，第 161 页;"私宅莫入"，见《道德》一诗，《中期诗作》第 2 卷，第 249 页。引入铁路问题，见《自然史写作》，第 245 页。

他在生态恶化与社会公平方面的认识独树一帜，前无古人。即使放眼当代，也只有最激进的"深度生态学家和人士"，才能在环保思想的深度和环保行动的广度上与之匹敌。

永远"绿色"的语言

克莱尔终其整个诗歌生涯，都在寻找适合表达自己生态观的语言。他笔耕不怠，学习前代自然诗人和自然写作作家的风格和用语方式，也从赫尔普斯顿村的民间诗歌和歌谣中汲取营养。克莱尔既是一位在田间劳作的农民，也是经常在"荒地"上徘徊的诗人。自第一首诗发表后，克莱尔偶尔也造访伦敦，故能博采众长，兼收并蓄不同文学传统的养分。尽管他文风混杂，却难能可贵地保持了鲜明的个人色彩。更重要的是，他的诗歌语言是深深扎根于自然世界里鲜活的语言。随着他对人类破坏自然程度的深入了解，在这场由"贪婪、工业化和奴役式的占有欲"（即乡村资本主义经济邪恶的三位一体）发起的"决战自然"战役中，克莱尔尝试了多种诗体，以期直接有效地揭批圈地运动对自然的破坏作用。[①]《斯沃迪韦尔湿地的哀痛》（"The Lament of Swordy Well"）就是最成功的作品。该诗抗议破坏环境的行径，谴责将湿地变为砂石厂的做法，读之令人心酸[②]，因为斯沃迪韦尔那片湿地曾一度拥有不同种类的兰花，植物多样性为克莱尔所称道。他于诗中的最大尝试就是赋声于无声的湿地，使斯沃迪韦尔自我哀悼人类对其的迫害，并对从自己这里消失的动植物表示无限同情。这首诗采用拟声词，以直接有效的方式，让大地诉说自己经历的苦难，以期唤醒时人的生态意识。起初，读者并不会立刻觉

---

① 见《知更鸟窝》（"The Robin's Nest"），《中期诗作》第 3 卷，第 534 页。

② 克莱尔曾将斯沃迪韦尔湿地比作人间乐园，见《中期诗作》中的同名诗，第 4 卷，第 145 页。

察出讲述者的身份，直到诗歌第三节，讲述者言明自己就是湿地，并且指出因为人们追逐经济利益，才导致自己陷入悲惨境遇，一切才豁然开朗：

> 我就是那片斯沃迪韦尔湿地，
> 不幸落入到这镇子的手上。
> 他们日夜踩踏我，
> 使我完全失去昔日的模样。
>
> （《约翰·克莱尔》，147）

在诗中，克莱尔巧妙地将斯沃迪韦尔湿地的悲惨命运与圈地运动期间劳动人民的命运相提并论：在新的经济秩序下，劳动者含辛茹苦，仍然不能摆脱悲惨的命运；同理，斯沃迪韦尔湿地"落入到这镇子的手上"，能否保留原样，全凭教区监工的一念。对于那些受"济贫法案"（Speenhamland System）影响而惨遭剥削的农场工人，诗人将他们的悲惨命运，与斯沃迪韦尔湿地沦为砂石厂的惨状相类比，认为其始作俑者均是非人性的新型经济秩序，因为这种秩序仅仅关注粗鄙自私的经济利益，而对当地经济条件的长期影响毫不在意。

斯沃迪韦尔湿地被赋予人的声音，不仅勇敢地谴责了人们因一己私利致使自己面目全非的行径，而且睿智地指出在英国法律体系中，世界万物与人一样有自己的生存权。毫无疑问，克莱尔是第一批提出地球享有法律权利的人士之一。他认为地球有权要求人们为环境灾难负责：

> 我虽然不是人类的一员，
> 但也有权申冤。
> 我很高兴能借助诗的形式，
> 发出自己的声音：

即使我被一群贪婪的人，

挥舞工具肆意挖掘，

即使我每年能带来两季收成，

人们给我的回报也还是零。

（《约翰·克莱尔》，148）

此处，克莱尔使用了当地土语"挖掘"（grubbing）一词，将那些从破坏环境中攫取利益的出资人与满身油污的砂石厂挖掘工们联系在一起：一方是不择手段到处"挖"钱的人，另一方是不得不"挖"掉湿地的人。诗中还描述了"每一袋和每一车"的砂石被运走，直到在原来"鲜花盛开的地方"，"平整出一块土地"的情形。如今的湿地满目疮痍，茂密的植物和各种动物消失殆尽：

我长满苔藓的山坡引来

贪婪的双手和更大的贪欲，

将山坡夷为赤褐色的平地，

连一块洼地都不曾放过。

鲜花盛开的夏季成为了记忆，

周边的人们再也不来看花，

这里已经是一片荒芜，

人们会以为来错了地方。

（《约翰·克莱尔》，150）

克莱尔在诗中使用了当地方言词"赤褐色"（russet），令人联想到大地的死亡：没有一片绿叶，连最基本的一层细草都无法生长。该诗的结尾预示着更大的不祥之兆：

这满地的石坑意欲何用？

要出卖什么还是要埋葬什么？

　　埋葬的是斯沃迪韦尔湿地,

　　一个有名无实的地方。

(《约翰·克莱尔》,152)

　　他的预言是准确的:斯沃迪韦尔不再是英国的一个地名,只存在于诗文中。这也为克莱尔带来一个急迫的问题,即:在生态系统遭到日益严峻破坏的时刻,如何找到表达生态现实的语言?或许,只有使用类比的手法才能表现类似的"有名无实"。由于克莱尔的读者基本上是都市人,通过描写栩栩如生又真切实在的绿色世界,他希望读者意识到这样美好的绿色世界正慢慢消失。

　　为了表现自然世界,克莱尔寻找到了一个语言类比,即他《田园诗》("Pastoral Poesy")中的一个术语——"永远鲜活的绿色语言":

　　　　诗就是一种语言,

　　　　田野就是人们活动的场所。

　　　　花朵在牧人的脚下,

　　　　抬头仰望,令人欣喜。

　　　　那是永远鲜活的绿色语言,

　　　　如同盛开的荆棘花,

　　　　看一眼,沁人心脾。

(《中期诗作》第3卷,581)

　　"poesy"这个单词兼有"诗歌"("poetry")与"花束"("posy")两层词义:一指汇集辞藻,一指收束花枝。[1] 克莱尔将

---

　　① 芭芭拉·斯特朗(Barbara Strang)曾细致研究过克莱尔通过拼写合成,使所造新词具备双重词义的现象。见她在中部诺森伯兰郡艺术集团1982年版《乡村缪斯》(*The Rural Muse*)第162页所写的《约翰·布莱尔的语言》("John Clare's Language")一文。

"poesy"的双关意思巧妙地运用到了整首诗中。诗中的语言如同田间盛开的荆棘花，纯朴而清新，给人以美的享受。实际上，克莱尔在这里不单单是运用了一个睿智的双关语，暗示诗歌语言就是如花的文字，而且强调诗歌语言必须能够表现自然现象的细节真实，同时又要突出其朦胧含蓄的特点。更重要的是，这种语言还必须是来自未受污染的原始词汇，因为只有如此，人们才能够完全表达自己的真情实感。可见，绿色语言必然不能是虚言妄语，不能是矫饰雕琢的无病呻吟和滥情宣泄，不能像温室里的植物，给人虚假的印象。绿色语言必须是在当地条件下自然产生的词汇。[①]

为了坚持使用"永远鲜活的绿色语言"，克莱尔固执地拒绝朋友、资助人和编辑要求他使用"正规语言"的建议。虽然有语法书、拼写书和词典（包括一本由资助人送的《约翰逊词典》），但他坚持使用自己的语法规则、拼写方式、标点符号和单词。随着诗作技巧日益成熟，克莱尔更加激进地要突破当时标准的英语用法。他之所以执着于当地方言，那是因为他期望借此，能够更加准确鲜活地表现当地的自然现象。就严格意义而言，克莱尔成熟期诗作的语言并不是典型的北安普顿郡方言，而是夹杂着大量"诗歌语汇"以及被时人斥之为"非习语—非方言"（idiolect）的个人用语。与其说这是诗人个人风格的体现，毋宁说是他努力寻求表达自己地域意识的结果。对此，我们将之称为"生态词汇"似乎更加合适，因为它们彰显了诗人的家园意识。希腊语生态（oἴκos）一词的原义就是家园，克莱尔也认为地球就是万物的家园。他之前的许多"农民诗人"，都随着技巧的不断成熟，逐渐吸纳了主流的诗歌词汇，进而失去了自己的

①　关于创造绿色语言的思想基础更多的信息，请见雷蒙德·威廉姆斯的《乡村与城市》（*The Country and the City*），第133—141页。威廉姆斯在《约翰·克莱尔：作品选》（*John Clare: Selected Poetry and Prose*）中，详细讨论了克莱尔使用北安普顿郡方言的情况。

特点。克莱尔与之不同:他发现自己的内心有一股倔强的力量,使其坚持使用具有地域特点的语汇,最终助其形成独具地域特色的生态词语。这类词汇不仅反映了当地的方言特点,描述了当地的环境条件,而且还为后世的生态作家提供了典范。① 克莱尔致力于创造其诗歌生态词汇的努力,不仅使他在历史上占有了一席之地,而且揭示出:现代生态意识并不源自生态科学的确立,而是萌生于一种独特激进的表达方式。换言之,这种意识源自一种新的概念范式。

反映这种生态观的语言基础,最具代表性的当推克莱尔的《夏日花垫》(*The Midsummer Cushion*)。他于 1831 年至 1832 年期间,将其手稿誊抄整理成这部诗集,直到 1979 年才予以出版。② 该诗集的名字与当地古老的习俗有关:"每到夏天,当地村民便将采集来的各种野花编起来,作为装饰品置于门前。"这说明,克莱尔有意将诗集创作成为周边生态系统的微缩版本③,每首诗也就成了这个有机系统的组成部分。他是在为每种植物和花写诗,让它们构成一个用文字编织的自然世界。毫无疑问,他营造了一个语言与自然的类比。克莱尔在另一处曾写道:"我在田野捡拾诗歌/仅仅是用文字记录在纸面。"④ 在那个时期,浪漫

---

① 关于文化同化的典型例子是"农民诗人"罗伯特·布卢姆菲尔德(Robert Bloomfield)。他 1800 年左右在全国出名,部分原因是他能够逐步使用标准且富于诗意的英语措辞创作诗歌。

② 安娜·蒂布尔(Anne Tibble)和 R. K. R. 桑顿(Thornton)1979 年编辑《夏日花垫》,由中部诺森伯兰郡艺术集团出版。一名匿名编辑从《夏日花垫》中选取了部分诗作,对其大杀大砍,并大肆修改,取名为《乡村缪斯》(*The Rural Muse*),该诗集于 1835 年在伦敦出版。完整的《夏日花垫》重新修订后收录于《中期诗作》的第 3 和第 4 卷。

③ 见克莱尔的《夏日花垫·前言》,《中期诗作》第 3 卷,第 6 页。

④ 见《为退休叹息》("Sighing for Retirement"),该诗收录于罗宾逊(Eric Robinson)和鲍威尔(David Powell)编《约翰·克莱尔的晚期诗作:1837—1864》(*The Late Poems of John Clare 1837–1864*),英国克拉伦登出版社 1984 年版,第 1 卷,第 19 页。

主义的有机整体论盛极一时，克莱尔只有在用文学的方式践行该理论时，才会宣称自己在野外捡拾花一般的"诗歌"，以期表现自然界的无序，而不是冷冰冰地凭借理性重新编排自然万物。就该层面而言，《夏日花垫》进一步发展了克莱尔的生态观：自然界是一个开放的野生世界，万物交融，不受人类干扰或控制，各自走完自己的命运。本诗集的诗歌无序排列，也是他生态观的表现，即反对任何理性的秩序原则。比如《啄木鸟巢》（"The Wryneck's Nest"）一诗竟然在集子中出现了两次。当然，这并不是说克莱尔推崇完全的无序。集子中的某些诗歌存在内部关联，所以整体上仍然依照当地的主题和形式排列，每一首诗都能在全书更大的文本环境中找到自己的"神龛"。①

　　在《夏日花垫》中，大量有关独特动植物的诗歌，尤其是"鸟巢"组诗，充分体现了克莱尔的生态观。这些诗不仅反映了克莱尔有关鸟儿适应自己独特生态"神龛"的意识，而且表明他一直试图找到能够真实表现鸟儿生活方式的语言。他经常采用拟声词，模仿鸟的鸣叫，还坚持使用当地方言来彰显其栖息地的独特。著名的《田凫之巢》（"The Pewit's Nest"）就是一例，诗中"我"在一块休耕的田地里茫然走着，突然发现了一只鸟：

> 　　　　我徘徊在田间，抬头看去，
> 　　　　只听见田凫鸣声清脆，
> 　　　　时而啾啾，时而咕咕，突然扇动翅膀，
> 　　　　飞向巢穴。我凌乱的步子带我前行，
> 　　　　穿过一堆堆小山一样的蚁穴
> 　　　　和鼹鼠窝，寻找田凫的窝，

————————

　　①　见1979年版《夏日花垫》第 xii – xiv 页。编辑分析了该诗集中作品的排列结构。

一无所获。我继续寻找。

倏然，我听见一群鸟喳喳欢唱，

就在眼前的沟垄之间，

天呐！我看见了四枚脏兮兮的鸟蛋，

淡绿色的蛋壳上布满巧克力色斑点。

蛋的小头朝里围成一圈，

好像有人专门照管。

几枚鸟蛋裸露在地上，

没有常见的干草铺垫，

无以抵御疾风冷雨。

（《中期诗作》第3卷，472—473）

　　克莱尔在诗中使用了几个拟声词。他用当地方言词 whewing（突然）表达鸟儿起飞的状态，还自创 chewsit（啾啾）一词来呈现田凫的鸣叫声。克莱尔描述了鸟儿在当地的栖息之所，即"一堆堆小山"旁的"沟垄"，或者休耕田头的杂草。这种栖息地尽管看似荒芜，但却是一个丰富的生物社区，拥有鼹鼠、蚂蚁和"叽叽喳喳的鸟儿"。只有死守现代经济标准的人，才会将之视为荒野。[①] 田凫的居所实际算不上一个鸟窝，只不过是一小块裸露的土地。由于这"窝"里面少有柔软、温暖的垫草，所以必然不够温暖，但却是安置鸟蛋的场所：荒芜的地方因为有生命存在而显得富有。起初，人们会以为克莱尔是从人类中心的角度同情鸟儿艰辛的生活，但实际上，他是在表现鸟儿在冰冷、荒芜和不断遭受暴雨袭击的恶劣环境下旺盛的生命力。几枚鸟蛋"布满巧克力色斑点"，实际上指的是赫尔普斯顿地区潮湿的土

---

　　① 《田凫之巢》描绘了农业化"进程"威胁下的一处栖息地，因为圈地运动，田间的杂草丛势必要被铲除，同理，作为中世纪作物轮耕特征的休耕田地也逐渐沦为了现代密集型农业的障碍。

地的颜色。鸟蛋上的褐色斑点反而成了它们伪装的保护色。① 按理说，那些鸟和鸟蛋都谈不上"漂亮"，但却优雅地适应了当地环境。该诗的语言平实温和，符合描述对象的状况，即农业"发展"大势之下鸟儿艰难度日的窘况。

克莱尔基于其生态观的语言实践，为当代生态写作提供了一个卓有成效且富于建设性意义的范式。他在诗中大量运用的当地方言词，正是其匠心独具的体现，这与他坚持扎根当地的信念有关，更与他希望远离当代技术进步的观念有关，因为所谓的技术进步导致了农田，以及农耕社区被毁。正如他抵制圈地运动暴政过后重新规划田野一样，他也坚决拒绝编辑对他的手稿做任何修订。他在诗中不使用标点符号，拒绝采用所谓的标准词汇、语法和拼写，进而创造出了一种不再"封闭的"（unenclosed）诗歌，用特有的诗歌语言类比那自由、空旷、未被"圈禁"的田野，希冀以此永久保留原野的自然风貌。克莱尔的诗歌语言作为其创作实践的基础，承载了他坚信万物皆能与其自然环境和谐相适的理念。他的"生态方言"，即为了表达自己生态观而创设的一种"永远鲜活的绿色语言"，为当代生态作家提供了一个影响日益深远的范式。

寂寥的天空

克莱尔用田园诗式的"绿色"语言，对当地自然栖息地里的动植物做了细致入微的描述。这种语言以北安普顿郡的方言为基础，其中还夹杂着派生的标准英语语法和词汇。十四行诗《灰沙燕》（"Sand Martin"）便是他创作成熟时期语言特点凸显

① 《牛津英语词典》关于 plashy 的第二条定义是"由颜料泼溅形成的标记"，该条释义十分罕见，仅有济慈引用过，见其作《亥伯龙神》第 2 卷，第 45 页。克莱尔类似的用法或许只是出于原创的巧合（即：将"用水泼溅的"扩大为一个基于形容词词性的隐喻），或者他也可能此处就是效仿了济慈的用法。

的典型。就该诗而言,相应特点主要体现在他活用方言词"flir-
ting"上。① 此外,除了破折号,全诗不再使用其他标点符号,
也是一大特点:

> 你孤寂的隐士身影遍布山谷
>
> 公地荒野和丛林——无处不在
>
> 远离人群俯瞰荒凉粗糙的大地
>
> 时而兴起的砂石厂才是住所
>
> 变异的兴趣和不懈的劳作
>
> 砂石厂边挖出无数栖身的小洞
>
> 比捕捉害虫时还要卖力
>
> 精心搭建的巢穴没有被男孩糟践
>
> 我看见你远离你的群体
>
> 在寂寥的天空飞掠盘旋
>
> 我心中的情感无言诉说
>
> 向往你的离群并分享你隐士般的欢乐
>
> 看见你无休止地盘旋俯瞰
>
> 孤独的荒野和阴郁的池塘

(《中期诗作》第 4 卷,310)

尽管就内容而言,这首诗与传统田园诗不尽相同,但从背景和主
题上看,它主题单一,结构简单,可被视作一首田园诗的变体。
该诗所述的不过是一只鸟在荒野中不寻常的生活方式,但诚如威
廉·燕卜逊(William Empson)所言,田园诗就是用"简单的手
法表现复杂的问题"。② 克莱尔的这首诗便是如此。它所思考的

---

① "flirting"原义为调情,此处与"flit"(飞掠)同义。——译者注
② 见燕卜逊《田园诗的类型》(Some Versions of Pastoral),伦敦:查托-文德
斯出版社 1935 年版,第 23 页。

复杂问题，就是人类与生活在文明社会边缘的野生动物间的关系。新古典主义时期的田园诗，以病态的手法美化牧人的简朴生活。而这首诗一反传统，在对一只鸟表达无限同情的过程中，尊重了动物与人的区别，没有肤浅地将动物做神圣化或者拟人化处理。由此，自觉被众人驱逐的孤独叙述者，对隐士般生活的鸟儿产生了深切认同。诗歌开头第一个单词就是"你"，即刻就拉近了叙述者和鸟的关系，使之情同手足，而不是像自然学家那样，仅仅把鸟当作一个描述或者认识对象。

　　自诩品味高雅的读者可能会觉得这首诗难入法眼：克莱尔不仅突兀地使用方言词，而且还犯了关键词同义反复的错误。的确，在这首短短的十四行诗中，词语"隐士"（hermit）、"孤独"（lone）、"荒地"（heath）和"砂石厂"（quarrys）皆有重复，词语"喧嚣"（frequent）与"寂寥"（unfrequented）两相呼应。需要指出的是，由于诗歌采用的是双重视角，即主体（叙述者）视角和客体（鸟）视角，所以这样的同义反复理所应当。比如，首句一开始将鸟描述为"隐士"，但到结尾处，叙述者面对鸟儿，也逐渐生出了"隐士般的欢欣"。人类商业文明催生的"喧嚣的砂石厂"（the frequent quarries），最终取代了"寂寥的天空"（the unfrequented sky），这个隐士般鸟儿唯一的缱绻之地。"砂石厂"一词来自法语，意为"方形"（square），鸟儿在该诗结尾时的动作是"盘旋"（circle）。"方形"是人类工业文明的线性样貌，"盘旋"是大自然波动循环的状态，二者形成鲜明反差。全诗最能明显体现人类活动破坏性的一处体现于一个"掏鸟窝的男孩"，他极尽所能地想要找到并捣毁灰沙燕的鸟窝，但却很难得逞，因为灰沙燕像诗人一样，离群索居，是个孤独者，一个漫游在"苍凉大地"上的独行者。

　　这首诗的另一个主题是表现位移：灰沙燕如今在人类工业的废弃遗址上建巢，这本不符合它的天性。同样，该时期的克莱尔也被迫离开了他在赫尔普斯顿的家，无奈地住进资助人提供的小屋，生活凄惨。① 和绝大多数鸟兽题材的诗歌一样，在这首十四行诗中，克莱尔作为一位不出名的诗人和社会弃儿，寄情于远离群体的"弃"鸟。他关于吉普赛人的诗歌亦是如此。那些诗中的吉普赛人在人类不宜居住的地方顽强生存，这种百折不挠的适应能力常常令他颇为触动。尽管克莱尔深知贫穷使人绝望并令人失去尊严，但他拒绝逢迎经济增长和社会"进步"。相反，他认为贫穷是让人精神自律的理想形式，因为如此，人们才能量入为出，不致贪得无厌，不会肆意压榨地球及其自然资源。人们不应掘地建造更多的砂石厂，而应学习灰沙燕，在已被毁坏的居住地上重建家园。

　　克莱尔的诗歌经得起细读。兴叹灰沙燕重新找到栖息地，或者空洞地赞美废墟有了新的用途，都绝非本诗的主旨。它实际探讨的问题是：人类可否与周遭万物建立有意义的关系。不可否认，克莱尔承认鸟是个"他者"，但却不认为鸟是不可知的客体。男孩掏鸟窝的行为例证了人类有掠夺弱小野生生物的欲望。他钦佩灰沙燕能如此超凡拔俗地重建家园，并将之视作引导自己早日脱困，觅得栖身之所的启示。如果说，克莱尔及其所属社会阶层，在那个时代的众人眼中，是自然界里"害虫"一般的社会负担，那么，这些冷眼反而使他能获得了一种更加超脱的视角，进而观照人之为人的根本意义，以及社会关系的本质。从这点上讲，克莱尔与他人隔膜冷淡，但与鸟儿同病相怜。如果人类立志要走上征服自然的"直线"道路，克莱尔定会分道扬镳：他会像那只灰沙燕，在原地不停盘旋，直至找到一个栖身之所。任何地方，不论多么苍茫，只要倾情感知，就能寰宇皆入我怀。克莱尔在其田园诗中所欲反映的正是这样一个缩微的大自然，并试图在人们熟识的自然环境边缘建立家园。在后工业化时代，人们该建立怎样的栖息地？ 克莱尔的生态观不无启示意义。

---

① 克莱尔在《飞翔》（"Flitting"）中提到他在诺斯伯勒（Northborough）的茅屋，见《中期诗作》第3卷，第479页。

第四章　自然的末日：威廉·布莱克和玛丽·雪莱的环境启示录

　　如果从《启示录》（*Book of Revelation*）预言人类将毁灭于火灾，或者从《创世记》（*Genesis*）预言人类将毁灭于洪灾算起，西方文学书写启示主题的传统已十分悠久。工业革命的第一缕曙光第一次昭示了这样一个事实：人类毁灭的预言，可以因为人类自身的行为变成事实，而不是上帝难以预测的念头所致。19世纪初期，当英国的工业城市被以化学物质为主的雾霾笼罩时，人们开始预言新技术带来的大规模生产力将导致气候变化，并最终毁灭所有生命赖以生存的地球。

　　本章主要研究英国浪漫主义时期的启示录主题，旨在探讨环境保护思想史上这一如此重要的思潮却被忽视的原因。用卡尔·克鲁伯（Karl Kroeber）创造的术语"冷战文学批评"来说，因为后"二战"时期对立的世界政治，导致人们在文学批评领域的认识论争斗中，无暇研究环境写作。[1] 尽管哈罗德·布鲁姆（Harold Bloom）、约瑟夫·维特莱克（Joseph Wittreich）和莫顿·帕莱（Morton Paley）对浪漫主义和布莱克的研究都认为，启示录主题是浪漫主义世界观的有机组成部分，但很遗憾，几代的文学批评学者长期忽视这一主

---

　　① 见克鲁伯《生态文学批评：浪漫想象与思维生态学》，第 3 页。

题隐含的环境意义。① 本章将重新审视浪漫主义时期的启示录叙事，并以布莱克自《经验之歌》（*Songs of Experience*）至《耶路撒冷》（*Jerusalem*）全部作品为肇始，分析他是如何通过诗歌，持续地以冷峻的笔调，批判产品生产的物质条件的。在布莱克眼中，生产的物质条件就是"黑暗的撒旦式工厂"，它们构成了英国商业帝国以煤炭作为燃料的工业基础。② 本章还将分析玛丽·雪莱的小说，尤其是她的《最后的一个人》。该部小说就是她关于环境的启示录叙事，探讨的是地球可持续承载人类生存的问题。

黑暗的撒旦式工厂

到 1800 年，伦敦成为欧洲最大的城市，一个庞大的商业帝国中心，人口逾百万。③ 城市的发展也将压力转嫁到了乡村，因为在城市，粮食和其他商品的供应似乎永远也无法得到完全的满足。为了生产更多的粮食，资本密集型农业技术逐步推广，深井采煤成为必然，大肆修建收费公路、运河和铁路以便更快速地运

---

① 见布鲁姆《布莱克启示：诗学研究》（*Blake's Apocalypse：A Study in Poetic Argument*），纽约：双日（Doubleday）出版社 1963 年版；维特克《启示的天使：布莱克笔下的弥尔顿》（*Angel of Apocalypse：Blake's Idea of Milton*），威斯康星大学出版社 1975 年版；帕莱《启示的崇高》（*The Apocalyptic Sublime*），耶鲁大学出版社 1986 年版。另见斯蒂文·戈德史密斯《拆除耶路撒冷：启示与浪漫主义表现》（*Unbuilding Jerusalem：Apocalypse and Romantic Representation*），康奈尔大学出版社 1993 年版。

② "耶路撒冷建在这里/在黑暗的撒旦式工厂之间"［《弥尔顿》（*Milton*），第 1 版画页］。见玛丽·约翰逊（Mary Lynn Johnson）和约翰·格兰特（John E. Grant）选编《布莱克的诗及其设计》（*Blake's Poetry and Designs*），纽约：诺顿出版公司 1979 年版。文中布莱克的诗歌引文均出自这个版本，仅给出诗歌题目和版画页码。

③ 见 B. R. 米切尔（B. R. Mitchell）《英国历史统计》（*British Historical Statistics*），剑桥大学出版社 1988 年版。米切尔估计 1801 年时，伦敦的人口是 1117000 人，十年后，是 1327000 人，到 1821 年是 1600000 人，到 1831 年达到 1907000 人。临时居住的人口显然没有全部计算。第 25、27 页。

送物资，这些工程彻底改变了乡村的面貌。布莱克居住在伦敦，他目睹了交通堵塞、噪音、污染，以及由于人口聚集过密导致传染病暴发。那时的伦敦，发展无序，到处都是房屋和工厂，没有安全的饮用水，卫生状况令人担忧，桥梁岌岌可危，街道泥泞，粪便四溢，害虫横行，疾病肆虐。

布莱克的《伦敦》（"London"）一诗大约写于1794年，反映的正是当时脏乱差、疾病蔓延的伦敦：

> 我走在独占的泰晤士河边
> 在每一条独占的街道，
> 看见每张过往行人的脸上
> 刻下的不是衰弱就是哀伤。
>
> 在每个人的喊声中，
> 在每个婴儿恐惧的哭声中，
> 在每句话，每条禁令中，
> 我听到的是禁锢思想的镣铐声。（1—8行）

显然，布莱克将伦敦"独占的街道"描述成了噩梦，突出强调这个城市"景观"对人们造成的心理压迫。起初，皇室颁布《皇室宪章》，这一建造伦敦各区的法律文件，目的是列举并保护居民的权利，但在布莱克看来，这些文件却成了政治独裁和社会压迫的保护伞，导致工业资本主义大肆蔓延，最终将人变成了工资收入的奴隶，禁锢了人们的思维，使劳动者沦为了非人机器的附庸。即使是自由流淌的泰晤士河也遭"独占"，即不得不受制于河岸改造的法律限令，以及支流筑坝获得水力的需求，不能随兴漫溢和减少径流。泰晤士河南岸，布莱克18世纪90年代所居住的地方，是当时伦敦主要的皮革生产地区，也是向泰晤士河排入刺鼻污水的主要肇事之地。与此同时，泰晤士河还承载了由于伦敦人口激增带来的大量生活污水和工业废水。由于伦敦的城市卫生状况极差，医疗保健不健全，加上人们普遍营养不良，伦敦的婴儿死亡率极高。"婴儿恐惧的啼哭"，或许就是布莱克对如此压抑、病态的都市环境的控诉。

接着，布莱克在《伦敦》中控诉了城市中充斥的童工、卖淫、性病肆虐和空气污染的可怖状况：

> 扫烟囱男孩的哭喊声声尖厉，
> 让每一座熏黑的教堂战栗。
> 不幸士兵的声声叹息，
> 化作鲜血从宫墙上流淌。
>
> 妓女深夜不绝于耳的诅咒，
> 声声刺穿宁静的街道，
> 骇住新生儿的哭声和眼泪，
> 像瘟疫一样让婚车变成灵柩。（9—16 行）

伦敦的圣保罗大教堂原本是座拥有新古典主义白色大理石外观的优雅建筑。布莱克曾在《耶路撒冷》的第 57 幅版画中，将之视作伦敦的地标之一，却因为当时空气污染严重，尤其是大量使用的燃煤蒸汽机，日复一日地向空中喷发黑烟，该教堂逐渐成了一座被"染黑了"的建筑。1784 年，世界上马力最大的蒸汽机在伦敦的黑衣修士桥南安装运行。阿尔比恩面粉厂（Albion Mill）由马修·博尔顿（Matthew Boulton）和詹姆斯·瓦特（James Watt）设计建造，目的是显示工业规模的蒸汽机的巨大潜力。面粉厂甫一建成，就成了观光的景点。对此，伊拉兹马斯·达尔文在他的《植物园》中写诗赞美，布莱克则为之配了几幅插图。①
在第一首诗的第一章里，达尔文以拟人的手法，赞美面粉厂200
匹马力的硕大蒸汽机是个惊世骇俗的"巨婴"，"动一动四肢，
点一点头就能产生地动天摇"的效果。达尔文还将磨面作业中
的阿尔比恩面粉厂比作"大力神"：

> 但见巨大的磨石醉汉似地旋转，
> 力大无穷，整个地面都在颤抖，
> 坚硬的磨齿享受着金色的丰年，
> 不带血的饕餮却养育着无数人。
>
> （《植物园》第 1 章，275—278 行）

1791 年 3 月阿尔比恩面粉厂毁于大火，对此，达尔文在自
己的这首诗上加了遗憾的注释："再也没有阿尔比恩面粉厂了，
这一定是有过节或恶毒纵火犯所为。面粉厂化为灰烬，伦敦自此
失去了拥有世界上最强大机器的荣耀和优势！"②

达尔文对阿尔比恩面粉厂这一新生事物的倾情赞美，虽然代
表了当时主流社会阶层的普遍心态，但却忽略了"恶毒纵火犯"
们的不同想法。显然，他们视这台庞大机器为自己生计的一个大
威胁。依据最近的布莱克传记作家彼得·阿克罗伊德（Peter
Ackroyd）记载：

> 人们认为阿尔比恩磨坊的毁损是纵火所致。对此，黑衣
> 修士桥边小面粉厂主们毫不掩饰内心窃喜。他们挂起木牌，
> 上书："胜利属于阿尔比恩的面粉厂，因为阿尔比恩面粉厂

---

① 见英国约瑟夫·约翰逊（Joseph Johnson）出版社 1791 年首版《植物园》
（*The Botanic Garden*），内有几幅布莱克的版画，最著名的是对开第 127 页的《富饶的
埃及》插图，以及波特兰花瓶四个视角的插图。

② 见《植物园》第 1 卷附录，第 22 页额外注释第 11 条。

完了。"厂子被烧毁了，只剩下一个焦黑的空壳，直到 1809年，这堆废墟才被清理。布莱克每次去到市中心，都要经过那里，远处是烟雾笼罩下的海格特公墓山和汉普斯特德山。[1]

1791 年 2 月，布莱克搬进了朗伯斯的赫拉克勒斯大楼，地处阿尔比恩面粉厂往南的黑衣修士路旁。可以推测，当他谈及《耶路撒冷》里"阿尔比恩栽进温柔的朗伯斯山谷"之时（第20 版画页），脑海中浮现的可能就是阿尔比恩面粉厂的废墟景象。[2]

尽管阿尔比恩面粉厂被毁，但更多的蒸汽机如雨后春笋，在伦敦及其周边地区不断投入使用。不久，工匠的作坊变为制造业的排排厂房，轰鸣的机器声在泰晤士南岸的码头和库房响彻，不仅污染了伦敦的天空，也使伦敦沦为了一片工业荒原。到 1800年时，伦敦的蒸汽机装机数量足可匹敌英国北方的任何一座工业城市。有超过 100 台的蒸汽机日夜运转在伦敦的面粉厂、酒厂、罐头厂和其他工业化大生产实体当中。[3] 也只有在这种语境下，我们才能理解布莱克"黑暗的撒旦式工厂"的预言，因为这些

---

[1]　见彼得·阿克罗伊德（Peter Ackroyd）《布莱克传》（*Blake*），伦敦：辛克莱-斯蒂文森出版社 1995 年版，第 130 页。

[2]　参见雅各布·布罗诺斯基（Jacob Bronowski）《威廉·布莱克：一个没有面具的人》（*William Blake：A Man Without a Mask*），伦敦：赛克尔与沃伯格出版社 1994年版。该书第 64 页最早提及布莱克对阿尔比恩面粉厂或可存在的关注。后经修订，该书以《威廉·布莱克与变革时代》（*William Blake and the Age of Revolution*）的书名再版，相关内容见第 96 页，纽约：哈珀-罗出版社 1965 年版。

[3]　见约翰·兰顿（John Langton）和 R. J. 莫瑞斯（J. R. Morris）主编《1780—1914 年工业化进程中的不列颠地图集》（*Atlas of Industrializing Britain 1780 – 1914*）第77、79 页。其中，第 79 页的图表表明 1800 年，伦敦所安装的博尔顿和瓦特蒸汽机功率共计 1000 马力，超越了英格兰北部的任何一个工业城市。尽管曼彻斯特和伯明翰后来在制造业基础增长方面远超伦敦，但在布莱克所处年代，伦敦的确是工业制造的一大中心。伦敦：迈修恩出版社 1986 年版。

工厂"最终占领了英格兰的绿色乐土"（《弥尔顿》，第 1 版画页）。

　　尽管到 1800 年时几乎所有人都认为工业革命是大势所趋，不可逆转，但事实上，英格兰需要在那个时候为自己的未来发展做出一些重大决策。抵制这只看不见的"进步之手"的人，有时会以暴力手段表达他们的愤怒之情，比如纵火烧毁阿尔比恩面粉厂等。他们被称作危险的"勒德分子"（Luddites）①，其诉求被排除在政治程序之外。布莱克尽管持续关注无序的大规模工业发展对社会和环境的破坏作用，但他的声音同样遭到政治压制。布莱克在《弥尔顿》和《耶路撒冷》两部长篇叙事诗中，揭露并批判了工业资本主义的后果。他在两部诗中均使用过去时态，以预言的方式描述当时的困境，揭露了他自 1791 年至 1800 年居住的泰晤士河南岸朗伯斯这段时期，当地无休止的工业扩张现象。

　　在伦敦南部偏远地区，原始橡树林被大肆砍伐，树皮被剥光，烧成木炭供铸造厂、蒸汽机厂和其他工厂使用。布莱克步行穿过朗伯斯南边的萨里山（Surrey Hills）时，也许亲眼见到过那里的原始橡树林被毁、一捆捆树枝被填进烧炭炉内的情景：

　　　　萨里山烧得通红，像锅炉的炉膛。朗伯斯山谷是耶路撒冷的基础，如今是满目疮痍，那里曾是人们向往的地方，如今的橡树谷（Oak Groves）被连根拔起。熔炉张着血盆大口，边上是一堆堆燃烧的灰烬。（《弥尔顿》，第 6 版画页）

　　伦敦对于燃料和原材料的需求与日俱增，导致周边乡村遭到破坏，丛林被毁，包括德鲁伊教徒（Druids）视为圣地的橡树谷。布莱克遥望萨里山时，看到的一定是无数升起的烈焰，于

----

① 指反对技术进步的手工业者。——译者注

是，他才会写下"萨里山烧得通红，像锅炉的炉膛"这句话。

　　伦敦的工业发展高歌猛进，需要大量的原材料。拿破仑战争拉动伦敦制造业的快速发展，进而满足武器装备的需要。不久，伦敦发展了大规模杀伤性武器技术，制造出了潜艇、加农炮和威力强大的重型火炮。[①] 他写道："泰晤士在钢厂之下大声呻吟/制造各种农具以庆丰年/全国挥舞着犁耙"(《弥尔顿》，第6版画页)。伦敦的制造业发展需要大量的建筑材料，于是，以煤为燃料的砖厂遍布伦敦郊区。它们满负荷运转，提供建造厂房所需的砖块。布莱克在《瓦拉或四个佐阿》("Vala or the Four Zoas")中，描述的正是这些砖厂昼夜不息的情景，那里条件艰苦，劳动强度大:

> 光之王看见她（瓦拉）在砖厂叹息，
> 被迫昼夜不停地在火炉边劳作。
> 夜晚时分工人休息，她在叹息:
> "主呀！烈焰旁永无休止的劳作，
> 令我们遍体鳞伤，请转头看向别处。
> 我们的悲伤成了主人的笑料"。
>
> (《四个佐阿》，31)[②]

　　在布莱克看来，工业革命引发的最严重后果是它为劳工创造了恶劣、压抑人性的工作状况。一方面，技艺精湛的个体工匠被

　　① 布莱克曾在《四个佐阿》(The Four Zoas)第8夜，明确涉及了这些新型的军事装备，见大卫·V.厄尔德曼（David V. Erdman）《布莱克:反帝国的预言家》(Blake: Prohet against Empire)，普林斯顿大学出版社1969年版，第398页（该书初版年份为1954年）。

　　② 见W. H.史蒂文森（W. H. Stevenson）主编，厄尔德曼撰文的《布莱克诗集》(The Poems of William Blake)，伦敦:朗曼出版社1971年版，仅转引自诺顿评论版散佚段落。

通常是妇女、儿童等不具技能的劳工所取代；另一方面，像蒸汽面粉厂看似温和的技术进步却将工人们置于极其嘈杂、危险和非人的工作环境："活着的与死去的都将在轰鸣声中磨碎/为阿尔比恩的子孙制造面粉"（《耶路撒冷》，第38版画页）。在这样机器轰鸣的工厂里，单调的工作会将工人们的体力耗尽，有时还会在事故中丧命。在工业革命早期，工人在火灾、爆炸、皮带轮和齿轮下受伤或丧生的事件时有发生。

　　布莱克对这些堪比地狱的机器深恶痛绝，他在早期插画作品《没有自然宗教》（*There is No Natural Religion*）（1788）中断言："即使宇宙，若是如此单调地旋转，也终将变成带着各种复杂轮子的作坊。"布莱克此处思考的不仅是工业机器的非人后果，而且还有基于牛顿力学基础上的宇宙认识。他觉得宇宙就是一台机器，会给人类带来可怕的后果。这种机械模式再加上培根和洛克的经验主义世界观，便可为工业革命提供认识框架。布莱克认为"欧洲的大学"就是这个非人意识形态流行的发源地：

> 培根和牛顿受铁鞘保护，他们恐怖的身影就像悬挂
> 在阿尔比恩上空的铁鞭；理性就像巨大的毒蛇缠住
> 我的四肢，就连我的思维也被牢牢控制，伤痕累累。
>
> 我抬眼向欧洲的学校和大学望去，那里到处都是
> 洛克的织布机，发出低沉愤怒的声音，绵绵不断，
> 时刻被牛顿的水车轮子冲洗。
>
> （《耶路撒冷》，第15版画页）

　　在布莱克看来，带来大规模生产的技术革新，其本身就是从根本上错误理解自然界的产物，因此，他极力反对启蒙思想背后那种推理归纳法。相反，他倡导一种浪漫主义的认知方式。这种认知方式具有理想主义、共时性和整体性的特质，又带有乌托邦

色彩。布莱克主要的几部预言式作品，则脱胎于他对古典牛顿物理学的激进拒斥，以及对追求真理、书写真理方式的探求。①

　　尽管布莱克排斥那些占据工业领域庞大的非人性技术设备，但他也不一味反对任何形式的技术革新。实际上，他自己就是一名极具天赋的金属工匠，发明了铜雕制版技术，进而制作自己作品的版画。② 在《耶路撒冷》中，他曾就重工业的"残酷技艺"和小型的"伊甸园技术"，写下了如下这几句话：

> ……一片黑布
> 像巨大的黑纱覆盖了所有国家。
> 我看见的巨轮，没有轮子的轮子，
> 由齿轮驱动，像暴君一样凭高压统治。
> 伊甸园的轮子则在和谐中自由转动。
>
> 　　　　　　　　　　（《耶路撒冷》，第 15 版画页）

　　实际上，布莱克在这里对比的是两类工厂：一类是建立在巨大的非人性轮子上的工厂，能够批量生产商品，比如伯明翰的各种纺织厂，它们生产的廉价布匹占领了整个世界市场；另一类是规模较小，使用小机器，能够给予工人一定自由的工厂。尽管布莱克没有明确提到他心目中理想的机器应该是哪类，但人们无疑

---

　　① 欲进一步了解布莱克在启蒙运动认识论语境下营造的作坊意象，参见哈利·怀特（Harry White）的《布莱克和归纳法作坊》（"Blake and the Mills of Induction"），《布莱克通信》（*Blake Newsletter*）1977 年第 10 期，第 109—112 页。另见斯图亚特·彼得弗罗因德（Stuart Peterfreund）的《牛顿世界里的威廉·布莱克：文学即艺术与科学论文集》（*William Blake in the Newtonian World: Essays on Literature as Art and Science*），美国俄克拉荷马大学出版社 1998 年版。

　　② 欲进一步了解布莱克所革新的版画技术，请见罗伯特·N. 艾斯雪珂（Robert N. Essick）的《威廉·布莱克：版画匠人》（*William Blake: Printmaker*），普林斯顿大学出版社 1980 年版，以及约瑟夫·威斯科密（Joseph Viscomi）的《布莱克与书籍制作》（*Blake and the Idea of Book*），普林斯顿大学出版社 1993 年版。

能够从中体会他的倾向，正如舒马赫（E. F. Schumacker）借《小即是美：把人当回事的经济学》（*Small Is Beautiful*：*Economics as if People Mattered*）的书名所提示的那样：可持续的经济发展需要人与机器的完美结合，需要体现人的价值。①

布莱克在《耶路撒冷》中谴责英国一味发展大型机器的固执做法，因为这样侵害了制沙漏、制犁铧和制水车等"纯朴的工匠技艺"：

> 他们把生活的所有艺术变为阿尔比恩死亡的艺术。
> 沙漏艺术遭到蔑视因为它过于简单，像制作犁铧
> 一样简单纯朴，像水车将水提升再灌注到蓄水池
> 一样简单纯朴。水车终于被毁坏，最后付之一炬。
> 因为制作它太过简单，如同牧羊人放牧一样简单。
> 换来的是复杂的巨轮，没有小轮子的巨轮，于是，
> 青年不再外出，囚困在了阿尔比恩，整日地劳作。
>
> （《耶路撒冷》，第 65 版画页）②

这里的关键词是"制作"一词，共重复了 4 次，指的是工匠们精益求精的技艺。他们在自己制作的产品里投入自己的精神，因而呈现的是"生活的艺术"。布莱克本身就是印刷和雕刻大师，使用简单的工具印刷作品，每件都是艺术杰作。他认为工匠精神使工匠们得以享受制作过程，值得在产品制作上花费时间，进而提升了自己的生活质量。布莱克对比"生活的艺术"

---

① 舒马赫（E. F. Schumacker）《小即是美：把人当回事的经济学》（*Small Is Beautiful*：*Economics as if People Mattered*），纽约：哈珀–罗出版社 1973 年版。

② 引自朗曼版，其中涉及资本化的转变折射了布莱克的实用观，转载于大卫·V. 厄尔德曼（David V. Erdman）主编《威廉·布莱克诗歌散文全集》（*The Completely Poetry and Prose of William Blake*），新修订版，以及哈罗德·布鲁姆（Harold Bloom）的评注，加利福尼亚大学出版社 1982 年版。

和"死亡的艺术",认为后者不仅包括大规模杀伤性的武器技术,而且还包括各种重型机器,因为这些机器让工人从事着重复单调的劳动,把人变成了一个个"齿轮"。

布莱克不仅关注城市引进重工业后工人们的苦难、消沉的意志,而且关注这些燃煤工业对环境造成的污染问题。他超越了自己的时代,最早看到大规模工业污染会导致环境变化。19世纪最好的科学家也只是认为环境污染是个局部问题,只是让人不舒服,没有什么大不了的。发现了氯的著名英国化学家汉弗莱·戴维(Humphry Davy)1802年演讲时,认为使用石化燃料不会影响大气层的氧气供应,因为氧气的消耗量与储量相比微不足道。他指出:"城市、森林和乡村的氧气量是一致的。与储量相比,燃烧消耗掉的氧气实在微小。"① 可见,戴维认为工业会导致全球大气层变化的想法是不可思议的。

两百年之后,当我们认为全球变暖的根本原因是毫无节制地使用石化燃料时,布莱克关注重工业发展对环境的严重影响,显然就成了现实的预言。在《耶路撒冷》最具抒情性的"诗"中,布莱克描述了"令人眼花缭乱的轮子"毁灭自然界的情景:

令人眼花缭乱的轮子低沉的轰鸣声为阿尔比恩的狮子们②

撕裂出一条路,直达以色列的黑夜之外。就在那黑漆漆和不可知的夜晚,英国伸出她的魔爪,给大地洒下痛苦。

孩子从她的怀抱流放,到处乱闯。她的山上没有了

① 见柯勒律治《笔记》(Notebooks)第1卷,第1098页。他记载了戴维1802年1月至2月份关于化学的演讲。
② "阿尔比恩的狮子们"代指英国。原文用"他"代指英国,译文用"她"。——译者注

鸟鸣，

　　成群的牛羊在她的魔爪下死亡。她的天顶坠落，她的小号

　　消音，优美的风弦琴在白云飘过的山顶再也演奏不出声音，

　　只因阿尔比恩的厂房喷射出的不是风雨雷电就是熊熊大火。

　　她的奶牛不再产奶，她的蜜蜂不再产蜜，果树也不再结果，

　　只因大地被烧焦，要么就是淫雨连天从不间断。

　　她曾经可以坐下休息的大地如今也被痛苦笼罩，

　　昨日的荣耀不再，昔日的完美如今化作了尘埃。

　　她干瘪的乳房没有了乳汁，因为悲痛越长越小，

　　玉米棒子干瘪，颗粒未长，苹果丰收却是毒药，

　　欢唱的鸟儿变成了邪恶的乌鸦，欢乐成了呻吟！

　　她天顶下儿童的声音与无助的婴儿的哭成混合！

　　人们远离光明，远离旭日阳光，选择自我流放，

　　她在黑暗的世界上那所狭长的房子不住地徘徊，

　　试图找到一丝安宁，徒劳无益！她隐藏其中的

　　伴侣在冷如冰霜贫瘠荒芜的地球上无声地哭泣。

　　　　　　　　　　　（《耶路撒冷》，第 18 和 19 版画页）

构成布莱克笔下"贫瘠荒芜的地球"的是一系列环境灾难：天空被雾霾笼罩，鸟儿不再欢唱，牛羊一群群死亡，苹果长成了毒果，气候变化导致地球酷热难耐，疾风骤雨时有发生。象征英国的阿尔比恩因为家园不在而处于自我流放状态，她的孩子无助地哭喊，她的伴侣不忍看见这惨状，无声垂泪。值得一提的是，造成灾难的并不是敌人或者外力，英国是被自己毫无节制的工业发展毁灭的，换句话说，大型机器那"令人眼花缭乱的轮子"、铸

铁厂和煤矿毁掉了英国,因为它们"喷射出的不是风雨雷电,就是熊熊大火"。① 阿尔比恩(英国)不遗余力地推行工业化,到处发动帝国扩张的战争,终于导致整个地球变成一个贫瘠荒芜的星球。遗憾的是,阿尔比恩醒悟得太迟了!

伟大的乌托邦之城: 哥贡诺扎(Golgonooza)

　　在认识城乡生活的相对价值上,布莱克与同代的许多浪漫主义作家皆有不同。他虽然苛责伦敦的状况,却从未呼吁人们躲到未受污染的乡下,或者躲到北美荒野,而其他作家则正好相反。比如,华兹华斯和克莱尔推崇乡村生活的价值,柯勒律治和骚塞则更加激进,希望能彻底逃到他们在美国宾夕法尼亚荒野设计的"大同世界"(Pantisocracy)居住。再如,约瑟夫·普里斯特利(Joseph Priestley)在伯明翰的家被一群乌合之众抢劫后,他真的搬去了宾夕法尼亚的乡村。而布莱克也的确在1783年发表了几首乏味又老套的田园赞美诗,1800年9月,他也按资助人的要求,的确搬到了英格兰南部一个叫费尔法姆(Felpham)的海边村庄。然而,他的乡村生活经历并不愉快,随后又于1803年9月搬回伦敦,从此成了一个死不改悔的城市人。② 布莱克崇尚城市生活,部分原因是为了他的印刷生意,因为只有在伦敦他才有客户和市场,但更根本的原因是他性格固执,相信伦敦的社会和文化生活更富有刺激性。与乡村生活相比,伦敦的优点更明显。

---

　　① "熊熊大火"也许指的是深井煤矿的自燃现象。地下煤矿自燃几乎无法控制,常常经年不息。20世纪60年代,卡尔本代、宾夕法尼亚附近发生大面积地下煤矿自燃现象。当时,股股烟雾从地缝冒出,地表塌陷,房屋垮塌,整个地区都被浓烟所笼罩。

　　② 布莱克的首部诗集《诗歌素描》(Poetical Sketches)最初于1783年付梓。该部诗集继承了亚历山大·蒲柏(Alexander Pope)《田园诗集》(Pastorals)(1709)和詹姆斯·汤姆逊(James Thomson)《四季》(Seasons)(1726—1730)以四季安排诗作的传统。

　　由于崇尚城市生活，布莱克拒绝使用传统田园作品常用的场景和意象，也不愿意把伦敦描绘成一个荒凉的地方。他的预言式作品与其说是倡导田园逃避主义，倒不如说是为城市生活的种种问题寻找答案。《弥尔顿》和《耶路撒冷》展望的是城市复活的乌托邦愿景，因此，他笔下的伦敦才能脱胎换骨，成了哥贡诺扎，一座想象中的艺术之城。这个想象中的伦敦由罗思（Los）创立。他创造力丰富，是个神秘的艺术家，在黑暗的死亡和混沌的王国乌尔罗（Ulro），一个令"灵魂无休止哭泣的地方"（《弥尔顿》，第26版画页），建造了哥贡诺扎。罗思建造新城，目的是为那些从黑暗和绝望的乌尔罗逃出的灵魂，提供一个逃难所。

　　布莱克在《弥尔顿》第1卷（第24—29版画页）中，详细表述了关于哥贡诺扎的构想：罗思与他的儿子们，齐心协力按人类的规模创建一个全新的宇宙。"按照人的理解，意味着时间"（《弥尔顿》，第24版画页），而哥贡诺扎市存在于瞬时性中，可以"按分钟和小时/按日按月按年按时代按朝代随意建造"（《弥尔顿》，第28版画页）。云雀传统上是诗人寄托情思的鸟，哥贡诺扎则是云雀的家园，普普通通的百里香成了"罗思与伊甸园之间的信使"（《弥尔顿》，第35版画页）。哥贡诺扎还是各种动植物的家园，那里的"鼹鼠穿着天鹅绒"，"蛇穿着珠宝和金缕衣"（《弥尔顿》，第27版画页）。布莱克强调生物多样性旨在表明哥贡诺扎是个生态乌托邦，那里的人们与环境和谐相处，运用普通技术创建家园以滋养人的精神。[①] 若说伦敦拥有的是大型工厂和超大马力的蒸汽机，那么，哥贡诺扎使用的机器要小得多，且都是手工操控，其中包括一台织布机，妇女用它"满怀喜悦地织布"（《弥尔顿》，第28版画页）。还有一台酿酒所需的葡萄

---

　　① "生态乌托邦"（ecotopia）一词由厄内斯特·卡伦巴赫（Ernest Callenbach）首创，见《生态乌托邦：一本关于1999年的生态、人和政治学的小说》（*Ecotopia: A Novel about Ecology, People and Politics in 1999*），伯克利：班杨树（Banyan Tree）出版社1975年版。

压榨机,卢瓦(Luvah)的儿女们用它"压榨葡萄/欢声笑语一串串"(《弥尔顿》,第 27 版画页)。这台葡萄压榨机同时还是一台"罗思的印刷机/他在上面刻下超越凡人的言辞"(《弥尔顿》,第 27 版画页)。在这座艺术之城里,每个人都使用小型机器和自然资源从事着创意事业。他们没有日程表,也没有截止时间,一切都按自然时间(《弥尔顿》的"野百里香",第 35 和 42 版画页)和自己内心的节奏完成既定任务。①

　　与人类的所有创造一样,哥贡诺扎并不完美,也有其易错性:那里的居民也会染病,也会死亡,也会犯致命的错误。在布莱克想象的宇宙中,哥贡诺扎与耶路撒冷迥然不同。如果说后者是上帝之城,前者则是凡人之城。恰恰由于哥贡诺扎是布莱克想象中由人建设的城市,它对我们建设一座现代的生态乌托邦不无启迪,因为那是人力可及的。布莱克没有沉溺于失败主义或者逃避主义之中,相反,他在想象集普通人之力建设一个全新的伦敦。在布莱克看来,人的想象力和创造力是无穷的。《弥尔顿》中有一精彩诗节,描述的是"罗思的子孙"建造了一个供人们居住的拱形天穹:

> 天空是罗思的子孙建造的一顶永恒的帐篷,
> 每个人都居住其间,都可以向四周瞭望,
> 都可以站在他的屋顶,或者在 25 腕尺高的
> 山上花园里。这就是他的宇宙。他看见太阳
> 在宇宙边上东升西落,云朵俯身亲吻大地,

---

①　更多关于"野百里香"(Wild Thyme,及其潜在双关语"时间")的具体探讨,请见艾斯雪珂和约瑟夫·威斯科密主编《〈弥尔顿〉:诗及其版画》(*Milton: A Poem and Final Illuminated Works*),普林斯顿大学出版社 1993 年版,第 194 页。布莱克的"野百里香"效仿了莎士比亚的著名段落:"我知道一处河岸长有野百里香"(《仲夏夜之梦》第二幕,第 249 行),彼处的野百里香是装饰泰坦妮亚(Titania)神奇凉亭的芬芳草本植物。

但见地球平坦如毡，大海是个秩序井然的地方。

（《弥尔顿》，第 29 版画页）

可见，人们不必从城市逃避去乡村，因为任何地方，甚至是伦敦混乱无序的街道，只要凭想象之力，都可以变成一个"秩序井然的地方"。①

人们有理由批评布莱克的城市重建蓝图过于理想化，甚至有点幼稚。但是，要想影响城市的工业布局，甚至彻底改变一座城市，仅凭一位艺术家的观念，何以能够？布莱克的预言作品没有提供任何蓝图，没有行动计划，有的仅仅是纯粹的想象。事实上，他的作品在当时影响甚微。

但或许布莱克早已超越了自身的时代。工业"进步"200 年后，面临环境危机日益严重的局面，我们不再相信凭借技术或者经济手段能够治愈城市的"心"病。如果城市可以重建，城市规划专家最详细的设计蓝图或许都不及布莱克的哥贡诺扎愿景更切实可行，因为它不仅限制大规模的技术发展，而且完全依赖人类精神的无限可能性。唐娜·梅多斯（Donna Meadows）曾说："如果有解决世界环境问题的方案，那个方案更可能来自一位诗人，而不是一位物理学家。"② 威廉·布莱克就是我们需要的那位诗人，一位生态乌托邦里的桂冠诗人，那里云雀欢唱，百里香尽情生长。

---

① 布莱克在《耶路撒冷》中进一步描述了建造哥贡诺扎的情景。见肯尼斯·约翰逊（Kenneth Johnson）在《布莱克的城市愿景：城市重建的浪漫主义形态》（"Blake's Cities：Romantic Forms of Urban Renewal"），该文收录于《布莱克的戏剧化形式愿景》（Blake's Visionary Forms Dramatic），由厄尔德曼和约翰·格兰特（John Grant）编，普林斯顿大学出版社 1970 年版，第 413—442 页。

② 这是唐娜·梅多斯与我 1975 年 9 月在达特茅斯学院（Dartmouth College）交谈时说的。

最后的一个人

　　布莱尔并非唯一关切英国的重工业、军事技术和帝国冒险主义对全球环境造成巨大破坏的作家。玛丽·雪莱（Mary Shelley）的小说，尤其是《最后的一个人》（*The Last Man*），同样表明：英国浪漫主义作家十分关注破坏地球承载力对人类生活的影响。《最后的一个人》发表于1826年，叙述的是神秘瘟疫爆发导致人类灭亡的故事。① 小说中的致命瘟疫四散流布，无药可医，神秘可怖，导致人心惶惶。它由东方的一种传染病病毒引起，随着希腊与土耳其爆发自由战争，在西方迅速蔓延。希腊军队的领袖是个叫雷蒙德爵士（Lord Raymond）的人，显然指的是拜伦爵士。雷蒙德爵士带领希腊的"自由战士"，攻打邪恶的土耳其帝国，中途不幸牺牲。显然，这是作者对拜伦爵士之死的有意重构。事实上，拜伦死于热带热病（tropical fever）。小说中英勇的雷蒙德骑着一匹大黑马，只身攻打君士坦丁堡，不料失手引爆了炸药，引起大火，烧毁了整个城市，自己也在烈焰中不幸牺牲。爆炸物和大火无疑昭示了现代大规模杀伤性武器的威力（156）。纵观整部小说，直到雷蒙德殒命的那一刻，他都在表征人类对世界的傲慢征服，他刚愎自用，与另一人物，优柔寡断的亚德里安（Adrian）形成鲜明对照。亚德里安倡导非暴力、素食主义以及与自然和谐相处的生态伦理，明显是雪莱的化身。小说中的亚德里安推崇和平主义，骑着一匹白马，两次成功调停了战斗双方，并凭借三寸不烂之舌，让双方化解干戈（235、299）。

　　虽然亚德里安有着无可比拟的道德高度，虽然他语出惊人，口若悬河，但他在瘟疫面前同样束手无策。瘟疫从亚洲暴发，传

---

　　① 玛丽·雪莱《最后的一个人》由安妮·麦克沃（Anne McWhir）编辑，加拿大百老优（Broadview）出版社1996年出版。此后的引文仅标注页码。

入美洲，再到欧洲，最后侵袭英国，吞噬了整个英国民族。令人惊诧的是，瘟疫仅仅致人以死，不伤及自然，结果，英国的大自然愈发美丽漂亮了。作品中的叙述者描述了没有人的英国的动植物欣欣向荣的情景：

> 夏季来临，烈日炎炎。瘟疫肆意蔓延，所到之处，一个个国家纷纷倒下，死者无数。玉米长势良好，最后腐烂在秋天的大地上。剩下的可怜虫到地里为孩子捡拾能吃到的东西，结果染上瘟疫，僵死在玉米地的沟垄里。茂密的林木威风凛凛地随风摇摆，树荫下气息奄奄的人哭喊声成了风声不和谐的伴奏。五彩缤纷的鸟儿在树荫下飞来飞去，鹿悠闲地在长满蕨类植物的大地上安眠，不会受到任何伤害，牛和马走出无人看管的棚舍，在麦田吃食。瘟疫只夺人性命。
> （216）

小说中的瘟疫被拟人化为一个女性，似乎是说大地母亲是报复人类厚颜无耻地亵渎人类生命赖以生存的地球资源。瘟疫顽固地在英伦三岛蔓延，所到之处，几乎吞噬所有人，连"虚弱的存活者"最后也一个个死去。小说的叙述者莱昂内尔·弗尼是2100年人类唯一的幸存者，出现在已成为废墟的罗马，开始在后启示录式的荒芜大地上，思考人类何以会被毁灭的终极问题。

瘟疫毁灭人类的主题有什么特别的意义吗？虽然小说没有指出瘟疫暴发的原因——这也许是作者有意为之的安排，但作品却明确地表明正是战争导致生存环境恶劣，才使得一个地区性的传染病病毒演变成了致命的全球瘟疫。将小说中的瘟疫与艾滋病相比，并没有多少新意，我倒是觉得该瘟疫与第一次世界大战后，全世界暴发的致命流感相比，更准确。那次流感夺去了数千万人的生命，因为战争导致人们的生存条件恶化，食物短缺导致人们体质虚弱。① 同理,《最后的一个人》中也存在一种清晰的因果关系:战争导致生存条件恶化,进而滋生病毒,最后导致英国全民死亡。

玛丽·雪莱并不是以现代细菌学理解病菌的。她依据的是瘴气(miasma)说,因为作品中病菌不是通过人与人接触传染的,而是通过呼吸空气传播的。② 扩散中的瘴气会随地球气候转暖而毒性上升。作为当代全球变暖隐忧的神秘先兆,雪莱笔下的叙述者描述了异常温暖的环境所引起的诡异效应:

> 心理一点也不安宁:三月的风吹来,街巷里开满了紫罗兰,果树花开满枝,玉米迅速出苗,很快长出了叶子,这都是因为温度热得不可思议所致。温暖的空气令人不寒而栗。无云的天空让人感到恐惧,地上和森林里到处都是盛开的鲜花,令人恐惧,因为构成宇宙有机部分的陆地和森林已不再

---

① 见奥德利·费希(Audrey Fisch)《瘟疫政治学:艾滋病、解构主义与〈最后的一个人〉》("Plaguing Politics:AIDS,Deconstruction,and *The Last Man*")。该文收录于奥德利·费希、安妮·梅洛(Anne Mellor)和艾斯特·绍尔(Esther Schor)编《玛丽·雪莱的另一面》(*The Other Mary Shelley*),牛津大学出版社1993年版,第267—286页。在《没有千禧年的启示:最后的一个人》("The Last Man:Apocalypse without Millennium")中,莫顿·帕莱(Morton Paley)认为玛丽·雪莱的《最后的一个人》与布莱克的《耶路撒冷》和其丈夫雪莱的《解放了的普罗米修斯》不同,她的启示录不包括救赎部分(107—123)。关于流感部分,参见威廉·贝弗里奇(William Beveridge)的《流感:最后一次瘟疫》(*Influenza:The Last Great Plague*),纽约:普罗迪斯特(Prodist)出版社1978年版;另见阿尔弗雷德·W. 克罗斯比(Alfred W. Crosby)的《美国被遗忘的流行病:1918年的流感》(*America's Forgotten Pandemic:The Influenza of 1918*),剑桥大学出版社1989年版,第32页。贝弗里奇估计:"1918年的全球流感导致一千五百万至二千五百万人死亡,是人类经历过的最严重的传染病。"第32页。

② 自14世纪至19世纪后期,瘴气说在欧洲医疗专家中十分流行,认为像鼠疫这种流行病病菌是通过污染的空气传播的,见谢尔登·沃茨(Sheldon Watts)的《流行病与历史:疾病、权力和帝国主义》(*Epidemic and History:Disease,Power,and Imperialism*),耶鲁大学出版社1997年版,第8—15页。

是我们的居住地，而是我们的坟墓。花香扑鼻的大地像是一个硕大的教堂庭院，让人惊恐不安。(211)

如今的空气和水充斥着看不见的有毒物质，地球温度不断升高，人们感觉自然界变得怪异，是情理之中的。正如比尔·麦克吉本（Bill McKibben）在《自然的终结》（*The End of Nature*）中指出的那样，地球温度不断升高，人们关于荒野的观念终将破碎。他还认为，人类不仅威胁到自己未来的生存，而且也使独立于人类活动之外的自然早早地不复存在了。①

在上述引文中，玛丽·雪莱以全球生态系统的视角观照"居住地"的含义，而在同时代其他文学、历史或意识形态文本的批评分析中，生态系统这一语境则被视作天经地义而不予探究。然而，人类真的有能力彻底改变地球，使其面目全非，最终沦为埋葬我们梦想和欲望的坟墓吗？事实上，只有在工业革命初期，英国的燃煤企业空前增产之际，人们才会思考改变地球的想法。随着英国的工业城市日益被浓重的光化学烟雾笼罩，人们才开始意识到：人类活动可能会改变地球的温度，并最终破坏地球承载人类生存的能力。作者使用"居住地"一词，表明她是从生态平衡的角度，理解人与田野、森林等所处绿色世界的关系的。这与希腊语中"地球"（οἴκος），万物居住地的意思不谋而合，也构成了现代生态思想的核心概念。

从这一角度看，《最后的一人》无疑是一部环境启示录小说，开创了环境灾难致人灭亡科幻小说的先河，比如乔治·斯图尔特（George Stewart）的《挺住，地球！》（*Earth Abides*），同时也开创了非虚构作品的先河，比如卡森（Carson）的《寂静的春

---

① 见比尔·麦克吉本（Bill McKibben）在《自然的终结》（*The End of Nature*），纽约：企鹅出版社1990年版。

天》（*Silent Spring*）。① 与卡森以及当代许多环境作家一样，玛丽·雪莱也在作品中表达了一种我们完全可以称之为生态女性主义（ecofeminist）的性别意识，因为她的地球毁灭启示录对西方亘古存在的男性优越制度，持强烈的批判态度，因为这些制度和机构保证了男性在科学、技术、政治和经济各领域的主导权。同理，在《弗兰肯斯坦》（*Frankenstein*）中，作者塑造的是一位疯狂的男性科学家，他违反禁忌，"进入"女性传统的生养儿女的领域，不经意间造出来一个嗜血成性、无法控制的怪物。这头怪物不但具有男人崇尚暴力的天性，而且具有超人的智慧、力量和承受力。《弗兰肯斯坦》预示了当代基因工程恐怖的潜力：从超级老鼠到转基因种子，不一而足。想起这些合成的东西就令人不寒而栗，它们对地球生态系统会造成何种影响，目前是无法判断的。

　　玛丽·雪莱和布莱克都非常担心技术发展可能带来的后果，尤其是重工业和武器发展可能带来的严重后果，因为它们可能会对全球环境造成灾难性的影响。布莱克笔下"黑暗的撒旦式工厂"的预言，揭示了人类百折不挠的技术革新精神带来的灾难，但他毕竟还为我们提供了一种乌托邦替代方案：创建伟大的哥贡诺扎城，这也符合启示录故事的模式。玛丽·雪莱的《最后的一个人》就不是个典型的启示录故事，因为她仅仅描述人类干预全球生态系统，导致人类灭绝的后果，而没有给人类一个复生的机会。不可否认，描写人类灭绝的故事常常被当作是诗化的虚构作品（poetic fiction），不被重视，但这类作品对我们更有启迪意义：臭氧层遭到持续破坏，温室气体无限制地排放，导致地球难以支撑所有生命。布莱克以他的预言故事抵制工业革命，玛

---

① 见乔治·斯图尔特（George Stewart）的《挺住，地球！》（*Earth Abides*），兰登书屋1949年版。蕾切尔·卡森（Rachel Carson）的《寂静的春天》（*Silent Spring*）波士顿出版社1962年版。

丽·雪莱以想象中的全球瘟疫毁灭人类的故事表达她对技术发展的担心，这与我们今天担心生态失衡可能带来的灾难不无相似之处。

真如卡尔·克鲁伯所言，英国浪漫主义作家是生态作家的典范吗？[①] 现有的生态批评概念真能为我们分析其作品，提供一个行之有效的框架吗？即使采用辩护性争论角度，我们也必须超越浪漫主义写作热情赞美自然这种陈词滥调。但也不能全部照搬20 世纪的生态科学，或者拿一整套现代的独特的环境污染忧思去生搬硬套。话虽如此，我们对环境恶化状况忧心忡忡，这必然会使我们认识到：他们的作品发自他们对人游离于自然之外状况的绝望情绪，表达的是人与自然必须重新建立可持续关系的强烈愿望。在新世纪来临之际，人们终于认识到，凭任何单一的技术都不可能解决诸如气候变暖等等环境问题；只有采用包括改变我们的消费观念在内的综合措施，我们才能应对迫在眉睫的全球环境灾难。重新分析英国浪漫主义时期的环境思想，不仅能为我们提供一个审视我们当下处境的视角，而且还可以为我们采取亡羊补牢式的措施提供借鉴作用。尽管呼吁行动还不是文学和政治话语的主流，但是，一旦要行动，就该在当下。

---

① 　见克鲁伯的《生态文学批评》第 5、156 页和第 9 条注释。

第五章　拉尔夫·沃尔多· 爱默生：书写自然

　　爱默生（Ralph Waldo Emerson，1803—1882）身为公理会牧师之子，早年秉承父志，因循守旧，因而年过而立，依旧默默无闻。他曾先后就读于波士顿拉丁文法学校、哈佛学院、哈佛神学院，其间与一位富商的千金结为连理，并于1829年成为波士顿唯一神第二教会的牧师。然而，长期以来，爱默生对正统基督教的虔诚观（orthodox Christian piety）心存疑虑和不满。这种内心煎熬又因突遭丧妻之痛而雪上加霜。他的妻子爱伦·露易莎·塔克（Ellen Louisa Tucker）19岁染上肺结核，韶华之年便匆匆离世。到了1832年，爱默生终于认定，唯一神教会已深陷"先辈僵死的形式"① 之中，由于良心受到刺激，遂辞去牧师之职，从此不受传统宗教信仰的羁绊，走上了个人探索之路。

　　他花了一年时间在英国和欧陆漫游，并在那儿结识了包括华兹华斯、柯勒律治、托马斯·卡莱尔在内的浪漫主义文学先驱。柯勒律治是上述三人之中，对爱默生思想后续发展最具直接影响的一位。他坚信人可凭借直觉理性发现精神真理的观点，以及他对世界万物的满腔热忱，都深深地打动了既踌躇满志又不失迷茫的爱默生。

---

　　①　见爱默生《论文与演讲稿》（*Essays & Lectures*），约耳·波特（Joel Porte）主编，纽约：美国图书馆1983年版，第1127页。此后从本书的引文仅标注页码。

爱默生甫一回国，便为自己卓越的演说才能找到了一个平台，那就是讲座促进会（the Lyceum movement），一个专门资助演讲的松散的民间教育组织。自 1833 年起的数十年间，爱默生的演讲足迹遍及整个新英格兰地区。他的演讲深邃雄辩，振聋发聩，令人如痴如醉。很快，爱默生就成为一位声名远播的巡回演说家。他的演讲涉猎广泛，他的思想又通过演讲不断得到提炼和深化，他多数的优秀讲稿也相继出版，最终奠定了其"美国首席公共知识分子"的地位。① 1836 年，爱默生匿名出版了他的第一部重要著作《论自然》（*Nature*）。这是一本糅合了数篇讲稿并稍作修订的演说集，篇幅虽小，却影响深远，是美国超验主义自然观的宣言。爱默生在书中宣称，人们并不一定要通过阅读尘封的书籍来获得关于世界的知识，因为借助对自然界的直接经验，人们完全可以"愉悦地感受与宇宙万物的原初联系"（7）。他强调个人经验的重要性，并逐步酝酿出一篇题为《论自助》（"Self-Reliance"）的论文。"自助"是爱默生著述中颇为重要且反复立论的主题之一。该文启发了无数秉持超验主义传统的美国作家，其中最著名的有：亨利·梭罗（Henry Thoreau）、沃尔特·惠特曼（Walt Whitman）、约翰·缪尔和玛丽·奥斯汀（Mary Austin）。

整体而言，20 世纪的读者并不十分热衷于爱默生的思想遗产。一方面，随着强调怀疑与反讽意识的现代主义运动兴起，其文学旨趣自然与爱默生的泛乐观主义相左；另一方面，随着横扫一切的科学唯物主义思潮兴起，对时人而言，爱默生那招牌式的美国超验主义哲学不免刺耳。F. O. 马西森（F. O. Matthiessen）的《美国文艺复兴》（*American Renaissance*）（1941）是一部具有

① 关于爱默生的传记信息，笔者受益于罗伯特·D. 理查逊（Robert D. Richardson）的《燃烧的思想：爱默生传》（*Emerson：The Mind on Fire：A Biography*），加利福尼亚大学出版社 1995 年版。

开拓意义且依然权威的美国超验主义文学史巨作,但他在书中却
并不掩饰对爱默生理想主义的敌意。① 他认为爱默生"觉得自己
在更高层次的法则世界里怡然自得。但如今,他的超灵说总体上
已被证为是不可理解的。爱默生在超灵的悖论上败下阵来"
(3)。马西森反对马修·阿诺德视爱默生为"活在精神世界之人
的朋友与帮手"的说法,并进一步指出:"60 年后,这种断言就
会沦为一套空话。届时,我们将一同见证所谓的'以精神为居
所'收效是如此惨淡。这种说法正随着先验主义一并消失在新
近神智学的沉沙之下"(5)。马西森对爱默生的指控不言自明:
爱默生虽是一位研究自然的唯心主义哲学家,但他的思想却晦
涩、偏激,让人不堪卒读。尽管马西森花费了数章的篇幅,详细
分析爱默生的著作,但却动机不纯,蓄意歪曲,意图从爱默生超
验主义的余灰里,抽离出现代主义的审美内核。

在一些更为新近的研究中,如《荒野的概念:从史前到生
态时代》(*The Idea of Wilderness*:*From Prehistory to the Age of E-
cology*)(1991),作者迈克斯·奥尔施莱格(Max Oelschlaeger)
就对爱默生的成就作了更为尖锐的批判:"目前看来,爱默生更
像是欧洲思想的传播者,而非某一哲学的先驱⋯⋯他的超验主义
早已日薄西山"(133)。接着,奥尔施格莱开始滔滔不绝地细数
起爱默生作为自然哲学家的种种不足:

> 在爱默生看来,意识只不过是将自己引渡到先在结论的
> 一种载体。与其说《论自然》是一部哲学著作,毋宁说是
> 一部文学习作更确切,因为爱默生的目的在于阐述他先前抱
> 有的信念:上帝存在于理念之中,而不是存在于经卷之中。

---

① 见 F. O. 马西森(F. O. Matthiessen)的《美国文艺复兴:爱默生与惠特曼时
代的艺术与表现》(*American Renaissance*:*Art and Expression in the Age of Emerson and
Whitman*),牛津大学出版社 1941 年版。

他认为，一次野外探索之旅可使个人意识开始反观自我
（自然是一个包含法则、观念和物质产品的系统），继而坚
信上帝的存在。这无疑是培根—笛卡尔哲学俗套的人类中心
主义与男性中心主义的观点，即：人类是上帝最为钟爱的造
物，而自然则是上帝赐予人类操之在手的礼物。（135）

奥尔施莱格认为，爱默生的重要性仅限于他是梭罗的先行者而
已，后者则明智地抛弃了前者镜花水月般的超验主义，转身研究
自然粗粝实在的物质性。显然，面对爱默生的思想遗产，这种尖
锐的批评带有 20 世纪的典型特征：要么是因为读不懂而批评他，
要么是拒绝研读而批评他。

　　然而，具有讽刺意味的是，迄今为止，爱默生仍是英语世界
里最广为引用的美国作家。在一年一度的大学毕业典礼上，爱默
生的许多格言警句就像钟表报时一样，总会响彻美国的大学校
园。显然，滥用爱默生的警句会让他那些充满警策与雄辩之力的
思想大为失色。事实上，爱默生是位最为人熟知却又最不被理解
的美国作家。抱有科学唯物主义世界观的读者自然不会真正接受
爱默生，只能是像对待一位牙齿脱落的祖父一样，在公开的重要
场合勉强维持着对他的礼节分寸，而私下里却对他幼稚的乐观主
义、晦涩的通神论和羸弱的理想主义嗤之以鼻。

　　批评家斯坦利·卡维尔（Stanley Cavell）思想犀利，对爱默
生超验主义抱有极大的同情。他指出："这种（爱默生与梭罗
的——引者注）思想不被他们曾经勠力构建的文化所理解是情
理之中的，因为对于那些对文化漠不关心、毫无主见却只盯着书
本、盲从于大众潮流的人而言，他们的思想的确难以接受。"①

---

　　① 见斯坦利·卡维尔（Stanley Cavell）《追寻平凡：怀疑主义与浪漫主义的行
迹》（*In Quest of the Ordinary*：*Lines of Skepticism and Romanticism*），芝加哥大学出版社
1988 年版，第 27 页。

由于经常受到误读，爱默生的思想在美国当代社会日渐式微。实际上，爱默生始终都在猛烈批判美国的主流意识形态，即建立在市场经济之上的宏观资本主义经济模式，以及与之对应的微观层面上狂热的商品崇拜。爱默生的《论自然》之所以呈现一种迥异的"商品"价值观，与他本人在人与自然关系问题上所持的生态观密不可分。实际上，爱默生的生态世界观得以形成，很大程度是基于他对柯勒律治作品的深度解读与批判性思考。

与柯勒律治的会面

在哈佛神学院求学期间，爱默生如饥似渴地阅读了柯勒律治的大量作品。他曾苦于无法调和人类理性与宗教的传统信仰模式，而一度陷入信仰危机。直到 1826 年 11 月，一本从哈佛大学图书馆①借来的《文学传记》（*Biographia Literaria*）（1817）让他眼前一亮。在此之前，爱默生一直苦恼于诸如理性与信仰、科学与诗学等等二元对立的铁律，而柯勒律治在《文学传记》中批判机械联想主义哲学的同时，为其开出了颇有吸引力的对症药方——超验主义。当然，他的超验主义很大程度上源于德国哲学家康德（Immanuel Kant）和谢林（Friedrich Schelling）的思想。在该书最精彩的第十三章《论想象力或融合力》（"On the Imagination，or esemplastic power"）中，柯勒律治试图弥合主观与客观的二元性。这种二元对立源自笛卡尔将灵与肉彻底分开的哲学传统。通过一番"超验剔除"，柯勒律治萌发并定义了他那著名的"第一性想象力与第二性想象力"（Primary and Secondary Imagination）。在他看来，这不失为一种打破人类创造性活动与神创伟力僵局的能动策略。

---

① 见肯尼斯·沃尔特·卡梅伦（Kenneth Walter Cameron）《拉尔夫·沃尔多·爱默生读书录》（*Ralph Waldo Emerson's Reading*），纽约：哈斯凯尔书屋出版社 1973 年重印版，第 46 页。该书 1941 年初版。

　　柯勒律治称第一性想象力是"人类所有感知力的源泉与主要媒介。在无限的'我是'之下，创造性的活动生生不息。而在这种永恒的创造活动之下，有限的意识又通过第一性的想象力而不断重复"。① 第一性的想象力作为一种特殊的感知力，通常是悄悄地作用于每个人的意识，并把外部客体的世界能动地投射其中。这种现象世界不是"被给予"的，而是经过人类意识对原始感觉材料的加工与建构的。于是，仅仅凭借"有限的意识"，人就能够创造出一个世界，并由此重现宇宙凭借"无限的我是"从混沌中脱胎的原初过程。第二性的想象力是对"前者的一种回音"，一种只产生于诗人自我意识中的自发性创造过程。柯勒律治认为第二性想象力能"消融、分解、弥漫，以便再造"。② 换句话说，人的第二性想象力能将感知中的客体破碎化为客体的一些基本元素，再通过一番诗意处理，又重新将那些基本元素整合。与第一性的想象力相比，第二性的想象力更具意识性，能通过词汇创造出一个微观世界，与神明创造的世界有异曲同工之妙。

　　柯勒律治对第一性与第二性想象力的定义，赋予诗人在保持自己与生俱来的自发性与自由意志的同时，得以分享造物主神圣而浩大的创世力量。在《论自然》的第六章中，爱默生以自己的方式，将想象力定义为"理性对物质世界的使用"（34），并以此强调诗人具有"重塑"自然客体形态的能力（35）。他还在《论自然》的第一章中，进一步详述了柯勒律治的主张，并认为"但凡大自然的爱好者，其内外感知仍彼此和谐。他们即便成人，依旧保持赤子般的纯真心性"。③ 这后一句，直接照搬了柯勒律治《文学传记》第 4 章中的原句。而在原文本的语境里，柯勒律治用

---

　　① 见柯勒律治《文学传记》（*Biographia Literaria*），詹姆斯·恩格尔与沃尔特·杰克逊·拜特（James Engel and Walter Jackson Bate）编，普林斯顿大学出版社 1985 年版，第 1 卷，第 304 页。

　　② 同上书，第 304 页。

　　③ 同上书，第 80—81 页。

这句话来说明天赋的个性与优势在于"将童年的感受续进成年的体悟力之中"（《文学传记》第 1 卷，80—81）。另外，爱默生浪漫地将童真视作自然率真的创造力，很大程度是受了华兹华斯《不朽颂》的影响。华兹华斯曾将一个 6 岁孩童比作"群盲中的眼睛"，以此凸显孩子独特的感知能力。① 总体而言，爱默生痴迷于人类无意识的、本能的创造力，并坚信人可以通过辩证思维调和内外感知，这在很大程度上都是从柯勒律治那里借鉴而来的。

　　1827 年，爱默生首次读到柯勒律治的《沉思之助》之时，便在笔记本上抄下让他足以铭记终生的句子："万事万物都在努力向上，在努力中不断向上。"② 两年之后，在詹姆斯·马什（James Marsh）的推荐下，美国首版《沉思之助》（伯灵顿，佛蒙特出版社 1829 年版）问世。柯勒律治的美版《朋友》（*The Friend*）也随后出版。应该说，当时的学术界已经抛弃了宗教传统信仰方式③，因而对马什为这两本书所撰写的慷慨序文反响热

---

　　① 见华兹华斯（Wordsworth）《不朽颂》（"Ode：Intimations of Immortality"）（又译为《咏童年往事中永生的信息》）第 112 行。爱默生在其散文《论心灵法则》（"Spiritual Laws"）中将原诗第 78 行"尘世自有她儿女绕膝般的世俗幸福"（"Earth fills her lap with pleasures of her own"）转化成第 313 页的"尘世也有她神圣而非儿女绕膝般世俗的幸福"（"'Earth fills her lap with splendors' *not her own*"）。显然，爱默生这么做，是为了利用自己超验唯心主义的立场改造华兹华斯的诗歌。

　　② 见《拉尔夫·沃尔多·爱默生的日记与杂录》（*The Journals and Miscellaneous Notebooks of Ralph Waldo Emerson*），W. H. 格里曼（W. H. Gilman）与 A. F. 弗格森（A. R. Ferguson）主编，哈佛大学出版社 1964 年版，第 6 卷，第 38 页。该句摘自柯勒律治的《沉思之助》（*Aids to Reflection*），约翰·毕尔（John Beer）主编，普林斯顿大学出版社 1993 年版，第 118 页。.

　　③ 约翰·毕尔（John Beer）在为美国版《沉思之助》撰写的序言（cxvi-cxxvii）中提到，《沉思之助》在美国反响强烈，特别是在不断冒现的超验主义者联盟中反响尤甚。见安东尼·哈丁（Anthony Harding）的《柯勒律治与超验主义》（"Coleridge and Transcendentalism"），《柯勒律治关系：致麦克法兰德的论文》（*The Coleridge Connection：Essays for Thomas McFarland*），理查德·格里芬（Richard Gravil）与莫利·利福布尔（Molly Lefebure）主编，纽约：圣马丁出版社 1990 年版，第 233—253 页。

烈。爱默生深受美版柯勒律治著作的启发，开始有意识地思考是
否存在宗教新体验的问题。1830 年 1 月，爱默生提及自己已经
"以极大的兴趣拜读了柯勒律治的《朋友》，更不用说他的《沉
思之助》了"。① 同年该月，爱默生成了波士顿图书馆的一位预
约读者。他从当时巨大的馆藏中借出的第一本书，就是柯勒律治
的诗歌全集《神言集》（*Sibylline Leaves*，1817），其中还收录了
附旁批的诗歌名篇——《老水手之歌》。1834 年 10 月，爱默生
又从波士顿图书馆借阅了《论政教宪法》（*Constitution of Church
and State*，1830）。经年累月的收集使爱默生收获颇丰。他最终
私人收藏了柯勒律治的诸多著作，包括：《朋友》、《政治家手
册》（*The Statesman's Manual*，1832）、《文学传记》、《桌边漫
谈》（*Specimens of the Table-Talk*，1835）、《书信、对话与回忆》
（*Letters*，*Conversations*，*and Recollections*，18），以及《文学遗产》
（*Literary Remains*，1836—1839）。② 应该说，整个 30 年代，爱默
生一直痴迷于柯勒律治的著作，上述这个相当全面的个人藏书录
就可见出一斑。也正是在这个时期，爱默生开始逐步构建起他关
于美国自然哲学杰出的核心理论框架。

　　1833 年，爱默生首次登门拜会了柯勒律治。用他自己的话
说，这次会晤为他提供了一个彻底感悟柯勒律治思想遗产的契
机。他在日记中多次提及这次访问，并将其整理成一篇回忆性的
记叙文。③ 这篇回忆文章最终作为《英国人的特质》 （*English
Traits*，1856） 的首章内容，于 23 年之后出版。他曾在开篇宣称

---

　　① 　见《拉尔夫·沃尔多·爱默生书信集》（*The Letters of Ralph Waldo Emerson*），
R. L. 鲁斯科（R. L. Rusk）主编，纽约：圣马丁出版社 1939 年版，第 1 卷，第 291
页。
　　② 　见沃尔特·哈丁（Walter Harding）的《爱默生的图书馆》（*Emerson's Librar-
y*），弗吉尼亚大学出版社 1967 年版，第 64 页。爱默生的私人图书馆藏有布莱克、华
兹华斯、柯勒律治、拜伦、雪莱与济慈，这六大浪漫主义诗人的数卷诗集。
　　③ 　见《拉尔夫·沃尔多·爱默生的日记与杂录》 （*Journals and Miscellaneous
Notebooks of Ralph Waldo Emerson*），第 4 卷，第 401—410 页。

"年轻学者都梦想有朝一日可与那些能洞悉世事的哲人们生活在一起，并以此为幸，却浑然不知那些所谓的哲人们已然深陷自己思想的囹圄，与年轻人的想法完全格格不入"（767）。青年爱默生抱负远大，渴望成为人与世界关系方面的思想权威，但与柯勒律治、华兹华斯和卡莱尔等英国知识界精英的交谈令他日益失望。这在他的日记中都有记载。在他看来，这些英国圣贤无一能够满足美国求知青年的愿望。与他们的接触，犹如他为《英国人的特质》其中一章所拟的主题一样：幻灭。具有讽刺意味的是，25 年之后，爱默生自己也成为维多利亚时期的一位文化圣贤，在大西洋两岸皆享有大众英雄式的崇高地位。

实际上，爱默生 1833 年与柯勒律治的会面，让主客双方都觉得十分尴尬。爱默生在书中这样描述当时的情景：柯勒律治一脸颓废，直到下午一点才磨蹭起床，"他旁若无人地吸着鼻烟，还因此搞脏了自己的领结"（《英国人的特质》，771）。柯勒律治说话更是咄咄逼人，他贬低"唯一神论愚昧且无知"，并指责爱默生的密友威廉·埃勒里·钱宁（William Ellery Channing）"毫无理性"。当爱默生坦言自己就"出生且成长"在坚信唯一神论家庭时，柯勒律治不无讥诮地回应道："我想也是。"（711）然而，即便如此，在爱默生看来，柯勒律治仍然存在一丝魅力，那就是他作为英国年轻学者心中的先知所应保有的长者风范："他看起来矮小壮实，也上了年纪，但一双蓝眼睛炯炯有神，面色清爽。"[①]（770）为了避免陷入宗教争论的尴尬，爱默生恭维对方在美国出版业取得的成功，并指出《沉思之助》尤其吸引了"众多怀有不同宗教观的读者"（772）。柯勒律治随即吟诵了其

---

　　① 托马斯·卡莱尔（Thomas Carlyle）在其《约翰·斯德林的一生》（*Life of John Sterling*，1851）第 8 章第 1 部分，记录了柯勒律治在 19 世纪 20 年代晚期留给自己的印象："这些年来，柯勒律治每每坐在海格特山的悬崖顶端，俯视着整个烟雾弥漫的伦敦，神情仿佛一位逃脱了人生战役之妄的圣人……尤其是在年轻学者看来，他具备一种高于文学、更近先知或魔幻的特质。"

中的几行诗句来缓和气氛，并以此结束了访谈。

从上述记叙看，这次会面平淡无奇，乏善可陈。这显然与柯勒律治在会面中一直对访客滔滔不绝地发表个人演说，导致爱默生难有机会交流自己的想法不无关系。而柯勒律治所发的那些大通的个人独白，内容又往往与"他所付梓的许多文章段落大同小异"。爱默生遗憾地称"那次会面只有个场景，谈不上有对话，充其量只是满足了我的好奇心。他又老又固执，完全不能和我这个后辈想到一块"（773）。对柯勒律治的失望，甚至是隐隐的蔑视都由爱默生的语气表露无遗了。

然而，爱默生愿意在20多年后重新回忆起这次会面的点滴，背后必然有某种缘由。书中提到一个细节，或可算作一个理由：柯勒律治曾在会面中谈起某位画商出了个大洋相，他错把华盛顿·奥尔斯顿当时的一幅画，错当古代艺术大师的手笔，直到"背对着画作侃侃而谈的画商抬手触到了画布，进而一阵估摸，'天啊！这画还不到10年，可见其笔法是何等的精妙与高超'"（772—773）。华盛顿·奥尔斯顿是柯勒律治的朋友，恰巧也与爱默生在马萨诸塞州的交际圈有关联，因为奥尔斯顿的首任妻子安（Ann）是钱宁的妹妹。然而，柯勒律治将老友与古代艺术大师并举，却存在着明显的悖谬。到底是将奥尔斯顿的画作视作珍贵技艺的高超再现，还是区区一幅赝品？到底是将他看作一位能够实现与欧洲传统对接的美国艺术家，还是区区一个古代巨匠的效仿者？

显然，原创性对美国人而言至关重要。爱默生在许多文章中孜孜以求的就是自己思想的原创性。《论自然》、《论自助》和《诗人》均是如此。通过这些文章，爱默生宣称，美国作家已经摆脱了欧洲大陆的形式主义和腐朽传统，进而获得了独立。然而，在拜访柯勒律治的回忆文字中，爱默生虽然暗示原创性的重要性，但却始终担心自己已经出版的所有著作，都可能是对大西洋彼岸先贤著作的一种讨巧模仿。

　　多年之后，当他再次谈起那次俄狄浦斯式的"弑父"会面，又多了一层公开祛魅的意义。他力克想象中的精神之父，释怀柯勒律治对自己"无知与愚蠢"的批评，最终领受了精神之父称其笔法"精妙且高超"的赐福，从而表露出他与柯勒律治在心理层面的深度共鸣。

　　在《英国人的特质》后续章节中，爱默生对文人柯勒律治所取得的毕生成就，给出了更为客观的评价:

　　　　信奉天主教的柯勒律治对思想和观念如饥似渴，他的目光始终不离先代贤士和后辈才俊。他的著作与讲演在所处时代独领风骚，使颓废的英国为之一振，也使人们感叹英伦三岛还能诞生如此难得的睿智之人。但是，他命运多舛，壮志未酬，雄伟的计划未能如期完成，似乎也意味着一个时代的终结。对他这样典型的英国人来说，哲学实在是太过高深，以致不得不陷于调和之中。如果说伯克把英国的政体理想化了，柯勒律治则"从狭隘处入手"，调和了哥特式统治和英国国教的教义，并使之永恒。(901—902)

　　虽然爱默生与柯勒律治在宗教教义的根本问题上观点相左，但并不影响自己对他"求思若渴"的钦佩之情，并将之与"最崇高的诗哲圣贤们"相提并论。此外，他解释了对其评价甚高的原因:"柯勒律治在英格兰的抱负囊括了整个哲学命题，即寻求解释现实存在的思想基础。"(1155)

　　柯勒律治矢志不渝，终生都在调和他的主观世界想法和客观世界现实，爱默生对此十分钦佩。他虽然拒绝柯勒律治的英国国教正统思想，但仍将其视为自己的楷模，继承了他善于探究、长于综合的精神与秉性，进而开创了自身的学术探索之路。

撰写《论自然》

爱默生的《论自然》大胆豪迈，言辞激越，以重塑美国文化为指归。当然，这多少有点像是堂吉诃德，时而显得滑稽可笑。他在书中直言不讳地批评新英格兰新兴的工业经济，以及无孔不入的消费文化。作为英国工业革命的见证者之一，爱默生十分清楚科技正以惊人的速度改变着他生活的年代。他1871年将摩登时代的各大新异发明归结为："我所处的年代诞生了5大奇迹：1. 蒸汽船；2. 铁路；3. 电话；4. 天文望远镜；5. 照相机。它们改变了国与国之间的关系。"[①] 他看到了这些发明的历史意义，因为它们的确极大地改变了"国与国之间的关系"，也以爱默生无法想象的方式对地理环境造成了巨大破坏。这段日记基调乐观，一如他在《论自然》中一样，他对人类的未来始终抱有乐观的态度。事实上，爱默生从未关注过工业活动对环境的大规模影响。他是在强调自然不受人类活动影响的前提下，提出了"自然"的定义的：

> 众所周知，自然是指不为人类所能改变的本质存在：空间、空气、河流、树叶。艺术是人类将自身意志糅进上述存在的应用实践，如一所房子、一条运河、一尊雕塑、一幅图画等等。即便把人类的实践活动加在一起，对自然的影响也是微不足道的，因为一点点削凿、烘烤、拼缀和洗涤所造成的影响，只要与我们头脑中那恢弘博大的自然世界相比，就可忽略不计了。(8)

在此，爱默生高亢的乐观主义情绪可见一斑：人类的工业活

---

① 见爱默生《日记》（*Journals*）1871 年 6 月的相关内容。

动不太可能影响世界，因为这些活动在规模上不值一提。人类的工业活动竟会污染空气和河流、毒损树叶，进而或可改变全球的自然环境，这在爱默生看来，是不可想象的。他不认为人类活动存在导致全球环境变化的可能性。①

　　但若就此认为爱默生对工业革命的恶果全然无知，则可能失之偏颇。因为，他只是把主要的关注点，放在了批判狂热的商品拜物教对人类精神的戕害上。在给威廉·亨利·钱宁的颂诗中，他写道："物品堆在推车里/并驾驭着人类。"② 这成为爱默生贬斥盲目拜物主义，最深入人心的一句诗。《论自然》第二章的标题是"商品"。在这章里，爱默生对主导美国城市的消费文化，进行了尖锐的批判，并倾向将"商品"定义为天然可再生的自然资源，而非现代工业产品：

　　　　用商品一词，我指的是自然界给予我们的所有好处……一旦我们想到是自然界提供的慷慨与恒久的给养，使得人们能够在这颗漂于太空的绿色星球上生息乐活，那么，人类所谓的苦痛则更像是孩童的闹腾，不值一提。上有无穷之气，下有不竭之水，中有无边的大地，是何等的神明创造了如许辉煌的饰物，使得昼夜交替、云卷云舒、冷热分明、四季更替，又使禽兽、水火、山石、谷物听其号令？即便这田野，也曾是人们的房间地面、工作坊、游戏场和安眠床。（12）

----

　　① 实际上，直到 1864 年乔治·帕金斯·马什（George Perkins Marsh）初版《人与自然》（*Man and Nature*），才有美国作家严肃提出过人类经济活动会导致全球环境变化的言论。

　　② 爱默生的《颂诗，致 W. H. 钱宁》（"Ode, Inscribed to W. H. Channing"），《诗集》（*Poems*，1847）。威廉·亨利·钱宁（1810—1884）是位知名的牧师和社会改革者［请勿与爱默生的密友威廉·埃勒里·钱宁（William Ellery Channing）相混淆］。

这里提到的空气、水、星辰、气候、季节等等，都被爱默生称作并非专属某个人或某个国家的"商品"。可见，爱默生反对将商品视作野蛮消费自然资源的资本主义模式，而是自觉探索现代生态学家所谓的"协同进化"，即：生命体与环境的相互适应，以及地球对所栖居的生命体做出的调适。现代生态学认为，传统的个体生物与环境的因果论，需要用康德倡导的"社区"范畴加以补充，即：在整体生态系统中，生态社区各成员互为条件，互相适应①。那么，到底是用控制学上的"反馈环路"（feedback loops）概念，还是华兹华斯那句更为玄奥的"外部世界皆由心生"来理解这个交互适应（mutual adaption）过程呢［《家在格拉斯米尔》（"Home at Grasmere"），821］？事实上，爱默生的"商品"概念显然是盖亚假说的先声，用后者的观点来说，"这颗漂于太空的蓝色星球"是个自我更生的生命体，作为生物得以生存的栖居之所，亿万年来一直在不断地调适着自己。②

爱默生视整个地球为一个复杂能动的生态系统，该观点在《论自然》第二章中有更为具体的阐释：

> 对于人类而言，自然不单单是物质，也是过程，更是结果。它所有部分都在为人类的利益环环相扣地协作运行。比如有风儿播撒种子；有太阳蒸发海水；风儿又将水汽吹向田野；

---

① 参见伊曼努尔·康德（Immanuel Kant）《纯粹理性批判》（*Critique of Pure Reason*）1871 年版第二部第三节的范畴表。康德认为存在三大关系范畴：1. 依附性与存在性；2. 因果性与依存性；3. 社区。

② 见 J. E. 洛夫洛克（James Ephraim Lovelock）的《盖亚：对地球生命新投的一瞥》（*Gaia：A New Look at Life on Earth*），牛津大学出版社 1995 年版。洛夫洛克将盖亚假说的思想史追溯到苏格兰生态学家詹姆斯·赫顿（James Hutton）。赫顿曾于1785 年的爱丁堡皇家学会会议上争论说，地壳并非一个又硬又脆的结构，而是流质的、缓慢移动的。按照赫顿的观点，作为一个整体的地球，应被视作"一个行星体，或者说，是一个滋养了动植物的球体，术语化的说法就是'一个有机世界'"，参见《爱丁堡皇家学会学报》1788 年第 1 卷第 2 部分，第 209—304 页。

　　而在地球的另一端,冰霜又将水汽凝结成雨;雨水浇灌庄稼;
庄稼供养牲畜;如此,无限循环的"天恩"施惠于人类。(12)

　　在此,爱默生又一次调整了"市场"这一术语的内涵,以适应
他最初的全球生态系统概念。他所说的"为人类的利益",是精
神层面的晓谕,而非经济层面的获利,他所说的"无限循环的
'天恩'施惠于人类",不仅通过人类种植庄稼,也通过自然向
人类呈现风、天气、季节这样富于启示意义的气象来实现。自然
界所有的循环都互为关联,以启慧思,以飨智者。
　　爱默生视所有的自然活动围绕人类而展开,也就等于视人类
为居于特权地位的观察者。或许,他对自然的这番理解确有一些
人类中心主义之嫌,但他并未就此与美国早期的野蛮猎杀者们沆
瀣一气。须知,由于滥杀,北美野牛、野狼和灰熊几近灭绝,而
爱默生眼里的美国则是田园牧歌式的。和托马斯·杰斐逊
(Thomas Jefferson)一样,他心中的美国就是田园风光和座座小
型农场。农夫们与土地的关系和谐,依季节而耕作,他们理解的
"社区"包括"暴风雨中摇曳的树枝"(11),以及栖息在树林
里的野兽。爱默生并未经常抒发他对荒野的喜爱之情,但贯穿其
作品的野性主题却与梭罗基本相同。于爱默生而言,野性是人类
感知力的天然特质,而不仅仅是感知对象的一种特点,"身处大
自然,人们心中会油然而生一股欣然之情,尽管现实让人感到悲
哀"(10)。的确,他在《论自然》中宣称,荒野就是他与周遭
和谐共处的居住之地:"我爱好未被人类干扰的永恒的自然美。
荒野比村庄街衢更令我感到亲切。置身宁静的景色,特别是远眺
茫茫的地平线,人们会发现自然如人类天性那般美好。"(10)
　　关于荒野,爱默生1841年出版的《散文:第一集》(Es-
says:First Series),其中有一篇《心灵法则》("Spiritual Laws")
就对此作了更为全面的阐述。在文中,他认为人类语言因为自身
"僵化的名称",不足以用来捕捉心灵感应野性自然所产生的

"流动意识"："我们通过了解人的期望来判断人的智慧，从而知道自然的感知力永不倦怠，犹如一位不老的青年。当我们用流动的意识，审视人类僵化的名称，就会觉出自然的野性丰饶。"（308）对于爱默生，以及之后的梭罗来说，自然的"野性丰饶"（"wild fertility"）是对人类想象力的挑战，也是对人类僵化的既定名称与逻辑范畴的责难。

　　爱默生对自然的兴趣无关功利与物质，而是心灵和象征性的。在《论自然》题为《语言》（"Language"）的第 4 章中，爱默生阐述了他所理解的词汇与"自然现实"（"natural facts"）的关系。他提出了三个命题：

> 辞藻是自然现实的符号
> 特定的自然现实是特定心灵现实的象征
> 自然是心灵的象征（20）

而到了充斥世俗观和怀疑论的当代，学术界使用"心灵"（spirit）一词都需加上引号，可见，爱默生的三大命题不再为人追捧，也是情理之中的了。但从生态语言学的层面来看，爱默生的观点就是早期美国生态语言学的雏形，仍然值得时人重视。生态语言学是从环境角度研究语言结构与历史发展的一门学科。爱默生尤其痴迷于研究那些表达"道德与理性现实"的词汇，认为对这类词汇"追根溯源，就会发现它们都是从物质表象假借而来的"（20），他举了几个例子："'正确'意为'笔直'；'错误'意为'扭曲'。'心灵'最初指'风'；'违反'即是越'线'；'目中无人'就是'眉毛上扬'。我们说'心'，用以表达情绪；说'头脑'，用以表达想法；情绪和想法两词，都来自有形的物质存在，如今都用以表征心灵的本质。"（20）

　　在大多数例子中，抽象名词都源于具体的实物。尽管爱默生没有从词源的角度解释"想法"（thought）与"情绪"（emotion），但他无疑在脑海里有自己一套词源阐释。对他那个时代任何一个受过教育的人来说,"情绪"的词源都是不言自明的:该词源自拉丁词缀 ex + movere,意思是"往前移动"。而"想法"一词的词源于当时的读者而言则不甚明了,部分原因是日耳曼语系的英语词根不像拉丁词根和词缀的含义那样一目了然,即便是受过良好教育的人也是如此;再者,也是因为"想法"一词并不源自某一具体名词。[①] 但爱默生有可能是学习了英国语言学家霍姆·图克对词源的提法,后者认为"想"一词源于"事情"一词。[②] 假如图克此处的词源解释爱默生也记得,那么,通过暗示"想法"是"事情"在人的意识里留下的痕迹,以及追溯"想法"一词的词源历史,就能推导出"想(着)"源自一种人类的活动。事实上,爱默生的确认为,就语言的起源而言,"想法"与"事情"关系紧密,这从儿童的语言习得过程中就可见一斑:

> 绝大多数的转化过程早在语言形成的久远年代就已发生,并随之隐匿起来;只有通过每天观察儿童,才有可能瞧出一些端倪。儿童和蛮夷只会使用名词或事物的名称。他们甚至用名词表达动词的内涵,进而表达相应的思想活动。(20)

爱默生认为,儿童和蛮夷运用"事物的名称",来表达"相

---

① 纵观英语语言史,"想法"与"想"往往都涉及一个抽象的认知过程。依据《美国传统字典》(*The American Heritage Dictionary*) 1992 年版。"想法"一词源自古英语 (*ge*)*thōht*。而 (*ge*)*thōht* 又源自印欧语系词根 *tong-*,意为"去想,去感觉"。

② 依据约翰·霍姆·图克 (John Horne Tooke) 的说法:"请记住,此时此地我们说,古时候'我想'的表达是——*Me thinketh*,如:*Me Thingeth*,*It Thingeth me*。"参见 EΠEA ΠTEPOENTA,或《关于纯粹的娱乐活动》(*The Diversions of Purley*,伦敦,1786—1805),第 2 卷,第 406 页。柯勒律治在《沉思之助》的前言(第 7 页)提到了霍姆·图克的上述著作。爱默生或许由此获得启发。关于柯勒律治与霍姆·图克思想关系的进一步讨论,请见本人的《柯勒律治的语言哲学》(*Coleridge's Philosophy of Language*),耶鲁大学出版社 1986 年版,第 33—52 页。

应的精神活动"，这为我们提供了一个了解"语言形成年代"的窗口。儿童的语言习得过程正好为语言的起源提供过了观察依据，因为语言个体发生学展现了语言的系统化发展过程。尽管华兹华斯、柯勒律治和雪莱等英国浪漫主义作家，对语言的起源表现出浓厚的兴趣，但是，爱默生却认为，语言的历史发展受到人们地理环境的影响，也使传统的研究有了生态语言学的转向。

在《语言》这章里，爱默生探究了人类抽象概念源自具实自然现象的过程。他借鉴了柯勒律治有关象征的浪漫概念，并指出"每个自然现实都是某种心灵现实的象征"。[①] 比如：

> 震怒之人堪比狮子，狡猾之人好似狐狸，坚定之人犹如磐石，博学之人仿佛火炬。羔羊代表天真无邪，毒蛇意味居心叵测；鲜花用于表达美好情感，光明与黑暗代表知识与无知，温热象征着爱。我们身后与面前目之所及的距离，又分别象征着回忆与憧憬。（20—21）

爱默生并非只想告诉人们，是自然为先在的思想概念带来了俯拾即是的意象。他真正的意思是，概念以及表征概念的词汇都源于人类在自然世界中获得的经验。这其中暗含着一个正在运作的"协同进化"（coevolution）过程（尽管这与达尔文的协同进化论不同）：自然现象与人类概念是一种相辅相成的关系。[②]（可将该

---

① 柯勒律治在《政治家手册》（*The Statesman's Manual*）中充分阐发了他的象征概念："象征是世间万物中半透明的永恒。"摘自 R. J. 怀特（R. J. White）主编《俗人的布道》（*Lay Sermons*），普林斯顿大学出版社 1972 年版，第 30 页。该部分糅合了《政治家手册》（1816）与《俗人的布道》（1817）的相关内容，自此之后的相关援引仅标注为《俗人的布道》。

② 在《日记》（*Journals*）第 6 卷，第 173 页，爱默生摘录了柯勒律治诗作《国家命运》第 18—20 行有关象征的尖锐描述："于我，只是一种身体觉知的满足/象征性，但却可能仅仅是张字母表/于婴儿。"此处，感知客体与柏拉图理念之间建立起了一个象征性的对应物。依据这段诗，象征之物产生于感知之物与柏拉图式理念之间。

过程想象成人类语言与现象世界之间一个"接触"良好的反馈环路。）人类思想不仅赋予自然事物以意义，也从这些事物中获得意义：

> 当我们借山川、波浪和天空表达想法时，它们是本无含义，还是被赋予了意义的呢？若世界是象征性的，词类便是隐喻，因为整个世界就是人类思想的一个隐喻。充满寓意的自然法则在本质上呼应事物的内在法则，如同我们呼应镜中的自己一样。（24）

山川、波浪和天空等自然现象与人类认知体系之间，实际上存在着精确对应关系，这种关系可从人类的语言上见出。因此，"整个世界就是人类思想的一个隐喻"。爱默生正是基于上述现实，才自觉探索其背后的深义。他进一步指出："心灵需要物质形式来表征自己"，这些物质客体则是"造物主真实想法"的痕迹（25）。

为什么这么说呢？词汇与事物如此"和谐"，是否存在深层的原因呢？爱默生并未对此草草作答，因为他深知，我们在用词语解释上述问题时，结果却会发现词语本身就是隐喻化的：

> 这种说法太过晦涩。尽管"服装"、"痕迹"、"镜子"等意象或可激发幻想，我们仍须寻求更精细的术语，化繁为简……与自然相谐的生命，对真理与美德的热爱，可以净化双眸，进而读懂自然这一文本。渐渐地，我们或许会开始了解，有关自然永恒事物的原始意义。于是，世界就是一部摊开在我们面前的书，万物皆富有生命和终极成因。（25）

爱默生承认，用以描述人类认知与自然现象相"适应"的词汇，不仅词义不固定，且随着我们试图描述的特定现象的变化而变化。因此，准确描述并非易事。爱默生给出的解决办法是，先认定有一个"造物主"，他依据人的思维能力，创造相应的表象，以便人能感知与理解。尽管这种提法在今天鲜有追随者，但爱默生对问题的本质表述，以及对相关障碍的明锐意识，仍对后续研究者具有重要意义。

通过关于人类语言源于自然现象世界的理论，爱默生为生态语言学的发展，起到了基础性的推动作用。由此，我们不再依据康德和笛卡尔所言，把概念体系看作纯粹是自主知识媒介的抽象结构，而是有机体与山川、波浪、天空进行日常交往的语言库。它并非一套恒定的神圣理念，而是依据新的环境刺激物的不断变化而更新的。爱默生将该过程表述为聪明的大脑对新概念的创造：

> 山林孕育了诗人和演说者，他们的感官受美丽怡人又变幻无穷的山林的陶冶。山林时时变化，年复一年，仅凭天意，不染凡尘。诗人即便身处喧嚣不堪的城市与纷争不断的政界，也不为所动，在山林中成长。多年以后，当他们置身于愠怒不安的国会，或在正欲革命之际，昔日山林的严肃意象便会再次浮现，在朝阳中熠熠生辉，由往昔的事件唤醒，化为贴切的象征与词汇，以表达他们的思想。每当高尚的情感再度涌起，诗人脑海中浮现的是层层山林的意象。那里，松涛声声，枝叶窸窣，小河潺潺，波光粼粼，牛羊漫山而牧，又见一幅幅孩提时看到过的景象。这些形式意象就是诗人游说的魔力和力量的钥匙。（23）

上述有关语言进化观的段落文辞优美，发人深省，充分表达了作者主张探索词汇与事物对应问题的立场。概念是人们建构自己与周遭关系的必需，但人们并非生来便知道如何表达概念。实际上，新概念是人们努力用语言描述新意象，即在现象世界里偶有新感知的结果。

在《语言》这章著名的结尾段落中，爱默生就语言与认知动态关系，表达了自己的观点："依照所言角度，我们思及事物的浩瀚纷繁，便会心生惊诧。'若以正心观之，诸般事物都会显出新的灵魂。'于是，原来未被意识到的真理，一旦通过事物来阐释和定义时，便成为知识的一部分，进而成为力量的新武器"。(25)

从本质上看，经验出新知，无疑是一种生态观，因为不断求索的人们与"浩瀚纷繁"的事物之间，存在一种自我显现的关系。爱默生化用了柯勒律治在《文学传记》中那句"真理旋即就被转化为力量"的名言，以及后者在《沉思之助》中的相应见解，写出"若以正心观之，诸般事物皆会显出新的灵魂"的箴言①，进而提出用发展生态语言学的新方法，研究人类认知难题的主张。置身大千世界，人们时常遭遇认知的空白，但人类超乎发达的头脑能够处理我们前所未见的事物。归根结底，爱默生并非是简单地描写自然，而是将《论自然》写成了探索语言与自然关系的论说文。对于善于思索的人而言，《论自然》也是一个语言学的工具箱。

一只透明的眼球

视觉是爱默生在散文中探讨的一个重要问题。他并不认为视

---

① 爱默生在其《日记》第 6 卷第 35 页和第 191 页摘抄了柯勒律治《文学传记》第 1 卷第 85 页的"真理旋即就被转化为力量"。爱默生的箴言"若以正心观之，诸般事物皆会显出新的灵魂"首次出现在《日记》第 5 卷，第 189 页，相近的还有第 3 卷，第 283 页。该箴言并非直接引自柯勒律治，但仍包含了柯勒律治在《沉思之助》第 245 页里所阐发的一个思想："科学家的失误从未有损害于基督教，相反，他们发现的所有真理，不是增添了见证基督教的证据，就是预备了接受基督教的思想。"

觉仅仅是人类理性的一个简单类比。下面这段著名文字出自
《论自然》，描写的是人邂逅自然时的顿悟情景：

> 暮色时分，天空阴沉，穿过空旷的公地，趟过泥泞的雪
> 水，心中并无特别的希冀，孰料走进山林，令我欣喜若狂。
> 置身山林，人会忘却年龄，如同蛇会蜕去旧皮，无论青壮老
> 弱，最终复返童稚。置身山林方可守得永恒青春。这里是上
> 帝的庄园，圣明主治，仪典辅仁，节日盛装，永不褪色。庄
> 园中的宾客不解神明何以能够年复一年如此装扮山林。置身
> 山林，我们重归理性与信仰。不再有耻辱，不再有不幸，唯
> 愿留下我的眼睛。自然能够平复我生命中的一切创痛。站立
> 在空地上，沐浴在快乐的空气中，我的心飞向无极的宇宙，
> 所有的狭隘、自私都烟消云散。我化成一只透明的眼球。我
> 已不在，但我能看见一切。神性在我体内循环，我成为上帝
> 的一个部分，或一颗微粒。（10）

一只透明的眼球是爱默生作品中最著名母题意象之一。人们
有时会单独将其拎出，以此为例，说明爱默生是如何独用视觉，
以便获得揭示自然界本质的灵感和独特见解。然而，通过联系上
下文，我们不难发现，爱默生借该意象所欲表达的深意并不仅限
于此。实际上，他还借此批评大多数"正常"的成年人，因为
太过现实，以致自己的知觉变得麻木僵化：

> 坦白地讲，没有几个成人能够"看见"自然。大多数人
> 都不曾看见过太阳，最多只是偶尔瞥过几眼。太阳只照亮成
> 人的眼睛，但却能照亮孩子的心灵。真正的大自然爱好者，
> 与众不同，他们依旧童心未泯，内外感知彼此调和。（10）

对于爱默生而言，"看"这个动作的意义，并不单是信息层

面的，更是转化层面的：它能使"儿童的双眸与心灵"被自然的外在景象打开、照亮和渐渐教化。同理，爱默生那只"透明的眼球"穿过空旷的公地，毫无目标地"掠"过周围的树林，但所收集的却不是视觉感官所能感受到的。《论自然》对"透明"的深意这样描述："宇宙一旦变得透明，就能使来自更高法则的光穿透它，发出光芒。"（25）在爱默生看来，"透明"就是一个针对"内外感知彼此调和"的哲学问题。当然，只有在某些极为罕见的视觉感知时刻，内外感知的"调和"才是显而易见的，而在其他时候，即使是最超验的作家，也必须努力寻找外在现象与内在自我意识之间的联系，即"我"（ME）与"非我"（NOT-ME）之间的联系（8）。

众所周知，自笛卡尔起，西方哲学一直视身体与理智为无法调和的对立存在。而透明的眼球这一著名意象，正是爱默生努力调和这种对立关系的结果。为了克服二元对立的弊端，并发现一个"联结物质与精神的类比"（26），爱默生深入研读柯勒律治的作品，希望从中找出启迪他思考的观点，进而形成自己的概念，以便重新界定人类在现象世界里的位置。对于爱默生而言，柯勒律治的《沉思之助》和《朋友》至关重要，因为柯勒律治在书中广泛批评了笛卡尔和西方科学古典方法论背后的哲学传统。柯勒律治对"机械—微粒哲学的极度空洞无意义"嗤之以鼻，并且提出自己的一套世界观（《沉思之助》，398），这又为爱默生形成自己独特的超验主义自然观，提供了知识框架和专门术语。

理性与理解存在区别，这是爱默生从柯勒律治那里继承而来的最重要思想。在《朋友》的《理性与理解》一章中，柯勒律治详述了理性与理解这两大人类认知机能的区别。他将理解定义为一种思维能力，"借此，我们可以概括和整理所感知的现象：该能力还包括外在经验的规律，及其构成外部经验可能性的功能"（《朋友》第1卷，157）。而理性，从另一方面说，是"心

智的眼睛"（《朋友》第 1 卷，158）。该说法出自莎士比亚的
《哈姆雷特》（第一幕第二场，150）。认知经验模式多种多样，
柯勒律治深知将眼睛视作其中的一种模式意象，由来已久。1818
年版《朋友》的附录是题为《论方法论原则》的文章，柯勒律
治在其中描绘了他毕生的抱负："实现'眼睛的专一性'（sin-
gleness of eye），以便能'通身充盈光明'"（《朋友》第 1 卷，
512）。"眼睛的单一性"出自《新约》（马太福音，6.22）。"眼
睛的'专一性'"能够帮助解决困扰柯勒律治继而困扰爱默生许
久的根本性问题："是否存在一个对应的现实，心智的'知'是
否有对应的自然存在"（《朋友》第 1 卷，512）。唯有借助理性，
才有可能打通认知与存在之间的障碍，这就是柯勒律治"心智
的眼睛"这一比喻的内涵。

在发展自己针对理性的理论过程中，柯勒律治强调"透明"
的特性，以此区别与之紧密相关的理性机能。他用钢板和玻璃板
说明理解与理性差异：

> 为了不产生任何误解，我们再打一个比方，就像我们将
> 人类灵魂分为不同的本质或者不同的理想中的人。拿这块钢
> 板来说，我知道它有硬度、脆性、抛光度等特点，并且知道
> 它还有能够打磨成镜子的特质。我在朋友的马车里看到一块
> 玻璃板，也有钢板的特质。二者所不同的是，玻璃板还有透
> 明性，具有导光或者反射光线的特点。（《朋友》第 1 卷，
> 157）

透明性成了理性区别相对世俗、自发的理解力的本质特征。
柯勒律治还借透明的概念，描述文盲学会阅读《圣经》时的欣
喜心情："由于文字变得'透明'，他看着文字，如同并不需要
看见文字一样。"（《朋友》第 1 卷，153）如果阅读《圣经》能
令人欣喜若狂，阅读"大自然这本书"也同样能令人欣喜。柯

勒律治在《致奥特河的十四行诗》（"Sonnet to the River Otter"）中，以一个孩童的视角，透过清澈见底的河水，看见"河床上缤纷的砂石/在这晶莹'剔透'中闪光!"（10—11）正是透明的特性才使得自然物质的潜在本质，进入人类的意识视线当中，于是，孩童才能在一瞥之间，就意识到自由流淌的河流下透明的河床。①

在《沉思之助》中，柯勒律治对比了构成整个身体不可或缺的眼睛与尸检中被剥离的眼球，认为前者体现了惊人的力量，而后者却有令人不适的外观：

> 久久地注视它——仿佛它正躺在解剖室的大理石案板上……观察、摆弄它的附件或构件：肌腱、韧带、隔膜、血管、腺体、体液、它的官能神经、感觉神经和运动神经。呜呼！所有的这些名目就如这器官本身一样，如同用陈词滥调或者比喻指涉本质。这就好比导游指着一堆石头，向游客介绍说"这就是巴比伦，或者波斯波利斯。"——同理，这团冰冷的胶状物就是"身体之光"吗？就是神奇的微观世界中的人吗？（396）

经过一番令人反胃的生理细节描写，柯勒律治抛出这样的观点：被剥离的人眼仅仅是一团"冰冷的胶状物"，只有将其视作是一个有生命的器官，我们才能理解它在人体结构中的功能。他用人眼的例子来说明自己关于有机结构具备能动性质的观点：

> 微粒构成"形状"，但这种有机结构上的可见性，总是

---

① 柯勒律治也常用半透明（*translucence*）的特性来描述人的理性机能（the human faculty of Reason）。参见其《俗人的布道》（*Lay Sermons*）第30页："象征是现世中半透明的永恒。"

流动变化着的。它们聚合并形成一股力量。微粒形成力量，如同演讲者或者歌唱家的声音形成空气震动一样。尽管他们可能重复相同的词汇，但声浪分分秒秒都向外消散，每个清晰的发音都给予瞬间的空气不同的声波。就如夏日闷热的晌午，农舍烟囱里飘出的一缕青烟，或山边看似纹丝不动的云朵，都会因为气流而袅娜蹁跹。炊烟之所以袅袅，云朵之所以舒卷，之所以变幻，均因不断有炊烟升起，有云朵飘来。这就是我们的肉传达给我们的自己。（397—398）

柯勒律治的此番诠释，颇能说明一个事实：活的有机体能够取代自身的每个物质细胞，但仍然保持自身原先的结构。在这点上，人类的身体就像停留在流动河面上的涟漪。这种有机结构存在固有推动力的观点，与20世纪生物学理论毫无二致，也为爱默生替代不可一世的笛卡尔哲学，提供了一种可能。须知，在笛卡尔看来，动物一如没有智力的发条玩具，只要上紧发条，就能动起来。爱默生阅读柯勒律治《沉思之助》所获的启发是：人类有机体（特别是人眼）在与环境相互作用的同时，还能保持自身的自主性。

对于柯勒律治零散的观点，爱默生将之整合成"透明的眼球"，这样一个颇能引起共鸣的意象。该意象为爱默生挑战美国资本主义主流意识形态，明确表达有关人类与居住地理想关系的独特见解，提供了一个有效的手段。爱默生并非是想当然地认为，"人是万物的尺度"，或者世界仅仅是为了满足人类的消费而存在的。就该点而言，他是后人本主义的。他更希望找到一个有效途径，使人类与所居环境能够维持一种可持续的能动关系。作为漫游在家乡树林与田野的"一只透明的眼球"，爱默生将自己描写成一个普通人，但却拥有令所有读者向往的感悟力。"暮色时分，天空阴沉，穿过空旷的公地，蹚过泥泞的雪水"，这位主人公的自我意识消逝，却发现了一个更为广阔的自我："我已不在，但我能看见一切。神性在我体内循环，我成为上帝的一个部分，或一颗微粒。"（10）与其说这段文字是晦涩玄奥的隽语，毋宁说是一种深刻意识的彰显：即人类个体与流经体内的"神性"存在亲缘关系。通过将这种内在的神圣力量归于大自然，爱默生力图从当时甚嚣尘上（并延续至今）的功利主义思想概念中，挽回美国曾经山清水秀的自然风光。如果说爱默生的观点在当代读者看来，似乎是不着边际的空谈，那主要是因为受到强大的世俗人本主义文化影响的缘故。殊不知，即使是我们当代最精明的知识分子，也概莫能外。

超验主义与其所有非议

当时的评论家对爱默生《论自然》的离经叛道大为震惊。他们抱怨《论自然》晦涩难懂，并谴责爱默生冥顽不化，对"人类进步"的进程作负隅抵抗。在 1838 年的一篇典型评论文章中，塞缪尔·吉尔曼（Samuel Gilman）轻蔑地认为爱默生是位不入流的作家：

> 因为他似乎没有任何明晰精确的写作原则，只会醉心于编织令人炫目却矛盾百出的文字迷宫，让读者入坠五里烟雾中。他徜徉于优美却不可触及的抽象概念，殊不知在人类进步的过程中，那些观点和概念已不止一次地被热烈争论过。他拾人牙慧，所谓的观点只能算是第二手，甚至是第三手的，根本无法在这个讲求实际的世界里站稳脚跟。①

更有甚者认为，爱默生胆大妄为，甚至在《论自然》中提

---

① 见《南方玫瑰》（*Southern Rose*）1838 年第 7 期 11 月 24 日第 100—106 页，塞缪尔·吉尔曼（Samuel Gilman）《拉尔夫·沃尔多·爱默生》一文。该文后又见刊于约耳·迈尔森（Joel Myerson）主编《爱默生与梭罗：当代评论》（*Emerson and Thoreau：The Contemporary Reviews*），剑桥大学出版社 1992 年版，第 58 页。

到了"性"这个禁忌词。①《论自然》佶屈聱牙却又充斥着豪言壮语，所依据的科学知识陈旧过时，也令当代读者望而却步。但令当代读者最为反感的是，文中对自然神力的大肆张扬。这种无处不在的神圣力量就是爱默生的超验主义。美国大学生看到超验主义一词就心里发怵。每当这些学生精力过盛难服管教时，教授们就要求他们写篇"超验主义是什么？"的千字文章。学生们个个愁眉紧锁，为凑出字数而大量引经据典，结果还是不得其解。

实际上，爱默生本人对超验主义也是一知半解。爱默生对"超验"（Transcendental）这个术语的理解，主要来自柯勒律治和卡莱尔。他们从康德那里学到这个术语，只不过出于自身目的需要，对这个术语都做了一番调整和改造。因此，当爱默生接触"超验"这个术语时，其含义已面目全非。康德的"超验"指的是人类理解力上的先验（priori）范畴，它先于人类的所有经验；而谢林的"超验"则是自然与历史在辩证过程中彰显出来的绝对性。柯勒律治接受了康德的观点，但也就此做了语言学的转向：他借鉴了康德有关时间和空间（"先验审美性"transcendental aesthetic）的学说，认为即使是这些即刻直觉，也是由语言结构建构的。② 相反，卡莱尔则更强调萌发超验思想与人类意志里英雄角色的关系。所以，他的英雄意志说可视作尼采权力意志说的先声。

至于爱默生，一方面，他并未直接接触过德国超验哲学家的理论，而另一方面，可能他自己也误解（或有意篡改）了从柯

---

① 在《论自然》（Nature）引言第 7 页中，爱默生将"性"（sex）归入神秘自然现象之列。该内容被弗朗西斯·鲍文（Francis Bowen）视为爱默生的"瑕疵"（defects）之一，详见 1837 年《基督教研究者》（Christian Examiner）第 21 期 1 月刊第 371—385 页的《超验主义》一文。该文后又见刊于《爱默生与梭罗：当代评论》（Emerson and Thoreau: The Contemporary Reviews）第 5 页。

② 见柯勒律治的《逻辑》（Logic），J. R. de J. 杰克逊主编，普林斯顿大学出版社 1981 年版，第 170—171 页。有关柯勒律治语言学转向的进一步讨论，请见我的（Mckusick）《柯勒律治的语言哲学》（Coleridge's Philosophy of Language）第 143 页。

勒律治和卡莱尔那里习得的思想。他定义超验主义的多次尝试，与其说是一套能够自成一体的思想体系，毋宁说是一种个人选择的生活方式。此外，就美国庞大且持久的超验论学者群体而言，每个人就应该如何定义超验主义都有自己的鲜明主张，爱默生只是其中之一。就像其他诸多文学运动一样，超验主义也是由集体的直觉意识，而非依据一套精确的哲学原则定义的。

尽管如此，爱默生对超验主义所作的定义尝试，仍有些许引人之处。撇开逻辑严谨性不谈，他热情拥抱当时美国不断涌现的各种思想，抛出了一连串发人深思的格言警句，希望以此打动听众内心，促其反思。爱默生出版的散文集也具备他演说词的修辞结构，并且辞藻优美，段落精致，但同样不注重逻辑转换和主题的连贯性。不然，我们就很难理解他的那句经典格言"只有头脑简单的迂腐之人才坚持一致性"（256）了。之所以说明显矛盾的语句会促使听众或读者深思，一是因为在表达更高真理时，语言总会显得不足，二是因为理性真理存在固有的辩证性，摈弃对立主张或逻辑矛盾是无法表达清楚的。

而要论爱默生最引人入胜的哲学定义，当属他于1842年1月在波士顿共济会教堂所作的题为《超验主义者》（"The Transcendentalist"）的演讲。在那次演讲中，由于得益于柯勒律治的译介，爱默生详细阐释了德国哲学家雅可比（Jacobi）和费希特（Fichte）的先验道德论。此外，他还正确地指出"超验"这个术语源自康德，并认为康德表明"有一类重要思想或祈使形式并非源自经验，但却是通过经验而获得的。它们是心智本身的直觉。他将之称为'超验'形式"（《超验主义者》，198）。爱默生反对任何形式的教条主义，认为只有不断探索真理的人们，而不存在狂热崇拜的绝对信众，因此就有了"不存在纯粹超验论者"（《超验主义者》，199）的论断。概而论之，爱默生对超验论者的界定是理想主义的，与唯物主义相悖。除这点外，在如何理解现象世界中的全部经验，仍有许多需要完善的空间。

爱默生在进一步阐释自然对超验论者的重要性时说：

> 自然是超验的、本来就存在的，并且是必要的，时刻都
> 在运行与前行。人类拥有生命尊严，这种尊严充溢在他与化
> 学现象、动植物之间，也存在于他自身机体的自发官能之
> 中。然而，当人纵身于神奇的自然中时，便会感到惊悚：眼
> 前的一切井然有序，妙手天成。然而，天才和高尚的人同样
> 认为人能够摒除自私的目的和对环境的傲慢，与万物和谐，
> 与美和谐，与力量和谐。（《超验主义者》，198）

爱默生指出，当我们试图完全进入到周遭的"生命尊严"
时，人类的意识会"受阻"，因为自我意识使我们难以，甚至无
法再像孩童时，或者像在平常活动中的动物那样完满地感受世
界。对动物在栖息地生存时所展现出来的无私意识，他的确予以
了赞扬：

> 我们遇到过许多前兆和预示，但却都不出自历史和纯粹
> 的精神生活……只有观照低于人类的动物之本能，才能找到
> 相应的建设性方法，和超出我们理解力的东西。松鼠囤积坚
> 果，蜜蜂采集花蜜，出于本能，并无目的，没有丝毫的功利
> 心，因而也就不是什么丢脸的事情。　（《超验主义者》，
> 197—198）

爱默生的后人本主义立场在此表现得十分明显。他反对笛卡
尔将动物视作不会思考的机器，也不像大多数人那样，认为动物
仅有的智力只是本能。松鼠和蜜蜂为日后的生存而收集资源，但
在爱默生眼里，这些却并不是出于精明的算计或计划好的行为。
他视松鼠与蜜蜂为"纯粹的精神生活"的范例。纯粹的精神生
活是指一种没有自私、屈辱或算计的生活方式。通过展示这种全

然专注当下的生活，这些动物就为人类提供了如何与自然界和谐相处的范式。就该层面而言，超验主义是生态思想的一种模式。它视地球为生命共同体，并向全人类倡导一种开放和探究性的意识模式。自然自有它存在的道理，如果我们以谦卑之心待之，它能给我们以启迪。大自然并不仅仅是为了满足人类的消费而存在的。

应该说，人们能形成清晰的自然生态观，爱默生功不可没。但他对此做出的奠基性贡献，却被历代评论家淡化，因为在他们看来，爱默生并未对当时人与自然关系的陈腐观念构成重大挑战。像马西森（Matthiessen）和奥尔施莱格（Oelschlaeger）这样著名的批评家，认为美国超验主义是"垂死的"（moribund），爱默生的散文含混、武断、艰涩等等，这大概是他们自身的教条主义所致，也可能是由他们不愿严肃反思当时盛行的科学唯物主义理论的心理作祟。奥尔施莱格批评爱默生所持的是"由培根－笛卡尔固化下来的人类中心和男性中心主义陈腐观念，认为人类是上帝最钟爱的造物，而自然则是上帝赠予人类的礼物，完全由人类来支配"（《超验主义者》，135）。问题是，他对爱默生思想的描述根本不准确。爱默生既没有视人类为万物的尺度，也没有接受培根和笛卡尔那套唯物主义世界观。相反，他倡导的是一种迥异于传统文化的后人本主义哲学，即自然是所有宝贵知识的源泉，也是所有重要伦理观念的宝库。

人们广泛误解或者忽视爱默生的哲学观，因为它对美国惯常的商业方式构成重大挑战。对此，爱默生在1840年10月出版的《日晷》（The Dial）上发表题为《关于现代文学的几点看法》（"Thoughts on Modern Literature"）的文章，坦言自己的观点与重商主义格格不入：

　　　　自私的商界和政府不仅抓住了民众的眼球，也控制了他们的双手。我们的生活规则、看似要动工的街道、利欲熏心的男女，都听由自私与感觉的操控，没有纯洁、伟大的目的，只知蝇营狗苟，浅薄短视……但我们要指出的是，这些习以为常的低俗方式并不是人类习性的全部。（《日晷》，148）

爱默生很清楚，超验主义与美国人的日常生活方式大相径庭。他更深知这种思想尚处发轫阶段，但随着人们不断接触自然，便会渐渐地意识到超验主义是可以替代"自私的商界和政府"所倡导的生活方式的：

　　是人都会嘟囔，都会呻吟，都有欣喜，都有期盼。总有些事能让世人傲睨浅笑，也有些事值得人们竭尽所能。本能也会驱使年轻人走入花园和幽居之地，也能使他们纵情恣肆，心血来潮、做鬼脸、狂呼乱叫。人们在码头、法庭，或集市上也会情绪激昂，那时，语言都会显得苍白无力。然而，一旦在寂静中、在黑暗里，或者抬头观望星空，或者置身于大自然中时，人们激越的情绪就能得以平抚。（《日晷》，149）

尽管人们可以轻易地嘲讽年轻人的这种万丈豪情，但却不得不钦佩爱默生散文中流露出的乐观精神。他有意使其哲学思想显得随机和不成体系，因为他清楚这仍是个有待后来经验发展完善的半成品。比如，他在如下的著名段落中指出，所有的美国文学作品都是"祈愿语气"的：

　　我们的美国文学和精神史，我们承认，是祈愿语气的；但我们熟悉这些才思泉涌的幕僚、受人敬仰的先锋、离群索居的追慕者，以及空谈改天换地的清谈者，并都认为，这些异端不会不留印记地默默逝去。（《超验主义者》，199—200）

之所以诅咒超验主义是"异端"，那是因为它质疑美国商界和政府视作根基的所谓"常识"（common sense），还因为它本质是一种生态世界观，视"自然"为判断人类所有活动的功用与伦理价值的唯一准绳。

如果人们能准确理解爱默生的观点，并充分评估这些观点为促进生态思想发展所起的关联作用，就会将超验主义视为一套切实有效的哲理，而不是一种空想。在《关于现代文学的几点看法》一文中，爱默生将歌德最为著名的那部分思想称为"深度现实主义"（deep realism），因为歌德：

> 拥有对形式、色彩、植物、雕塑、奖牌、人们和举止的敏锐眼光。他从不止步于事物的表面，而是探究其根本目的，并研究如何将之与他的自我意识相协调。能协调者为善，不能协调者为伪。因此，他应对的任何事实都显得伟大，因为它们都具有灵魂，有一个之所以如此而非彼的永恒理由。这就是深度现实主义的奥秘，它存在于歌德所见的所有事物之中，以便揭示事物何以如此的本原。（《日晷》，152）

这种"深度现实主义"在观念和方法论上，与柯勒律治倡导的"真实与原初的现实主义"极其相似。① 它反对仅仅依据现行解释和传统理解去考察所有现象的概念基础，因此的确算得上是一种"激进"的观点。

随着自然哲思的日臻成熟，爱默生愈加充分地认识到自然界现象背后存在的能动与循环过程。他的《散文：第二集》（*Essays：*

---

① 见柯勒律治《文学传记》第 1 卷第 262 页的"真实与原初的现实主义"（"true and original realism"）的主张。他呼吁用自然语言的概念去驳斥康德对我们理解自在之物（thing-in-itself）的质疑。

Second Series）中收录了一篇题为《论自然》的散文，爱默生在其中对所有表象下的循环过程，给出了自己的理解：

> 神圣的循环永不停息。自然是一种思想的道成肉身，又转而再次化为一种思想，就好比冰化成水和汽。世界就是理智的沉淀之物，而变动不居的本质则永远都在不断地复归自由思想。（555）

于爱默生而言，理想主义的立场并不会脱离具体经验，而会通过信息交换，能使人将物质存在的能动状态概念化。有机体并非处于静态，而是光能所引起的一个有序的化学过程。在1858年一篇题为《耕作》（"Farming"）的散文中，爱默生对生态过程做了一次最好的表述：

> 科学已揭示出自然所运行的伟大循环。它使海洋植物能够平衡海洋动物，一如陆地植物为动物提供呼吸所需的氧气，动物则为植物提供吸收所需的碳。这些活动永不停歇。自然是以一种"万物为各自和各自为万物"的方式运转。就如一处受力，则整个结构的地基和每道拱门都会产生张力。这就是体现团结一致的完美例子。①

生态系统涵盖陆地和海洋两大环境，十分庞大且互为依存。爱默生此处举了一个碳循环例子，十分有助于理解营养物质在有机体与生态系统间的循环过程。这种对生态系统概念的理解颇为细致严谨，完全能与爱默生的超验主义思想兼容。实际上，爱默生的

---

① 见《爱默生全集》（*The Complete Works of Ralph Waldo Emerson*）第7卷，第143页的《耕作》（"Farming"）一文。爱德华·沃尔多·爱默生编，12卷，波士顿：霍顿·米夫林出版公司1904年版。

整体性思维方式与他熟悉的浪漫主义传统，以及该传统对自然界的生态式理解密不可分。他将当时的科学理论糅进自己独特的世界观，本身就是诸多概念而非单一教条不断完善的过程。这就是仍旧广为人知（也广受误解，甚至也被稍有共鸣的读者误解）的美国超验主义。

亨利·戴维·梭罗是爱默生最有共鸣的读者，和最具独立思想的美国弟子，也是我下一章的主题人物。尽管梭罗有时会批判爱默生哲学中的某些玄虚，但他对爱默生生态系统概念的理解，无人能及。不仅如此，他还极大地丰富了爱默生的后人本思想，使爱默生也不得出面否认他这位出格门生的厌世倾向。基于他们的共同与相异之处，爱默生与梭罗代表了19世纪中叶美国生态思想发展的不同倾向。

第六章　亨利·戴维·梭罗：林间生活

　　亨利·戴维·梭罗（Henry David Thoreau，1817—1862）生于马萨诸塞州康科德，成长于美国商业财富激增、公民自信心高涨之际。由于其父的铅笔制造厂经营得法、盈利有余，梭罗故而能在知名的康科德学院和哈佛大学顺利完成学业。1837 年，成绩中上的梭罗受校方之邀，在毕业典礼上作了关于《摩登时代的商业精神》的演讲。他在演讲中抨击狂热的逐富乱象，并主张代之以终生"伴着宁静的情感与灵魂，漫步开阔的花园，沉醉于自然所给予的庄重启示与温柔默化之中"①，可谓针砭时弊，振聋发聩。此后，梭罗一直恪守自己的主张，从不长期固定地干某项工作或专门行当，而是选择诸如土地测量员、木匠、园艺工，以及替好友看房子之类的临时工作，以维持基本生活所需。他渴望成为一名有作品出版的作家，并排斥常规性的工作，这大概是为了能腾出时间和空间进行创作。1845 年，梭罗说服爱默生，允许他在康科德以南两英里处的瓦尔登湖湖畔居住。梭罗建了座木屋，并以一种极端出世的方式，在那片深邃、澄净、春意盎然的湖区，居住了 26 个月。其间，他写了两本著作，并在有生之年都获得了出版。第一本是《康科德与梅里马克河上的一

---

　　①　见梭罗《摩登时代的商业精神》（"The Commercial Spirit of Modern Times"）一文，收录于沃尔特·哈丁（Walter Harding）主编《亨利·戴维的岁月：一部传记》（*The Days of Henry David：A Biography*），纽约：诺夫出版社（Knopf）1962 年版；普林斯顿大学出版社 1992 年再版，第 50 页。

周》（*A Week on the Concord and Merrimack River*）。该书内容冗长散乱，思想上存在对基督教虔敬传统的公然藐视，故而一经面世，就受到当时评论家们的尖锐批评。最终，该书只卖出 200本，剩余的 700 本悉数退回给了作者。这对梭罗而言，可算一次不小的经济损失。他对此不无自嘲地说："我现在有了一座近900 册藏书的图书馆，其中，超过 700 册是我自己写的。"［《日记》（*Journal*）第 5 卷，549］①

　　在随后的两年时间里，梭罗精心打磨了他的第二部作品《瓦尔登湖》（*Walden*），又名《林间生活》（*Life in the Woods*），并最终于 1854 年出版。在当代学者看来，它已不仅是一部有关林间生活的纪实作品，更是一部美国自然文学的经典之作。作为人类经验的一部寓言，它启迪人们对简朴生活的价值意义做全面反省。该书的启迪意义，以及对大自然独到的观察洞见，对现代生态思想有着至关重要的影响。这部作品还标志着梭罗个人风格的确立：简洁有力，有时又幽默戏谑，一如瓦尔登湖的湖水般澄澈。他吸收活泼、俏皮、电报式紧凑的美国英语，开创了朝气蓬勃的散文风格，为后继美国作家所仿效。

　　梭罗成年后患有肺结核，从未治愈，1862 年病情恶化，医治无效去世，享年 45 岁。爱默生撰写了悼词，赞扬梭罗是位举世无双的作家和观察家，又对他的英年早逝深感惋惜：

> 　　他精力充沛，敢想敢为，似乎是为了完成某种宏伟使命而生，似乎是为了成为领袖而生。我为失去这样一位行动力卓绝的有识之士而感到无比痛心，也不禁要为他的不问事功而深深扼腕。试想，他本可成为哈克贝利党船长式的人物，

---

　　① 梭罗的《日记》（*Journal*）涵盖了《亨利·戴维·梭罗的作品》（*The Writings of Henry David Thoreau*）第 7—20 卷的内容，波士顿：霍顿·米夫林出版公司（Houghton Mifflin）1906 年版。只是在《日记》里，相应内容都被重新编上了 1—14的编号。本文后续所引《日记》的相关内容仅以相应卷号标注。

为全美人民谋划出路。①

　　爱默生隐晦地批评故友不问事功。梭罗的确没有同辈人所谓的成就"伟大事业"之心。然而，我们也很难说，他是对时政冷眼旁观的人，因为他不仅积极投身废奴运动，还曾庇护过一名逃亡黑奴。面对重工业不断侵蚀人们生活的滚滚浪潮，他坚决抵制凌驾于一切之上的经济活动，并尽毕生之力找寻可行的对策，以图经济的可持续发展，并以实际行动"为全美人民谋划出路"，因此确实做得像个"哈克贝利党船长"。尽管在时人眼里，梭罗只是个无能的策士，抑或是只恼人的牛虻，但今天的人们并不因袭陈见，反而视他为美国环境写作传统最重要的开创者之一。②

　　和爱默生一样，梭罗熟稔英国浪漫主义诗歌。在他的私人藏书中就有华兹华斯的两部诗集：《诗歌全集》（*The Complete Poetical Works*）和《序曲》（*The Prelude*），以及《柯勒律治、雪莱、济慈诗集全一本》（*The Poetical Works of Coleridge，Shelley，and Keats，Complete in One Volume*）。由于后者是本价格亲民的简装本，爱默生在《日晷》③ 中评价起该书来也颇为不屑。此外，梭罗也熟悉其他一些英国浪漫主义作家，如：沃尔特·司各特

---

　　①　见拉尔夫·沃尔多·爱默生发表于 1862 年 8 月《大西洋月刊》（*Atlantic Monthly*）第 239—249 页的《梭罗》（"Thoreau"）一文。该文后又见刊于约耳·迈尔森（Joel Myerson）主编《爱默生与梭罗：当代评论》（*Emerson and Thoreau：The Contemporary Reviews*），第 428 页。

　　②　劳伦斯·布尔（Laurence Buell）曾详细研究过梭罗被"追封入圣"（Canonization）为一名环境作家的过程，见其作《环境想象：梭罗的自然书写与美国文化的形成》（*The Environmental Imagination：Thoreau，Nature Writing，and the Formation of American Culture*），哈佛大学出版社 1995 年版，第 339—369 页。

　　③　有关梭罗私人日记的更多完整信息，请见《梭罗的阅读书单：一项附有文献目录的知识史研究》（*Thoreau's Reading：A Study in Intellectual History，with Bibliographical Catalogue*），罗伯特·萨迪尔迈耶（Robert Sattelmeyer）主编，普林斯顿大学出版社 1988 年版。爱默生有关《柯勒律治、雪莱、济慈诗集全一本》的评论，请见其发表于 1840 年 10 月《日晷》（*The Dial*）上的文章《关于现代文学的几点看法》（"Thoughts on Modern Literature"）。该文后见刊于爱默生的《论文与演讲稿》（*Essays and Lectures*），纽约：美国图书馆 1983 年版，第 1159 页。

(Walter Scott)、乔治·拜伦（George Byron）、威廉·哈兹里特
（William Hazlitt）、托马斯·德·昆西（Thomas De Quincey）和菲
利希亚·希曼斯（Felicia Hemans）。依据梭罗的日记，他本人曾
于1840—1842年研读了华兹华斯和柯勒律治的著作，而那时又正
好是他无微不至地协助爱默生，同时又积极投身学界超验主义热
潮的时期。他曾在1840年6月、1841年1月、1842年3月的日记
中，分别援引了华兹华斯的诗歌：《决心与自立》（"Resolution and
Independence"）、《不朽颂》（"Ode：Intimations of Immortality"）和
《一见心动》（"My Heart Leaps When I Behold"）。在《瓦尔登湖》
和《缅因森林》（*The Maine Woods*）中，他又分别提到华兹华斯的
诗歌《布莱克大娘与哈里·吉尔》（"Goody Blake and Harry Gill"）
和《世界太纷扰》（"The World is Too Much With Us"）。而梭罗的
日记和阅读书目，也同样能够反映他对柯勒律治散文作品的广泛
了解。他曾于1837年7月、1839年12月、1841年1月、同年4
月和1848年，依次阅读了柯勒律治的《书信、对话与回忆》（*Let-
ters, Conversations, and Recollections*）、《桌边漫谈》（*Table Talk*）、
《政治家手册》（*The Statesman's Manual*）、《一个求索灵魂的自白》
（*Confessions of an Inquiring Spirit*）和《关于形成更全面人生哲学
的暗示》（*Hints toward the Formation of a More Comprehensive Theory
of Life*）。① 1841年2月，梭罗在涉及上帝之爱时，援引了柯勒律
治《沉思之助》中的一句箴言："欲蒙神爱，必先爱神。"② 尽管
梭罗在后期作品中少有如此虔敬的情感流淌，但这仍可证明，他
对英国浪漫主义传统有深入研究和强烈共鸣，因为英国浪漫主义
传统属于超验主义的广义范畴。

---

① 有关梭罗阅读柯勒律治作品的年表信息，出自《梭罗的阅读书单》（*Thoreau's
Reading*）第155—156页。

② 见梭罗的《日记》（*Journals*），E. H. 斯维瑞尔（E. H. Witherell）等主编，普
林斯顿大学出版社1981年版，第1卷，第222页。该句出自《沉思之助》，约翰·毕尔
（John Beer）主编，1993年版，第72页。

　　然而，梭罗绝非一个缩减版的爱默生。相反，他坚持寻找"对宇宙的一种原初关系"，这导致他最终果断抛开导师的学说，另辟蹊径。梭罗希望自己的自然观念扎根于实际经验，因此，我们在他的首部作品《康科德与梅里马克河上的一周》中，不难发现一种与超验主义空洞抽象成分截然不同的质素。尽管梭罗与爱默生在思想上最终分道扬镳，但他对英国浪漫主义传统的喜爱始终如一。他尤其喜爱前者内在化的"探索传奇"（quest-romance）传统。[①] 尽管梭罗讳言任何英国作家对他的影响，但其深邃的自然生态观与英国浪漫主义传统密不可分。他的首部出版著作就是很好的例证。

"有谁听到了鱼儿的呼号？"

　　尽管《康科德与梅里马克河上的一周》内容略显杂乱散漫，但它仍是梭罗表达自己生态意识的重要作品之一，其字里行间都充盈着作者返璞归真的独特风格。该书讲述的是 1839 年 8 月梭罗与哥哥约翰乘自制小船马斯科塔奎德号（Musquetaquid）游历一周的经历。他俩的小船是个水陆两栖的奇妙装置。由于它的轮子是可拆卸的，所以装上轮子，小船就可用作陆路运输。另外，小船还配有两副船桨，以及"几支在浅滩里撑船用的细篙"。[②] 尽管他俩全程带着轮子，但从未真正派上过用场。他们这样做，

---

　　① 关于该话题，请见哈罗德·布鲁姆（Harold Bloom）刊登于 1969 年第 58 期夏季刊《耶鲁评论》（*The Yale Reviews*）第 58 页上的《将探索传奇内化》（"The Internalization of Quest-Romance"）一文。该文后又见刊于哈罗德·布鲁姆主编《浪漫主义与意识：批评文章》（*Romanticism and Consciousness：Essays in Criticism*），纽约：诺顿出版公司 1970 年版，第 3—24 页。

　　② 《亨利·戴维·梭罗：康科德与梅里马克河上的一周·瓦尔登湖，或林间生活·缅因森林·科德角》（*Henry David Thoreau：A Week on the Concord and Merrimack Rivers：Walden；or Life in the Woods；The Maine Woods；Cape Cod*），罗伯特·E. 赛尔主编，纽约：美国图书馆 1985 年版，第 14 页。下文涉及梭罗上述著作内容的引用皆为上述版本，仅以相应页码标注。

可能是想仿效路易斯（Lewis）与克拉克（Clark），因为这二人当年就曾使用过相似装置，运输他们的小船绕过密苏里河的大瀑布。① 梭罗兄弟也像这两位无畏的探险家一样，朝着遥远的西北部开始了他们的冒险之旅。两人沿康科德河靠近马萨诸塞州洛厄尔（Lowell）的枢纽处逆流而上，最终抵达远在新罕布什尔州山区的上游源头，从而成功实现对梅里马克河整个河道的溯源。他们沿途经过几道闸门，那儿总是聚集了满载货物的运河船只，以及欣欣向荣的工业城镇。偶有余暇，他们也会见缝插针地探访一下沿岸的乡村和农庄，到了晚上，就在岛上或树林里搭起帐篷，生火烤制仅有的些许口粮，然后躺在野牛皮上入眠，远离现代文明。

　　1842 年，约翰因为破伤风而英年早逝。写作《康科德与梅里马克河上的一周》成了梭罗寄托哀思的一种方式。他独自住在瓦尔登湖畔的小木屋里，潜心写作，终将短暂的溯源之旅扩充成了涉及诸多话题的文章，有些话题与主线几乎没有什么关联。好在该书内在的叙事发展依旧完整。有了明晰的主干，梭罗便能从中融入个人感怀、自然奥妙、当地历史，以及对社会的评论。应该说，旅行本身就是个原型：在书中，梭罗频频提及奥德修斯、埃涅阿斯和阿尔戈英雄们的神秘航行。与那些乘舟驶向未知的古代英雄一样，梭罗兄弟也一度行进至人类已知的最远边界，然后设法重返故里。实际上，梭罗还将此次游历与更为新近的历史故事相联系。他在书中还提及克里斯多弗·哥伦布（Christo-

---

　　① 1805 年，路易斯（Lewis）与克拉克（Clark）进入了探险行程中最艰难的地段——密苏里河地区。因为有大瀑布的阻隔，他们不得不拖着自己的小船在崎岖的山路上绕行数英里。为此，他们临时为小船加装了轮子，使之能在陆地上前行。梭罗对两位著名探险家的这段探险颇为熟悉，他曾在《瓦尔登湖》第 578 页提及"路易斯与克拉克"。此外，他在《康科德与梅里马克河上的一周》第 9 页上说：一位（康科德河）蔓越莓岛的探险家可能"在这儿会受和西北沿海一样寒冷的冻"，指的就是路易斯和克拉克苦捱酷寒冬季的地方。

pher Columbus）、詹姆斯·库克（James Cook）、约翰·莱迪亚德（John Ledyard）、詹姆斯·克拉克·罗斯（James Clark Ross），以及其他欧洲探险家的发现之旅。[①] 尽管不能与这些名人的探险相提并论，但通过自己的溯源旅行，梭罗也真切体会到了"发现"后的激动心情。他声称自己的"发现"有更加深远的意义，因为人类经验具有内在维度，只有在接触荒野时，才能显现。在《瓦尔登湖》的结语部分，梭罗进一步呼吁道："做个探索内心未知世界的哥伦布，来开辟属于思想而非贸易的新航道吧！"（578）

梭罗通过内心探索，还将此次旅行与另一种类型小说——探索传奇（quest-romance）含蓄地联系在了一起。他熟悉斯宾塞（Spenser）的《仙后》（*Faerie Queene*）（并在《康科德与梅里马克河上的一周》中频繁引用）。[②] 事实上，同时代的英国浪漫主义诗人们，也在扛鼎诗作中融入探索传奇的风格元素。这样的例子有很多，如：雪莱的《阿拉斯托耳》（*Alastor*）、济慈的《恩底弥翁》（*Endymion*）和柯勒律治的《老水手之歌》（"Rime of the Ancient Mariner"）。所有这些作品，都因内化了探索传奇的形式而变得鲜明突出。换句话说，作品中的求索英雄们之所以一往无前，并不是为了去和恶龙作殊死搏斗，而是为了去发现自我。《康科德与梅里马克河上的一周》与《老水手之歌》中的主人公都巧遇并杀死了一只飞鸟。在梭罗的书中，这只鸽子还被烤熟充作了晚餐。"的确，我们似乎不该杀了这只鸟，还拔了毛，

---

　　① 在《康科德与梅里马克河上的一周》中，梭罗提及哥伦布的就有第 50、214、265、310、317 页之多。提及库克、莱迪亚德和罗斯的分别是第 54、96 和 297 页。

　　② 在当时，另一个从内心或心理层面内化探索传奇的例子是丁尼生的《夏洛特夫人》（"Lady of Shalott"）。梭罗在《康科德与梅里马克河上的一周》的《周二》（Tuesday）一章中，将该诗引作章节的开头题诗（详见《康科德与梅里马克河上的一周》第 146 页）。

掏了内脏，放在炭火上烤制。"（《康科德与梅里马克河上的一周》，181）同古舟子上的水手们一样，梭罗也为自己杀了一只鸟而后悔不迭，并且也在行程中发现，人与所有生物存在着新的亲密关系。通过梅里马克河的溯源之旅，梭罗最终抵达了远离人烟的地方："我们在溪流发源的峡谷中漫步，顺着灰白的山坡翻过一道道山梁，穿过多有树桩石块、树林茂密又牛羊成群的乡村，最后跨过倒伏在阿芒驽撒克（Amonoosuck）的树干，终于呼吸到了来自原始地域的自由空气。"（257）应该说，梭罗最终抵达了原始地域，也就抵达了一个无拘无束的自由王国，因为他已发现了内心的坦然，以及与所有生物的亲密关系。也许不是有意为之，《康科德与梅里马克河上的一周》与柯勒律治的《老水手之歌》有一点极为相似：两部作品都可以称作是"绿色寓言"故事，审视的都是跨越文明和蛮荒边界的伦理后果。

显然，梭罗的旅行过程同时也是探索自我本质的过程。在途经近康科德河末端的比勒利卡（Billerica）时，他感慨"人类通过栽种苹果陶冶果园乐趣的年代，与靠狩猎过丛林生活的年代，有本质的不同"（45）。看着被比勒利卡水坝弄得"死水微澜的溪水"（dead water），想想村民们"恭顺的面容"（meek aspect），梭罗宣布自己决意脱离"有序的政治政府"："我坚信我的天赋源自比农耕时期更久远的年代。我可以漫不经心地用铁锹挖地，但仍能像啄木鸟一样准确。我想，我的本性有着对荒野的无限向往。"（45）

听到野性召唤的梭罗，发觉自己对河里的各种生物都怀有深切的怜爱。他几乎用了一整章的篇幅，去描写康科德河里的各种鱼类，内容不仅涵盖名目分类，也具体涉及每种鱼的习性、栖息地，以及与其他鱼类的捕食/被捕食关系。梭罗在观察时，并非像纯粹的科学家那样超然物外，而是饱含深情。他曾这样描述与太阳鱼的亲密接触："鱼群在我脚下游弋，我一站就是一个多小时，然后俯身亲昵地触摸它们。由于动作轻柔，鱼儿并不会受到惊吓，相反，我还能感受到它们留在我手指上的轻微啄感。"
(24)

梭罗在该章稍后部分指出，西鲱鱼遭受灭顶之灾，都是修建
比勒利卡大坝带来的恶果。下文所引的这个段落之所以著名，不
仅是在于梭罗难能可贵地指出了水力大坝对洄游鱼类具有毁灭性
危害，也在于他能以鱼的视角现身说法、唤起人们的同情心：

> 在康科德河的洛厄尔河段，西鲱鱼仍旧是人们大量捕捉
> 的对象……它们仍旧锲而不舍，又十分悲壮地游向故地，并
> 且仍旧要遭遇大坝的阻隔，但凭着不气馁、不妥协的本能，
> 它们仍旧执着于此，仿佛它们严峻的命运终会平顺。可怜的
> 西鲱鱼啊！你的救赎在哪儿？自然在赋予你本能之时，是否
> 也赐予你一颗忍受命运的心？……我选择站在你们一边。有
> 谁知道用撬棍对付比勒利卡大坝是否管用？……人类肤浅、
> 自私的"博爱"见鬼去吧，——除了我这尾鱼之外，还有
> 谁能体会鱼儿在低水位线下，承受艰难命运又孤独自持的高
> 贵品格？还有谁听到了鱼儿的呼号？(31—32)

梭罗反对修建比勒利卡大坝，不仅因为其经济效益有限，更
因为它侵犯了鱼类原本可以自由游弋的水域。他反对在风景秀美
的天然河川上筑坝，这一点非常难得。须知，在当时，社会的普
遍共识是发展重工业理所应当，而梭罗的一反俗见，也使他成为
美国作家中最早发出反对声的少数人之一。通过质询"有谁听
到了鱼儿的呼号"，梭罗指出，河川的价值并不仅仅在于人类能
够通过渔业获得经济收益，也不仅仅在于人类能够通过风景获得
审美享受，它的本质价值在于为鱼类提供栖身之所。经过一番非
人本视角的观察，梭罗坚信，自然自有其本质的价值，它与任何
关涉人类功利的价值迥然不同。这种非人本视角，本身也是梭罗
作为美国首位深度生态学者，以及太阳鱼和西鲱鱼的"伙伴生

物"（fellow-creator）的重要标志。

身为一名深度生态学者，梭罗深知物质存在，以及人类的血肉之躯，对于形成观念世界至关重要。因此，他反对将人类艺术（或人类语言）作任何的理想化处理，以免其沦为一种失却了物质载体的纯粹抽象。他认为亚里士多德恰恰犯了这个错误：

> 亚里士多德将艺术定义为 Λόγος τοῦ ἔργου ἄνευ ὑλης 即"不带木头的创作原理"（the principle of the work without the wood），但大多数人还是更欢迎带点儿木头的原理。对于真理，他们也是要求要有血、有肉、有生活暖色的。（294）

梭罗拒斥纯粹概念性的艺术作品；认为所有的人类艺术都必然有一个物质载体。他通过把希腊字 ὑλη（hyle）翻译成"木头"（wood），而非更标准的英语对应词"物质"（matter），以此强调所有人类词汇都源于具体的实物。① 就连亚里士多德所谓的"物质"，其概念背后也是具实的"木头"实体。爱默生曾提出，所有的字词都能在具体的物质对象中找到词源。梭罗对此不仅颇为赞同，还以此为基础，进一步推论认为，人类的认知无疑也是"物质性的"（material），"有血、有肉、有生活暖色的"。② 由于字词源于我们可见可感的事物，所以，人类所有的思想也必然是以物质实体为基础的。因此，所有血肉为草，所有思想为木。

---

① 依据《里德尔斯科特·琼斯的古典希腊词汇》（Liddell-Scott-Jones Lexicon of Classical Greek），ὑλη 的意思有：（I）树林、林地；（II）砍倒的树干、柴火、燃料、灌木、木材、细枝；（III.1）某样东西的主干、材质；（III.2）［哲学］物质（始于亚里士多德）；（III.3）诗歌或论文；（IV）沉淀物。

② 为了确证人类认知的物质性，梭罗又主动与爱默生的思想区别开来。因为后者追随康德，持一种先验的唯心主义观点，认为理性思维能够脱离所有物质载体而独立存在。

另外，在《康科德与梅里马克河上的一周》中，梭罗兄弟二人建造一只木船。梭罗借用了"物质"与"木头"这对联想词或双关语，来说明木船的设计远未完美：

> 虽然能谈得上艺术的只能是船而非木头，但光是根木头也能大体发挥出船的基本功用。所以，就应用古老的浮力原理而言，我们的木船还是做得相当不错的。尽管它看起来像只笨头笨脑的水鸟，但凫水载物，是绰绰有余的。(15)

船的艺术性与造船的木头，即船本身的物质实体密不可分。漂在水上的木头看着确实粗陋，但也比无甚价值的空洞抽象有用得多。因为，纯粹的概念之舟即便设计得再精美，也永远无法在水上漂流。与康德、爱默生以及其他追随先验唯心论传统的人们不同，梭罗声明自己是物质世界的坚定拥护者。但他并不僵化，他依旧感佩人类体验的无比丰富性，赞赏林间生活带来的身心愉悦之感。

林间生活

《林间生活》（*Life in the Woods*）是《瓦尔登湖》的副标题；其中，"林间"这个方位状语在书中频频出现，给人一种强烈的画面感。梭罗以一个简单的措辞"走进树林"开始了他的叙述：

> 1845年3月末，我带着一把借来的斧子，走进瓦尔登湖边的树林。我打算在那儿建一所属于自己的房子，于是就动手砍了几棵五针松备作木料。这些松树虽然树龄不长，但根根都像高高矗立的箭矢。(354)

这所房子的地基和材质都是梭罗亲手伐木得来，而伐木本身又构成了故事的核心内容，因为在梭罗看来，树木并不仅仅是商品，还具有突出的品质。它们高大伟岸、笔直挺拔、欣欣向荣又郁郁葱葱。在随后的《房屋采暖》（House-warming）一章中，梭罗联想到古罗马的圣林传统，以图恢复树木的神圣性：

> 古代罗马人认为，树林因为某些神而神圣，所以是圣林（lucum conlucare）。为了不使树林过密，抑或是为了透进阳光，他们心怀敬畏地砍木。真希望我们的农夫，在砍倒一片树林的时候，也多少带上点儿敬畏之心。（521）

梭罗指出，人们应效仿古人，在伐木时心怀敬意，因为树木本身就很神圣。无疑，这很能反映出梭罗的生态世界观。由于读过约翰·伊夫林（John Evelyn）《森林志》（Sylva），梭罗对于圣林的古典传统自然十分了解。[①] 在他看来，即使是在工业时代，树木的经济价值事实上仍高于其他商品：

> 即使是在这样一个时代，这样一个崭新的国家，人们对树木依旧有着比对黄金更为鲜明、普遍的价值认识。这是多么令人感叹的事啊！自从我们有了发现和发明之后，就再没有人能经过一堆木材而不为所动的了……从很早的时候起，人们就开始从森林中获取燃料与艺术材料了；美国的新英格兰人、新荷兰人、巴黎人和凯尔特人；农人与罗宾汉、布莱克大娘（Goody Blake）与哈里·吉尔（Harry Gill），世界大

---

　　① 梭罗在《康科德与梅里马克河上的一周》第 45 页，提到了约翰·伊夫林（John Evelyn）的《森林志，或一场与林中树木的对话》（Sylva, or a Discourse of Forest-tress, 1664），并在《瓦尔登湖》第 330 页又引用了这部作品。《森林志》从哲学和美学角度，为英国的复林工程做出辩护。伊夫林深刻抨击了神圣树林的古代传统，并提倡用一种新的方式看待森林：不能仅仅为了游猎，或原木的持续产出，而应从森林无形的审美价值和固有的神圣性角度出发，来培育和保护森林。

多数地方的王公与乡民、智者与蛮夷，无一不是因袭传统，从森林中取些柴火，生火取暖和烧制食物的。（521—522）

特别是冬季急需燃料的那几个月，木料就较其他商品更显得珍贵。不仅如此，梭罗提醒读者说，木材还是不可或缺的"艺术材料"（the materials of the arts）。当然，木材为艺术和工业的一种原料，即便是在"我们有了发现和发明"之后，木材依旧是以一种物质存在的形式来发挥其价值的。此外，在文中，梭罗还提到了华兹华斯的诗《布莱克大娘与哈里·吉尔》。我们知道，该诗讲述的是大娘在延至她家的篱笆上抽取木条时，被自私鬼哈里·吉尔逮个正着的故事。显然，梭罗并不从社会阶层的角度来解读此诗，而是把它当作一个批判财产私有制的寓言。在他看来，所有的林地都是人类的共同财产，不应该由某个特定的个人私有。爱默生曾在1838年的一篇日记里说梭罗热衷于"到树林里砍些作鱼竿的树枝，并从不在意自己是否侵犯了他人的财产"。① 和布莱克大娘一样，梭罗也经常不顾财产所有权的规定，自行"从树林里取些树枝"。

应该说，在梭罗的整个创作生涯里，华兹华斯诗歌的重要影响是贯穿始终的。尤其是那篇被誉为美国超验论者试金石的《不朽颂》。该诗对风景与童年微妙联系的探究让梭罗痴迷。他曾在一篇沉思意味颇浓的日记里，以格外的崇敬之情引用了该诗，同时还效法了诗中蕴含的柏拉图灵魂先在说：

我认为，我目前的经验什么也不是；过去的经验才是一切的一切……我在有记忆之前，就已无意识地经历了一种先在的状态。"因为人生就是一场正在经历的遗忘"，诸如此类。起先，我以为，自然随我一起成长，并会和我一同长

① 见爱默生《日记》（Journals）1838年10月的内容。

大。我那时的生活可谓欢天喜地、无忧无虑。只要尚存一丝清醒，我便能记起年幼时的自己就是个生龙活虎的人，身体总伴着难以名状的适意；无论疲劳还是振奋，都欣然自适。那时觉得，地球若是把最灿烂夺目的乐器，那我就是它的聆听者……很长一段时间，我都在随着一种音乐迈步前行，它与街上嘈杂刺耳的行军曲不同。我每天都如痴如醉，却没人能说我这是不务正业。调动你所有的科学知识，能否说明白，天光是从何处又是如何照进灵魂的呢？（《日记》第 2 卷，306—307）

梭罗在该段中化用了华兹华斯《不朽颂》中的著名诗行"我们的诞生仅仅是场梦眠和遗忘"（第 58 行），并将柏拉图的先验学说视作其思考童年记忆价值的起点。他还在此处效仿了《丁登寺》（"Tintern Abbey"）的一段诗句："因为那时的自然……/于我是一切的一切"（63—67 行）。和华兹华斯一样，梭罗发现，自己童年时有关大自然的记忆，也有一种亮度，这种亮度远胜"寻常时日的光亮"（《不朽颂》，77 行）。接着华兹华斯对地球"沐浴天光"（《不朽颂》，4 行）时刻的热切召唤，梭罗突然抛出这个玄奥的问题："天光是从何处照进灵魂的呢？"实际上，此处的天光也是梭罗描摹壮丽大自然时频频使用的意象。

　　然而，梭罗还是极力抵御了华兹华斯那强大的感染力，始终对华兹华斯诗中那个更温情、更文明的古老世界疑虑重重。如引言所述（本书第 3 页），梭罗在他的散文《步行》（"Walking"）中，全盘否定了整个英国文学传统："英国文学，自吟游诗人时代，直到湖畔诗人时期……一味吟咏自然，又无甚新意。这根本就是乏味、矫情的文学。"（676）他还在 1851 年 7 月 9 日的日记中，对华兹华斯做了更为尖锐的批评：

　　　　出了城……我看到流经堆场/集市上方的查理斯河。在这多云的夜晚，幽幽的河水仿佛通往永恒的宁静与美丽。它从那儿一路流淌，如湖泊活水般温和，不似苦涩的海水那样令人兴味索然。我不禁想起，华兹华斯说某些自然景致或风光能"带给他欢愉"，语气却如此冷淡。(《日记》第 2 卷，295)

尽管华兹华斯在诗歌中频频出现"欢愉"这个词，但梭罗铭记的可能是《不朽颂》中那句："尘世自有她儿女绕膝般的世俗幸福"(78 行)。但是，华兹华斯在诗中说，尘世(earth)"甚至有些母亲的心思"，会让孩子从"其所知的荣光"中断奶(80—84 行)。不仅如此，华兹华斯还将柏拉图的灵魂先在说同化为传统基督教的天堂观，即：天堂是与自然世界截然分开的"无上宫阙"(85 行)，而尘世欢愉(earth pleasure)只是婴儿执着其天堂家园时获得的一种安慰奖品。梭罗对此反应激烈，他无意接受这种视尘世欢愉仅为次佳的暗示，并对制度宗教怀有敌意。他抵制《不朽颂》中的基督教化倾向，因为在他眼里，尘世(地球)是我们独一无二且息息相关的家园。尽管梭罗作为一个坚定的世俗论者，有超验论倾向，但他仍视地球为人类真正的居所。正如他所断言："天堂若非在此，便无他处"(《康科德与梅里马克河上的一周》，308)。

在《瓦尔登湖》中，梭罗从土壤层面，将人与地球的本质联系进一步推向极致。他认为人类身体也部分地由泥土构成："难道我不该与大地息息相通吗？我自身不就是由这些草叶和泥巴塑造出来的吗？"[《孤寂》("Solitude")，432] 就像上帝用红黏土造出了亚当，梭罗认为自己与泥土存在亲缘关系。人类就是浮土！不仅如此，在之后的篇什里，梭罗还提及每到春天，铁路基坑的稀泥里便会萌发出各种草叶和苔藓，尽现勃勃生机。在他看来，大自然蕴含着无限的生命力和创造力。天堂就在眼前，就在我们脚下的小草中。梭罗的泛神论世界观，并不需要一个不在场的造物主，或者一个空洞的精神王国。

梭罗在《春天》（"Spring"）这一章中，以抒情的笔调再现了大自然蓬勃的生命力：

> 它汩汩地流淌着，有如成堆的多汁叶子或茎蔓爆浆，喷出的泥浆可达一英尺甚至更厚的厚度。你若俯身细看，会觉得它像某些苔藓的锯齿、裂纹和鳞片状的叶粒，或者会联想起珊瑚、豹掌、鸟爪、脑回、肺管、肠道或是各种流泻物。它又像极了一种奇特的植株。我们能在古老青铜器上找到与之形状、颜色类似的花纹；但它这样的花叶纹案比老鼠簕属、菊苣叶、常春藤、葡萄藤或其他任何植物叶的纹案都更为古雅和独特。（565）

梭罗赞美这种内在创造力的酣畅淋漓，也赞美这种完全突发的"泥沙俱下"（sandy rupture）："我被深深触动了，感觉自己仿佛置身于一位伟大艺术家的画室。这位艺术家创造了世界，也创造了我，还在此地持续创造，并以他旺盛的精力将新的艺术灵感挥洒向路基。"（566）"无怪于大自然以叶片的形状来外显自己，因为它以之为念，运及自身。而原子微粒也知悉其理，并依据此理造化万物。"（566）可以看出，此处隐含的进化过程本质上是拉马克（Lamarckian）而非达尔文式的。就像伟大的法国生物学家和进化论者让·巴蒂斯特·德·拉马克（Jean Baptiste de La-marck）一样，梭罗也认为整个物质世界充溢着一种生命力，并由此不断演化出更为复杂的生命形态。①

在风格方面，由于《瓦尔登湖》更多地涉及了农事，因而

---

① 拉马克的生物进化理论最早出现在他的《无脊椎动物的系统》（*Système des animaux sans vertèbres*，1801）一书中。他在书中指出，所有生命形式都随地球的历史发展而持续进化。拉马克认为，生物个体的后天质素可遗传给下一代，对此，他举了一个有关长颈鹿的著名例子：因为不断伸长脖子去采食更高的枝叶的结果，长颈鹿才进化出现在的长脖子。可以说，拉马克进化论强调的是生物针对环境所具备的调整适应性。

不似田园诗。读者甚至可以将其看作一套如何以耕作谋生的实用指南。然而，梭罗的耕作并不只是为了种植庄稼以维持生计，抑或为了获得农产品，这更是他的一种思索实践和精神实践。他试图与土地及其作物拉近距离；他"让土地长满豆荚而不是杂草"（447）。斯坦利·卡维尔曾指出，于梭罗而言，锄豆是其写作的一个隐喻。① 梭罗曾称自己是一位"整形艺术家"（plastic art-ist）："一大清早我便踩着露珠，赤脚干起农活，像个整形艺术家鼓捣着松散的沙土。"（447）可见，梭罗在《瓦尔登湖》前面的篇章里，提及因外来或未融入而导致的不适感，此处已被其自信的言语所消解。他声言已将自己融进了生机勃勃的土地："它已不再是我锄过的豆荚，我也不再是那个锄豆荚的人了。"（449）通过将锄地作为一种日常操持，梭罗进一步稳固了自己与土地以及作物间的联系，锄地也因此成为他的某种仪式性活动。他哀悼一些已经失落的古代异教节日，认为在当时，"农民们以此表达对本职的敬意，或不忘其神圣的由来"（454）。他还直言，一亩地是否为良田，不能单以出产多寡而论。"这些豆荚已经成熟，但却不归我收获。它们不也多少是为了土拨鼠而生长成熟的吗？……一想到成堆的草籽会成为鸟儿的粮仓，我能不对这丛生的杂草同样感到高兴吗？"（455）梭罗并没有向危害庄稼的"有害"生物宣战，因为他明白，自己那点田地仅仅是庞大生态系统中的小小组成部分，而且需要从这个生命网络中汲取养分，并储存养分。在瓦尔登湖畔居住的两年里，梭罗自觉采用对土壤影响较小的耕作方式，尤其是不用畜力犁地和拒用化肥施肥。他寻求的是一种简单、可持续，并能与当地生态系统相协调的耕作技术。据此而言，梭罗还可被视为美国有机农业运动的先驱。

---

① 见斯坦利·卡维尔（Stanley Cavell）《瓦尔登之思》（*The Sense of Walden*），旧金山：北点出版社 1981 年增补版，第 22 页。

在《经济篇》（"Economy"）中，梭罗只提及自己或买或种的粮食，而只字不言野外采集来的食物，因为这与货币经济完全无关。然而，从现实层面讲，无论是维持日常饮食还是精神需要，这些食物都对梭罗十分重要。在《瓦尔登湖》的后面章节里，梭罗不仅再度提及这些食物，还使之成为勾勒人居关系画卷的重要一笔。比起他在爱默生家偶尔吃过的晚餐，这些野外食物能为梭罗提供更为均衡的膳食，也使他能有机会参与林间的生命网络，体验那种前农耕时代的原始之感。"那些野地成于自然，又未经人工改良，从中长出的庄稼又如何估价呢？……林地、牧场、沼泽，各种坑洞、洼地有着多种多样、长势喜人的作物，只是都没人收割罢了。"（448）应该说，梭罗通过在"未经人工改良"的地域找寻可食用的作物，不仅获得了大量富含维他命、矿物质和纤维的野生食物来丰富膳食，还为解决西方哲学诸如主体/客体、内在世界/外在世界，这样一些自笛卡尔时起就持续谈论的二元对立命题，找到了一条解决途径。由于进食动作实现的是将他者化为自我的同化过程，因此，从完全具实的层面讲，进食能消解主体与客体的对立。正是通过对进食现象的细致观察，梭罗找到了一个可以消除自己因外来或未融入自然而焦虑的方式方法。

正是大自然，这位梭罗瓦尔登湖畔寓所的沉静邻居，馈赠给梭罗丰富的食物和草药：

> 我的前院里生长着草莓、黑莓、长生草、狗尾草、黄花草、矮橡树、沙樱桃、蓝莓和土栗子。近五月末时，道路两边的沙樱桃开出精致的小花；花朵簇生在短短的花梗上，远看就像一柄柄撑开的小伞。再到秋色漫山，沙樱桃便会结出成串饱满的果实，泛着光彩，煞是好看。出于对大自然的景仰，我尝了些许，尽管滋味不甚美妙。（413）

这段文字表明，出于好奇心、好胃口，以及探索野生食物丰富资源的热忱，梭罗或许已经遍尝了周围的植物，即使有的"滋味不甚美妙"，就连他家玉米地里的"杂草"或野菜，也能做成"满意"的一餐："我曾用自家玉米地里采的马齿苋（portulaca oleracea/purslane）焯水、拌上盐，做了一道菜，虽然简简单单，却是我非常满意的一餐。"（371）他还醉心于草地上"美丽芬芳"的野葡萄："十月，我去河边草地采摘野葡萄。由于贪恋它们的美丽芬芳胜过口腹之私，我成串儿地采摘，并满载而归……领主与过客们都没发现的野苹果，我却能发现并采来煮着吃。再到栗子成熟了，我也会囤上半蒲式耳过冬。"（512）不仅如此，梭罗还会因土著也吃很多与自己一样的野生食物而流露亲切之情："我发现茎上结着土栗子。这是一种土著居民的马铃薯，绝妙的果实。"（512）足见，所有的这些例子都在表明，通过探索可食用野生植物，梭罗对当地环境有了更为全面的理解，对野外有了亲密情感，对自我与他者的认知壁垒也有了突破。他还通过观察简单的进食动作，试图与自然重新建立起一种实质关系。

除了采集可食用的野生植物之外，梭罗还尝试过多种野生动物。比如，他会去当地河塘里捕鱼来吃，甚至还吃过一只祸害自家豆田的土拨鼠：

> 我甚至杀死过一只祸害我豆子地的土拨鼠。按照鞑靼人的说法，这样它就灵魂转世了。出于部分的试验心理，我还直接吃了它。虽然有股麝香的气味，但口腹还是得到了瞬间的满足。当然，我明白，即使让村里屠户处理过，长期食用这个也绝非好事。（369）

在《瓦尔登湖》的另一处，梭罗又提及他撞见了一只土拨鼠，这可能就是毁坏他庄稼的那只："我瞥见一只土拨鼠正从脚下溜过，一种莫名的原始冲动令我颤抖起来，疯狂地想要一把抓住并

吞下它。"（490）虽然这种嗜血的原始野性引起了梭罗片刻的
"颤抖"，但最终还是让他思考起吃荤是否明智或者伦理正当的
问题。对此，梭罗在《更高法则》（"Higher Laws"）一章中，联
系对比了西方和印度的素食主义，并得出一个颇为微妙的结论：
既要重视狩猎对于年少男性的教育价值，又要反对成年男性滥杀
动物，无论这种行为是出于竞技还是利益。梭罗坦言，不论是出
于经验还是癖好，自己都是"一种肉食动物"；还说"就我而
言，我从未有过什么心理引起的反胃，我可以时不时弄只油炸老
鼠，就着一道开胃小菜来吃"（495）。但他也强调说："不管我
个人的实践如何，毫无疑问，这也会融进整个人类命运，并随之
不断改进，最终使我逐渐摒弃食肉的习惯。"（494）和浪漫主义
先驱布莱克和雪莱一样，梭罗不仅倡导素食主义，认为食素不仅
是一种维持生存的行为模式，更是促使思想与精神"进步"的
手段。① 通过摄取野生食物，梭罗获得了野性的心灵：

> 谁不曾从食物里获得过无以言表的满足感呢？有时并不
> 是因为饥饿的缘故，自己的慧眼就得益于这最低俗的味觉感
> 官，一想到这我就无比激动。是味觉使我深受启发，也许正
> 是那次在半山腰吃的莓子，启迪我成了天才。（496）

在该段中，梭罗试着以一种新的认识论来理解人类的感知力。他
认为通过味觉人似乎可以克服"眼睛的专制"（despotism of
eye），也能消弭笛卡尔主义对人类与其大自然居住地相隔绝的偏
狭。受到味觉启发的梭罗能重新怀着极大的热忱去审视大地与其
产物，进而探索隐匿于视觉感知之内的其他感知王国。

---

① 关于浪漫素食主义（Romantic Vegetarianism），请见蒂莫西·莫顿（Timothy
Morton）《雪莱与味觉革命：身体与自然界》（*Shelley and Revolution in Taste：The Body
and the Natural World*），剑桥大学出版社1994年版。

再说说梭罗的饮水。瓦尔登湖是梭罗的取水之地，这里的湖水纯净清新，被他描绘得极富抒情意味。"这湖就是我现成的一口井"（468），梭罗取饮湖水并不断荡涤身心，于是在《与禽兽为邻》（"Brute Neighbors"）一章里便得了一个"隐士"的雅号。像华兹华斯一样，梭罗也拒绝任何刺激性饮料，而将饮用天然之水视为清高自持的表现。他每日都去瓦尔登湖洗浴，宛如进行洗礼仪式，如他所言，洗浴就是一种"宗教操持"："我像个希腊人一样，一直虔敬地崇拜曙光女神欧若拉（Aurora）。早起，然后就去湖里洗浴；这是一种宗教活动，也是我所做的最能称善的事情之一。"（393）由于每日浸淫瓦尔登湖的湖水，梭罗获得了一种极为深刻的自我意识，这是他在纷繁浮躁的人类社会中所无法企及的。他退居于自然天地，隐居式的生活使他与承载万物的大地产生亲密联系。他感受到瓦尔登湖的永恒，它的"湖水拍岸，千年不息"（471）。作为梭罗不变的陪伴，瓦尔登湖又是某种有感知的存在："湖水是大地的眼睛；透过它，凝视者能够照见自身天性的深度。"（471）仅仅通过傍湖而居，梭罗便可继续对自我存在的真理展开内在的探索。他凭借自身专业的勘测技术，不仅绘制出了瓦尔登湖的轮廓，还测量出了全湖的深度，从而驳斥了当地流行的瓦尔登湖"无底"（bottomless）的谬传。通过为瓦尔登湖绘制地图（550），梭罗也"丈量出了自己天性的深度"（471），并对当时盛行的浪漫主义与超验主义自我学说产生了怀疑，因为在后者看来，自我是无限与自主的。而梭罗认为，就像瓦尔登湖，个体自我也并非"无底"，而是受所处物质世界的限定的。"我能很肯定地告诉读者，瓦尔登湖有一个不寻常但也不算夸张的深度，存在着一个相当结实的湖底。"（551）就如同瓦尔登湖水下布满了"光滑圆润的白石子"（465），人类思想也铺了一层物质基底，而这一岩砾覆盖层就是大地本身。

在梭罗看来，将清澈的瓦尔登湖水与其深邃的才智相对应，这并不仅仅是个隐喻，还具有诸多的现实意义。依照柯勒律治式的提法，这就是一种象征。他曾说过："我感谢上苍，赐予了一个清澈深邃的瓦尔登湖作为象征。"（551）柯勒律治在《政治家手册》（*The Statesman's Manual*）中，也用湖泊做了同样的象征；梭罗可能会认同柯勒律治有关象征"通常关联现实，以使之易于理解"的说法［《俗人的布道》（*Lay Sermoons*），30］。但他不会同意柯勒律治后面提到有关"物质象征"（Material symbol）的观点，因为后者认为，"物质象征"的作用在于表现"理念那纯粹、恒定的亮度"［《俗人的布道》（*Lay Sermoons*），50］。梭罗则对这类有关纯粹先验世界的评述，往往都持怀疑态度，并认为"天堂若非在此，便无他处"（《康科德与梅里马克河上的一周》，308）。在梭罗眼中，湖泊的象征并不出自先验理念，而是瓦尔登湖这个物质客体本身所固有的。因此，当春回大地，湖面解冻时，湖中生物的"欢乐气息"也会随之破冰而出："阳光照耀下的瓦尔登湖，湖水犹如熠熠生辉的缎带，平静、开阔，透着欢愉、青春的气息，仿佛正对着湖里的鱼儿、岸边的砂石倾吐快乐的心声。"（570）这里，湖泊和观察者，都无法脱离物质世界而存在。二者的作为，其意义都在于对当下自身的表征。若说语言是种流动的媒介，那言语便是流水。

虽然柯勒律治、爱默生等浪漫主义作家的语言观都植根于一种先验的理念，但梭罗在该点上却截然不同。他倚重的是一种此岸的形而上学，探索理解语言的方式也是另一个向度的，这些都足以说明，梭罗具备的是一种当下既定的人类存在观："时间于我，无非是条供以垂钓的溪流……我愿痛饮；往夜空里垂钓，星天便是那布满卵石的河床。"（400）梭罗在此处通过引入一个完全偶发的奇幻神秘世界，意欲说明人类语言具有的不定性，即人类语言不具有任何固定的参照物，以及任何通用的先验"理念"，而这种动态的语言观就是梭罗所说的"茶色语法"（tawny grammar）。

茶色语法

梭罗在他的散文《步行》中，提到了"茶色语法"的概念：

> 其实除了卡德摩斯（Cadmus）发明的字母表外，孩子们还可以学习其他字母。西班牙语里就有一个"茶色语法"的术语，指的就是这种狂野却模糊的知识。它是一种先天智慧，源于我此前提及的美洲豹。（681）

他在上述文字中，之所以将有关原始语言的概念与一只灵活矫健、花纹斑斓的美洲豹相联系，是深入思考象征话语的作用使然，即，在概念既无固定参照物，又不植根于先验理念的世界里，象征话语所能发挥的作用问题。可以想见，在那样的世界里，人类语言将永远变动，如同一只自由、野性的美洲豹："我们共有大自然这样一位辽阔、狂野、咆哮的母亲：她将世间万物装点得如此美丽，又对子女如此温情脉脉，宛如一只美洲豹。"（680）梭罗将源于现代都市的凝滞、自满和书本教条与北美土著表达方式中的自由、变化相对比，并指出"印第安人起初都没有名字，需要自己努力作为才能获得，因此，名字就是个人的声名；在某些部落里，人们会因每一次新的功绩而获得一个新的名字"（691）。看来，这种语言不仅能使确切的名字富于变化，还能使之反映出名字所有者的个性，这简直让梭罗叹为观止。他猜想，即便是具有现代都市气质的美国人，或许也能在少有的"激情与灵感"（passion and inspiration）时刻，获得这样一个"原创且野性的名字"："我们都有野性未凿的一面。一个荒蛮的名字有可能就是我们在某地时状态的记录。"（680）就像我们所看到的，梭罗在瓦尔登湖畔短居时期，自称"隐士"，这也是一个带有荒野色彩的名字。

实际上，梭罗是出于自身需要，而对"茶色语法"产生兴趣的。与其说他将"茶色语法"奉为一种抽象典范，毋宁说是一种需要通过写作来进一步探索、认识的对象。因此，《瓦尔登湖》的文章带有一种精心雕琢的随性、适闲与偶发的气质。它的语言类似地理丛书，有时交错如柳，有时灵动如鱼，有时又一头扎进未知，一如埋头打洞的野兽。在《瓦尔登湖》的《结语》一章里，有一则有关库鲁城（Kouroo）某一艺术家的著名寓言。这则寓言正是梭罗在创作中孜孜以求的境界体现："他在制作手杖的同时，也创造出了一套崭新的制度，一个有着完善、精准比例的天地；在此番天地里，故都与旧朝虽已湮灭，但有更灿烂美好的城邦代之而起。"（582）就像库鲁城艺术家复杂的制杖工艺一样，《瓦尔登湖》也是大千变化的一个缩影，在为当下呈现的瓦尔登湖四季循环、野生活泼的湖中生物、湖畔的居民，以及活跃地球偶发的、不受控的能量，尝试着找寻适宜表现的"精准比例"（fair proportions）。大自然只存在于时间，并不存在于一些永恒、先在的和谐之中。"还有无尽的日日夜夜。太阳只不过是一颗晨星。"（587）因此，探索世界的任务永无止境。

梭罗在其散文《步行》中就曾发问："哪里有表现自然的文学呢？"（676）对此，他呼唤一种新的美国诗歌和语言，以表现大自然充盈的野性和突如其来的能量爆发：

> 他应该是这样一位诗人：他能使风儿、溪流听其号令，为其代言；能使词汇钉紧本义，一如农夫初春敲下木桩，溅起霜花；能勤于钩沉文字，古为今用，一如移栽植株，留其根泥；他的诗藻如此真切，如此清新，如此自然，仿佛能如春芽般萌发，尽管时至今日，仍被埋没于图书馆尘封的书页之中。（676—677）

尽管该段文字以爱默生所谓的"祈愿语气"写成，但仍不失为一种典型的浪漫主义语言，所反映的自然语言观念引人关注。与华兹华斯和柯勒律治一样，梭罗也在一直小心避免用任何纯粹武断的方式去看待词与所指对象间的关系。他要将"词汇钉紧本义"，以此滋养鲜活、意象缤纷的诗性语言。就梭罗而言，古老的词源能够提供追溯词汇"本义"的线索。也正是由于这个缘故，诗人必须从具体事物的命名中实现古为今用。通过细致考察词语与其自然环境可能存在的诸多关系，梭罗提出了一套全面的生态语言学理论。

他在《瓦尔登湖》中发展了这种自然语言的概念。尤其是在《声音》这一章，梭罗运用象声词重现了丰富多样的自然之声。牛羊低吟，夜莺啁啾，雕鸮凄唳，青蛙咕呱都被拟音成词："特—尔—尔—容克（tr-r-r-ook），特—尔—尔—容克，特—尔—尔—容克！"（423）毫无疑问，只有假装精明的城里人才会不屑于这些自然的声音："有一种语言不用隐喻就可表达万事万物，只有这种语言最丰富、最标准，然而我们却又濒于将之遗忘。"（411）在《瓦尔登湖》的其他章节里，梭罗时常停下叙述，插入一段有关某个名词的考证。在《湖》这章中，他一语双关地说，瓦尔登湖"原本叫作'围而得湖'（'Walled-in Pond'）"（468）。他反对用"弗林特之湖"（Flint's Pond）这样一个功利的名字，来命名瓦尔登湖，并说："还不如用水里游动的鱼、常来造访的飞禽走兽、岸边的野花，抑或是某个与该湖有过历史交集的某个野人或孩童的名字来命名。"（479）在《昔日居民》（"Former Inhabitants"）中，梭罗描摹了幽静、洁白、不着任何动物印迹的积雪："看不见兔子的足迹，甚至连草甸鼠那精致细小的爪印也难觅踪迹"（534），但仍偶尔会有人类的足迹留于雪地，"有时，尽管下雪，当我晚上散步回来，便会遇上樵夫那串延及我家的深深脚印。进门后便会发现灶台上落着一堆他已劈好的柴火，闻见屋子里飘着他留下的烟味。或者，若某个周日午后我正好在家，便能听见一位老练的农夫走过雪地的嘎吱声"

（534）。此处的"嘎吱声"（Crunching）是梭罗使用象声词的又一例子。

此外，梭罗的访客通常都以自然事物作语言交流，"当我回到屋里，发现曾有访客来过，他们留下一张卡片，或者一束花、一只常青树花环、一片用铅笔写着名字的黄色胡桃叶或碎木片……还有人用剥了皮的柳树嫩枝编成花环，扔在我桌上"（425）。梭罗还见过伐木工亚力克·泰瑞恩（Alec Therien），用他的话说，是一位真正高贵的乡野之人，一位令他久久难忘的人："今晨要来我小屋的，是个真正的荷马式或帕夫拉戈尼亚（Paphlagonian）式的人物——他有个贴切又富有诗意的名字，很抱歉，我不能在此公布他的名字——他是个加拿大人，一位樵夫，同时也是一位标杆制作者。他一天就能完成为五十根标杆钻孔的活儿。他上顿晚饭吃的还是一只土拨鼠，是他的狗逮回来的。"（437）须知，德语词 Their 意为野兽（beast），梭罗可能认为这位樵夫的姓氏"泰瑞恩"（Therien）与 Their（野兽）同源，才会觉得这个名字"贴切又富有诗意"。他随后还说："他就是野性的化身。"（439）这恰恰可以说明，梭罗的确把这位樵夫的姓氏理解成野兽的意思了。

在《冬天里的动物》（"Winter Animals"）一章中，梭罗仔细研究了自然界的声响和各种动物的叫声。他甚至听到"冻湖的喘息声。在康科德，这湖是与我同寝共眠的大伙伴，而此时却像是遭了胀气，抑或是梦魔的罪，辗转反侧，不眠不休"（539）。红松鼠"翻了个筋斗，引得莫须有的看客们指指点点"（540），"黎明时分又到房顶上来回地跑动，在屋前屋后上蹿下跳，仿佛就是为吵醒我而跑出林子来的"（539—540）。狐狸"冲我叫了一声，像是投下一道狐咒"（539）。就连恼人的虫声也能让梭罗赞赏不已："黎明时分，一只蚊子来到我的住处，开始了一场我看不见又想象不出的旅行，它的嗡嗡声……仿佛凯旋的号声……此中颇有些宇宙的意味。"（393）这些例子说明梭罗醉心于各种动物、昆虫，甚至是无机物最初的"语言"能力。因此，他也醉心于罗斯金（Ruskin）的情感谬误（Pathetic Fallacy）理论，将自己的意识投射到一个截然不同、完全非人类物体中。之所以说蚊子的嗡嗡声含有"宇宙"的意味，是因为蚊子为平常的居家空间增添了一种神秘空灵的景象。梭罗则把自己想象成了一只在屋里嗡嗡打转的蚊子，此时房间突然洞开，以蚊眼观之，呈现在面前的不就是广袤无垠的宇宙了吗？

在《春天》一章中，沙坡上积雪消融，奔流不息，随物赋形，正好为梭罗进一步思考人类语言与叶片造型的内在关联性，提供了一个现实场景：

> 悬垂的叶子在这儿见到了自己的原型。内在的"叶子"（lobe），是湿润肥厚的。无论地球还是动物，内部都有这样一种"叶子"。所以——"叶"这个字，尤其适用于肝、肺和脂肪的构成词，意为流动、滑下或流逝。外在的"叶子"（leaf，leaves）是又干又薄的，就连该字中的 f 和 v 音像干瘪的 b 音，而内的"叶子"（lobe）的浊辅音是 l 和 b，其中，基质柔和的 b 音（b 表示单叶，B 表示双叶）受后面流音 l 的挤兑向前。再看 globe（地球）一词中的 glb，颚音 g 又为喉部发音增添了意义。从某种意义上说，鸟儿的羽毛和翅膀也可看成一种更为轻薄的叶子。同理，若身有"叶子"，你也能从土里蠕动的蛹，化为空中翻飞的蝴蝶。而就地球自身而言，它也在持续地超越和进化，以便能在自己的轨道上展翅飞翔。（566—567）

这段文字能够很好地解释，梭罗为什么呼吁诗人应"勤于钩沉文字，古为今用"（《步行》，676）。他考证 lobe、globe 和 leaf 等词的词源，并不仅仅是出于一种崇古的好奇心，而是为了表明一个事实，即，人类语言与自然有机体都在相同的潜在规律下进化。在梭罗看来，这些潜在的进化规律仍有待进一步发现。显然，他认为这些规律不仅体现了上帝思想中的永恒理念，更重要的是，它们的本质就是神秘、偶发和古老的。叶子的形成过程与象形文字的产生过程同样耐人寻味。梭罗就强调说，直到最近，才有一位法国语言学家破解了这两者的内在关联："商博良（Champollion）会怎样破译这些象形文字，好让我们最终翻开新的一页？"（586）梭罗并不了解生命形式为何进化的问题（而且，在达尔文1859年出版《物种起源》之前，也确实没有人真正提出过令人信服的解释），但他坚信，人类语言的进化与生命形式的"剥离物"（exfoliation），存在着紧密的亲缘关系。

在他看来，人类是自然剥离过程中的一个完整部分："人类不就是一摊融化的黏土吗？人的指肚就是一滴凝固了的融泥嘛。"（567）他视整个地球为"一个生机勃勃的星球"，真可谓是对盖亚假说的大胆预言：

> 地球并非暮气沉沉的历史，被切割成一段一段，犹如残破的史书由一页页构成，只有地理学家和文物学者才有兴趣翻上一翻。地球就是一首诗，像果树一样，长满叶子，然后开花结果。地球并不行将就木，而是一个生机勃勃的星球；比起地球上伟大的中心生命力，其他动物和植物只能算作区区的寄生之物。（568）

梭罗此处的观点常被人们误解成一种活力论（Vitalism），即，认为是某种神秘的生命力量在推动宇宙运转。但实际上，梭罗总是对诸如此类的任何神秘力量持怀疑态度，因为它们意味着某种彼岸王国的存在。因此，他坚决反对这种形而上的二元论，并主张一种无所不包的形而上学（或内在论的形而上学）。在该段里，他用文学的语言称地球为"一个生机勃勃的星球"，一个以有机方式存在的星球，一个独一无二的交融整体。按照现代的说法，在梭罗眼里，地球是一个独一无二的星球级生态系统。

如果地球是有生命的话，那它就有可能会去创造一些象征。梭罗就曾将小草描绘成地球蓬勃生命力的一个有力象征：

> 春草像野火一般"燎"遍了整个山坡……仿佛是地球为迎接回归的太阳而涌出的内热。它的火焰不是黄色，而呈绿色——象征着永恒的青春，草叶像长长的绿丝带，从草地飘向夏天，虽然中途会遭遇霜冻阻滞，但顽强生长，不久便会与其他新绿一起，从去年的干草垛下冒出嫩芽。（570）

梭罗于此颇为深情地指出，由于地球具有旺盛的繁育力，各种复杂的生命形式都在源源不断地冒现。如同"野火般'燎'遍了整个山坡"的小草，不再被看成是像跳蚤那样牢牢攀附植株的寄生生命，而是"永恒青春"的象征，在向懂得大自然语言的人传递着信息。"它的火焰不是黄色，而呈绿色"意为地球的诗篇由绿色的语言写就。

梭罗将内外部世界和谐共融的切身体验贯穿于整部《瓦尔登湖》之中。他笔下的大自然向我们倾诉，并从视、听、触、味四个渠道，悉心参与我们周遭的世界，使得我们能逐渐领略其潜在的意义。应该说，《瓦尔登湖》的世界是一个易于理解、宜于人居的世界。通过与林间野生动物们的比邻而居，梭罗不仅逐渐变得十分适应野外环境，还非常熟悉木、风、水的本质内涵。在《瓦尔登湖》结尾处，梭罗俨然变成了一个通晓茶色语法的人：能听见喃喃细语中的经文、石头里的布道，甚至是小草与之的倾诉。

可见，如此结尾不仅是情理之中，也是全然符合《瓦尔登湖》本身的总体期待。作为一部田园作品，该书描绘的绿色世界总是宁静祥和的。在梭罗看来，只有诸如铁路这样令人讨厌的人类发明，才会破坏大自然的和谐。该书又是一部农事作品，对农耕与自给自足的美德赞誉有加。当然，大自然并不总是像梭罗想象的那样平易近人。当他身处缅因州广袤的荒野之中时，就遭遇了大自然粗粝、严酷的另一面。

原初星球

梭罗 1846 年暂居瓦尔登湖畔期间，曾与姑表姐夫乔治·撒切尔（George Thatcher），以及向导麦克考斯林（McCaulsin）——人称"乔治大叔"（Uncle George）的当地船工一行三人，乘独木舟经历了一次缅因森林的穿越之旅。他后来曾在康科德会堂（Concord Lyceum）对这次探险经历做了连续的报告演讲。而讲稿最初于 1848 年 7 月至 11 月间在《联合杂志》（*Union Magazine*）上连载，后又被编为《缅因森林》（*The Maine Woods*, 1864）中的一章。该书在作者去世之后才出版问世。梭罗在书中的高潮部分，颇为生动地叙述了他如何爬上缅因地区最高的卡塔丁山（Katahdin）山顶，又如何被那里无人涉足的荒野气息所震撼的经历。在他看来，山上荒无人烟的自然风貌迥异于康科德（Concord）宁静的山林牧地："尽管这儿的大自然仍不失美丽，但多少让人觉得荒蛮、可畏。"（645）在这场与大自然深度接触中，梭罗反思起此前所认为的人与自然关系。在穿越原始森林火场原址——"过火地"（Burnt Land）时，他第一次感受到，大自然有完全蛮荒的一面：

> 当往下走到这片山地时，我或许已完全觉察到，这里就是原始、蛮荒和永久蛮荒的大自然。我们正穿越的这片"过火地"（Burnt Land），可能曾经遭遇过雷电引燃的森林火灾，但除了一截烧焦了的树桩，并无任何新近的过火痕迹。这里天然原始、人迹罕至，偶有林带间隔，低矮的白杨树蓬勃生长，蓝莓成片分布，因而更像是驼鹿与驯鹿的天然

草场。我娴熟地走过这里，就像走过被抛荒，或部分复归私有的草场。然而，我又冒出一个念头，如若这块地方归我们族群中某个人，或说某位兄弟、姐妹或同胞所有与支配的话，想必这位领主会过来拦住我的去路吧。无人区总是叫人难以想象，因为我们习惯性地认为，人类的足迹和影响无处不在。但事实上，我们并未见过纯粹的自然，除非我们身处都市，也能领略大自然的广袤、沉寂与蛮荒。（645）

在这场与"纯自然"心潮澎湃的邂逅中，梭罗不得不反思起自己现有概念体系的局限性。作为人类文明教化出来的一员，梭罗也无可避免地将一套先入为主的文学想法，带入了对荒野的理解之中，竟把一处林中的开放空间，"解读"（read）成了一个"被抛荒了的草场"。而事实上，这种田园式的传统思维只会妨碍梭罗对"无人区"的进一步认识，因为，"无人区"这样的自然景观，是受过传统风景审美教育的眼睛所永远欣赏不了的。

然而，梭罗最终还是接受了这种由神秘力量造就的另类"自然景观"。他不再秉持田园牧歌式的文学传统，而是直面"混沌洪荒与万古长夜"（Chaos and Old Night）甲胄下的"原始星球"。"混沌洪荒"与"万古长夜"两个习语不仅互为照应，还引出了一个文学原型，即：弥尔顿笔下飞越无边混沌的撒旦[《失乐园》（*Paradise Lost*），第2章，970行]。和布莱克到拜伦时期的浪漫主义前辈们一样，梭罗也认为弥尔顿笔下的撒旦，以及另一个潜在原型——普罗米修斯，是自己先前不被允许追求的先驱。① 然而，他所浸淫的是缅因的荒野，一个有着崎岖地势、湍急河流、茂密森林又完全杳无人烟的真实空间，又与英国浪漫

---

① 哈罗德·布鲁姆（Harold Bloom）在其题为"内在化探索传奇研究"（"The Internalization of Quest-Romance"）的文章中指出，"浪漫主义作家有倾向要将弥尔顿笔下的撒旦，树为胜利的普罗米修斯式英雄探索者原型"（9）。布鲁姆还指出："浪漫主义作品的辩证人物角色让人困惑，但也使自然本性复归传奇。"（9）

主义诗人笔下的自然有所不同。于是，他着手将探索传奇这种典型的浪漫主义体裁植入美国狂野自然的书写之中，以使之重新客观化：

> 我敬畏地望着脚下的大地，想要看清到底是何方力量造化了此地的形态、风貌和质地。原来，这就是人们口中那出自"混沌洪荒与万古长夜"的地球。它不是人类的后花园，而是个原初星球。这里既非草坪，也非牧场，不是草地，也非林地，难称耕地，亦非荒地，但却是地球这颗行星清新又自然的表面，而且永远供人居住。我们说，既然大自然造化如此，人类自当尽力加以利用。然而，此地却与人类无关：它是纯粹的物质，广袤、可怖，不似寻常所说的大地母亲，能心甘情愿受人践踏，供人掩埋——不！它太了解人类的秉性，以至于拒绝人类埋骨于此——是故，此地才是情理与命运的归宿。（645）

像普罗米修斯一样，梭罗也开启了自己的求索之路。他更为深入地置身于"原初星球"，一个未被人类文明侵染的辽阔王国，还将当地对比更具人居气息的康科德森林："或许，在康科德那野松耸立、落叶遍地的土地上，还曾有过庄稼的收割与耕作，而在这里，土地连人类刀耕火种的痕迹也不曾有过，但在上帝看来，这儿却造化得恰如其分，堪称样板。"①（646）不仅如此，缅因粗粝、凌乱、散漫的荒野样貌，还促使梭罗思考一系列存在论的问题：我们是谁？我们在哪儿？在这样一个荒凉的地界，人类作为旁观者，作用何在？

---

① 在《缅因森林》第708页，梭罗更为深入地比较了"曾经占据我们最古老小镇的原始森林与我今天在那儿发现的已被人工开采的森林之间的区别"，并在第709页中指出"缅因的荒野与我们的荒野有着质的不同"。

在摆出这些重大问题的过程当中，梭罗对自己的身体日渐陌生，也不禁思及物质世界里的自我肉身之谜：

> 我站着，对自己的躯体心怀敬畏。这东西束缚了我，让我感觉陌生。我并不怕妖魔和鬼怪，因为我自己——有了这身皮囊就可算是个妖魔鬼怪——然而，我却害怕皮囊，一见它们就禁不住发抖。掌控了我的巨人是何方神圣？这说法真是神秘！——想想我们在大自然中的生命状态——每天都以物质为载体，都与物质在打交道——山石、树木、拂过双颊的风！实在的地球！真实的世界！常识！接触！接触！我们是谁？我们在哪？（646）

梭罗上述提及的问题并不仅仅是修辞性的，因为他面对的是一个深不可测的荒野世界。他逐渐意识到，由"常识"，甚至是整个西方形而上学传统所提供的粗浅答案，都不足以触及如"山石、树木、拂过双颊的风"，这些固有物质现象的奥秘深处。他远涉人类社会之外的疆域，进而褪去自己的社会身份，顿觉变成了一个史前旧石器时代的自己，漫无目的地游走于林间。倏然唤醒的非社会身份让梭罗感到惶恐，好像身体着魔，不受控制，不禁感叹何方神圣掌控了自己的身体。正是由于这种置身荒野的惶恐，梭罗变得比以前更深刻、更野性。他不再盲从笛卡尔传统，视自己为冰冷机器中的幽灵，或暂居肉体的魂魄，而是突然发现，自己就是那个被逐出天堂的普罗米修斯，在广袤无人的物质世界里，幽居于一具既定的肉身。

不再觉得自己与其他生物存在本体论差异，是这种新近身份所带来的重大影响之一。如果是人与当地的物质互动，而非社会因素构建了个人身份的话，那么，人类与其他物种就并不存在任何严格的界限。所以，梭罗才会说缅因的荒野是个"住满鲑鱼"（peopled with trout）的地方。与其说这是出自他的某种隐喻性感觉，倒不如说是出自他对鱼与人类本质相当的坚定主张：

> 这里遍布常青树木、附着苔藓的银白桦树和水津津的枫树，地上散布的石头铺着湿漉漉的苔藓，还有小小的无味红草莓点缀其间——一个有着无数河流与湍急小溪，住满鲑鱼和各种雅罗鱼的王国。（653）

通过描写与生物共存的"静默森林"（grim forest），梭罗列出了整个缅因州的野生动物名录，还将"印第安人"（the Indian）也列入其中。他这么做，并不是要贬低土著居民。相反，在他的眼里，这些世代以林为居的印第安人，就是森林的原初居民之一。不仅如此，他还将森林拟人化为一个"安详的婴儿"，以偶尔的几声响动，表达原初的感知：

> 这正是驼鹿、熊、驯鹿、狼、海狸与印第安人的家园。谁来描绘这静默森林的莫名温柔与生命不朽？这里的大自然四季如春，苔藓与树木常绿常新。这欢欣、纯真的大自然，仿佛一个安详的婴儿，快乐得不出声音，只有偶尔的几声啼转、啁啾和山涧淙淙。（653）

之前的梭罗，站在卡塔丁山的山坡上，面对壮阔雄浑的大自然，不免心潮澎湃，而此处的文字则表明，梭罗已从那时的狂飙突进，经历变化了许多。他将森林比作一个"安详的婴儿"，说明他已默认自己为身处荒野的原初居民之一了。自此，他开始以绿色世界的栖居者自居，而不再是一位被逐出天堂的普罗米修斯。

新身份带给梭罗的另一重要变化是，他又重新投身于保护荒野的工作中去了。在缅因森林游历了数周之后，梭罗对栖息荒野的各种生物有了更为深入的理解。他借一个权威的"更高法则"，号召人们保护松树免遭商业木材公司砍伐：

> 奇怪的是，绝少会有人来森林观察松树如何存活、生长、盘曲向上、开枝向阳、郁郁常青——这一完美的结果；相反，大多数人看到松树被做成板材运去市场，就满足了，并认为那才是棵了不起的松树！然而，松树和人一样，都不只在于成材。松树真正的、最高的价值并不是被制成木板和房子，同样，人的真正价值也不是被砍杀，以及做成肥料。因此，人与松树，以及人与人之间的相互关系受一种更高法则的制约。如同一具尸体，不再是人一样。一棵被砍倒的松树，也不再是一棵松树。（684—685）

梭罗确信人与松树在本质上是相同的，因为人与松树都会成长，都有繁荣壮大的潜力和追求光明的潜质。与他在《瓦尔登湖》中的做法一样，梭罗凭借一种"更高法则"，谴责人们肆意破坏生物的行径。他是最早宣扬荒野价值、倡导保护荒野的美国作家。需要说明的是，梭罗之所以要求保护荒野，并非出于功利或审美的目的，而是基于荒野作为生物群落载体的固有价值。在他看来，"更高法则"之下，所有生物，即使是松树，也同样具有存在的权力。

在《缅因森林》的后续章节里，梭罗呼吁建立"国家保护区"（national preserves），以庇护美国荒野内的栖息者，这其中还包括了世代在此捕猎的印第安人。与早先作为英国皇室运动场地的专属林区相比，这些荒野保护区更具实质性，对文明生活的既定架构的影响更小：

> 英王曾出于运动或口腹之欲，毁掉村庄以兴建或拓展御林，供皇室畋猎。在我看来，他们之所以如此，是本能使然。既然我们已经摒弃了帝王专制，为什么不能有自己的国

家保护区呢？在我们的国家保护区里，村庄无需被毁掉，熊与豹，甚至是狩猎种族也能继续存在，而不被"文明从地球表面抹掉"。我们的森林不仅仅容纳国王的猎物，也包容与保护国王和造物主，不为休闲运动或口腹食物，而是为了鼓舞和再造我们真正的自己。不然，难道要像那些恶棍一样，践踏国家的领地，毁掉一切吗？(712)

梭罗身为荒野保护的倡导者，也是最早提出国家公园可行性的美国作家之一，他此举主要是为了"鼓舞和再造我们真正的自己"，因为，设立这样的"国家保护区"，不单是为保护猎物或木材，更是为了惠及和保护土著居民，如他所言，"熊与豹，甚至是一些狩猎种族"。与美国国家公园体系的那些缔造者不同，梭罗设想的"国家保护区"里，印第安人也能不受外界干扰地狩猎获取猎物，采集野生植物获取补给，继续他们的传统生活方式。

在《瓦尔登湖》的《春天》一章里，梭罗对荒野的价值做了最令人难忘的评述。他预言"未被开发的森林与草地"将成为现代城市居民接触荒野，重获青春、活力与生命的地方：

我们的村庄若没有原始森林、草地环绕，就会变得缺乏生气。因此，我们需要荒野的滋养：好去探一探藏有麻鸦和草鸡的沼泽，听一听鹬鸟的咕咕叫声，闻一闻沙沙作响的莎草丛。要知道，那儿有独居此地的孤僻飞禽和匍匐爬行的水貂。我们急切地想要探索、了解所有的事物，同时又因难以测量，又要求陆地与海洋都无限蛮荒、未知与莫测，所有事物都必须神秘莫测。实际上，自然永远不会让我们厌倦。它不竭的活力、广袤与无边的风貌、漂着沉船碎片的海滨、枯荣树木参差荒野、淫雨三周导致洪水的雷云和大雨，只一眼便让人神清气爽。我们需要去发现自己"领地"已被越界的地方，也需要亲见不曾涉足的草地上有自由吃草的动物。
（575）

应该说，由于梭罗在泛舟康科德河与梅里马克河、小住瓦尔登湖畔以及探访缅因密林时，对自己野外经历的意义有过深刻的思考，才会有上述如此慷慨的陈词。实际上，他的自然观在很多方面深受浪漫主义与超验主义作家影响。我们甚至可以将他的《瓦尔登湖》当作爱默生散文《论自助》的长篇评论来阅读。当然，梭罗会质疑传统浪漫主义先驱的诸多哲学观念，尤其是质疑他们不言自明地信赖笛卡尔本质主义的自我观，即认为自我是无限、自主的实体，与其生存、呼吸的世界有着天壤之别。这种自我观在柯勒律治与爱默生那儿，就体现为著名的母题——"一只透明的眼球"。梭罗着意思索一种更为真切的人与荒野的关系，最终发展出了一个超越浪漫主义传统的新自我观。他在卡塔丁山的山坡上触景生情、心潮澎湃之时，就应该已经褪去了由社会建构的自我身份，而自觉突然变成了另一个史前旧石器时代的自己，在森林里悠然漫步。就像肚皮贴地、匍匐前行的水貂，梭罗也在学习如何全身心地浸淫到物质世界，利用味觉和嗅觉，感应最为细微的刺激。

尽管受马克思与弗洛伊德思想影响的现代读者，常会质疑任何声言自我并非社会建构的主张，因为这类主张具有"神秘色彩"。但较之以往，梭罗着意探索得来的这种自我观，要深刻得多，也真切得多。尽管我们的社会里，世俗人本主义的既定价值观占据着主导地位，但梭罗的自我观仍为我们提供了一种可行的选择。他也像爱默生一样，终其一生都在努力超越其所处的时代、地域的人类中心主义道德观念，致力于探索一片新的伦理价值天地。他离开美国城市文化自鸣得意的市集，去艰苦探索人迹罕至的荒野，进而能够真正地从局外审视人类社会主流的、很大程度上也是未经检验的价值观。尽管梭罗在批评同代人津津乐道于物欲占有时，语气有时过于尖锐，甚至有类似清教徒的苦行禁欲之嫌，但他仍旧设法提出自己的一套道德主张，以供人们选择。在当今的世界里，商业积习正急剧威胁着我们星球上所有生物的未来命运，梭罗的主张也就更能引起人们的强烈共鸣。《瓦尔登湖》至今堪称一部美国经典，不仅仅是因为其优雅的风格，更因为其生态理念有着持续的卓越意义。作为美国荒野保护的早期倡导者，也是可持续农业生活方式的成功实践者，梭罗在21世纪初的今天，仍为美国读者树立了一个有益的行为典范。

第七章　约翰·缪尔：林中风暴

在美国环境作家的伟人册里，约翰·缪尔（1838—1914）的圣名无人能及。他出生于苏格兰的邓巴（Dunbar），7 岁时跟随家人移民美国，定居于威斯康星的农场。由于父亲是位严守教义的加尔文教徒，缪尔所浸淫的家庭氛围，自然也讲求简朴、守纪与勤奋。他就读威斯康星大学期间，擅长自然科学，尤其是化学、地理和植物学。1846 年，为了躲避内战兵役，缪尔在密歇根北部与加拿大一带的荒野漫游了数月。在那片远离人烟之地，盛开着一种罕见的白色兰花，让他聊以慰藉。实际上，那是稀有的布袋兰（*Calypso borealis*）。他还因此写了一篇题为《布袋兰，植物学上的欣喜发现》（"The Calypso Borealis. Botanical Enthusiasm"）的文章，发表于波士顿 1866 年 12 月 21 日的《记录者》（*Recorder*）。这是缪尔首篇见刊的文章。在文中，缪尔描绘了自己于不经意间发现兰花的那种欣喜若狂：

> 我竟然发现了布袋兰——仅仅一次，就在加拿大极为原始的密林深处……我从未见过如此生机盎然的植物；它完美、灵秀、高洁，完全可以摆放在造物主的神坛上。我感受到有神灵召唤我前行。在兰花旁，我欣喜得热泪盈眶。①

---

① 约翰·缪尔（John Muir）的《布袋兰》（"The Calypso Borealis"），见威廉·F. 金姆斯（William F. Kimes）与玛米·B. 金姆斯（Mamie B. Kimes）《约翰·缪尔：一份阅读书目》（*John Muir: A Reading Bibliography*），夫勒斯诺：全景西部图书公司（Panorama West Books）1986 年第 2 版，第 1 页。

空谷幽兰的朴素之美深深打动了缪尔。他发现布袋兰生于荒野，独自芬芳，与人类活动无涉。也正是基于这样的体会，缪尔开始意识到万物不仅自我完满，而且有其固有的自我价值。

　　回到威斯康星之后，缪尔在一家农具厂做工，并凭借机械发明上的聪明才干，深得雇主赏识。然而，1867 年的一次工厂事故，差点毁了他一只眼睛的视力。也正是在疗伤期间，缪尔开始谴责"吞噬一切的各种经济体"，并决意遵循一种不太物质化的生活方式。[①] 他深受亚历山大·冯·洪堡（Alexander von Hum-boldt）和查尔斯·达尔文（Charles Darwin）游历南美事迹的鼓舞，决定从源头开始，探索亚马孙河的整个流域。不幸的是，由于露宿沼泽和沿途研究采集植物，他走了一千英里，便患上严重的疟疾，不得不中辍了他的美国南部之旅。然而，探索原始荒野的欲望却并未就此将歇。1868 年，他又乘上开往佛罗里达的汽船开始了旅行。借牧羊工作之便，缪尔登上了内华达塞拉山，并被那"光芒山"（"Range of Light"）深深震撼，尤其是优胜美地山谷那摄人心魄的峭壁和尖峰。由此，缪尔依山而居，生活了数年，出版了首部著作——《加利福尼亚的群山》（*The Mountains of California*）（1894），奠定了自己倡导荒野保护领袖的名声。在这之后，缪尔展开了遍及全美的荒野探索，并为保护国家公园系统而不知疲倦地奔走呼告。他所发表的作品有：《我在塞拉的第一个夏天》[②]（*My First Summer in the Sierra*）（1911）、《我的青少年故事》（*The Story of My Boyhood and Youth*）（1913）、《阿拉斯加之旅》（*Travels in Alaska*）（1915）、《步行一千英里去到海湾》（*A Thousand-Mile Walk to the Gulf*）（1916）。作为一名环保倡

---

　　① 此处节选的自传内容引自林妮·马什·沃尔夫（Linnie Marsh Wolfe）《荒野之子：约翰·缪尔的一生》（*Son of the Wilderness：The Life of John Muir*），纽约：诺夫出版社 1945 年版，第 102 页。

　　② 另译《夏日走过山间》《山间夏日》《夏日漫步山间》等。——译者注

导者，缪尔组建了塞拉俱乐部①（Sierra Club），并担任了该环保团体的首任主席。这一职位既让缪尔得以促成国家公园系统的建立，也导致其事业生涯走向没落：优胜美地国家公园②（Yosemite National Park）的赫奇赫切峡谷（Hetch Hetchy Valley）最终还是建起了大坝。尽管缪尔有先见之明，认为这将是一场生态灾难，故而义愤填膺地加以拒斥，但都于事无补。1914年，缪尔因保护赫奇赫切心力交瘁，与世长辞。但他保护优胜美地国家公园的不懈努力，最终使人们接受了一个更为宏大的理念：荒野是一种不受经济发展压力干扰、神圣不可侵犯的空间。③

回顾其一生，除了在威斯康星大学接受过短暂的本科教育之外，缪尔绝大多数的知识都来源于自学。如果只凭他仅有的学历文凭，在如今的塞拉俱乐部，恐怕很难谋到一份差事。因为塞拉俱乐部（尤其是在一些更为激进的环保团体看来）如今已经演变成了一个主要由顶着博士头衔、无所事事的律师和游说政客组成的政府内设机构。缪尔与他们迥然不同，是一位不拘小节的局外人，一位呼号于荒野的孤独先知。尽管他对英国浪漫主义诗人在生态思想与环境主张上所形成的文人传统，有高度的自觉参与意识，但美国环境运动的史学家们对此却鲜有讨论，因为他们都将着眼点放在了缪尔粗粝的个人主义上。人们有时会将缪尔描述成一位迟来的美国超验论者，并详细研究他与爱默生以及梭罗的关系，却忽略他对英国浪漫主义诗歌、浪漫主义时期的苏格兰作

---

① 另译山岳协会。——译者注

② 另译约塞米蒂国家公园。——译者注

③ 感谢弗雷德里克·特纳（Frederick Turner）的《发现美国：彼时与当代的约翰·缪尔》（*Discovering America：John Muir in His Time and Ours*），纽约：维京出版社（Viking）1985年版，为我提供了有关缪尔的传记信息。此外，缪尔由自然美景的诚挚赞美者转变为不遗余力的荒野保护者，对于这一转变过程，保罗·希茨（Paul Sheats）有完整的描述，详见他在《约翰·缪尔：人生与工作》（*John Muir：Life and Work*），新墨西哥大学出版社1993年版，第244—264页的文章——《优胜美地之后：约翰·缪尔与南部塞拉》（"After Yosemite：John Muir and the Southern Sierra"）。

家［尤其是罗伯特·彭斯（Robert Burns）和沃尔特·司各特（Walter Scott）］颇有远见的研究。因此，本章将会从重要的生态概念、关键意象与核心修辞策略层面，深入探究英国浪漫主义作家对于缪尔的积极影响。缪尔在他记载内华达山区首次度夏的日记里，几次提到过雪莱和彭斯的诗，表明他确实受到了英国浪漫主义的影响。

大山手稿

缪尔曾于 1869 年夏天，宁静漫步于加利福尼亚山区的荒野，并将这段经历记入日记，成为之后出版的《我在塞拉的第一个夏天》一书。尽管出于简洁与叙述连贯方面的考虑，缪尔大量修改了日记原稿中的内容，但读者依旧能从书中领略作者初见美国广袤荒野时的震撼与激越之情。据载，缪尔跟随几个不同肤色的羊倌、一条忠贞不贰的牧羊犬卡洛（Carlo），以及两千只左右的绵羊，攀上了内华达的塞拉山，并在所经之处做了地理勘测和植物研究。尽管他是被聘来保护羊群免遭熊、狼、郊狼等猛兽掠食的，但内心却对所有的地球生物渐生好感。在他笔下，内华达丘陵上的灌木丛，像条又密又厚的常青毯，有"许多的鸟儿和'体型小巧、毛色油亮、战战兢兢、腼腆羞怯的小动物'在最深处觅到了理想的居所"。其中，引号里的内容就化自罗伯特·彭斯的诗句。① 应该说，对于灌木丛里的小动物，缪尔有种发自内心的喜爱，而彭斯的诗歌《致老鼠》（"To a Mouse"）恰好为他表达这份喜爱，提供了一种现成的手法。尽管缪尔曾不慎被黑蚁咬伤，但当时的他却能平心忍受剧痛，并不以之为灾祸，还就此

---

① 《我在塞拉的第一个夏天》（*My First Summer in the Sierra*），见《约翰·缪尔：自然书写》（*John Muir：Nature Writing*），威廉·克罗农（William Cronon）主编，纽约：美国图书馆 1997 年版，第 163 页。后续援引缪尔的同名著作皆指该版本，且仅以相应页码标注。

作为一个发现自我的契机："疼痛通过应激神经，像电流一般迅速波及全身，你也第一次体会到，自己的感觉承受力有多大。"（178）即便是无处不在、"会致人皮肤发炎、眼睛红肿，而让旅行者嫌恶"的毒漆树，也能让缪尔从更宽广的生物结构层面去思考它的地位价值。它"与伴生的植物和谐相处，许多迷人的花朵便充满信任地攀附其上，以求庇佑与荫护"（166）。因此，罪咎不应归于毒漆，而在于我们自己，是我们自己没能悉知它真正的存在意图。实际上，它"和许多对人类不具明显用处的其他物质一样，没有多少朋友，却有'为何存在'的困惑，虽然不停追问，却不曾想，存在或许首先是为了存在本身"（166）。缪尔从深层的生态视角出发，认为在自然界里，即使是有毒物种也有自身的重要作用。正是这些动植物让缪尔在登山过程中，逐渐学会了如何感悟伟大的生物多样性。

缪尔首次广泛探访了内华达山区，见到的生物种类之巨，足以令人叹为观止。这也解释了他的日记多处地方为何读起来，更像是加了详注的动植物名录。如他所言，每个物种、每条注释都有其独特的出处和归属。然而，较之追求科学严谨的观察家们，缪尔的观察视角可谓大相径庭。对于每种生物，他常常脱略"物"（thing）的定义而以"人"（people）称之，视其为旅途中结识的伙伴。因此，缪尔并没有真正孤单过，他有"另一些所谓孤独的人们——在林中照料幼崽的鹿、膘肥体壮的熊、扎堆撒欢的松鼠和为树林播撒欢乐与甜蜜的幸福小鸟"陪伴（244）。他甚至用了"植物公民"（244）和"像蚱蜢与蚊子这样小小民众"的指称（253）。事实上，随着缪尔对荒野神秘性的逐渐领悟，他笔下的整个荒野也逐渐变得富有人性。他说，"然而，最令人印象深刻的，还是那庄严肃穆又静寂无边的荒野，此刻正因勃勃的生机而光彩照人"（244）。与梭罗用"住满鲑鱼"（peopled with trout）形容缅因的荒野一样，缪尔此处运用拟人手法，并不只是出于修辞的目的，而更是为了强调人类与野生生物具有同样的本质。他反对笛卡尔传统的二元对立本质论,拒绝将人类归入任何特殊的地位。随着缪尔不断深入探察"光芒山",他与周围的风光越来越融为一体,不复一位超然物外的观察者:"我们的血肉之躯仿佛变透明了,如玻璃一般透出周遭的美丽,并与之相融,在漫洒的阳光里,与空气、树木、溪流、岩石一道儿欣快地微颤——化为自然万物的一部分。"(161)缪尔以这种方式,试图弥合人与自然存在的二元对立。他进而认为,西方人疏远所居之地,并滥用科技攫取地球资源,这无疑将导致环境的毁灭。

缪尔对比了白人工业科技与土著印第安人的生存实践,认为前者是破坏性的,而后者更具可持续性。不仅如此,正是由于印第安人的帮助,缪尔才能在那里度过第一个夏天,并逐渐熟悉起内华达的山区。他发现,尽管印第安人已在此生息了数个世纪,但在自然景观里遗留下的痕迹却少之又少,因为"印第安人走路轻盈,像鸟和松鼠一样,对自然景观几无影响"。他还发现,印第安人常在树林周边放火,"以此改善他们的猎场",而这些过火的痕迹"经过一两个世纪便消失无踪了"(184)。与此形成强烈对比的是,白人居民尽管只在此涉足了短短数十年,却对当地造成了范围巨大且无可挽回的改变。缪尔对此愤怒不已,对随1849年加利福尼亚淘金热而来的那帮贪婪采矿者,更是感到义愤填膺:

　　而白人的这些(痕迹)又是多么的不同啊,尤其是低处金矿区的白人——他们炸山开渠,截流筑坝,改变河道,使其顺谷而下,在矿区受奴役……溪流受制于铁制管道,水柱被迫冲向小山,以及数英里的大山岩表,过滤和剥蚀每一个含金的溪谷和平原。仅仅在狂热的几年之后,白人们便留下了这许多的痕迹,更不用说山脉两侧星罗棋布的工厂、田地和村庄了。(184)

　　缪尔谴责的水力采金，是一种利用高压喷射的水柱冲去巨量泥土、砾石的技术。成堆的废渣导致萨克拉门托河谷出现大面积淤塞，下游洪水泛滥。时至今日，人们依旧能在当地找到这种采矿技术留下的破坏痕迹。尽管缪尔观察说，"自然在尽其所能"，像园丁一样治愈这些可怕的伤痕，"复林、培花、清掉陈旧的水坝和引渠，夷去细砂与巨砾的堆顶，耐心抚平每一道旧伤"（184），但他对人们因大规模攫取荒野矿藏而造成的无知破坏痛心疾首，也对人们截流筑坝，让溪流为服务现代工业而"受奴役"的做法喟叹不已。①

　　《我在塞拉的第一个夏天》采用的不是论述性语气，而是饱蘸笔墨抒发对加州神秘奇幻的荒野的情怀，于是，那里妙不可言的生物居民都随之跃然纸上。在缪尔1869年6月29日的日记里，有段他初次观察水鸫的文字，那是"一种有趣的小鸟，总在各大支流形成的瀑布急湍间轻快地飞来飞去"（190）。可见，正是这种鸟儿令人叫绝的水域适应性，激起了缪尔的兴趣。"尽管从形体上看，它并非一种水鸟，但它却在水中谋生，且从不远离溪流。尽管没有脚蹼，但它却能无所畏惧地扎进打着漩涡的湍流深处。显然，它正像鸭子和水鸟那样，用翅膀潜游，在水底觅食。"（190）从他对这种适应性行为的理解可以看出，缪尔所持的进化观是拉马克式的而非达尔文式的，因为他并不将水鸫非常规的翅膀功用，视为自然选择和偶发的基因突变的结果，而是看作基于当地独特环境所呈现出的一系列特性。他提请人们关注鸟儿与"怡人气候"所结成的密切功用关系，并认为瀑布轰鸣的水声感染了鸟儿的啁啾：

---

　　①　在缪尔笔下，受驱使的溪水"落入矿区，当牛做马"，这种隐喻性的描写与约翰·克莱尔在其诗歌《斯沃迪韦尔的哀悼》（"Lament of Swordy Well"）中的做法很像。克莱尔在诗的第183—184行写道："拜那无道的圈地运动所赐，我沦为了教区的一名奴隶。"在我看来，这种相似与其说是"影响"（influence）所致，毋宁说是两者观念趋同的表现，因为缪尔对克莱尔的诗作并不熟悉。

在溪流最美的流域之上，在有荫凉、冷流和水沫消暑的宜人气候之中，这只小鸟过的生活是多么浪漫呀！想想它日夜聆听溪水的歌唱，便无怪乎它是一位优秀的歌手。它又是一位小小的诗人，每次呼吸都是一段诗歌。湍流和瀑布周围的空气融奏成乐，因此，在蛋壳里随着瀑布的韵律和谐悸动，必定是它出生前的最初一课。(190)

尽管大多数现代读者都可能认为，这种拉马克式的推论纯属臆想而予以排斥，但我们仍需体会，缪尔试图以这段文字作一次科学解释的良苦用心。如果所有生物都像人类一样具有意识，那它们也必然会掀起一场文化革命。因此，在缪尔看来，水鸫的行为不单是自然选择在物种上外显的结果：它能在所处地域适应生存，必然是其内在的精神生活起了主要作用。就像一位"小小的诗人"，它创造的诗歌与所处环境的声音相映成趣。借用华莱士·斯蒂文斯（Wallace Stevens）的措辞，水鸫的歌声就是其所处气候的诗章。

当然，并非所有的荒野动物都如水鸫这般欢快无忧、人畜无害。翻看缪尔的日记，其中就有他撞见熊的戏剧性一幕。与美国传统的民间猎熊故事塑造的猎熊者（总少不了与这种潜在的凶险猎食者展开搏斗的经典叙事手法）不同，在缪尔的叙事里，他既手无寸铁，又没有与熊交战的企图。但由于熊也没有按套路出牌，缪尔还是从这位不速之客身上学到了一课：

我被告知，这种皮毛褐黄的熊，遇上它的坏兄弟——人类，往往都是掉头便跑，除非是受伤或保护幼崽，才会显露出其攻击性……经过一番漫不经心的探查，它灵敏的鼻子并未嗅出前方有任何可疑的气味。它胸部宽阔，布满长毛，一双竖起的耳朵也几乎被皮毛所掩盖，脑袋活动起来也很缓慢、笨拙。我盘算着应该瞧瞧它奔跑时的样子，便突然一边

大叫，一边挥舞帽子向它冲去，希望它立刻夺路而逃。不
料，它站在原地，压低脑袋，俯身前倾，死死盯着我，一副
准备战斗与自卫的架势。我突然害怕起来，感觉自己吓得要
落荒而逃；但我又不敢跑，只好和熊一样，站在原地不动。
（230—231）

双方僵持了一段时间后，熊庄严地自行离开，这位冒失鬼才得以
释然：

> 我们相距 12 码面对面站着，彼此严肃、沉默、紧盯对
> 方。这时的我急切地希望，人类真的有能折服猛兽的强大眼
> 神。至于这极度紧张的局面到底僵持了多久，我已然记不清
> 了；但可以肯定，一定是经过了足够的时间，它才收回了搭
> 在原木上的巨掌，庄重而谨慎地转过身去，缓缓地向草地走
> 去，还时不时地止步回望，以确认我是否尾随，然后继续前
> 行。显然，它既不怎么怕我，也不信任我。（231）

尽管这次经历让缪尔多少有些颜面扫地，但也让他得了些教训。
遭遇这个"难以驯服的棕色大块头"，让缪尔逐渐意识到，所有
生物都是全然不可预知的。熊作为栖息地的顶端掠食者，它身上
那种镇静自若的气势让缪尔不禁深思："在这大峡谷里，熊是最
高的统治者。由于可供果腹的食物多达上千种，这个幸福的家伙
从未忍饥挨饿过。"（231）显然，缪尔已经意识到，自己不仅需
要尊敬熊这种杂食性的荒野居民，而且应当认清，所谓的"折
服猛兽的强大眼神"只是一种危险又愚蠢的不自量力。人类并
不具备诸如此类的威慑魔力，尤其是在大型掠食动物绝少遭到猎
捕的边远荒野，情况就更是如此。就说这只熊，仅仅凭借拒绝从
一位人类闯入者面前逃跑的举动，便让缪尔在自惭形秽中受了有
益的教训。

不仅如此，即便是沉默的山石，也承载着宝贵的科学信息。缪尔之所以攀登"光芒山"（309），主要是想更多地了解当地的地质情况，尤其是冰川对形成优胜美地山谷所发挥的作用。作为热衷路易斯·阿加西斯（Louis Agassiz）冰川理论的读者，缪尔不仅具备辨识冰川运动独特轨迹的充足知识，也乐于在内华达塞拉山区见到大量的此类痕迹。他观察冰川的漂砾，一种"能从颜色和成分上见出异地性（的巨砾），每一块都是经过开采和搬运而搁置于此的"。缪尔还进一步解释了，这些巨砾何以被搬至现场的原因：

> 它们是被什么样的工具开采和搬运过来的呢？我们能从地面上找到相应的痕迹。其中，最不易被风化的当属那些规则的平行刻痕，这说明，曾有冰川横扫此地。它自东北至西南一路磕碰刮擦，形成了奇特、原始、带有擦痕的地表。被同时带出的巨砾，也在冰川时代结束时，随冰川的消融而沉积下来。这真是一个奇妙的发现。（210）

由于地面上的这些"痕迹"都是古代冰川横扫整个内华达塞拉山区留下的，缪尔由此推断，冰川对山脉，特别是优胜美地山谷形态的形成，发挥了决定性的重要作用。他也成为首位如是说的地质学家。须知，在当时，包括加州地质学家约西亚·惠特尼（Josiah Whitney）在内的多数地质学家都认为，优胜美地是随某次地震剧烈沉积而形成的。[1] 但缪尔拒绝接受这种灾变奇谈，而将优胜美地的宏伟地貌归因于冰川侵蚀，一种作用更为细微、缓

---

[1]　约西亚·惠特尼（Josiah Whitney）在其著作《优胜美地手册》（*Yosemite Guide-Book*，1869）指出，优胜美地山谷形成于剧烈的沉积运动。缪尔讥之为"武断的臆度，一种托菲特（Tophet）式的造山臆想"。见约翰·缪尔《在塞拉的研究》（*Studies in Sierra*），威廉·E. 科尔比（William E. Colby）主编，旧金山：塞拉俱乐部（Sierra Club）1950年版，第18页。

慢，但效果依旧宏伟壮观的过程。

缪尔称冰川为"工具"，因为在他看来，冰川就是上帝手中的一种造物器具。这种理解也与他的泛神论完全一致，即世界就是神性的外显。在以下的著名段落里，缪尔就将整个宇宙视作一个独一无二、紧密关联的整体：

> 突然情不自禁对眼前的一切产生强烈兴趣，看似不可思议，但只要觉得这都是上帝的鬼斧神工之作，一切就会显得合情合理。能使上帝感兴趣的，自然也会吸引我们。当我们从中任意拎出一物时，又会发现它连着宇宙中的万物。（245）

从某方面看，这种生态视角的创世观，可追溯到约翰·雷（John Ray）和威廉·德勒姆（William Derham）的自然神学（physico-theology）。不过，在他们看来，上帝是一位制表巧匠，宇宙则是他的一件制作精良的成品。[①] 显然，缪尔不会认同他们的根本信仰。因为在他的世界观里，非凡的创世能量是内在的而非先验的，自然界的可见变化不仅让人们能够认识上帝，也让上帝能够了解其自身。尤其是面对群山时，上帝的鬼斧神工便一览无余：

> 大自然是诗人，又是满怀激情的工匠。我们登得越高，望得越远，看到的作品也就越多、越明显。大山是万物的源泉，也是万物的开始之地，尽管它背后的力量在我们的理解

---

① 约翰·雷（John Ray）是首位详细介绍自然神学的学者，请见其著作《造物彰显的上帝智慧》（*The Wisdom of God Manifested in the Works of the Creation*，1691）。威廉·德勒姆（William Derham）进一步发展了该学说，请见其著作《自然神学或上帝之于造物的存在与属性显现》（*Physico-Theology, or, A Demonstration of the Being and Attributes of God from His Works of Creation*，1713）。

范围之外。(245)

通过将大自然描述成一位"满怀激情的工匠",缪尔将非凡的创世过程世俗化、技艺化。不仅如此,如果说自然是上帝创作的诗篇的话,那么,探索发现岩石中隐藏的奥秘,进而解读这部自然之书(the Book of Nature)便是地质学家的使命。①

　　实际上,缪尔在描述自己地质勘测活动时,的确频频使用自然之书这个传统隐喻,尽管他对岩石的含义常常百思不得其解。优胜美地山谷,"连同它令人惊叹的绝壁与山林,构成大山手稿的宏伟一页,我愿用一生来阅读"(211)。然而,即便"大山手稿"的意义很难尽知,仍有足够的线索与微亮供人进一步探索,这就好比一首晦涩的诗歌,需要我们用心解读。缪尔认为,没有理由为"我们可怜却必然的无知哀叹",因为可见事物的美,常常能引起即刻的欢愉:"尽管我们无法知晓美的创造方法,但总有一些外在之美能进入我们的视线,而这就足以激活我们的每一根神经,让我们欣然受享。"(211)可见,在面对雄伟的山地风光时,缪尔体会到的理性探索与审美欣赏,是互补而并非互

---

　　① 有关"自然之书"(the Book of Nature)的概念由来已久,基本可追溯到《罗马书》(Romans)第1卷,第20页。书中说上帝"不可见的本质,比如永恒的力量与神性,经由所造之物得以了然"。英国的神学家们常常借该隐喻解说上帝在自然中的呈现方式。圣托马斯·布朗恩(Sir Thomas Browne)就曾说过"我所研究的神学可以概括为两本书,一本是上帝之书,另一本是自然之书。作为上帝的仆人,自然将它这部普遍、公共的手稿,摊在了众人眼前"〔《一位博士的宗教信仰》(Religio Medici,1643),第1章,第16节〕;引自恩斯特·R. 柯蒂斯(Ernst R Curtius)的《欧洲文学与拉丁中世纪》(European Literature and the Latin Middle Ages),普林斯顿大学出版社1953年版,第323页。柯蒂斯在第329—326页回顾了以自然之书作为传统文学主题的历史。另见杰弗里·哈特曼(Geoffrey Hartman)的《超越形式主义》(Beyond Formalism),耶鲁大学出版社1970年版,第53—56页。约翰·缪尔曾在其作《黄石国家公园》(Yellowstone National Park)中巧妙地植入了这一理念。在该书第757页,他邀请读者"到公园这座大地质图书馆里,看看为数不多的第三纪岩层,从而领略上帝是如何书写历史的"。

斥的。

　　与约翰·卡莱尔一样，缪尔也偶用拟人手法，表达自己对大自然一派生机的直觉感受。由此，不仅是飞禽走兽，就连山石树木也都成了能够自我言说的存在。他曾描摹了一个清晨时分万物苏醒的世界：

> 每天清晨，树木、所有大大小小的动物伙伴，甚至石头，从沉睡中醒来后，都高声欢叫"醒来，醒来！快乐起来，快乐起来！来爱我们，与我们一同歌唱！来吧！来吧！"（191）

　　此外，缪尔还在《我在塞拉的第一个夏天》的另一个戏剧性时刻，借用雪莱《云》（"The Cloud"）中的相关诗句。可见，他视该诗是运用拟人手法尤为卓越的一例：

> 我旅行至今，还未曾见过有比正午的山峰更神奇的景观。群峰林立，高耸入云，色彩斑斓，恰如其分。各种景色瞬息万变，令人感叹，无法用语言描述。我时常想起雪莱《云》里的诗句："我将雪花撒于群山。"（241）

引用雪莱的诗句表明缪尔继承了浪漫主义的泛神论自然观。他将情感倾注于自然万象，甚至包括诸如云这样瞬息万变的事物，凭借的正是雪莱著名的修辞技巧。需要指出的是，拟人手法并非《云》中独有，它还贯穿了整部《解放了的普罗米修斯》（Prometheus Unbound），其中的希腊神话人物也由此与地球、月亮和海洋"摩肩接踵"。此外，在令缪尔着迷的《勃朗峰》（"Mont Blanc"）一诗中，雪莱将声音赋予大山，将一副"神秘的喉舌"

赐予了环绕大山的荒野。① 总而言之，缪尔略微提及雪莱的
《云》，为的是借这种方式，对非人类的生命存在，尤其是边远
山区与冰川景观表达无限深情。

"我们如何知道太空并不领情?"

缪尔在放羊与览胜中度过了初来塞拉的第一个夏天。之后，
为了能定居优胜美地，他找了一份操作锯木机的临时工作（但
他坚持只锯被风刮倒的树木），还偶尔兼任导游，带领旅游团环
游山谷。1871 年 5 月，缪尔迎来了最为知名的游客——拉尔
夫·沃尔多·爱默生。须知，时年 68 岁的爱默生，已是一位享
誉国际的美国作家，缪尔对他的散文、诗歌耳熟能详。缪尔早在
威斯康星大学求学期间，就已如饥似渴地拜读过爱默生的作品。
再说爱默生甫一抵达优胜美地，缪尔便写字条，邀请对方一同去
塞拉高地露营旅行，爱默生也于第二天早晨，造访了缪尔于锯木
厂旁边的住处——"吊窝"（"hang-nest"）。多年之后，缪尔还
将这段往事视为人生中两个最为重要的时刻之一（另一个则是
他在加拿大荒野发现布袋兰独自盛开的时刻）。② 两人当时相谈
甚欢，缪尔还答应带领爱默生及其同伴参观离优胜美地山谷不远
的杉树林。缪尔 1901 年出版的《我们的国家公园》（*Our National Parks*）一书中，有一章题为"优胜美地公园的森林"（"Forests of Yosemite Park"）。缪尔在其中描绘了那时领着爱默生环游

---

① 缪尔曾在《珀西·比希·雪莱的诗作》（*The Poetical Works of Percy Bysshe Shelley*）一书的第 4 卷第 2 页，即空白扉页上做了大量注释，雪莱夫人（Mrs. Shelley）主编，波士顿：霍顿与奥斯古德公司（Houghton, Osgood & Co.）1880 年版。此外，他还兴致勃勃地对《勃朗峰》（"Mount Blanc"）所描述的"闪耀冰晶"（"beaming ice"）作了笔记。该卷图书目前收藏于亨廷顿图书馆（Huntington Library）的雪莱开架区。

② 见林妮·马什·沃尔夫的《荒野之子：约翰·缪尔的一生》，第 147 页。

山谷、围观巨杉森林的兴奋之情：

> 他的安详堪比红杉，他的思想直抵苍穹；一听我建议来
> 场深入山区腹地的露营之旅，便忘却了自己的年龄、计划、
> 职责与各种庶务，似乎迫不及待地要立刻出发，但又要周全
> 地顾及他的团队一行。我说："别管了。群山在召唤。快走
> 吧，让那些计划、团伙以及羁绊磨人的职责，统统见鬼去
> 吧！"我们将登上山谷，放声高唱您的诗"再见，傲慢的世
> 界！我回家啦"。那儿是一番新天新地，就等着我们尽显
> 自己。(786—787)

缪尔豪气干云，竟然直接援引爱默生诗作《再见》（"Good-
bye"）。这是一首抒情诗，旨在唤起人们走出文明、进入荒野的
欣喜之情，因为荒野是一个"绿茵环抱，终日/回荡乌雀的啼
转"之地。① 在二人骑马共赏宏伟森林之时，缪尔又援引了爱默
生一行诗，仿佛是在呼吁对方回归早年信奉的自然智慧学说：

> 翌日，我们骑马穿过了莫赛德盆地（Merced Basin）的
> 广袤森林，一路上我都在提醒他留意兰伯氏松（sugar
> pine），援引他树木研究笔记的"呼朋唤友听松语"，并为他
> 辨认林中贵为国王和神甫的松树，因为那样的树最庄严，也
> 最雄辩。(787)

缪尔在此处提及了爱默生的《森林笔记 II》（"Woodnotes II'）。
这是一首以松树口吻撰写的诗，也是爱默生将荒野之美描摹得最

---

① 见拉尔夫·沃尔多·爱默生《爱默生诗作与译诗全集》（*Collected Poems and
Translations*），哈罗德·布鲁姆（Harold Bloom）与保罗·凯恩（Paul Kane）主编，
纽约：美国图书馆1994年版，第30页。后续援引爱默生的同名诗歌，皆指该版，且
仅以相应页码标注。

具感染力的作品之一。这首诗的明显特征是成功运用拟人化手
法，这引起了缪尔的注意，所以，他才在描述那些高大挺拔的松
树时，称它们是"最庄严，也最雄辩"的神甫，赋予松树演说
的能力。实际上，爱默生也确实在下面这首诗中，借风弦琴这个
典型的浪漫主义隐喻，来表现松树的雄辩口才：

> 歌声从树尖涌出，
> 当风儿鼓起之时。
> 那是先知的声音，
> 是岩石后的树影。
> 松针化成了琴弦，
> 为树神之歌伴奏。（《森林笔记 II》，43）

此处的兰伯氏松，就像一架巨大、有生命的风弦琴，风儿吹
过"无数松针"时，便响起预言性的歌声。① 缪尔还在《我在塞
拉的第一个夏天》中，同样运用风弦琴意象，或许是提笔之际，
思及爱默生的"森林笔记"（Woodnotes）之故：

> 这些树木是所属种族的王者，它们列队齐整，树顶成
> 排，树冠成行，摆动繁茂的枝条，晃动响铃般的果实——仿
> 佛是阳光哺育的福佑山地人，在为自己充沛的体力欢欣雀

---

① 风弦琴是爱默生在作品中频频使用的意象。其中最为知名的一例出现在
《散文：第二集》（Essays：Second Series）中的《论自然》（"Nature"）中："水汽氤
氲的南风富于音乐性，所有的树木都因之成了风弦琴。"（542）另见爱默生刊于《诗
选》（Selected Poems，1876）的《风弦琴》（"The Harp"）与《风弦琴的少女之语》
（"Maiden Speech of the Aeolian Harp"）两诗。梭罗在《瓦尔登湖》的某些语境里，
同样也用风弦琴的意象表达人与自然富于生气的情感联系，如第 264 页："居于自然
且心神宁静的人不会有浓稠的忧郁。就像即便是空前的暴风，在健康纯真的耳朵听
来，都是风弦琴的乐音。"此外，在《瓦尔登湖》第 420 页，梭罗提到"宇宙风弦琴
的颤音"，在第 496—497 页还提到"风弦琴的乐音震彻寰宇"。

跃，又像是一架架风弦琴，在为风与太阳弹奏悠扬的乐声。
（201）

可以想象得到，缪尔领着爱默生，聆听过那些参天大树的歌声。尽管对方不能与自己一起在巨杉树下露营，这多少让缪尔有些失望，但他仍旧在与这位老人的相处过程中，感到无比快乐。因为，在他眼中，爱默生就是一位以自然为业的先知，一位诗意的先驱。无论如何，他们在优胜美地山谷的短暂邂逅，都是美国自然写作史上，最为志趣相投、最具深远意义的时刻之一。

爱默生回到位于马萨诸塞州康科德的居所之后，缪尔出于友谊，寄去了数封热情讴歌自然和荒野的信件。爱默生则于1872年2月回信。回信内容简略却不失雄辩，也为缪尔珍视终生。在信中，爱默生对自己长期的沉默表示歉意，并邀请缪尔返回东海岸，在自己的家乡做一次大范围的旅行：

> 　　与君结识，三生有幸。身边好友，皆可作证。他们定会视君为挚友。因缘际会于山间茅屋，君特立独行，令人欣羡。君归隐山林，自得其乐，唯愿天使放君出山，遗忘冰雪，返回尘世。须知万众翘首，盼君启蒙……祈祷上苍，允君不再探索未知的冰川与火山，作别往昔，收拾画作、植物标本与诗文雅集，莅临大西洋之滨。[①]

隐居加利福尼亚荒野的缪尔，在他人看来，一定是饱受孤寂与风雪侵袭之人，但爱默生视年轻的缪尔为弟子，对他的关爱溢

　　① 见威廉·弗雷德里克·巴德（William Frederic Badè）的《约翰·缪尔的生活与书信》（The life and Letters of John Muir），纽约：霍顿·米夫林出版公司1924年版，第1卷，第259—260页。至于爱默生的亲笔原信则收藏于加州大学伯克利分校的班克罗夫特收藏馆（Bancroft Collection）。

于言表。除了这封饱含热情的邀请函之外，爱默生还随信附赠了自己的两部散文选集。尽管缪尔未能去康科德回访爱默生，但他的确认真地拜读了这两部作品，不仅划出了重要段落，还在页边空白处写满了评注。这些针对爱默生散文的页边评注，在延续了两人对话交流的同时，也促使缪尔进一步从自我感受出发，对爱默生的自然主张，做出慎重扬弃。

缪尔对爱默生散文的旁注像大多数仅供个人使用的旁批一样，若不联系上下文，无疑会让读者放大他与这位年长哲人的分歧。尽管缪尔整体上十分推崇爱默生，但在某些方面，也尖锐地反驳爱默生的观点。下文援引的是爱默生散文选集的部分内容，斜体字是缪尔的旁批：

爱默生："松鼠贮藏坚果，蜜蜂收集花蜜，都是无意识的行为。"缪尔：我们又是如何知道的呢？

自然"从不考虑明天"。叶芽和种子也不考虑明天吗？

"太阳将大部分光射进太空，只有一小部分射到行星上，但太空茫茫空泛，并不领情，显得太阳很徒劳。不过，太阳并不为此感到烦恼。"我们如何知道太空并不领情？

"崇敬于伟大上帝的心灵是朴素和真实的，没有玫瑰的颜色。"为什么不是呢？上帝的天空都有玫瑰的颜色，他的花朵也应有之。

"自然美只有具备了人类的特质，才会看起来真实不造作。"因为有上帝居于其间。

"树木就像不完美的人，总是哀怨自己被根囚禁。"不是的。

　　"任何山林湖泊都引人入胜，都值得赞美，但都有美中不足，令人唏嘘。"不是的——自然总是给予我们额外的惊喜。①

　　这些例子表明，缪尔采取的是一种深层的生态解读视角，而该视角排斥任何有关万物以人为中心的本体论思维。他挑战爱默生关于松树与蜜蜂缺乏预见性的论断，认为即使是叶芽与种子都可自证是"考虑明天"的。爱默生觉得，环绕地球的空洞与虚无，对于太阳给予的温暖"并不领情"，但缪尔质疑这种论断，并提出"我们如何知道太空并不领情"这样一个难以回答的问题。如果整个宇宙都充盈着富有情感的存在体，那么，即便是行星之间的空间，也会含有情感意识的微光与火花。如若不是，那我们是谁呢？爱默生说的那个决定心灵颜色的人，又是谁呢？通过此番追问，缪尔逐步切入了爱默生所残留的人类中心主义核心，也借此为自己深层的生态世界观奠定了思想基础。②
　　缪尔之所以会批评爱默生，主要是因为他隐约意识到，对方在美国自然景观的意义问题上，并未保持自己的远见卓识。与同时代的人一样，缪尔也受到过爱默生《论自然》中"透明的眼

---

　　①　见斯蒂芬·福克斯（Stephen Fox）的《美国环保运动：约翰·缪尔与他的遗产》（*The American Conservation Movement：John Muir and His Legacy*），威斯康星大学出版社1981年版，第6页。约翰·缪尔有关《拉尔夫·沃尔多·爱默生散文作品》（*The Prose Works of Ralph Waldo Emerson*）的评注本，现存放于耶鲁拜内克图书馆（Yale Beinecke Library）。
　　②　有关缪尔深层生态世界观的形成分析，请见詹姆斯·H. 赫弗南（James H Heffernan）的《为何荒野？约翰·缪尔的"深层生态学"》（"Why Wilderness？John Muir's'Deep Ecology'"），《约翰·缪尔：人生与工作》（*John Muir：Life and Work*），萨利·M. 米勒（Sally M. Miller）主编，新墨西哥大学出版社1993年版，第102—117页。

球"那段文字的启迪。众所周知,那是爱默生深层感知的文字呈现,即,人类个体与"宇宙信息"存在一种贯通彼此的密切关系。爱默生认为自然界的神性力量无处不在,但实际是在呼吁以后人本主义视角,观照美国的伦理学与美学。爱默生毕生都在寻找从纯粹的功利主义思想中赎回美国自然景观的途径,缪尔亦然。但缪尔也意识到,在爱默生的某些文章段落里,还有人类中心主义的伦理残渣,因为爱默生有时候会不经意间流露出驯服自然的念头。当然,爱默生的自然历史知识也不甚渊博。应该说,那次与爱默生的邂逅给缪尔以激励,为了能很好地向周遭的加利福尼亚荒野——它丰富多样的动植物、快速流动的风与溪水,甚至是脚下沉默的石头,表达自己的彻底认同之情,缪尔在持续寻找一种最为恰当的修辞方式。最终,在英国浪漫主义诗歌中,他找到了。

风神的音乐

1894 年,缪尔的第一部著书《加利福尼亚的群山》(*The Mountains of California*)出版问世。该书由作者 1875 年至 1882 年发表在大众杂志《哈珀斯》(*Harper's*)、《斯克里布纳斯》(*Scribner's*)、《世纪》(*Century*)和《陆路月刊》(*Overland Monthly*)的散文结集而成。[①] 该书每一章都经过仔细校订,并且都在期刊版本的基础上有所扩充,所以并非仓促汇编之作。相反,这是一部在美国荒野遗产方面对公众认知产生持续影响的著作。它不仅为缪尔在保护荒野、森林、分水岭方面,赢得了雄辩倡导者的公众身份,还普及了他有关内华达塞拉山区冰川侵蚀形成说的科学论证。缪尔将细致入微的科学观

---

① 关于缪尔发表的期刊文章详细列表,请见金姆斯的《约翰·缪尔:一份阅读书目》。

察与其崇高的自然理念相结合，并将之贯穿于全书始末。而这种做法又可上溯至浪漫主义诗人，将强烈视觉与绵密细节结合入诗的技巧。缪尔在《林中风暴》一章有关气候趣事的文字中，采用了风弦琴意象，正是一个能说明作者深受浪漫主义运动影响的例子：

> 时近中午，经过一番漫长又扎人的攀爬，我终于穿过了一片由榛树和美洲茶构成的杂树林，登上此地的最高峰。此时，我突然冒出一个想法：干脆找棵大树，爬到树顶上，不仅能看到更开阔的景色，还能将耳朵凑近树颠的松针以倾听它们奏出的风神曲，一定非常惬意……经过一番物色，我在一片道格拉斯云杉里挑选了一棵最高大的，因为它们都像丛生的野草一样紧挨着生长，所以我并不担心它会倒掉，除非出现诸如连片倒伏的状况。再看这些云杉，尽管树龄不大，但都长到了100英尺左右的高度，柔软浓密的树梢都在野性狂喜中摇曳婆娑。由于我在植物科考中已经掌握了爬树的技巧，所以爬上这棵树的树顶，不仅算不上是多大的挑战，还让我从这次令人兴奋的运动中，获得了前所未有的新奇体验。纤弱的树梢在狂风里剧烈摆动并窸窣作响，前后左右地摇晃打转，整齐地划出垂直与水平曲线的绝妙轨迹，而此时的我，正绷紧了全身的肌肉，直直地撑着，仿佛一只立在芦苇上的长刺歌雀。（469）

缪尔通过描写这次爬树轶事，为传统的，甚至有些陈腐的风弦琴意象，平添了一抹具实与即时的亮色。面对风暴，他不愿做个远远观望的被动观察者，而是爬上树颠，与之一同感受晃动时的野性狂喜。紧紧抓牢树枝的缪尔就"像一只立在芦苇的上长刺歌雀"，褪去了科学意义上的人类外表，成为所见景象中的一部分。缪尔之所以能做出这种融人于景的壮举，与他面临生命危险时的勇敢程度有一定关系。他紧张地死死抓住树枝，本质上是在忐忑自身生命的脆弱，也正由此，缪尔才能以绝无仅有的近距离，接触死亡与重生的自然循环。

不仅如此，风弦琴还是缪尔作品中频繁出现的意象，是他构思自然与人类心智关系不可或缺的方式。1872 年 2 月，缪尔在优胜美地山谷他的住处，写信给加利福尼亚诗人，查尔斯·沃伦·斯托达德（Charles Warren Stoddard）。在信中，缪尔又借风弦琴的意象表现自然对人类感觉施以的转化力量：

> 您千万别认为，我能对您有所指教，对于大山这张字母表，我也只是个学习进度缓慢的婴儿，但我可以大胆保证，大自然会让你大开眼界……那么，来山区，来沐浴山泉之爱吧。打开我们的心扉，让充满灵气的微风吹过你的心房，你会像风弦琴一样随心歌唱。①

为了能在写给这位诗人伙伴的信里，讲清楚诗人天职的真正本质，缪尔以一种先知的口吻，将风弦琴喻为连接诗意创造（"making"）与自然界持续创造过程的纽带。

借助风弦琴这个意象，缪尔便能将自己眼中的自然界，表现为一个进行持续加工的场所。在那儿，万物都须变化，以便为他物让路。他还曾在自己的《营火格言》（"Campfire Aphorism"）里，进一步解释过风弦琴的内涵：

> 即便是在最宁静的日子，也总能听见空气里悠扬的风弦琴声。总能听见一种世界的琴弦在拨动绵绵不绝的旋律，有天上的群星为之唱和，因为这仍是造物的清晨，而且创世中

---

① 缪尔致查尔斯·沃伦·斯托达德（Charles Warren Stoddard）的机打信件，大致成于1872 年 2 月 20 号。详见加州大学伯克利分校班克罗夫特图书馆收藏的《约翰·缪尔：书信论文集》（"John Muir. Collection of Letters & Papers"）（C-H 101，第一部分）。

的劳作之音永恒。①

很明显，这里的风弦琴是一个生态层面上的意象，象征一种广泛且动态的相互关系。缪尔意欲证明它非常普遍，不仅生物之中有之，"群星"之间亦有之。因此，这又是缪尔一种宇宙生态学的观点。借此，缪尔便能以超越任何现有人类知识的高度，赞美创世的永恒进程。②

　　尽管爱默生和梭罗也使用过风弦琴的意象，但最早使用该意象的还是英国浪漫主义诗人。不仅如此，柯勒律治和雪莱极大地丰富了风弦琴意象的内涵。柯勒律治在《风弦琴》（"The Eolian Harp"）一诗中，为了表征人类与其他生命体的重要关系，不仅创造性地运用了这一关键的浪漫主义隐喻，而且由此深思自然的根本属性：

> 假如生机勃勃的自然万物，
> 皆是拥有生命的一架架有机风弦琴，
> 当博大而富于创造的智性清风拂过，
> 琴弦便会振颤，乐音便会飘入才思，
> 顷刻间，各自之灵便成了万物之神。（44—48 行）

　　尽管柯勒律治颇具颠覆性的泛神遐想，很快受到了他那保守正统、敏感易怒又"忧郁"的妻子的批评，尽管诗中的内在辩证思想可能会引起争议，但将风弦琴作为环境意识觉醒的意象，

---

　　①　见加州太平洋大学（University of the Pacific）约翰·缪尔区域研究中心（John Muir Center for Regional Studies）的《约翰·缪尔文丛》（John Muir Papers）。转引自《约翰·缪尔：人生与工作》第 139 页，理查德·F. 弗莱克（Richard F. Fleck）的文章《约翰·缪尔的超验意象》（"John Muir's Transcendental Imagery"）。
　　②　艾布拉姆斯曾用"宇宙生态学"（cosmic ecology）这一术语，形容柯勒律治的《政治家手册》（The Statesman's Manual）为我们形成现代世界观所做的重要贡献。请见其《微风习习》（The Correspondent Breeze），第 216—222 页。

仍然有其重要意义。该意象在浪漫主义研究领域早已沦为过时的老生常谈，但我认为它依然值得人们从新的角度研究，不仅是因为这个意象是最早和最有影响力的诗学范畴之一，而且还因为有助于我们从生态学角度理解大自然。

艾布拉姆斯或许是最早指出风弦琴意象生态意义的文学批评家。他在1957年首次发表的文章《微风习习》中写道：

> 　　风作为一种只可感却不可见的力量，曾在浪漫主义反驳启蒙主义世界观的过程中，发挥了远远超过水、光、云等等意象的作用。此外，吹动的风作为一种意象，为启迪人们与自然环境重建那种华兹华斯与柯勒律治向往的和谐关系，发挥过重要作用，也因此一直为后笛卡尔哲学的二元论与机械主义所排斥。①

尽管艾布拉姆斯在文中将某一隐喻本质化的做法，因为缺乏应有的上下文联系，受到学界的严厉批评，但我们仍需明白该文的主旨：风弦琴意象有助于浪漫主义诗人表达自己的思想，只是一直未予言明罢了。实际上，风弦琴并非无聊诗人的遣兴之物，而是促进西方文化对自身与大自然关系产生结构性认识转变的重要一环。

雪莱曾在《西风颂》中，对风弦琴意象做了别出心裁的运用。他在该诗的最后一节，将自己表述为一架竖琴，一个能够传达西风重大意义与消息的人化之物：

> 　　让我做你的竖琴吧，尽管你有树林这架竖琴：
> 让我的叶片像树叶一样飘落！
> 你那雄浑和谐的狂飙，
> 必使我和树林奏出深沉的秋韵，

---

① 艾布拉姆斯：《微风习习》，第42页。

悲凉中透出悠扬。点化我吧，烈烈精魂，

我之心魂！变我为你，狂放的你！

将我腐朽的思想逐出寰宇，

如同枯叶零落换来新绿！（57—64行）

在这首诗里，雪莱将自己比作承受西风狂飙的"竖琴"，西风则是人世间摧枯拉朽的劲风。尽管该诗呈现了一派萧瑟的宇宙景象，但其基调却十分昂扬，因为秋天的到来，意味着四季即将完成一个轮回，届时，"春风，你那蔚蓝的姐妹/吹起嘹亮的号角，唤醒梦中的大地"（9—10行）。

综合此前援引的所有风弦琴隐喻，只有出自雪莱《西风颂》和缪尔《林中风暴》的在基调和精神上最为接近。和雪莱一样，缪尔也将自己比喻成风弦琴，期待那风吹过自己的"叶片"，给"人类捎个话"。或许，缪尔在攀上道格拉斯云杉，并像"一只立在芦苇上的长刺歌雀"那样紧紧抓着树枝之时，脑海中浮现出的就是雪莱的诗篇。他将雪莱人树同一的隐喻进一步文学化，从而使自己真正融为树木的一部分，和树一同"在狂风里剧烈摆动并窸窣作响，前后左右地摇晃打转，整齐地划出垂直与水平曲线的绝妙轨迹"（469）。即使是回到地面，缪尔依旧在心里，深深感佩树木有丰富的情感；他还意识到，同在银河系里旅行的人与树木，彼此存在诸多的共同之处：

树木与人类同在银河系里旅行。然而，直到风暴来临，树木在风中摇曳，我才意识到它们都是旅行者。它们旅行过多次，尽管行程不远，而我们的小小旅行，同样是来回往返，比树木晃动的次数多不了多少，有些人还不如树木旅行的多呢。（472—473）

缪尔借用风弦琴这个隐喻，将自己视为树林的一分子，重新认同树木在风中摇摆的"旅行"意义。以宇宙的维度来看待和比较"我们的小小旅行"与这些树木的摇晃，二者在范围和意义上的差别可忽略不计。众所周知，我们走出家门又回到家里，多数时候都不会有任何的智慧长进。因此，缪尔去了内华达的塞拉山区，在那个远离人烟的地方独自旅行，进而将探索传奇的原型实践外化。和许多其他的浪漫主义探索者一样，缪尔离家去了远方，与完全不着人类气息的他物相遇，顿觉找回了最为真实的自己。他更乐于将自我融入周围的森林，融入这个更为宽广的存在，即便要以自己的社会身份为代价，也在所不辞。

　　缪尔并不是简单地传播浪漫主义思想，而是从成年时起，就一直在投入大量的时间，研读和评论英国浪漫主义作品。在他的私人藏书（现存于亨廷顿图书馆开架区）里，不仅有布莱克、华兹华斯、济慈、雪莱和拜伦的数部诗作，还有 5 部柯勒律治的诗集和散文著作。缪尔对柯勒律治《诗作》（*Poetical Works*）、《文学传记》、《莎士比亚讲稿》（*Lectures on Shakespeare*）、《桌边漫谈》（*Table Talk*）以及《人生哲学》（*Theory of Life*）这 5 部著作所做的注解，一方面展现了他对柯勒律治整个自然观的卓越洞见，另一方面也直观证明了他受惠于后者诗性语言与意象的事实。① 在本章的后续部分，我并不打算总结缪尔为英国浪漫主义诗人所作的

---

　　① 缪尔的私人藏书涵盖以下书籍:《塞缪尔·泰勒·柯勒律治的诗作》（*Poetical Works of Samuel Taylor Coleridge*），乔治·拜耳出版社（George Bell）1885 版（仅有首卷）;《文学传记……与俗人的布道》，乔治·拜耳出版社 1889 年版;《关于莎士比亚与其他英国诗人的笔记与讲稿》（*Lectures and Notes on Shakespeare and Other English Poets*），乔治·拜耳出版社 1888 年版;《桌边漫谈与札记》（*The Table Talk and Omniana*），乔治·拜耳出版社 1888 年版;《驳杂性、审美性的与文学性:人生哲学的附着对象》（*Miscellaneous, Aesthetic and Literary: To Which Is Added the Theory of Life*），乔治·拜耳出版社 1885 年版。每本书皆写有"威廉·基恩"（"Wm. Keith"）的字样，表明这些书是缪尔从基恩手中得来。实际上，威廉·基恩是缪尔于 1872 年秋在一次颇具艺术情调的远足中所结交的一位好友。

大量评论，而是以缪尔最受欢迎、最有影响力的一部作品为例，分析柯勒律治对缪尔的影响。

人与兽

19世纪八九十年代末，缪尔开始为柯勒律治的作品写批注，尽管他当时的主要任务是撰写两部重要作品：一部为他的长篇叙事作品《阿拉斯加之旅》（*Travels in Alaska*）（于作者离世后的1915年出版），另一部是题为《斯蒂金》（"Stickeen"）的短篇小说（该小说最早是在1897年以期刊文章的形式发表的，到1909年才扩充成书籍形式进行出版）。实际上，缪尔所做的批注与这两部著作的成稿有着莫大的联系，这在缪尔与柯勒律治对话的过程中就可看出。因此，我将专门探讨此类对话于缪尔撰写《斯蒂金》的影响。《斯蒂金》以缪尔1880年勘查阿拉斯加的真实经历为蓝本，讲述的是作者如何与一只名为斯蒂金的狗逐渐熟络的故事。尽管斯蒂金是条并不友善的杂种小狗，但依然具备狂野、独立与天性勇敢的突出特点。它和奉行禁欲主义的哲人第欧根尼（Diogenes）一样，对人类完全漠然，即便身处人类社会，也丝毫不减它的纯粹野性：

> 斯蒂金就喜欢独自待着，这一点颇似第欧根尼；作为荒野真正的孩子，它甚至将大自然的宁静与安详，奉若自己隐逸生活的圭臬。它那透着个性力量的双眸，就像山冈那样古老，又那样富于朝气、充满野性。（556）

尽管这只狗生性冷漠，但缪尔还是暗自喜欢上了它，尤其是在共同遭遇生命威胁的时刻，他对小狗的情感愈发强烈。比如，在故事的高潮部分，斯蒂金刚跟着缪尔穿过一座冰山后，二者旋即又在错综复杂的冰隙里迷失了方向。此时的缪尔，脑海里浮现出罗伯特·彭斯的诗歌《致老鼠》（"To a Mouse"），不禁脱口而出：
"可怜的斯蒂金，体格瘦小，仅有皮毛挡寒，想想都令人心酸！"
（566）在巨大的生命危险面前，缪尔与斯蒂金凭借自身努力，
成功脱险，最终返回。可见，原本简单的故事情节经由作者的敷
衍，变得一波三折、扣人心弦。事实上，缪尔之所以如此，为的
是表明：人与狗能够结成亲密关系，同时也暗指人可以与所有生
命形式结成类似关系。

　　缪尔在一本记事簿和数本书的扉页上，构思《斯蒂金》的
故事细节。① 尽管故事并不复杂，但显然凝聚了作者大量的心
思。究其原因，势必要与他和其他作家的思想对话联系起来。柯
勒律治则是其中最为重要的一位。缪尔详细批注了柯勒律治的五
部著作。这些密集的批注就是他与柯勒律治的深层对话。尤其是
针对《老水手之歌》中描述蛰居老水手工友尸身的"一群仙灵"
"sweet jargoning"的段落，缪尔所作的独特批注最引人注目。他
不仅在柯勒律治《诗作》的引言部分用竖线旁批，标出了涉及
的相关诗节，还同样用竖线标记了诗歌正文的对应内容，可见他
对这段内容的兴趣之大：

　　　　有时候鸟鸣划破长空，
　　　　那原来是云雀的歌声；
　　　　有时成群结队的小鸟，
　　　　布满海面和广袤苍穹，
　　　　在悦耳的鸟语中飞行。

----

　　① 关于缪尔创作过程的更多细节研究，请见罗纳德·H. 林博（Ronald
H. Limbaugh）的《约翰·缪尔的〈斯蒂金〉与大自然的课程》（*John Muir's "Stic-
keen" and the Lessons of Nature*），阿拉斯加大学出版社 1996 年版。林博不仅详细描述
了有关该书的多种手稿和材料，还提供了一份参考书目，上面涉及的所有著作，缪
尔都做过注释。

鸟鸣时而激越如鼓乐齐鸣，

时而若竹笛独奏沁人心脾；

时而又如天使引吭高歌，

令天堂也为之洗耳恭听。

鸟鸣虽止，帆船依然前行。

悦耳的声音乍起，至午不停，

原是小溪流水潺潺浅吟，

穿行于六月茂密的丛林，

为夜晚酣睡的树林，

低吟浅唱摇篮曲。①

　　缪尔为何在整首诗中独独划出这两节，这多少让人费解。如果吸引缪尔的是那些描绘极寒景象或这色彩斑斓的海蛇的诗节，似乎更合乎人们的期待。事实上，这两节最能彰显他在构思《斯蒂金》时最看重的主题："禽兽"的语言。柯勒律治认为云雀鸣声与乐器声和细流的"潺潺声"有异曲同工之妙。所有这些存在物，包括无生命的事物，在柯勒律治笔下都附上了某些语言表达的形式。缪尔在批注里，直接借用柯勒律治的语汇，描绘冰川深处的流水声音："冰川的流水将浮冰与水面上的空气注满他们的'悦耳的声音'。"② 不仅如此，缪尔还将柯勒律治的诗性意象，运用到了更为理性的环保领域，以此表达无生命事物也有自己的语言，也有自己回应风神影响的独特方式。

　　尽管缪尔十分推崇柯勒律治的诗，但也批判他的某些哲学思想，尤其是他关于人类独有理性能力的观点。他曾对柯勒律治评论莎士比亚《暴风雨》（The Tempest）的文字做过批注，不仅抨

---

　　① 请见亨廷顿图书馆约翰·缪尔开架区的柯勒律治《诗作》（Poetic Works，1885）第1卷。该卷第 cxxxiii 页与第 173 页都有缪尔画的竖线标记。

　　② 请见亨廷顿图书馆约翰·缪尔开架区的柯勒律治《诗作》，缪尔在该书首空白页上的铅笔批注。

击柯勒律治认为动物缺乏理性、不具道德意识的论断，还诘问：
"人与兽。都道德吗？"① 他转而以自己的想法描摹斯蒂金："它
会因恐惧而暴怒"，也会因"高兴而忘乎所以"，它"恐惧死亡，
就像哲人一样，懂得生命的意义。上天赋予它希望与恐惧的能
力——[我们就是] 一样的家伙"。在他看来，这条狗所展现的
"思想的能量——理智的力量"丝毫不逊于同样情境下的人类。②

　　缪尔继续质疑柯勒律治关于动物语言的观点，并指出："柯
勒律治认为兽类嚎叫是因为它们只会发出元音，而人能够发出辅
音。但斯蒂金却能用人类所有语音发出哀号——至少我看如
此。"③ 在此，缪尔试图打破人与其他造物截然不同的概念界限，
并认为不存在某一认知、语言或者"道德意识"，能像试纸那样
测出人与兽的上下之别。在缪尔眼里，人与兽之间，只有程度的
差别，没有种属的不同。

　　缪尔尽管反对柯勒律治后期的基督教人本主义思想，但对年
轻时的柯勒律治却极为敬重，因为那时的柯勒律治思想激进，坚
信世界大同，也写下了《致小驴》（"To a Young Ass"）与《老
水手之歌》这样脍炙人口的作品。两首诗虽然分别着笔驴子与
海蛇，但都表达了所有生命形式皆存亲缘关系的思想。可惜因为
受到保守哲学的影响，这两种动物又沦为了老年柯勒律治眼中不
招人待见的野兽。尽管缪尔对柯勒律治的某些哲学论断持有异
议，但也从他的有机形式论，以及在《生活理论》中对待动物
的整体性态度上，获益匪浅。总之，缪尔吸取柯勒律治的有益思
想，促成他树立了自己的世界生态主义意识，但对他放弃年轻时

---

① 请见亨廷顿图书馆约翰·缪尔开架区的柯勒律治《关于莎士比亚的笔记与
讲稿》（*Lectures and Notes on Shakespeare*），缪尔在该书卷首空白页上的铅笔批注。

② 请见亨廷顿图书馆约翰·缪尔开架区的柯勒律治《关于莎士比亚的笔记与
讲稿》（*Lectures and Notes on Shakespeare*），缪尔在该书卷首空白页上的铅笔批注。

③ 请见亨廷顿图书馆约翰·缪尔开架区的柯勒律治《桌边漫谈与札记》（*The
Table Talk and Omniana*），缪尔在该书卷首空白页上的铅笔批注。

的理想的做法持有异议。

可见，柯勒律治的诗歌极大地影响了缪尔的短篇小说。缪尔就柯勒律治著作中描写自然的段落所作的批注，既与他在阿拉斯加的考察经历有关，又表明他对柯勒律治描写异域风情的诗歌抱有浓厚的兴趣。和《老水手之歌》一样，《斯蒂金》也是一部晓谕所有生命存在密切关系的寓言。这两部作品都以反映人与动物并不热络的伙伴关系为故事内容。和信天翁一样，斯蒂金也来自遥远的极地，而它的名字又模糊了它的出身，因为在当地，印第安部落还管一条附近的小河叫斯蒂金。缪尔将斯蒂金描绘成一个对人类事务疏远、冷漠，行事作风叛逆、桀骜、狂野，又纯粹非人格化的神秘形象，进而由它体现出荒野特性，这样一个常常让人自觉失衡、困惑与彷徨的广阔世界的不可知性。缪尔通过平实而富于寓言性的叙事，展现了斯蒂金如何在危急时刻表露自己的奇特心灵，又是如何通过培养彼此的伙伴关系，拓展缪尔关于亲密关系的认识，使其意识到自己与其他生物的本质联系，以及自己所负责任的过程。"起初，它［斯蒂金］是我犬类朋友里最没前途、最不被看好的，但突然又成了其中最为出名的一个。是我们为生存而并肩作战、抗击风暴的经历，让它崭露了头角，而它，也像一扇窗，让我能够透过它，以一颗前所未有的深切怜惜之心，观照我所有的万物伙伴。"（571）

《斯蒂金》是缪尔生前最受欢迎的一部作品，尽管在排斥说教故事的今天，人们对该书的热情已然消退，或许认为它和《老水手之歌》一样，承载了太多的道德寄寓。① 但它的确以一种任何抽象哲理都无法企及的方式，为建立深层生态学的伦理性基础，做了尝试；其中尤其值得一提的观点是：固有的道德价值

---

① 面对外界质疑《老水手之歌》荒诞、无道德的声音，柯勒律治回应说："依我看，这首诗最大的失败并非没有道德，而恰恰是道德太多，灌输得又太过露骨。"《桌边漫谈》（*Table Talk*），卡尔·伍德林（Carl Woodring）主编，普林斯顿大学出版社 1990 年版，第 1 卷，第 272—273 页。

应被归因于人类世界之外,并且脱略人类意图的功利性羁绊。世界已然存在,并且理应不必以顾及人类的任何需求与欲望而存在。缪尔不只关注自然的审美化,更关心荒野以及野生生物,因为它们不仅具有视觉吸引力,能为人类观察者提供发现带来的智性愉悦,而且有权以自己的方式,为自己而存在。短吻鳄、响尾蛇以及蚊子都具有与我们相当的生存权利。尽管声言这一认识是一回事,要对读者产生影响又是另一回事。只有当我们普遍接受这样的观点,并使其成为我们社会的核心价值观之一,地球的命运或许还有希望,因此,《斯蒂金》这样真诚而不造作的故事,将可能有助于我们发展后工业化文化。

第八章 玛丽·奥斯汀：少雨之地

玛丽·亨特·奥斯汀（Mary Hunter Austin，1868—1934）一生写了 34 本书，发表的文章、随笔、短篇小说和诗歌已逾 250 篇，涉猎的主题涵盖人类学、民俗学、政治学、形而上学和诗学。作为一位积极的女权主义者，奥斯汀支持妇女享有选举与生育控制的权利。此外，她还是一位坚定的环保倡导者，曾投身可持续发展、自然资源本土控制，以及保护美国荒野的事业中。[①]

奥斯汀生于伊利诺伊州卡林维尔，就读布莱克伯恩学院期间，便立志做一名专业作家。她发表的首篇散文《马背上的一百英里》（"One Hundred Miles on Horseback"）（1887）描写的是当年全家人乘坐大篷车，前往远在南加州科恩河（The Kern River）乡村宅地的一次史诗性旅程。[②] 在那儿，她邂逅了未来的丈夫——斯塔福德·华莱士·奥斯汀（Stafford Wallace Austin），并与之一同前往内华达塞拉东部欧文斯山谷（Owens Valley）里

---

① 目前关于玛丽·奥斯汀可找到的最全的出版著作目录，请见 1939 年纽约大学达德利·泰勒·温（Dudley Taylor Wynn）的博士学位论文《关于玛丽·亨特·奥斯汀作品的一项批评研究》（*A Critical Study of the Writings of Mary Hunter Austin*）一书。可从亨廷顿图书馆取阅该作的副本，以及其他有关玛丽·（亨特·）奥斯汀的论文与文档。然而，尽管这份资料可谓详细，但仍未穷尽。如一位研究生所标注的：要获得一份完整且详细的奥斯汀已发表作品目录，依旧是件可望而不可即的事情！

② 见奥斯汀《马背上的一百英里》，《布莱克伯恩人》（*The Blackburnian*）1887 年 5 月刊。该文后又见刊于《玛丽·奥斯汀读本》（*A Mary Austin Reader*），艾斯特·F. 兰根（Esther F. Lanigan）主编，亚利桑那大学出版社 1996 年版，第 23—28 页。

的一个荒凉村庄。婚后，由于丈夫玩世不恭，且不思悔改，加之第一个女儿患有先天的精神残疾，种种原因导致两人的婚姻破裂。尽管婚姻受挫，奥斯汀还是由衷地爱上了欧文斯山谷的美景与野生生物。她为加利福尼亚沙漠所写的卓越作品《少雨之地》（*The Land of Little Rain*）（1903），对于处理自然景观粗粝之美的技法无人能及。为了调和约翰·缪尔对美国荒野欢欣雀跃的赞颂之辞，奥斯汀融入了一种更为清苦的内容，从而表现沙漠生物长期顽强生存的现实。她还对派尤特（Paiute）族与肖松尼（Shoshone）族印第安人的特点做了敏锐的描绘，而这都得益于她对印第安人生活方式的了然于心。在《少雨之地》靠后的《编篮人》（"The Basket Maker"）一章中，奥斯汀发现自己与赛亚薇（Seyavi），一位派尤特族印第安妇女，有许多的共同之处，比如，对方虽遭到丈夫抛弃，也觉得没有男人，自己能够生活得很好。

当洛杉矶市政府决定收购欧文斯山谷的水源时，奥斯汀奋起斗争，因为那是当地人民的水源。最终，斗争失败，山谷的农业经济面临解体，奥斯汀也永远地离开了那片土地。她首先迁往旧金山，后又辗转到了纽约和新伦敦，最终定居新墨西哥的圣达菲，并在那里完成了《旅行尽头的土地》（*The Land of Journey's Ending*）（1924）等多部反映美国西部的作品。其中，《地平线》（*Earth Horizon*）（1932）是她的自传，该书以生动的笔调，向读者再现了作家跌宕起伏的一生。总体来看，是艰苦环境下的生存奋斗经历，以及不幸的婚姻，使她最终形成了一种生态女性主义的自然世界观，对当代环境作家影响深远。①

---

① 承蒙艾斯特·兰尼根·史汀曼（Esther Lanigan Stineman）的《玛丽·奥斯汀：独行者之歌》（*Mary Austin: Song of a Maverick*），耶鲁大学出版社 1989 年版，提供了奥斯汀的相关生平信息。

天空的乳婴

　　《少雨之地》是奥斯汀最早出版、至今最受欢迎、最具影响力的作品。她饱蘸笔墨，详细介绍欧文斯山谷与莫哈维沙漠（Mojave Desert）的自然历史，满怀深情地再现了荒芜、大风肆虐的旷野风貌。正如罗德里克·纳什（Roderick Nash）指出的那样，沙漠对于大多数世纪之交的美国读者而言，依旧是片神秘、被上帝遗弃的地方。① 在通俗文学中，沙漠通常被描绘成一个危险之地，往往只有战争的奴隶、神秘的摩门教徒、鲁莽的采矿者，以及耐劳的拓荒者，才会取道此地，前往更宜耕、更有益于身心健康、视觉上更吸引人的安身之处。作为神秘与恐怖的领地，沙漠也偶尔会被艺术化地塑造成一种崇高的场景，但由于沙漠总体上未被纳入美的范畴，只能作为一种不适宜审美的对象而被长期边缘化。然而，到了 19 世纪末 20 世纪初，伴随着洲际铁路实现贯通、原生态河流筑上了大坝、印第安人被武力驱赶到保护区重新安家；美国荒野逐渐变得更易接近、更不惧危险性，人们对于沙漠的态度开始有了变化。对富裕阶层而言，在黄石以及优胜美地国家公园观光旅游，已经成为可能。坐在安乐椅上阅读

---

　　① 见罗德里克·纳什（Roderick Frazier Nash）的《荒野价值与科罗拉多河》（"Wilderness Values and the Colorado River"），《科罗拉多河的新航道》（*New Course of the Colorado River*），格雷·D. 威瑟福德（Gray D. Weatherford）与 F. 李·布朗（F. Lee Brown）主编，新墨西哥大学出版社 1986 年版，第 201—224 页。纳什在第 207 页写道："不仅仅是一个瓦尔登湖，甚至是整个科罗拉多周边的荒野都并非一开始就能印证神性内在于自然这一先验论断的。"他还进一步指出，人们对沙漠风光的欣赏，经历了一个逐步发展的过程，而这又得益于一大批文人墨客的推动，如探险家约翰·卫斯理·鲍威尔（John Wesley Powell）、艺术家托马斯·莫兰（Thomas Moran）、摄影家提摩西·欧苏利文（Timothy O'sullivan）、画家约翰·马林（John Marin）与佐治亚·奥基夫（Georgia O'keefe）以及作家玛丽·奥斯汀、薇拉·凯瑟（Willa Cather）、约瑟夫·伍德·克鲁奇（Joseph Wood Krutch）、华莱士·斯特格纳（Wallace Stegner）和爱德华·艾比（Edward Abbey）。

游记的人们，兴趣与日俱增，似乎再多描写美国西部自然环境的作品，也不够他们阅读。

面对不断增长的西部旅行文学阅读需求，诸如 1868 年创刊的《陆路月刊》（*The Overland Monthly*）等杂志应运而生，而包括《哈泼斯》（*Harper's*）和《大西洋月刊》（*The Atlantic*）在内的一些老牌杂志，也频繁刊发一些再现广袤西部壮丽风光的文章。缪尔与奥斯汀的自然作品在成书以前，都以文章的形式发表在各种大众期刊上。奥斯汀于 19 世纪 90 年代期间，将自己的三部短篇小说陆续发表在《陆路月刊》，并以连载的形式将《少雨之地》发表在 1902—1903 年的《大西洋月刊》。① 通过这种方式，奥斯汀不仅收获了一批认可她作品的读者，还能以权威的口吻，为众多都市读者描述陌生、险峻却不失魅力的西部风光。奥斯汀眼光独具，发现在沙漠和岩石中，动植物有着异乎寻常的适应性，照射在沙子与岩石上的阳光别具一格，精微有趣，而那儿的人类居民，则有着不为人知的辛酸故事。《少雨之地》就是她首度展现美国沙漠粗犷与原初壮美的文学作品。

该书开篇就将读者的目光引向了荒凉、禁绝的西部山野，那里没有怡人的田园风光，有的却是绵亘交错的山峦和禁绝生命的荒原：

---

① 奥斯汀在《陆路月刊》先后发表了三篇短篇小说：1892 年 11 月的《费莉佩的母亲》（"The Mother of Felipe"）、1897 年 3 月的《女郎的求爱》（"The Wooing of the Senorita"）和 1897 年 10 月的《阿勒幸的转变》（"The Conversion of Ah Le Sing"）。在《少雨之地》成书之前，该书各章的内容最初是以连载形式陆续发表在《大西洋月刊》上的，如：《吉姆维尔：一个布雷·哈特式的乡镇》（"Jimville：A Bret Harte Town"），1902 年 11 月第 90 期第 690—694 页；《少雨之地》，1903 年 2 月第 91 期第 235—238 页；《葡萄藤小镇》（"The Little Town of the Grape Vines"），1903 年 6 月第 91 期第 822—825 页。此外，总部位于旧金山的《陆路月刊》还刊发过约翰·缪尔、布雷·哈特（Bret Harte）、安布罗斯·贝尔士（Ambrose Bierce）、查尔斯·沃伦·斯托达德（Charles Warren Stoddard）的作品。关于该时期的更多史料细节，请参看弗朗西斯·沃克（Francis Walker）的《旧金山文学前沿》（*The San Francisco's Literary Frontier*），纽约：诺夫出版社 1937 年版。

这就是该片区域的原始样貌。又圆又钝的焦灼山峦从混沌中拥簇而出，呈铬黄和朱红色，一直延伸到雪线。山峦之间或有阳光刺目的平坦高地相连，或有窄窄的山涧没入蓝色的水雾。近看这些山丘的表面，黑且蒙尘的火山岩浆条痕没有受到侵蚀。雨过之后，雨水便汇集到一些小型闭合山谷的洼地，蒸发后只留下完全干涸的沙地，成为当地人所谓的干湖。而在那些山势陡峭、雨量丰沛的地方，积水塘虽不曾干涸，但却浑浊、苦涩，沿边一圈儿粉状的碱性沉积物，使得遍布植被区的苔藓都附上了薄薄的外壳，看起来既不美丽，也不清新。①

奥斯汀的文笔洗练、冷峻，使笔下荒凉的山野和沙漠跃然纸上，将"既不美丽，也不清新"的自然样貌和盘托出。由于从传统的眼光看，她笔下的沙漠因为缺少美，乍看，绝对是个"不可救药"的地方。实际上，和弥尔顿《失乐园》的开场一样，《少雨之地》的主人公也只身处于炙热、荒凉的境地。书中呈现的沙漠便是一种绝境，即便是带来生机的天雨，也是要么不下，要么就下得狂暴无比：

由于此处恰为山地，想去寻找山泉也是情理之中，但还是趁早打消此念，因为即便找到那么几口，要么咸涩、有害而不可饮用，要么是缓慢滴进焦土、让人抓狂的一滴半滴。在这儿，你能找到死谷灼热的落水坑，或是空气充斥着霜冻气味的起伏高地。还有倾斜的平顶山上不息的狂风和令人窒息的死寂。那儿的尘土卷起，犹如狂魔乱舞，扶摇直上宽

---

① 见玛丽·奥斯汀《少雨之地》，纽约：霍顿·米夫林出版公司1903年版，第4页。对于该作首版内容的后续引用，仅以相应页码略注。而该作的其他版本不是不及首版的内容准确，就是缺少首版精致美工，不像首版那样有大量的页边装饰和整版插图。

广、暗淡的天穹。这里要么全境渴雨也难逢甘霖,要么就是
所谓的雨云发威,片刻大雨倾盆。(5)

于人类观察者而言,泉水"有害而不可饮用"、尘土"犹如狂魔
乱舞"的森然景象,确实少见。就像弥尔顿笔下的堕落天使,
奥斯汀笔下的主人公也从颓丧中振作,进而开启一次穿越荒凉地
境的探险之旅,去探查自己渺茫的前途是否仍有可为。随着主人
公踏上了寻找生命水源的隐匿之路,后续故事也像发现之旅似的
逐步展开。当奥斯汀首次深入"混沌中拥簇而出"的山峦秘境
之时,她发现弥尔顿笔下的撒旦,以及另一潜在原型——普罗米
修斯,都是她象征性探索的贴切先导。显然,《少雨之地》以美
国西部广袤的沙漠之地为背景,书写了一部重要的美国探索
传奇。①

奥斯汀很快发觉,周围的土地并非看似的那般荒凉。"它从
未绝尽生命,尽管到处是燥风恶土。"(3)对当地环境逐渐熟悉
之后,她发现那里其实有多种动植物,且每种有机体都具备于酷
热、严寒、干旱与水涝极端环境中生存的能力:

> 沙漠植物对四季变化的"欣然"适应让我们汗颜。它
> 们的唯一使命就是开花与结果,却常常是天不遂愿。但只要
> 雨水及时,它们就娇艳盛开。据死谷探险队的报告记载,科
> 罗拉多沙漠某株被标定的苋属植物,在经历了降水丰年之
> 后,激长了10英尺。而在干旱之年,同一地点的同一品种
> 被测出只长了4英寸。仅希望大地也能赋予她的人类子孙同
> 样的能力和品格,不再无谓地"尝试",而是努力展示自己
> 的能力。(7)

---

① 对于探索传奇类型的普遍存在性,以及它的美国内化版本,详细的探讨请见
该书第6章,第145—164页。

为了表达自己基于生物立场的适应观，奥斯汀举了苋属植物不论降雨情况如何变化，依旧会结出种子的例子。此外，这种顽强坚韧的物种，也因"欣然"适应艰苦的环境，而让人类观察者"汗颜"。事实上，当地的动植物都是单纯地以本然之心接纳土地，并以之调适自己的生存方式。相比之下，当地的美国移居者们却可能会抱怨降水匮乏，或者会着手利用大规模的灌溉工程去"驯服"沙漠。奥斯汀希望，当地具有女性气质的沙漠，能给她的人类栖居者，教上一堂关乎接受与忍耐的课程。

　　奥斯汀通过观察发现，每种植物的生长地都是独特的，而决定"独特生长地"的，是"斜坡的角度，山峦正面的宽度，以及土壤的结构"（9）。至于沙漠植物为应对极端干旱环境所采取的各种"对策"，则是奥斯汀在考察各种植物与其生长地的关系时大为感佩的：

　　　　为了避免蒸腾，沙漠植物采取的应对措施非常丰富。它们会自动将叶边朝向太阳、长出绒毛，并渗出黏稠的树胶。风对于这些植物而言，既意味着无休止的吹刮与肆虐，也是某种意义上的援手。它在植株的块茎周围吹积起沙丘，并持续扩充和加固，最后，沙丘顶端便会长出三倍于人类身高、花叶繁茂、结着果实的豆科灌木。（8）

可见，此处的植物与栖息地关系并非对抗，而是（某种程度上的）合作。植株周围的沙子被风吹积、"持续扩充和加固"成沙丘的现象，尤其能体现这一点。在该段文字里，沙漠被进一步女性化，对于那些顽强生存的植物，她所提供的庇护更像是一种子宫式的呵护。

　　然而，尽管沙漠为当地动植物提供了还算友好的栖居之所，但对于人类冒险者，她依旧是块艰险之地。对此，奥斯汀记叙了1849年一批淘金客葬身死谷的骇人事件：

　　　死谷因一批最终葬身于此的不幸之人而得名。实际上，
悲剧发生的地点周围存有几眼浅泉，本可挽救那些生命，但
当时的他们又怎能知道呢？或许，有了必要的装备，便可安
全地穿过那个可怕的灰岩坑，但每年依旧有人付出生命的代
价，而那些风干的尸骸却没有留下任何的线索与回忆。轻视
干渴的威胁、往左或往右偏离既定的地标、想在干枯的泉眼
找到涌出的泉水——这些都必然将人引向绝望。(8—9)

　　尽管沙漠会向准备不足的过客索取"生命的代价"，但其本
身并非就是死亡与毁灭的象征。奥斯汀强调指出，沙漠所滋养的
动植物种类之多，让人惊叹。而所有的动植物，因当地干旱缺
水，都奋力投身于达尔文所谓"适者生存"的生命历程之中：

　　　顺着海岸丘陵一路向东，沿途有不下一千种的另类丝
兰、仙人掌和低矮的草本植物，虽然都长得稀疏寥落，却并
非土地贫瘠或品种之故，而仅仅是因为每株植物都需要更多
的空间。须知，要吸收到更多的水分，它们势必需要占据更
多的土地。为了生存，植物的真正战斗与真正的智慧，都深
藏于地下，而在地面上，有的是供其生长和壮大的空间。即
便是在死谷，这个以荒凉著称的沙漠腹地，也拥有着近两百
种有案可查的植物。(12)

通过被达尔文称作自然选择的竞争过程，干旱的沙漠孕育出了众
多的植物品种，每种植物适应于自己的生态龛（ecological niche）。
可见，奥斯汀没有按照传统模式，将沙漠呈现为一个完全荒芜的
地方，相反，通过考察，她发现即使是死谷这样的地方，也逐渐生
长出多种动植物，而且每个物种都在优雅地适应着酷热与干旱的环
境。因此，奥斯汀是最早赞赏沙漠生态多样性的美国自然作家之一。

此外，奥斯汀对沙漠生态系统的深刻理解，也见诸她对沙漠植物、昆虫、食草和食肉动物复杂食物链的描述：

> 论数量，当地自花传粉与风力传粉的植物相差无多，而昆虫则是到处都需要，也是到处都看得见的。如今，有种子和昆虫的地方，就有鸟类和小型哺乳动物，而有鸟类和小型哺乳动物的地方，就会有脚步轻悄、牙齿锋利的猎食动物，以掠食前者为生。若不是尽可能地壮胆深入荒凉腹地，你不可能走这么远，以至于将生命与死亡都甩在了身后。（13）

英国诗人丁尼生形容自然界无处不在的暴力与死亡时，曾写下"齿间与爪上的血红色"的诗句。① 奥斯汀并不回避自然界的"暴力"和"死亡"，因为她深知死亡是生命的一部分，也着迷于食肉与食腐动物在自然循环中所起的角色作用。

作为一位自然作家，奥斯汀最大的特点在于她能以简洁、流畅的文笔描绘出沙漠生态系统中所有生物之间复杂的关系：

> 斑斓的蜥蜴在岩隙里溜进溜出，在灼热的白沙上吁吁喘气。鸟儿，甚至是蜂鸟，都将巢搭在了低矮的仙人掌上；啄木鸟与魔鬼般的丝兰颇为友善；而光秃无树的荒地一到晚上就会响起嘲鸫的小夜曲。若是夏天，当太阳落山，穴鸮便开始呼啸。胆小怕生、毛茸茸、机敏诡诈的小东西们就飞似地窜过空地，或纹丝不动地蛰伏于三齿叶灌木的树尖。诗人也许能"不用一枪便可说出所有鸟儿的名称"，但面对少雨地区那些脚步轻盈、穴居地下、鬼鬼祟祟又小巧玲珑的动物们，却只能束手无策，因为它们太多也太敏捷；若不是亲见沙地上的足迹，你不会相信它们会有如此之多。（13—14）

---

① 丁尼生（Tennyson）：《悼念》（"In Memoriam"），第 56 节，第 15 行。

奥斯汀的散文文笔简练，形象生动，不仅再现了"少雨地区"多样化生物群落的样貌，而且揭示了各物种之间的复杂关系。当然，有些关系是友好的，比如低矮的仙人掌与之上筑巢的鸟儿，以及丝兰与为其除去叶上寄生虫而显"友善"的啄木鸟；另一些则是捕食与被捕食的关系，如猫头鹰与其夜晚捕猎的"鬼鬼祟祟又小巧玲珑的动物们"，而这整个复杂的关系网络又交织成一个多样、灵活的生态系统，令人难以洞悉与描摹。爱默生曾在《克制》（"Forbearance"）一诗中，自觉已经"不用一枪便可说出所有鸟儿的名称"①，奥斯汀正好将该内容化用到了所引段落，但却批评其中暗含的对大自然的可知，因为爱默生的诗句表达的是物种分类业已完成的思想。和缪尔一样，奥斯汀也看到了爱默生作品中隐含的人类中心主义伦理，比如他宣称"整个自然就是人类理智的一个隐喻"（《论自然》，24）。她不仅对任何诸如自然与人类构想完美一致的言论持怀疑态度，还认为人类关于自然界的知识永远都是不完善的，因为我们永远无法穷尽栖息于某一区域的物种，也永远无法完全理解各物种间构成的复杂生态系统。在人类观察者看来，自然世界常常像是个神秘的重写本，镌刻着沙地上难懂的足印。

在《少雨之地》的第二章《卡里索的水径》（"Water Trails of the Carrizo"）中，奥斯汀进一步探讨了大自然神秘莫测的主题。她在深入沙漠的旅途中，看到庞大交错的水径"隐隐约约地呈扇形延伸至金花鼠、地鼠和松鼠的家"（25）。这些水径为小型哺乳动物提供了前往附近出水口的通道，且大多数都不易被

---

① 见爱默生诗歌《克制》的首行。该诗最初于 1847 年刊于《诗集》（*Poems*）。奥斯汀的私人藏书就有一本波士顿 1857 年版的爱默生《诗集》，以及一本《代表人物》（*Representative Men*）。另外，她还收藏有柯勒律治、雪莱和济慈的诗集。本书有关奥斯汀的私人藏书信息，来源于亨廷顿图书馆奥斯汀开架区的一份"玛丽·奥斯汀藏书书目清单"［存放于第 132 与 133 号拼贴纸盒（Ephemera Boxes）］。

人类观察者发现：

> 这些出水口隐隐约约，但对穿梭期间的那些毛茸茸和羽蓬蓬的小动物们来说，则是清晰可见。如果你也有老鼠、松鼠那样低的视线，就能体会到，在树木三倍于人高的浓密树林里，这些水径理所当然的是宽阔且蜿蜒的了。实际上，一条细窄的裸径，就能成就田鼠穿越森林草地的专用道。对于这些玲珑的生灵而言，水径就是它们的乡村公路，气味就是路标。(25)

此处，奥斯汀再次强调了人类洞察力在复杂自然现象面前的苍白。造成这种苍白的原因，部分是由视角差异导致的，因为"就研究水径而言，人类是所有物种里最不具身高优势的"（26）。只有具备小型哺乳动物那样"低的视线"，我们才能进而理解它们的世界。和梭罗、缪尔一样，奥斯汀也称动物们为"玲珑的生灵"（little people），这不仅仅是出于一种比喻的考虑，更是出于一种视动植物与人类平等的强烈情感。她的整部《少雨之地》都在晓谕人们，沙漠动物能在那样艰苦的环境下生存，其方式方法都值得人类借鉴。尤其是卡里索的动物小径，如果你能读懂和翻译它们的话，绝对就能准确无误地找到当地的水眼。奥斯汀还指出，这些动物小径比任何印制的地图和指南都更值得信赖："别管地图或你的记忆怎么说，而要坚信：它们'知道'。"（29）奥斯汀此处将"知道"标成斜体，是为了强调一种重要的认知论主张。作为一位自然主义者，她试图使自己成为其笔下世界中的一位栖居者，以此来克服西方科学因循的主客二元对立。她不仅了解那些栖息于沙漠的小巧生灵，而且向它们学习生存智慧。

在接下来的《食腐动物》一章中，奥斯汀描述了沙漠里鸟类与哺乳动物为生存而取食腐尸的生命循环现象。众所周知，在自然写作的文学传统中，食腐动物并不常见，这大概是由于，在人们看来，它们都是些肮脏、丑陋、恐怖、无益于自然之美的野兽。但在奥斯汀看来，它们却是"自然经济体系"的组成部分。她于本章两次提及"自然经济体系"这一术语，而且并不讳言食腐动物如何以沙漠里热死、渴死的骆驼，甚至是人类尸体为生的事实。对于这些令人恐惧的生物，奥斯汀则表现出强烈的好奇，甚至是某种隐隐的喜爱。她饶有兴致地描绘了这些食腐动物的怪叫声：

> 秃鹫有三种声音——却没法说是三种音符，因为声音刺耳尖厉。一种是用以警告的急促的呱呱声，一种是语调舒缓的同音节重复，用以日常对话。此外，老秃鹫还会向小秃鹫发出低沉的咯咯声，但是，我迄今还未听到过它们任何的情歌。巢里的幼鸟气息声多于噪声，所以只有些许吵闹。（51）

奥斯汀自觉能从这些令人嫌恶的生物身上学到许多东西，并且尤其着迷不同种类食腐动物之间交流食物资源的方式。比如，郊狼"从不在自己巢穴以外的地方，即渡鸦的领地猎食，而是先观察它们可能在哪儿聚集"（54）。奥斯汀还发现，郊狼、秃鹫、隼和雕都会密切监视对方的行动，从而找出哪儿已经完成了猎杀，或者正在上演猎杀：

> 或许，我们从未真正理解野生动物之间存在的相互依赖关系，也不理解它们出色的认知能力。当五只郊狼在特洪地区的帕斯特瑞（Pasteria）到图纳威之间，接力追捕一只离队的羚羊时，我发现不仅我在看，一只大雕从皮诺斯山飞旋而下，一群秃鹫从无形的碧空里缓缓现身，隼则像去打街头群架的男孩们，渐渐集结。野兔躲在树丛里竖着耳朵，尽管这次捕猎行动就发生在眼前，但它们仍然感到很安全。树林深处太平无事，蓝松鸡也不都是饶舌的。隼尾随着獾，郊狼

跟着渡鸦，秃鹫则在空中驿站审视着彼此。（55—56）

通过描述不同鸟类、哺乳动物间一系列复杂的相互关系，奥斯汀试图证明，野生动物之间存在人类从未真正理解的互依关系。这种相互依赖，并不完全是捕食与被捕食的二元关系，而更是覆盖了所有层次食物链上各种动物象征性交换的丰富网络。此外，奥斯汀还认识到，这种信息共享行为之所以会产生，既有先天因素，也有后天因素，而其中就有一部分就是通过代际传承而延续的。正如文中说的："令人感兴趣的是，小动物从其他动物那里学到了多少，又从长辈那里学到了多少。"（56）尽管奥斯汀有关野生动物交流行为的许多问题，近几十年来已被科学的生态学学科陆续地解决，但她宣称人类对"野生生物的互依关系"还有大量未知之处的观点依旧是正确的。

奥斯汀痛苦地意识到，"自然的经济体系"或将不可避免地遭到人类，及其破坏性技术的入侵。尽管派尤特和肖松尼族人已与沙漠和谐共处了数代人的事实，让她钦佩和尊重，但现代美国旅行者的莽撞存在方式，及其留下的丑陋痕迹，却让她无法不做出谴责：

> 人们进入森林时实在是莽撞，除了熊，再没有其他生物会弄出这么大的响动。尽管已被明确警告在先，但人就是不会安全隐蔽的一种非常愚笨、无脑的动物。最狡猾的猎人反被猎杀，而遗留的猎物将会成为其他动物的肉食。这便是大自然的经济体系，但至此我们还未将人的行为充分考虑进来。没有其他食腐动物会吃罐头，也没有任何野生动物会在林地上留下这类的垃圾（60）

由于锡质罐头这样的人类垃圾不可回收，将之置于林地势必会对自然的经济体系构成威胁。如果任之堆积，则会渐渐阻碍，甚至是大范围地破坏自然循环。尽管奥斯汀对林中垃圾罐的抱怨可能有是点儿较真,但她的确提出了许多非常严肃的话题:比如,不可回收的废品会威胁地球上各地生物的持续生存。因此,不仅野外地区会因固体废弃物的粗放处理而受到威胁;包括我们喝的水、呼吸的空气在内的整个自然生态系统,都将因为维持、滋养整个地球生命的自然循环断裂而受到威胁。从一种 21 世纪的视角来看,奥斯汀因人类垃圾对自然体系构成长期危害而萌发的关切之情,是十分严肃、可信且理由充分的。

　　然而,奥斯汀并未就人类之于自然的负面影响深究下去,因为她所感兴趣的是自然对于人类的潜在影响。比如沙漠景观,尽管奥斯汀起初是以荒凉、禁绝的笔调加以描写的,但在《少雨之地》的后续章节中,她已在逐步引导读者用一种新的眼光看待沙漠,学会欣赏沙漠的朴素之美。在《少雨之地》的倒数第二章,她认为沙漠具有激起和唤醒人类心灵的潜在力量。本章不仅题目《天空的乳婴》取自珀西·雪莱的诗歌《云》,而且通篇都表达了雪莱的一个观点,即:风暴是自然界潜在意图与力量的神秘典型。和雪莱一样,奥斯汀也将云拟人化,使之"走动起来"、"手拉着手""舞"过天空:

　　　　当山谷逐渐回暖,白昼如漾开的酒浆,云彩便在天空的地板上走动起来。它们通体呈珍珠色,下方平整、偏灰,上方圆润、偏白,缭绕于山顶的水平气流,向中心聚拢,手拉着手应对偏冷的空气,在自己的工作区域拉起一道薄纱。如果它们在日出或日落时相遇或分离,就会像往常那样显出天启般的壮丽景象。云朵会堆积至数英里的高度,光灿灿地像白雪覆盖,直到太阳打开了大门,抑或是云之鬼魅随着未觉之风的斑驳笛声起舞,这种有序的景象才会消失。(248)

奥斯汀通过对云拟人化,表明云并不仅仅是一种经验现象。为了能够阐明沙漠所隐含的意义，她在该书结尾处，开始学习如何"理解"大地与天空的表象，说明她深受英国浪漫诗人的影响。

在该章的另一处，奥斯汀将"显现与意图"的字眼赋予了风暴，以此呼应缪尔昂扬的泛神主义以及爱默生先验的理想主义：

> 观察风暴形成过程中的云，你会意识到这一切都显现出某种意图！天气却不显现意图。云是心灵于虚空之中移动自身的一种可见表征，它在天空下自行聚集，殷切盼望在风中、在微笑中降雨、降雪。气象局的工作人员坐在舒适的室内，盯着各种仪表，然后发布预报。他们走上街头对所看到的天空中的神性无动于衷。须知，并不是每个人都能意识到，最了解山间风暴的约翰·缪尔是一位虔敬之人。(247)

奥斯汀所说的"气象却不显现意图"实际是指它并不胡乱产生。借用爱默生《论自由》中的超验术语，以及《创世记》的语言韵律，奥斯汀声言云是"心灵于虚空中移动自身的一种可见表征"。而气象局里思想狭隘的经验主义者们因为太过专注他们的"仪表"读数，所以无法看到气象更为深广的意义。只有具备更开阔、更综合的眼光，才能洞悉自己眼前的一切。奥斯汀认为缪尔是一位先知，大概是因为她联想起了缪尔《加利福尼亚的群山》一书中有关气候的章节——《林中风暴》，并视之为缪尔能够洞悉自然现象隐含意义的一个例子。从如此高远的影响意义来看，缪尔的确成了"一位虔敬之人"。

然而，奥斯汀对于自然写作的浪漫主义传统，并非只会附和前辈的语句和思想。比如，通过选择《天空的乳婴》作为章节标题，她强调了风暴有女性与哺育万物的一面。她还通过引用另一部文学作品——丁尼生的《食莲者》（"Lotos-Eaters"），继续对自然进行含蓄的女性化处理：

（暴风）浮现并向神秘山谷飘出的云烟靠近。雨滴落
下，"缓缓垂下最轻薄的麻纱"。一阵风来，驱赶着无形之
物穿过草地，或是雨滴斜落，于沉闷的湖面激起小小的涟
漪，便消失无踪。这样的雨水犹如眼泪，让人解脱。（251）

奥斯汀将雨拟人化为一位披着"最轻薄麻纱"的女性，为干旱的
沙漠与人类居民带来及时雨。这种情感宣泄已然超出了字面意义。
在经历了长久的探求之后，雨水给人带来了精神上的慰藉和心灵
上的满足。沙漠居民就好比丁尼生《食莲者》里中邪的水手，但
摒除了忧郁的失败主义基调，从水这样的普通的存在中获得慰藉、
生计与希望。① 在贫瘠之地的中心，奥斯汀最终抵达了生命的源
泉：在那里，自然所流露的本质恰似一位哺育万物的女性。

松林的伊利亚特

虽然《少雨之地》明显引用前辈作品的地方不多，但无论
是形式还是内容，都与英美文学传统有着深厚的渊源。② 奥斯汀
在其自传《地平线》（*Earth Horizon*）中，以第三人称提及了父
亲买回"美国首版的济慈、雪莱、布朗宁夫人（Mrs. Browning）
和罗斯金（Ruskin）作品"，以及自己努力要与"与赫尔曼·麦

---

① 奥斯汀援引了阿尔弗雷德·罗德·丁尼生（Alfred Lord Tennyson）《食莲者》
的第 11 行诗句。她曾在《少雨之地》首章第 16 页更为明确地提及了莲花原型："彩
虹的山峦、柔蓝的薄雾、熠熠生辉的春光，像莲花般迷人。"

② 在《我如何学会阅读与写作》（"How I Learned to Read and Write"）（写于
1921 年）一文中，奥斯汀否认了她有意借《少雨之地》尝试一种文学"风格"的说
法，并澄清说自己是用一种"似乎是有涵养的人才会用的表达方式"［《玛丽·奥斯
汀读本》（*Mary Austin Reader*），151］来写作的。然而这份声明与人们对奥斯汀风格
的观察结果并不一致，人们认为她深受众多英美前辈作家的影响，这大概是因为其
作品中许多见出风格影响的地方，都常常是她完全无意识为之的。

尔维尔（Herman Melville）、霍桑（Hawthorne）、坡（Poe）、朗费罗（Longfellow），尤其是爱默生，这些卓越的美国作家们比肩"的往事①，进而表述了自己的文学品位。她描述了大学时代，自己的写作风格怎样逐步受爱默生影响的过程：

> 让人想不到的是，这段日子，唯一对她写作风格产生影响的作家，竟然是爱默生。我说不清原因。这种偏爱早在她大学生活的初期，就已然显现了。这大概是由于爱默生1882年去世，著作再度引起公众关注的缘故，她也随之想起父亲买过的爱默生著作。在这些书里，她找到了早期版本的《诗集》和《代表人物》。（《地平线》，165）

爱默生只是影响奥斯汀早期写作生涯重要作家之一。童年奥斯汀就以极大的兴趣阅读了弥尔顿的《失乐园》，并记住了丁尼生的《夏洛特夫人》（"Lady of Shalott"），以及拜伦《恰尔德·哈罗德游记》（*Childe Harold's Pilgrimage*）的部分章节（《地平线》，105、63、165）。奥斯汀又是一位大众杂志的热心读者，通过阅读，她接触到了布莱特·哈特（Bret Harte）描写西部边疆生活的短篇小说。她欣赏哈特为打造新的地域作品的努力，但也反感他笔下老套刻板的人物与场景。她在《少雨之地》中指出，当哈特发觉"自己独特的地域色彩逐渐淡化时，他所做的就是依赖自己年轻时的印象讲故事，完全忽视任何新的题材和事实"（105）。在她看来，真正的区域作家必须是那里真正的居民，而非匆匆过客，凭记忆中描写某个地方的风土人情。

奥斯汀欣赏的同代美国女作家中有斯托夫人（Stowe）、萨拉·朱厄特（Sarah Orne Jewett）和薇拉·凯瑟（Willa Cather）。

---

① 玛丽·奥斯汀：《地平线：自传》（*Earth Horizon：Autobiography*），纽约：霍顿·米夫林出版公司1932年版，第34页。

她们都是各自区域文学的权威,并以写作为生。从她们身上,奥斯汀学会了如何锤炼写作技巧,并以她们为榜样,立志成为一名女作家,并以写作为生。其中,朱厄特在《白鹭》(A White Heron,1886)和《针枞之乡》 (The Country of the Pointed Firs,1896)中,采用主观印象的描写手法,化繁为简,诗意地呈现作品主题,这种新的艺术手法对奥斯汀产生了重要的影响。于是,奥斯汀不再因袭维多利亚时期盛行的全知叙述,而是采用有限的主观视角,呈现自己印象中的荒野和自然风光。但是,对奥斯汀写作风格产生直接影响的,当属 19 世纪后半期英国著名作家鲁德亚德·吉卜林(Rudyard Kipling)。《少雨之地》的语言朴实直白,语气冷峻,所呈现的异域风土与文化客观真实,都无疑是受了吉卜林短篇小说集《来自山里的平凡故事》(Plain Tales from the Hills,1888)的影响。奥斯汀对吉卜林短篇小说十分痴迷:

> 吉卜林以略带嘲讽的语气讲述故事。显得超脱脱俗,这种手法将他从笔下的情景和人物的道德义务中解脱了出来,为我处理收集到的素材指明了方向……吉卜林先生的故事既陌生又超前,开了风气之先。(《地平线》,230)

吉卜林为奥斯汀的散文风格提供了一种迷人的范式,因为他笔下风景的异国(多为印度)情调,与奥斯汀欲在《少雨之地》呈现的西部异域风情,有许多相似之处。不论是关于美国的印第安文化还是辽阔的西部,奥斯汀都采用吉卜林直接、不作评判的方式真实呈现。另外,和吉卜林一样,她对流浪汉、乞丐、贫儿和被驱逐的人,也抱有深切的同情。

　　尽管奥斯汀认真研习这些文学写作范式,但依旧觉得需要打造自己的散文风格。她希望通过作品,为多数读者描绘一种不同的自然风光。在这一点上,所有的美国作家中,只有缪尔是最合适的典范。奥斯汀十分推崇缪尔，还在《少雨之地》中欣然提及他的《加利福尼亚的群山》。30 年后，奥斯汀还写道，在欣赏"自然的美国国土，它的季节样貌与景色，它的美丽、戏剧性变化与启示"方面①，自己与缪尔的认识是一致的。她曾在《越过哈德孙河》（"Beyond the Hudson"）一文中，抱怨纽约的文学界眼界狭窄，不愿去认识新英格兰与哈德孙河以外任何一位美国区域作家的价值。文学界赞赏梭罗，却忽略奥斯汀、缪尔这样的作家：

> 我很清楚，《星期六评论》并非不知道一些作家，不说别的——就说约翰·缪尔和我——已经满怀深情和才思地写出了有关加利福尼亚与新墨西的作品……我们笔下的阿拉斯加的冰山与仙人掌之乡，含情脉脉，集知识性和科学性于一身，犹如瓦尔登湖隐居者笔下的瓦尔登湖一样。（432）

奥斯汀在这篇著名宣言中继续描述和维护她自己的写作实践，并以此指出她与以梭罗为代表的传统英美自然作者的区别：

> 《星期六评论》的编辑在建议人们饱含深情地动笔书写美国景色之前，我想，应该早就知道此番将要付出的代价。每个人都知道梭罗在瓦尔登湖畔度过了几年，但却不知他于创作期间所住的村子，已由操着英语的民众生活了两百年，

---

① 见玛丽·奥斯汀《越过哈德孙河》，1930 年 12 月 6 日第 7 期《星期六文学评论》（*Saturday Review of Literature*）第 432、444 页。这篇激情洋溢的宣言值得人们进一步了解，因为正是通过这篇文章，奥斯汀针对自己在美国自然写作传统所处位置，做了一次最为深刻的探讨。该文之所以署名"圣达菲，新墨西哥"（"Santa Fe, New Mexico"）是为了驳斥 H. S. 坎比（S. H. Canby）在此前文章中的抱怨，即：当下的美国作家并无一人"为造就自己的土地，交出了独特的爱之证明"。坎比的该句言论可参见他发表在 1930 年第 7 期《星期六文学评论》第 301—303 页的《美国生活的应许》（"The Promise of American Life"）一文。

而且，他身后还有一个文学传统，以艾塞克·沃尔顿（Iza-ak Walton）、塞尔伯恩的（吉尔伯特·）怀特［（Gillbert）White of Selborne］、理查德·杰弗里斯（Richard Jeffries）和其他坎比（Canby）先生非常赞赏的英国乡村生活作家构成。因为满脑子都是英国的自然科学、植物及动物，所以他们笔下的村庄与英国的几无差别。但当约翰·缪尔与我试图建起一个描写我们所爱领土的文学传统时，一切就大不一样了。因为在此之前，那片土地都由欧洲帝国的单位进行丈量，那里的地势则是欧洲大陆的参照线，那里的植物、鸟类和动物少有重名，为了能言及所见，作者至少需要精通相关地区涉及的植物学、动物学、地理学和地形学知识，此外，那里虽被绘成地图却不甚精准，因为诸如巴兰卡、昆布雷、塞拉等词皆非英文，也没有英文单词与之对应。时至今日，每当我试图去描写自己所热爱的土地之时，就会有某位第23西大街的批评家被我惹恼，因为我斗胆用了他所不知道的词语描绘了土地。然而，不论《星期六评论》的编辑是否真的不清楚他们的所作所为，我坚持认为，约翰·缪尔与我已在西部领域，建立了一个描写美国风景的文学传统，而且能经得起一定的时间考验。（432）

奥斯汀的措辞之所以在这篇散文中显得火药味儿十足，是由于纽约出版商和评论家们狭隘、苛刻、庸俗的文学品位，让她深感挫败。这些占据优势的都市知识分子，都盲目地偏向知名与熟悉的文学作品，即使那些作品使用陌生词汇表现陌生风景也无所谓。由此，奥斯汀声言，之所以要维护她与缪尔描绘西部荒野风景的共有方式，其共同原因在于，彼此的本土文化与渊博的地形学知识，已远超当时美国读者的理解范围。她十分骄傲地宣称，自己与缪尔已建立了"一个描写我们所爱领土的文学传统"。

事实上，奥斯汀还与缪尔有过私交。那是她在 1903 年出版《少雨之地》不久的一次匆匆邂逅。她描述说，自己是"在一圈亲密的旧金山作家、画家中间"，首次见到缪尔的：

> 我记得约翰·缪尔个头高挑，讲起话来滔滔不绝，甚至是喋喋不休，显得与众不同。他不仅对我讲了自己野外生活的故事，还有天使们的故事；有天使救了他；有天使扶起并带着他向前走；有天使给他指出何处可以踏足。他对此坚信不疑。我给他讲了我的一个天使故事。我曾被天使扶起并带着前行，只可惜我没有看见自己的天使。我还被天使带离了危险的道路，他信我。我至今仍记得那些天使故事。（《地平线》，298）

在奥斯汀的记忆里，缪尔是一位健谈者，一位讲述"自己野外生活的故事"的人，还是被天使从塞拉险峻的花岗岩峭壁上救下的幻想者。奥斯汀独处荒野时也曾有过类似的幻觉式经历，只是她的守护天使至今都未现身。在《地平线》的另一处，奥斯汀从更深层的心灵层面来表达对自然界的感悟：

> 天然主义者就是由精灵以这种方式激起对土地的眷恋之情……是时候有人做一份如实的报告了。所有的公众都希望天然主义者们只对荒野作一些表面的、惯常的和事件性的报告。但当他们按照自己的方式作报告时，又会被公众误解成是美化自然。我知道缪尔是怎么回事……对他来说，荒野中的精灵就是支撑他脱离险境的天使。而对玛丽来说，并非如此。（《地平线》，188）

显然，奥斯汀也有缪尔关于"荒野精灵"的独特信仰，但她不能接受缪尔将这些精灵"虔敬"地认同为天使的做法。

事实上，奥斯汀与缪尔的根本区别，在于他们对待基督教所持态度的细微差异。尽管他们都是在非常压抑、严苛的新教环境中长大的，都在寻求用一种更直觉的方式，从内心层面表述自己在大自然中的体验，进而反叛他们父亲所信仰的宗教。只是缪尔在他的整个作家生涯中，或多或少还残留了一些基督教的泛神思想，奥斯汀则通过将自己定义为一个"天然主义者"，彻底解构了整个基督教的信仰传统。她不信奉某一套固定、连贯的宗教教义，而是将自己的信仰体系表征成精神世界里的意义探寻。在《少雨之地》，奥斯汀回顾了自己早年深受一种"经历性创痛"困扰的往事：

> 你会发现书本之外还有别的一些东西；它们潜隐、游离，叫人渴求、痛苦和炽热；它们见首不见尾、若即若离、可望又不可即，而当你决意转身离去，它们又突然跳出来与你生死相依……然后，甚至是然后的然后，在宽阔的干沟，丛林的边缘，玛丽独自承受着持续的经验性创痛。对她这样的人，智慧的希腊人最能以……弗恩、萨提尔以及终极的潘神来命名之。(《地平线》，187)

于奥斯汀而言，终极的意义与价值就存在于人类感知的边界地带，即"在宽阔的干沟，以及丛林的边缘"。她声言，去那里找到隐藏着的意义，便是身为作家的使命。《少雨之地》就是她从这些边界地带出发，以叙事文本的方式，对心灵体验所做的一次探寻。

《编篮人》与《山中街市》是《少雨之地》里的前后两章。奥斯汀曾在其中，剖析了自己的作家职业。在《编篮人》一章，她发现自己与派尤特族妇女赛亚薇，有许多共同之处。赛亚薇虽被丈夫抛弃，但却发现离开了男人，自己也能过得很好。这位编篮人的人生故事，在许多方面都能折射奥斯汀自己的经历，比如，面对软弱、不可靠，也无力扶持自己与年幼女儿的丈夫，奥斯汀同样也不得不自食其力。她从赛亚薇身上学到许多调和婚姻、母职与事业冲突的经验，尤其是她从中懂得了女作家艺术生涯的真正意义所在：

> 在偏爱使用铁罐的一代人里，赛亚薇编制篮子是出于热爱，出售篮子则是为了挣钱。每个印第安妇女都是一名艺术家——她们观察、感受和创造，但不对自己的加工过程作理性思考。赛亚薇的碗是制作精良的奇迹，无论内部还是外观，手摸着都毫无瑕疵，而它最精微的魅力在于，人们能透过碗上光灿灿的花纹感知背后的人性。（《少雨之地》，168—169）

传统的编织技艺为奥斯汀提供了一个关于自己写作技能的隐喻。和赛亚薇一样，在偏爱使用铁罐的年代，奥斯汀写作是出于热爱，售书是为了挣钱；她的《少雨之地》也同样也于细致构思中彰显作者的十足个性。

《山中街市》（"The Streets of the Mountains"）一章，也有一些反映写作技艺的内容。奥斯汀攀上高耸的塞拉山，看到了约翰·缪尔酷爱描摹的那番风景。实际上，这章的题目就是奥斯汀对缪尔的含蓄致敬，因为缪尔在《加利福尼亚的群山》中曾写道："这些峡谷……像是充盈着迷人生物与光亮的山中街市。"（《自然写作》，317）被高峻山巅与广阔松林环抱的奥斯汀陷入沉思，她在思考是否有一种更具表现力的抒情性表达，"松林的伊利亚特"：

> 令人遗憾的是，我们丧失了即兴作诗的天赋。独坐灰色的山巅，下方是环抱的森林，灵魂随之升腾，吟唱起松林的伊利亚特。松林无语，但有风声，和它们无法传去高处的响

动。而水流显然更有力量冲下峭壁和石径，冲出冰封的水
塘，让年轻的河流奔突冲撞。它们在瀑布里歌唱、叫嚣与欢
鸣，声音波及丛树的尖顶。(192)

奥斯汀显然在思考该怎样表现松林与荒野的"歌声"。松树本无
声，但有树梢之下的流水"在瀑布里唱歌、叫嚣与欢鸣"。就好
比，大地若是静默无语的，诗人的使命便是为之代言，而非仅仅
描述它。她向往一种能表现某个地方本质的写作技艺，自然、流
畅，如同水流出自隐匿的山泉。

纵观整部《少雨之地》，奥斯汀赋予沙漠风景以自己独特的
声音，这不仅在当时令人耳目一新，即便对当代的自然作家，也
是颇具启发意义的范式。至于她的风格，则体现为一种相对的非
个性化。与梭罗和缪尔等前辈作家相比，更是如此。他们经常用
第一人称"我"去干预观察者的"眼"之所见，而不是客观呈
现观察之物。相反，奥斯汀绝少使用第一人称，除非是叙述在荒
野中发生的偶然事件。她总体采用第三人称的语气，甚至还创造
性地采用第二人称，以拉近与读者的距离。譬如，她曾告诫读
者："你胆敢进入荒野深处，你一定会觉得你直面的就是生死攸
关的时刻。"(13) 她在这里使用了自然作品中难得一见的代词
"你"。当然，那些旨在为不熟悉地形的读者提供的宣传册或者
导游手册里，也会使用代词"你"。但是，奥斯汀的书不是旅游
手册，因为，她为了隐去许多真实的地名，的确费了不少心思。
当然，不能否认，她在作品中确实借鉴了宣传刊物心照不宣的手
法。她在《地平线》里谈到了出版《少雨之地》的文学市场：

那个时候，几乎整个加利福尼亚的写作力量都进军到逐
渐成名的"宣传"文学行列，出现了一批极其客观且详细描
述加州各地的文章。查尔斯·达德利·沃纳 (Charles Dudley
Warner) 将那些地区笼统地称为"我们的意大利"(Our Ita-

ly）。也出现了其他种类的宣传文章，目的是吸引地产投资者、未来柑橘种植户和葡萄园主的眼光。（《地平线》，229）

奥斯汀经常在作品里化用"宣传"文学的某些共性特征，使之适于表达自己截然不同的意图。尤其是她采用了一种"高度客观"的呈现方式，或者说一种绵密的描写风格，以及一种能引导读者共同探索未知风景的第二人称代词叙事。她常以动词命令式的形式去警告、诱导、说明或激励读者："冒险去寻找少有人问津的水眼……看着一只郊狼离巢穴而出……只要在孤树泉旁守够时间，它们迟早都会到来。"（28—34）奥斯汀使读者在一种能动的、对话的过程中逐步认识大地，并不断锤炼自己的写作风格，终于找到了表达"松林的伊利亚特"特质的方式。

男性中心主义文化

奥斯汀在写作《少雨之地》的过程当中，发现了自己的写作天赋，并在表现欧文斯山谷美景中找到了自己的风格和声音，然而，她并不知道，此时危害环境的祸根已悄然埋下。她的丈夫，斯塔福德·华莱士·奥斯汀，曾于 1905 年被加州独立城的联邦土地局聘为登记员。由于职务关系，他成了最先发现弗雷德里克·伊顿（Frederick Eaton）隐秘图谋的数人之一。伊顿是洛杉矶市的代理人，受托预购欧文斯山谷的水源所有权。他与民间工程师威廉·墨尔霍兰德（William Mullholand）里应外合，一起配合美国开垦局行政官 J. B. 利平科特（J. B. Lippincott），为洛杉矶市谋取新的供水源头。按照他们的鲁莽计划，整个欧文斯河都将改道，并通过 233 英里的渡槽，供水给洛杉矶激增的城市人口。美国有史以来从未尝试过如此大规模的水源改道。如此庞大的计划得以实施，完全是瞒天过海的结果。欧文斯山谷付出的长期代价，就是彻底荒芜，因为那里耕作土地的生息方式，需要依

赖塞拉高山每年的降雪融化成水，注入当地的水井、池沼和灌溉
渠，进而滋养万物生命。斯塔福德与玛丽·奥斯汀最先预见了欧
文斯山谷的洛杉矶渡槽或将导致严重的环境危害。他们立即采取
行动，维护当地的生活方式。1905 年 8 月，斯塔福德直接致信
西奥多·罗斯福（Theodore Roosevelt）总统，揭露利平科特与伊
顿"出卖政府"的阴谋。① 与此同时，1905 年 9 月，玛丽·奥斯
汀在《旧金山纪事报》发表了一篇社论，抨击联邦开垦局暗中
串通洛杉矶方面的行径：

> 如果保障一个城市的供水，必须以影响另一个城市的
> 供水为代价，意义何在？仅仅是因为洛杉矶是最大的城
> 市吗？这样做值得吗？……这值得其他城市思考，因为
> 此事也会使他们自己的用水问题，或多或少变得尖锐起
> 来。试问，加州的居民用水问题是该通过计谋、转嫁、怨
> 恨和长期的消耗战，还是该以正义与尊严的方式去获得平等
> 解决呢？②

在这篇社论中，奥斯汀呼吁读者正直、公平行事的民主意识，并
极富先见之明地预言，美国西部风光的未来将取决于这场不公平
的水权争斗结果。遗憾的是，尽管奥斯做了雄辩的申言，还与丈
夫齐心协力，组织当地居民抵制水源所有权的交割，但对于濒于
毁灭的脆弱景观而言，这些挽救措施都为时已晚。当水源所有权

---

① 见斯塔福德·W. 奥斯汀（Stafford W. Austin）1905 年 8 月 4 日写给总统西奥
多·罗斯福的信件，NA BUREC RG 115 63 - B；转引自威廉·L. 卡尔（William
L. Kahrl）的《水与权力：洛杉矶与欧文斯山谷的水源冲突》（*Water and Power：The
Conflict over Los Angeles' Water Supply in Owens Valley*），加州大学出版社 1982 年版，第
107 页。

② 见 1905 年 9 月 3 日的《旧金山纪事报》（*San Francisco Chronicle*），转引自卡
尔（Kahrl）《水与权力：洛杉矶于欧文斯山谷的水源冲突》第 107 页。

被卖给洛杉矶市之后，奥斯汀又是少数几个深知欧文斯山谷将难逃厄运的人之一，因为洛杉矶市将势不可当地吞噬掉整条河流，及其周边的所有土地。由于预见了山谷注定的悲剧命运，她于1906年永远地离开了那里。事实上，后续发生的事情也都验证了奥斯汀的先见。1907年洛杉矶渡槽开始修建，历时六年完工，1917年投入运营，欧文斯山谷的水源自此开始遭受洛杉矶市的无情吞噬，尽管1924年当地农民有过一次用炸药炸毁渡槽的游击行为，但仍无法改变山谷地区终被毁坏殆尽的命运。到了20世纪70年代，欧文斯山谷已经不适合农业耕作，大部分居民随之流失。在《卡迪拉克沙漠：美国西部与其消失的水源》（*Cadillac Desert：The American West and Its Disappearing Water*）一书中，马克·赖斯纳（Marc Reisner）描述了欧文斯山谷是如何"退化得比沙漠更厉害，并呈现出邦纳维尔盐碱滩样貌。每当刮起对流风，谷底便会扬起大团的碱性尘埃。仍居住在欧文斯山谷的人面临健康威胁。"① 到了1987年，为了满足大众荧屏的需要，电影版《少雨之地》开拍，但制作人发现，欧文斯山谷的环境已被破坏殆尽，无法实现实地拍摄，最后只好将电影外景地设在了科罗拉多的圣路易斯山谷。②

　　奥斯汀将有关欧文斯山谷的斗争经历和劫后余波都写进了

---

① 见马克·赖斯纳《卡迪拉克沙漠：美国西部与其消失的水源》，纽约：维京出版公司1986年版，第105页。该书第54—107页为第2章，题为"红皇后"（"The Red Queen"），赖斯纳在第65页中指出，为夺得欧文斯山谷的水源，洛杉矶市采取的手段包括"诡辩、托词、间谍、贿赂、各个击破和欺诈。最终，山谷被榨干，变得贫瘠，而被攫取的水资源则使若干显赫的洛杉矶人变得无比富有"。具有历史讽刺意味的是，亨利·E.亨廷顿（Henry E. Huntington）作为凭借渡槽工程获得暴利的洛杉矶商人之一，他的图书馆至今却仍保存着玛丽·奥斯汀的论文。

② 见大卫·马泽尔（David Mazel）《作为国产东方主义的美国文学环境主义》（American Literary Environmentalism as Domestic Orientalism），《生态批评读本》（*The Ecocriticism Reader*），第137—138页。

1917 年出版的小说《浅滩》（*The Ford*）。①"蒂拉隆加"（Tierra Longa）是奥斯汀虚构的小说故事背景地。在当地，农民与匠人原本过着简单的农耕生活，但这种生活方式却因为中介商埃尔伍德（Elwood）受到了威胁，因为人们不知道他险恶、嗜酒，为密谋购得当地水源所有权而来。作为一部影射小说（*roman à clef*），人们或许可以很轻松地将《浅滩》中的虚构人物与真实的历史人物一一对应：埃尔伍德明显就是虚构版的伊顿，而小说为他虚构的搭档杰文斯（Jevens），一个穿着一身黑衣的不祥角色，应该就是 1904 年 9 月配合伊顿，偷偷对山谷水源作了初步勘测的墨尔霍兰德。小说中的拉蒂摩尔（Lattimore）原是一名联邦测量员，后跳槽到了一个超级城市的水利部门，其原型应该就是 1905 年 5 月从美国开垦局辞职，转而受聘于洛杉矶渡槽项目的利平科特。然而，奥斯汀在整部《浅滩》中并未过多着墨于灌溉斗争的历史细节，而是将目光聚焦在了对立双方的背后动机上。他们一方是繁荣工业城市的代理人，另一方是反对将当地水源挪去他处的下层居民。奥斯汀并没有将故事单纯地表现成一场善与恶的较量，而是指出双方都存在复杂且深厚的自私动机，对于农民一方而言，其致命的错误在于没有为共同利益而团结起来。

由于和土地缺乏深刻、直觉的联系，当地居民未能预见到这是一个针对他们的阴谋。在小说中，奥斯汀的化身名叫安妮·布伦特（Anne Brent），也是一名自食其力的妻子，其逐渐意识到，在这场争斗中，双方都存在一种共同的文化缺憾：试图"驯服"西部景观。安妮指出："社会如同海市蜃楼一样，只是一种因折射而产生的幻象……我的意思是，我们所做所思的大多数重要事情，都只是看似重要罢了，皆因所有沿袭事物导致，这包括政

---

① 见玛丽·奥斯汀《浅滩》，波士顿、纽约：霍顿·米夫林出版公司 1917 年版；加州大学出版社 1997 年再版，并由约翰·沃尔顿（John Walton）作序。

治、宗教、所有愚昧……而这一切又皆拜我们的男性中心主义文化所赐"（《浅滩》，233）。对方听到"男性中心主义"（"androncentric"）一词时，一脸茫然，安妮进一步解释说：

> "我是说，"她放缓了语速，"因为人们都仅以男性的眼光来看待万事万物，所以上述之事都是必然。实际上，女人对真正的价值拥有更敏锐的感知……看那土地，我从中学到了许多东西，其中，首先要学习判断何种土地适宜什么，与此同时，你也会意识到，无论你怎样看待土地，土地只属于那些愿意学习和领悟它的人们。"（《浅滩》，233—234）

显然，奥斯汀在批判"男性中心主义文化"的同时，也在重新定义人与土地的替代关系，这表明她已经引入了生态女性主义视角。她拒绝人们与土地建立的器物关系。早期的定居者种植经济作物，与土地的关系如此，试图为远距离的城市人口攫取水资源的人们，与土地的关系也是如此。这种"男性中心主义文化"虽然看不见，摸不着，但却无处不在，因为它已经渗透到了政治、宗教以及所有人类知识中。男性中心主义文化对待土地的方式，就是无法避免地掠夺，同理，自然资源也势必遭受掠夺，破坏也必然接踵而至。在这部小说当中，双方都未能意识到土地最合适做什么。只有"女人对真正的价值拥有更敏锐的感知"。而她们之所以对西部风景的真正潜能，有一种更深刻也更直觉的感觉，都得益于她们自身长期的文化记忆，而这种文化记忆又源于她们可持续性的土地耕作方式，以及用主动顺应土地节律替代"规训"土地，以求与之和谐相处。在奥斯汀看来，女人与土地的声响、沉默、复杂结构与隐秘潜力有着亲缘关系，故而将土地人格化为一种神秘的女性形象。出乎所有人的意料，《浅滩》以大团圆式的结局结尾：单纯的年轻恋人终成眷属，阴谋者悔恨自己的卑劣行为，山里的智慧女人又归隐乡村飞地，过起诗意的田

园生活。不幸的是，现实生活中的欧文斯山谷并未迎来这样的幸
福结局，奥斯汀也没能找到这样的世外桃源。她离开了满目疮痍
的土地，也离开令她伤痕累累的婚姻，开始了一种自我放逐的漫
游生活。同她的短篇小说《行走的女人》（"The Walking
Woman"）中的主人公一样，奥斯汀也觉得自己无家可归，漫游
于一个荒芜的世界，没有朋友与家庭，就像是从自己的失乐园向
外展开了一场永无止境的探索之旅。①

神圣的群山

　　奥斯汀1906年离开欧文斯山谷，之后在纽约市度过了数年。
在那儿，她开始涉足妇女运动，并逐渐成为一名专职作家。然
而，即使处于都市生活的时期，其作品依旧深受美国西部土地与
人的影响。她出版的数部作品都涉及加利福尼亚令人难忘的风
光，如：短篇小说集《消失的边界》（Lost Borders，1909）、关
于一名派尤特女巫医的戏剧《造箭者》（The Arrow Maker，
1911），以及再现州内各色风光的抒情作品《加利福尼亚：太阳
之地》（California：Land of the Sun）（1914）。1918年，为了学
习印第安诗歌，奥斯汀造访了圣达菲，并自那时起，逐渐对美国
西南部这块不毛之地，有了一种家园般的归属感。在1922—
1923年期间，奥斯汀数度自驾穿越新墨西哥与亚利桑那的偏僻
荒野，并自1925年起，永久定居圣达菲。在那儿，她依据西班

---

　　①　见《行走的女人》（"The Walking Woman"），《消失的边界》（Lost Borders），
纽约、伦敦：哈珀出版社1909年版；而后与《少雨之地》合辑为《无界之地》（The
Country of Lost Borders）重印，马乔里·普赖斯（Marjorie Pryse）主编，罗格斯大学出
版社1987年版，第255—263页。大卫·怀亚特（David Wyatt）曾从自传的维度，对
该部短篇小说做过颇具洞见的研究，详见其著作《坠入伊甸园：风光与移居加州》
（The Fall into Eden：Landscape and Immigration in California），剑桥大学出版社1986年
版，第76—80页。

牙传统的砖坯风格建造了自己的房子，取名爱庐（*Casa Queri-da*）。在她看来，这种设计不仅优雅、可持续，而且环保。奥斯汀后期作品主要探索她在美国西南部荒凉山区与沙漠经历的意义，但人与住所融为一体的思想跃然纸面。

在《美国节奏》（*The American Rhythm*，1923）一书中，奥斯汀探讨土地与诗歌的历史关系，并认为农忙时的劳作与农闲时的荒野旅行，呈现一种深层节奏，对美国的抒情诗与演讲散文产生了深刻的影响。她十分关注印第安的传统诗歌，并声言"所有的诗歌形式之中，值得伟大诗人们加以运用的都是乡土的。本土诗歌形式诞生于本土文化，又经由该文化趋于完美"。和爱默生、梭罗一样，奥斯汀还大胆地宣称：文学独立于颓唐、黩武的旧大陆文化；美国的山水深刻地影响了一代人的诗歌创作：

> 大自然中的斑斓色彩和各种声音，如同美国的民族一样丰富多样。不计其数的人逃离北欧和中欧，根本的原因就是逃离那里过度开垦的土地。人，无一不渴望自然蜿蜒的山脊、自然美的森林，无一不渴望亲见新的结构与生长。生命由此迎来新一轮的播种与收获，皮肤随季节变化而变化，血液欢快地涌向新的高地。行走是思考的前奏，如今也由欧洲趾高气扬的正步走，变成在开阔无辙之地上的慢跑。无论是探险家、毛皮商人还是御使，三个世纪以来都遵循此道，想必已在走路时铭记了步法，臂膀甩得更大，思路也更清晰。（14）

奥斯汀将美国大地的节奏视作美国诗歌的根基。她赞美林肯引人共鸣的葛底斯堡演讲辞，也赞美惠特曼作为彰显新世界孕育新鲜事典范的魔力自由诗。① 奥斯汀主张对美国的本土诗歌做一次透彻研究，并将之作为新世界诗学的基础，因为（在她看来）本土的美国传统所拥有的韵律与象征体系，能为表现大地自身潜力，提供一种更加到位的表达方式。通过深入观照诗歌与地方的关系，奥斯汀借《美国节奏》明确表达了一种权威的生态诗学。

　　尽管奥斯汀总体敌视旧大陆的文学影响，但却对英国浪漫主义诗人刮目相看。她认为济慈与雪莱的诗歌继承了古希腊诗歌的节奏传统，表现出一种深刻、直觉的乡土之思。她透过繁复的韵律形式，发现两人的诗歌都存在一种隐秘的原始主义思想："在济慈与雪莱纯真欢快的调子之下，或许仍伴着一种赤脚起舞的轻快足音，只是人们不再将之与礼节或者宰杀活祭的仪式混为一谈罢了。"（45）奥斯汀认为，英国浪漫主义诗歌的"本土性"能令人回想起古希腊诗歌原始的、仪式性的特征，因此是最本质的节奏根基。依据一份现场实录报告，1928 年一个阴雨的午后，奥斯汀曾在得克萨斯州沃斯堡的女子俱乐部里，出于自己对野性、活泼、原始诗歌的由衷热爱，作了一次演讲：

　　　　她一边详细解说自己有关节奏渊源的理论，一边让人大力敲弹钢琴的中音 C，以此替代击鼓，进而模拟宇宙的心跳声音。玛丽半闭双眼，吟诵印第安诗歌。没人会偷笑这位高挑、瘦小的女人，一边撩起蓝色天鹅绒的裙子，用穿着平跟鞋的双脚旋转踢踏出一种希腊式的舞步，一边吟诵雪莱的《云雀颂》，因为她深信英语韵律源自希腊文学传统，并正在通过这种方式诠释给大家。她挥舞着一柄斧子，来回踱步，口中吟诵着葛底斯堡的演讲辞，仿佛本土的美国节奏源

————————

　　① 奥斯汀对惠特曼（Whitman）的欣赏，因不喜后者目空一切的自信而有所削弱，如她在《美国节奏》第 17 页指出："他整体的个性与基本支配了美国的前进意识，即人类完全能够应付环境的意识一样趾高气扬。美国是一个女人，也是一个诗人，尽管会就自身施予人类的影响稍感恍惚，进而显露出后者的男子气概。"

自印第安圣歌。我们已如痴如醉。①

依据奥斯汀对各种形式韵律所持的颇具原始意味的起源观，我们可以推知，那些模拟"宇宙的心跳声音"的诗歌与散文，表现了大地自身最本质的节奏。奥斯汀通过舞蹈、手势、韵律吟诵的方式，向听众们激情诠释了"本土的美国节奏"，势必让沃斯堡女子俱乐部正襟危坐的各位难以平静。尽管奥斯汀对文化史进行的大胆杂糅，可能会被当代绝大多数人类学家视作"非科学"而受到否定，但她从环境维度对韵律形式所做的深入研究，依旧值得人们以一种严肃的文学眼光去热切关注，因为它基于美国风貌的地理框架，为人们提供了一套连贯的生态诗学理论。

奥斯汀 1924 年出版的《旅行尽头的土地》一书，充分表达了作者对美国历史和地理的那份浓烈情感。这部非虚构散文作品代表了奥斯汀抒情描绘美国西部荒凉风貌的最高峰。② 为了描摹她于沙漠中遇到的陌生现象，奥斯汀再次从英国浪漫主义诗人那里借鉴了一系列极具感染力的意象。联想起雪莱的《云雀颂》，奥斯汀发现角百灵（horned lark）"像雪莱聆听的那只云雀，一边飞起，一边鸣唱"（305）。对于鸟儿，她的认知多半是文学层面的："鸟之所以为鸟，最大的价值在于它们的文学功用。人们用鸟象征自己高高在上的心智，而在另作他用前的很长一段时间里，都不把它们充作食物。"（305）实际上，鸟的象征意义，不仅西方文学传统中有，奥斯汀认为在"我们的祖先"的诗歌中

---

① 见梅布尔·梅杰（Mabel Major）发表在 1934 年 11 月第 4 期《新墨西哥季刊》（The New Mexico Quarterly）第 307—310 页的《玛丽·奥斯汀在沃斯堡》（"Mary Austin in Ft. Worth"）一文。

② 见玛丽·奥斯汀《旅行尽头的土地》（The Land of Journeys' Ending），纽约、伦敦：世纪出版社（Century）1924 年版；亚利桑那大学出版社 1983 再版，为原版影印本，并附拉里·埃弗斯（Larry Evers）导言。下文援引的同名作品皆指该影印版本，且仅以相应页码注出。

也有。她笔下的"祖先"指的是印第安人。她写道:

> 因此，我或许能说出从嗡嗡如蜂、盘旋于旧金山圣洁峰顶的宽尾蜂鸟，到夜晚于密植树木的陡峭斜坡唱响欲望圣礼的隐夜鸫等上百个物种的名目，这样做，只是要向你，正像我们的祖先济慈和雪莱笔下揭示的那样，鸟儿是自由驰骋、天马行空的思想象征。(307)

奥斯汀以一种本质性的、柯勒律治式的观念，谈及"象征"的概念。此处的云雀不再仅仅是一个象征符号，而是参与所表达概念（此处为"自由"）之中的存在。依据奥斯汀对人类文明进化的理解，鸟或许真的在促使原始人类产生"自由驰骋、天马行空的思想"方面发挥了重要作用。当然，那时人类的概念体系里还未有过这样一种抽象的想法。可见，诗歌节奏，促使人类产生认知能力的抽象概念，都源自原始人有关景观及其本土生物的经验。和爱默生一样，奥斯汀将自然界视为人类所有文化的诞生地。新的概念正是在人类语言努力纳入人们于现象世界认知新形象、新事件的过程中诞生的。

奥斯汀在讨论新世界农业的本土起源时指出，人类意识与"（地里的）玉米之魂"存在某种内在的亲缘关系。她引入了一个经典的浪漫主义原型——"微风习习"（"Correspondent Breeze"）① 作为表现人类与自然界深层、直觉关系的一种方式:

> 沐浴静谧与阳光，某种莫名的雀跃在植物上油然而生，并通过这种缓慢的方式与人类一同延续至今，仿佛是在显现人类的某种个性，这种个性承载了草木与人千百年来的希

---

① 关于这个经常出现于浪漫主义诗歌的意象，艾布拉姆斯在《微风习习》（*The Correspondent Breeze*）第 7 章第 185—188 页做过探讨。

冀。（地里的）玉米之魂化为观察者之魄，意识连续的节拍减弱为人类神性的低语，微弱得像是玉米地里的风声。对此，小屋住民侧耳倾听，一如地里的玉米沐风而动。于现代美国人而言，只有通过这种途径，才能发觉美洲印第安人的生活魅力在于没有负担与抵牾。殊不知，正是负担与抵牾使我们僵化，无法体会从宇宙某些角落拂过我们心灵的永恒之风。（《旅行尽头的土地》，72—73）

该段中的意象能强烈地使人联想起柯勒律治在诗歌《风弦琴》（"The Eolian Harp"）中的描述：当"生机勃勃的自然万物"被"一阵智性清风"唤醒并投入思考，"顷刻间，各自之灵便成了万物之神"（44—48 行）。在奥斯汀看来，只有美国西南部的土著民众能够依旧关注"玉米地里的风声"。人与为了摄食而培育的作物，并一度与之存在共生的亲密关系，但由于推行大规模的机械化农业，绝大多数人都丧失了这种关系意识。奥斯汀在《旅行尽头的土地》结尾的另一句话中哀叹现代美国人"与庞大的物欲一同沉沦，拖着我们自毁文化的肝肠叮当作响"（345）。她和玛丽·雪莱（Mary Shelley）一样，深深怀疑先进技术赋予人类的所谓利好。

　　在《神圣的群山》一章中，奥斯汀对西南部风貌之于人类的意义所作的长期思考升华成了一种崇高的决心。在下面这段文字中，她描述了自己于广袤无人的沙漠腹地邂逅一座荒山的经历，其中蕴含的生态意识可被视作奥尔多·利奥波德（Aldo Leopold）成名散文《像山一样思考》（"Thinking Like a Mountain", 1940）的先声：

　　　　我知道曾经有座伸向无界之境的大山；它既炫目又暗淡，暗淡是受过灼烧所致，就像一名可爱却疏于人们呵护的女子，于无意间烧伤了自己；它阴沉，荒芜是它的苦楚。数千年过去，除了零星长出几丛杂草、圆形枝丫的锈色仙人掌和及膝的三齿叶灌木外，再无其他。山谷里偶尔赶上几场难得的降雨，黄芪便会结出薄如纸片的少许豆荚，它色彩斑斓的花萼也会长出细长的矛刺。那里是如此的干旱，以至于甚至看不到蜥蜴飞奔，也看不到岩石长出青苔。(386)

奥斯汀用"一名可爱却疏于人们呵护的女子"比拟大山，从这一措辞中我们可以看出孤寂生活带给她的苦楚。1914 年婚变，1918 年女儿夭折于流行性感冒，奥斯汀在接连遭遇个人伤痛之后，切实体会到自己的孤独于世。基于自己对幽僻、荒凉之地终生抱有的眷恋之情，奥斯汀对孤独的大山产生了深切的认同，并在发现大山还有一只动物做伴时，流露出莫大的欢欣：

> 然后又过了几季降雨不太频繁的日子，那里出现了一只孤独的野兔。若我碰巧撞见它，定要立刻转身避开，为的是不想把它从山上吓跑。接着又过了一季，我与一位熟识的男士故地重访，发现那只野兔已找到了一位伴侣，不禁兴奋地叫出声来。不幸的是，那位男士是个只能被大山激起猎杀念头的人。自从看了他手里那只抽搐流血的野兔之后，我想，自己再也不能够去那儿了。然而，我有时又梦到它，在梦里，那山有一张人脸，脸上是一副受伤的神情，熟悉得叫人难以忍受。(388)

这段关于发现与失去的往事看似简单，实则传递了一种深刻的个人意义。作为一则绿色寓言，它表达了奥斯汀会将景观与栖居动物相联系的直觉意识。和《老水手之歌》一样，这个故事也象征性地启示人们反思自己因为轻率杀戮野生动物而造成的环境后果。① 尽管奥斯汀并不反对本土居民为维持生计的狩猎行为，但她谴责人们因拓荒和发展西部边疆而施加的暴力行为。面对荒凉又脆弱的自然景观，她还特地强调性别差异或可导致人们对荒凉又脆弱的自然景观做出不同的反应。对于奥斯汀这样一位漫游的女性而言，孤独的大山能够唤起她深沉的怜悯之心，而于她的男性同伴而言，却"只能激起猎杀念头"。事实上，这种性别差异早已流布于发现、征服美洲大陆的整个历史经验之中，并促使奥斯汀在呈现西部景观之时，引入生态女性主义伦理。

奥斯汀以《神圣的群山》为题，作结全书最后一章，并由此进一步折射保护荒凉边地野性特质的重要性。与梭罗、缪尔一样，奥斯汀也认为蛮荒之地的存在十分重要，因为它的固有价值不同于任何我们从中获得的经济效用与审美价值。正是这些"宽广、多含石块……的起伏地带"，让文明地区的温顺居民得以直面自己无可辩驳的野性起源：

> 不懂群山的荒蛮远比不懂群山的温顺对我们更有影响，然而人们对此知之甚少。被犁过的斜坡给予我们的利好不及那些宽广、多含石块、遍植白杨的起伏地带，因为后者会于春季呈现灰色与绿色交织的图案，到十月则变成灰色与金色相间的图案。在整个桑格利克里斯托山区，松树与杨树构成的象形文字依旧无人能解，除非你将人类的理智抛诸身后，才会从异教思想的手稿中找到答案。（393—394）

---

① 奥斯汀将柯勒律治的《老水手之歌》化进她的《美国节奏》："（我）坐在窝棚的阳面，与赛格黑尔威特的长者们一道思考，为什么它会逐渐得名担—心—过—多—给—予—之—地，我想到了于神殿中论辩的博士，想到了于橄榄园里悠游的教员，还偶然地想到了老水手。事实上，若你已邀请一支陌生民族展现他们的神秘，你就绝对不能对这种展现露出厌倦之色。"（39）显然，奥斯汀此处是将自己想象成了一名缺乏耐心的婚宴宾客。

在奥斯汀看来，荒野就是一种人们永远无法完全破译的象形文字。于人类的认知而言，沙漠的干旱环境，以及当地动植物足智多谋的适应手段，都彰显了只可意会，不可言传的玄奥意义。奥斯汀建议，读懂这些地方的诀窍，或许要从仍处于人类本能认知核心的"异教思想手稿"中找寻。

　　总的说来，奥斯汀在对大自然启示的渴求、对野生生物带有共鸣的认同、对古希腊活泼异教信仰的怀旧当中，都钩沉了英国浪漫主义诗歌的一些典型主题。但她对沙漠地区粗粝之美的由衷欣赏，却是英美自然写作传统中所绝无仅有的。在同类作品中，再无前人能将沙漠生活的严峻图景，融进如此摄人心魄又熠熠生辉的散文之中。奥斯汀的生态女性主义伦理、她保护西南风貌的响亮主张、以及她为发展生态诗学所做的锐意努力，都将为今后的环境作家留下一笔重要遗产。

结语　前路漫漫

　　自第一版《绿色写作：英美浪漫主义文学生态思想研究》出版，已过去十年。十年间，人们在如何看待人与地球关系的问题上，发生了许多变化，其中有好也有坏。回想 2000 年，这本书第一次交付印刷的时候，美国正处在步入生态史上最黑暗十年的当口，令人近乎绝望。十年过去，尽管还有很多事情悬而未决，但从一些预示积极变化的迹象来看，我们确有重拾希望的理由。这就好比曾经贫瘠的土地突然萌生娇柔嫩绿的新苗，只要人们照管、培育得当，终会长成参天大树。

　　十年之前，如序言所说，我住在巴尔的摩，在城区一所大学工作。我喜欢那儿有许多志趣相投的同事，但却很难在城乡发展此消彼长的当地，坚持绿色伦理的理念，长久生活下去。所以，为寻找新的居所，以及一种以森林、小河、雪山为邻的新的生活方式，五年前我带着些许焦虑，搬去一所新的高校——蒙大拿大学。在蒙大拿，当地充满野性、风景优美的地方，满足了我童年和大学时于此的所有幻想和念想。我曾和新朋友、新邻居帕特·威廉姆斯（Pat Williams）一同探索过响尾蛇岭（Rattlesnake Wilderness）。他是前国会议员，曾为 1964 年通过《荒野保护法案》起到过关键性作用。我也曾和史蒂夫·朗宁（Steve Running）一起骑车转过密苏里。他是我的一位同事，目前在政府间气候变化专门委员会（the Intergovernmental Panel for Climate Change, IPCC）董事会工作。该机构因为在整合、宣传人为导致气候变化的相关知识方面贡献突出，2007 年被授予诺贝尔和平奖。我从我蒙大拿的同事身上学到许多，他们都是为保护和恢复美国荒野，倾其一生的人。

最后还剩一年不到的时间，我成为"狼堡"（Wolfkeep）动物保护站的志愿者。那是密苏里北部一家非盈利的动物收容所，收纳了十只北极灰狼，以及所有在当地获救并需要人类照护余生的动物。与此同时，野狼看护站还是其他濒危动物的避难所。在那儿，我怀抱过一只被救治的猞猁，用标签逗过一只半野化的狐狸，用手抚摸过一只毛茸茸的成为遗孤的小郊狼，还曾用嘴发出"哇哇"的声音，向一只名叫波的大乌鸦，致以亲切的慰问。波受过伤，在看护站伤愈后被放归大自然，但起初的几周，它一直在周围的树尖上徘徊，久久不愿离去。当然，我在"狼堡"最难忘的经历还是自己站在隔断里面，看着一只名叫威兹（Wizzy）的公狼威风凛凛地走过来，把前爪搭在我的肩上，用它充满智慧的眼光凝视着我。它站起来和我一般个头，那漆黑的眼睛透着强烈的好奇，似乎洞穿了我的一切。就在那一刻，我发觉自己正在和一个与人智慧相当，或者说比任何人都更加智慧的生物对话。

这些北极灰狼虽不驯服，但你仍有可能赢得它们的尊重，并从它们身上学到如何在等级森严、彼此戒备的家族团体中共同生活的不少经验。当然，狼还有许多行为之谜尚待解开。如巴里·洛佩兹（Barry Lopez）在《狼与人》（*Of Wolves and Men*）所阐释的那样：

　　　　和我们始祖当初一样，我们再次审视那些动物，发现它们并非不甚完美的人类仿品，也不是机器……由于它们的外形、动作、活动和社会组织都与我们类似，所以说，它们与我们相近，而且明显是比树木，更与我们相近。（狼）在一个与我们截然不同但一样完整的宇宙中行进，只是在进化的某一时刻，与我们产生了交集。①

关于狼，我们有许多未知，并且永远未知的秘密。

　　居于荒野边缘、有各种野生生物围绕的生活，极大地影响了我于大学校园开展工作的方式。我不再将自己视为一名英美文学的学者，而是一名探知地球及其生物的人。为了不使自己的职业描述显得浮夸，我急于声明自己也和创作《大地家族》（*Ecrth House Hold*）时的加里·斯奈德（Gray Synder）一样富于自贬精神。《大地家族》是一部极其真诚、极其乐观的心灵回忆录。"作为一名诗人，"斯奈德写道，"我掌握着地球上最为古雅的价值。这些价值可以追溯到旧石器晚期富饶的土地、神奇的动物、壮美的荒僻之地、可怕的启蒙与重生、带着爱与狂喜的舞蹈，以及部落的共同劳作之中。"② 斯奈德留下一份如此耐人寻味的声明，以及一份相比之下乏味许多的出走说明，便去日本禅院修行做和尚了。

　　实际上，斯奈德和尚做得并不太好；他在禅定冥想时常常坐立不安，并因精神不集中挨禅师敲打。或许，他真的不适合那种功课，但作为一种意料之外的收获，斯奈德从坐禅中学会了一种于世而居的新方式，一种去自我中心的情感，并由此清晰地发出了自己富于洞见、积极向上、有趣活泼的独特声音。这种有趣的心灵有类美国本土传统的诱狼药，能使讲故事的人遁形、徙远，进而教训一下自大、自私或冒失的人。可以想见，这样的魔力必定能在我们前进之旅派上用场。

　　我曾在该书的第一版，为结论一章加了《不走之路》的标

---

　　① 见巴里·豪斯顿·洛佩兹（Barry Holstun Lopez）《狼与人》，纽约：查尔斯·史可林纳之子公司 1978 年版，第 283—284 页。

　　② 见加里·斯奈德（Gray Synder）《大地家族：对同道的佛教革命的笔录和询问》（*Earth House Hold：Technical Notes and Queries to Fellow Dharma Revolutionaries*），纽约：新方向出版社 1969 年版，第 117 页。

题，以此提醒人们深刻反思美国在采取环保行动上错失的机会。然而到了第二版，我把这章标题改为《前路漫漫》，意指当时的美国社会正处于一个关键的十字路口，为了一个更可持续的未来，决定向一条积极的道路进发。实际上，当时就是当下，美国的决定就是我们的决定：要么"一切照旧"，走老路，要么走一条截然不同的、人类和多数地球生物都能幸存和承受的未来之路。气候变化科学已以一个高度确证的事实表明，"一切照旧"的老路只会在接下去的一个世纪里导致环境灾难。人类的续存和提供我们庇护、给养的全球生态系统的续存，都取决于我们今天是否做出正确的决定。明天则为时已晚。幸好我们仍有一个成功的大好机会，一个可以即刻行动的机会。须知，在这场前进之旅中，我们每个人都肩负着重要使命。

每当和学生谈到如何审视这一关键性决定之时，我常会提到三个重要的"E"，即："Energy"（能源）、"Economics"（经济学）和"Education"（教育）。就这三个领域而言，每一领域都有重要的工作需要落实。在能源消费领域，人们期望的结果并不难，只需要美国断绝对石化燃料的依赖即可。然而，这又不仅仅是一场能源挑战，因为改用更加地球友好型的能源，意味着必将从许多方面，改变多数美国人习以为常的生活方式。我们不能再驾驶汽油驱动的机动车奔驰，也不能再乘坐喷气式飞机去异域他乡；水果、蔬菜以及新鲜肉类不能够再被远距离运输，生活用水也不能再通过数千英里的渡槽输送到我们家中。一言以蔽之，我们所做的所有事情都需要变得少能耗，少石化燃料依赖。

转变并不容易，要推进积极的能源改革，首要的是让每一位美国公民都意识到，我们当前的生活方式并非是可持续性的。因为，并不存一种神奇的能源技术，能保障我们继续像20世纪那样旅行、吃喝和消费商品的方式。但可以肯定的是，技术也将一路提供我们帮助。我们需要智慧的工程师们设计出：超效能电动轿车、太阳能飞艇，以及风能水培温室。但只有我们全员齐心找到一种低消费、零碳排放的生活方式，上述一切才有意义。如此，清洁能源的改革之路才会带来可持续的经济发展。

经济学自亚当·斯密（Adam Smith）时代起鲜有发展。《国富论》已出版两个世纪，绝大多数经济学家还在埋头钻研自由资本主义的利润空间问题。[①] 高度自由的市场经济和应运而生的里根政府去管制政策，导致随后的经济衰退，让人不得不质疑市场这只看不见的手，在实现企业利益最大化、资源高效分配方面的作用。然而，时至今日，仍然没有人提出一种更高明的经济学，更不用说让它成为下一个主流经济范式。实际上，市场经济的问题不在于它不作用，相反，在于它作用过度，导致人类社会快速消耗地球资源，破坏全球生态系统。我们已经逼近自由市场经济这一盛行经济范式的末日，灾难已经悬挂在前方。但这之后，又会发生什么呢？

目前，有两条通向生态经济学的希望之路可供选择，尽管我不知道哪一条会在我们需要之时，发挥更大的效用。一条路就是用波动应对经济带来的萧条，实际上，波动也是自由市场经济的根本原理，只是我们需要从另一角度重新理解：不是尽可能地减少萧条，而是学着适应萧条，学着用少做多。在这方面，罗伯特·康斯坦萨（Robert Costanza）的《生态经济学：可持续性的科学与管理学》（*Ecological Economics：The Science and Management of Sustainability*）是一部里程碑式的著作。该书聚焦"承载能力"（"carrying capacity"）这一概念，呼吁人们要兼顾本土和全球两个维度去理解其中内涵，并将之融入日常生活。[②] 该书曾

---

① 见亚当·斯密（Adam Smith）《国民财富的性质与原因研究》（*An Inquiry into the Nature and Causes of the Wealth of Nations*，另译《国富论》），伦敦：W. 斯特拉恩和 T. 卡德尔出版社 1776 年版。

② 见罗伯特·康斯坦萨（Robert Costanza）《生态经济学：可持续性的科学与管理学》（*Ecological Economics：The Science and Management of Sustainability*），哥伦比亚大学出版社 1992 年版。

预言人类生活将远超地球长期的承载能力，现已成为不争的事实，而且，我们显然正濒于某些重要资源彻底枯竭的境地。（比如，全球范围的石油消费量已远远超过了新探明的石油储量。）这样的经济模式暗含着极其沮丧的现实：即使世界上已有超过四分之一的人口处于贫困线下，人们依旧必须学会用少做多。① 对此，残酷的马尔萨斯预测并不会引来仁慈之举，相反，可能最终导致富裕国家绝望且自私地抢夺资源。

实际上，有一种较为乐观的经济模式可供人们选择，尽管尚未完全成熟。它出自 E. F. 舒马赫（E. F. Schumacher）的《以小为美：把人当回事的经济学》（*Small Is Beautiful*：*Economics as If Prople Mattered*）一书。该书 1973 年出版，时值 OPEC 能源危机达到顶峰。作者在书中指出，以市场为导向的经济体本身就是非可持续性的，它把自然资源当作消耗品对待，而可持续经济模式则将之视作需要认真保护和理性花费的资本。他呼吁人们使用技术时，需要从规模上选择简单适宜的，从长远角度上选择可持续的。此外，他还对"经济增长便是好事"的基础性假设大为怀疑。虽然舒马赫的著作已经鼓舞了整整一代的环境经济学家，但却仍然未能让人们充分意识到：以市场为导向的经济体本身就蕴含了新的经济模式。正因为舒马赫无比乐观地认为，人们有潜力应对资源有限世界的挑战，无论如何，他都为人们迎来真正的生态经济学，提供了一条最佳道路。

托马斯·弗雷德曼（Thomas Friedman）在其新近著作《炎热、单调、拥挤：为什么我们需要一场绿色革命复兴美国》（*Hot*，*Flat*，*and Crowded*：*Why We Need a Green Revolution and How It Can Renew America*）中，准确采纳了上述乐观看法，并就发展可持续技术或可改善世界的问题，做了如是回答："一个拥

---

① 数据来源：世界银行 PovcalNet 在线贫困分析工具，2005 年数据。网址：Http：//web. worldbank. org，2010 年 4 月 25 日提取数据。

有可持续市场和环境的世界是一个富足的世界，而一个富足的世界往往也是自由和民主的。因为当选择足够多时，人们就越有选择的自由。"① 他认为由太阳能、风能等可再生能源技术主导的未来生产力潜力无限，因为"供给"（太阳能或风能）零污染且永久免费。人们所要做的就是，意识到这一未来生产力对美国的重大意义，当地政府则需出台优惠的公共政策，以兹新地球友好型技术发生、发展过程中的改革创新。如此，人类会变得更加智慧、清爽和高效，持续性经济增长也依旧是可能的事情了。

　　我愿意相信，在不久的将来，人们会认识到上述乐观经济方案的重大意义，但我并不确信它能在既定的公共政策框架下获得落实，因为几乎所有的现行经济模式，都内含了"经济增长便是好事"这一未经验证的假设。实际上，经济增长才是导致我们陷入困境的首要根源。只有当我们彻底重建经济体系，使经济更理性、清洁、适度和可持续地发展之时，经济增长才是好事。当然，前提是我们彻底改变了主流伦理价值观，这样的经济增长才会发生，仅凭在当前体系的边界处苦思冥想则没有任何可能。所以，人们首要做的是，从根本上改善人与大自然的关系。

　　由于人们看待和理解世界的方式存在固有惯性，所以，要想改变任一社会主流伦理价值观都绝非易事。又由于每代人的价值观，都自小就从父母和老师那里习得而来，所以改起来也必然是缓慢的。但当外部情势迫在眉睫之时，改变人们的伦理观念不仅可能，而且速度也会大大加快。不论是独立战争时期英军重兵压阵还是日本偷袭珍珠港时，美国用事实证明，在遭遇外国军事威胁时，自己拥有非凡的自愈能力。此外，美国全社会也曾因一些更隐性、更深刻的生存威胁，导致了我们核心伦理价值观得以快速修正，尤其是20世纪30年代的经济大萧条和60年代的民权

① 见托马斯·L.弗雷德曼《炎热、单调、拥挤：为什么我们需要一场绿色革命复兴美国》，纽约：皮卡多出版社2009年第2版，第51页。

运动。所以,一旦时机成熟,美国社会能够发生根本改变。

要想改变根本的价值观,教育不可或缺。若当前的环境危机进一步恶化,威胁到未来人类社会的存续,那么,只有通过教育手段,才能使人类思想意识得到急速改变。切不可使教育沦为教化意识形态的一种工具,因为在民主社会里,受过良好教育的公民有责任通过批判性思考,作出富于见地的决定。开展一场从幼儿园到大学的大规模绿色革命,则是我们应对威胁的一种非常可取的方式,而以探究为导向的环境教育模式,最有可能成功占领美国高等教育的思想阵地。

大卫·欧尔(David Orr)的开山之作《理念中的地球:关于教育、环境和人类前景》(*Earth in Mind*:*On Education*,*Enviroment*,*and the Human Prospect*)极大地发展了前面提到的观点。他在第一章发问:"教育何为?"并认为美国高等教育存在某些根本性错误:"似是而非的教育只会加剧我们的问题。这么说不是在为无知辩护,而是在声言,教育的价值需要通过'体面'和'人类生存'这些21世纪早已出现的议题标准来评判。能拯救我们的是某种教育,但不是目前这种。"① 要实现欧尔重振高等教育机构的设想,就必须对现有各学科传授知识的方式做出改变,因为不做改变,即便成立一个环境研究系,然后每个人仍然按部就班地重复着原来的工作,这样的系也会被边缘化。如今,环境问题业已成为事关人类存续的头等大事,每个学科都需要在当前种种限制中看到新的机遇,反思和重设课程。每个系科都需要将针对环境议题的探究式方法,融入自己的核心课程。

英美文学研究并非与上述"任务"无关。文学研究的要旨,归根结底,是分析和反思人类的价值观。英国浪漫主义诗人和美国超验主义作家毕生致力研究的根本性问题,正是我们今天面对

① 见大卫·欧尔《理念中的地球:关于教育、环境和人类前景》,华盛顿特区:岛屿出版社2004年版,第8页。

严峻环境危机所要思考的问题。他们的绿色写作，对身处地球历史发展非常时期的我们而言，无疑是一份宝贵遗产。当代所有学科的教育工作者都应该重新思考本著作所分析的作家的各种概念框架。尽管他们运用不同的文学手法表现自然界，但都为我们思考环境问题提供了重要的观点和思想。遗憾的是，他们的思想一度被遗忘，因为人们误以为单凭高科技就能够解决今天日益严重的环境问题。这些作家让我们认识到，没有一蹴而就的事情。从《老水手之歌》到《少雨之地》，他们的作品为我们提供了一条未被当代物质文化涉足的道路。工业化掠夺自然资源是不可持续的，必须寻找替代做法。他们的作品不仅向我们展示了栖居地球的不同方式，而且还指明了通往更好未来的道路。